MEMORY HOUSE
记忆坊文化

明月听风 著

SANRE
JUNXIN

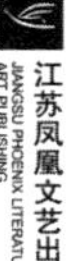

江苏凤凰文艺出版社
JIANGSU PHOENIX LITERATURE AND
ART PUBLISHING

第三十章 沐儿的秘密

李柯领命走了，龙二回到内室。

他见到居沐儿脸色发白地愣坐在那里，不禁有些心疼。他坐到她身边，抚了抚她的发。

居沐儿抓住了他的手腕，唤道："相公。"

龙二将她抱进怀里，软声安慰："莫慌，我去一趟府衙，事情总会查清楚的。"

"我也去。"

龙二把居沐儿带去了。

他们在府衙里见到了丁妍珊。

龙府的护卫见着龙二，忙迎了上来相报，原来他领了李柯之命护送丁妍珊回尚书府，但丁妍珊行到半路却要求直接到府衙来。

丁妍珊面色苍白，已经与邱若明叙了一会儿的话，也知晓了那两个捕快是假冒的事情。邱若明忙着安排人手追查此事，丁妍珊就呆呆地坐在堂厅处。见得居沐儿来了，丁妍珊要求与居沐儿单独叙话。

居沐儿应了。邱若明给她俩找了一处厢房，让人备了茶。

待四下无人，丁妍珊道："我若回了府，怕是就不能来此处了。上回被劫，我就一直未能见到邱大人。"她顿了顿，又补充，"但也怪不得旁人，上回我把所有事都告诉了爹爹。爹爹代为处置，后来案子破了，我便以为破了。我一直以为……"

丁妍珊没再说下去，居沐儿也不知道如何接话好。

丁妍珊又道："多谢你救了我。还有上回，我也未曾说谢呢。"

居沐儿问她："姑娘可是有什么话想说？"

"你上回警告过我，说有一种可能，是我家里人报复你，抓我只是掩人耳目。"

"我只是乱猜，毕竟你与我之间的交集，除了二爷也只有你的家人了。"

丁妍珊垂下了头。她的家人？她与居沐儿相关的家人，其实只是姐夫与姐姐。

"居沐儿，其实你从来没有想过要嫁给我姐夫是吗？"

居沐儿叹气："确实是从未有此打算。我说过许多次，可是无人相信。"

"我姐夫，可曾对你……"丁妍珊顿了顿，觉得难以启齿，但还是问了，"做过什么不轨之事？"

"未曾。云大人始终以礼相待，不曾有何无礼之举。只是我对他无心，并不想入云府。"居沐儿实话实说。

丁妍珊沉默了，过了好一会儿，她道："他对你以礼相待？那么如果后头的事都是他干的，他得多可怕。"

"是云大人？"

"只能是他。"丁妍珊咬牙切齿，她抬起头来，眼睛里闪着泪光和愤怒，"今日那劫匪头子与我说了，他说曾辉杀了他的兄弟。曾辉是刑部的人，是我姐夫的属下。"

居沐儿很惊讶，愣在那儿。

丁妍珊道："我姐夫想报复你，又恐暴露自己，是以把我抓去，掩人耳目。但事情还是败露，他便派了心腹去杀人灭口。事实只能是如此。我已经把这些都告诉了邱大人，我还会告诉我爹爹。我要揭穿云青贤的真面目。"

居沐儿张了张嘴，丁妍珊似察觉她想问什么，抢先道："我父亲自然是疼我的。但他怎么都是刑部尚书，我姐夫和曾辉都是刑部的。"

所以她还是担心自己不如父亲官场的颜面名声重要？担心父亲会为了避免麻烦而掩盖此事？

居沐儿不说话了。

丁妍珊说完似也觉得这辩解有些无力，越描越黑，也沉默下来。

居沐儿想了想，道："丁姑娘，那劫匪是外乡人，如何知道曾辉的？"

"我如何知道？"丁妍珊没好气。

"他还与你说了什么？"

丁妍珊嚷道："还能说什么，就一直在骂，在威胁我。他说要杀了我，还说……"她说不出口，略过去了，"说我上回就该如何，拖到今日……反正就是些浑话。说要把我尸体送回我家里。"

居沐儿握了握竹杖，想到当时的险情。

丁妍珊很暴躁，站起来在屋子里走来走去。

“你倒是说话呀！”居沐儿久久不语，惹恼了丁妍珊。

居沐儿只得道：“我是在想，那劫匪为何不逃？他既知道是刑部，是曾辉，他为何不远走高飞？他们原本不就是计划好了要离开京城去别的地方吗？既然案子已经了结，所有人都以为他死了，不正是逃跑的好时机？难道他就这般有义气，为了死去的兄弟，要与刑部为敌？若是真这般英勇，为何不直接找曾辉报仇，却对你下手？”

丁妍珊立住了。她张了张嘴，又闭上。没错，明明是亡命之徒，为何不逃？这般英勇，却挑软柿子下手。

这时候一个衙差敲门，进来报：“丁姑娘，龙二夫人，丁大人和云大人到了，正在隔壁堂厅说话。我家大人让二位过去。”

丁妍珊一听，也没管居沐儿，快步赶去了厅堂。

厅堂里，丁盛与云青贤脸色严肃，正与邱若明相议案子，龙二坐在一旁，并未言声。

“爹。”丁妍珊奔向丁盛，看也不看云青贤。

丁盛见得女儿过来，拍了拍她的肩膀安抚。

“爹。”丁妍珊着急想倾诉。丁盛却抢先道：“方才邱大人已与我言明详情，珊儿，擒获劫匪的那几日，曾辉并不在城中。”

丁妍珊愣住了。

“那段日子曾辉在外地办差，年初三才回来的。他不在城里，那些劫匪犯案、被捕、暴毙时，曾辉都不在。”

丁妍珊觉得整个身体在发冷。

云青贤在一旁柔声道：“珊儿，你被骗了。那个劫匪在撒谎。”

丁妍珊慢吞吞地转过头来，瞪着云青贤，咬着牙道：“撒谎？”究竟是谁在撒谎？

丁盛又道：“今日劫你的那个劫匪，与当日那个马六可是同一人？你认出他的样子了吗？”

丁妍珊愣住了。她认不出，她只记得当日那个劫匪头子满脸大胡子，今日这人，没有胡子。她认不出。

“居沐儿认得他的声音。”丁妍珊抓住这一点，她在挣扎，她很激动，“就是他。居沐儿不会认错的，就是他。”

丁盛道：“我们不能凭她一人之言就判断这人是马六。就算他是马六，他对你说的也不是实情，他们的目标是为了对付爹爹，对付刑部。想来当初掳走龙二夫人，也是为了让龙家与我们结仇，利用龙大将军对付我。当务之急还是得尽快找到那两个假冒捕快的人。他们把劫匪救走了，他们是一伙的。”

丁盛转向邱若明：“邱大人说呢？”

邱若明道：“大人所言极是。若能将那两个假冒捕快的人抓住，案情就能大白。”

丁盛拉过女儿，难得地露出温情模样：“是爹不好。爹在刑部，断了不少案，判了不少人，仇家太多了。是爹连累了你。”

丁妍珊说不出话来，她看着父亲，泪水涌出眼眶。

这不是还没有抓到人，不是真相没有大白吗？为什么他就说是因为他办案太多仇家太多连累了她呢？那人为什么谁都不指认，偏偏指认了一个不在城中的曾辉？

丁妍珊想不通，也不敢想，她放声大哭。

居沐儿站在门口，听到了所有的对话。龙二走到她身边，握住了她的手。

丁妍珊不管不顾，哭到力竭，蹲下来捂着脸继续哭。云青贤弯腰扶她，丁妍珊用力甩开他的手，自己哭着找了把椅子坐下了。

丁盛又对邱若明道：“事态如此，这案子就转到我们刑部来办。”他的语气不是商量，而是决定。

邱若明默了默，施了个礼应道：“是。”

龙二看着这场面，道：“若是众位大人没什么话要再问拙荆的，那我就带她回去了。”

丁妍珊哭声一顿，抬头看向居沐儿。

丁盛道：“今日多谢龙二夫人救下小女，改日再登门道谢。”

居沐儿施了个礼。龙二客套两句，带着居沐儿走了。

丁妍珊看着居沐儿的背影，想起她与自己说过的话，咬咬牙，低下头抹去自己的泪水。

居沐儿在回府路上怔怔无话，似在发呆。

龙二握着她的手安慰：“此事与你无关，莫挂心上。万事有我，我来处置。”

无关吗？她觉得关系很大。

但居沐儿还是点点头应了龙二。

她的疑虑和恐惧，她没法告诉他。

原以为劫案有可能是报复，有可能是私人仇怨，可现在明显丁盛和刑部都下场了。邱若明堂堂府尹，也被按着头交出了案子。居沐儿敢打赌，这个马六不会再出现了，这两个假冒的捕快也会消失得无影无踪。

曾辉不在城内？马六在撒谎？多可笑。马六已经豁出去了，何必撒谎？他不过是个棋子，败露了，就要被毁掉。

居沐儿在府衙问丁妍姗的那些疑虑，现在她自己心里有了推测。

马六不是不想跑，而是跑不掉。

府衙以为马六死了，撤了通缉，但有人知道他没死，比如云青贤，比如丁盛，比如刑部的其他人。曾辉动手时失手了，所以刑部的人马势力还在追踪马六。马六自知跑不掉、拼不过，干脆找丁妍珊泄恨报复。

师伯音的案子就是刑部审的。

师伯音入狱后再不能说话了。

若非他琴艺超群，令皇上仰慕，他连暗地里诉冤的渺茫机会都没有。

华一白死了，那她呢？

两年都未有异样，算得上平静无波，为何现在这样？

居沐儿又开始怀疑起每一件事，陷入焦虑。

是夜，居沐儿与龙二躺在床上，问了龙二一个问题。

“二爷，皇上是个什么样的人？”

龙二撑起脑袋看着居沐儿。他知道居沐儿今日颇受刺激，她翻来覆去不好好睡，现下终于愿意聊聊了？可是为什么是问皇上？

“龙居氏，你躺在爷的床上，却跟爷打听另一个男人，就算那男人贵为皇上，爷也是会不高兴的。”

居沐儿愣了一愣。她家二爷，真闹还是假闹？

龙二见她没言声，道：“又在心里编派爷的不是？”

居沐儿皱皱脸：“我在心里从来都是对二爷夸赞的。”

“哼。”龙二戳了戳她的脸蛋。她嫁过来的这段日子，是把她养出些肉了，关于这点他很满意。“你都是怎么夸赞我的？”

“夸得太甚了，我不好意思说。”

跟真的似的。

“你拍马屁的功夫真是一点长进都没有。”

“谢二爷夸奖。”

“没夸你。”

“夸了呢，二爷夸我耿直，不说假话。”

龙二咬她脸蛋一口：“脸皮真厚，硌牙。”

居沐儿揉揉脸，笑了。龙二把她拉到怀里来：“你既睡不着，爷陪你活动活动，出了汗累了，便能睡着了。”

“相公！”居沐儿展臂将龙二搂住，把头埋在他胸前，道，“相公莫要闹我了，我有事要说。”

“爷不是闹的，爷是正经要的。”

居沐儿脸一红：“相公……”

“好吧，先听听你要说什么。”龙二笑笑，抚上她染了晕红的脸颊，这样看上去精神多了，很好。

居沐儿松了口气，在心里盘算了一遍，终于问：“相公，皇上是什么样的人？若是百姓有冤，找他相诉，能管用吗？”

“要看是什么冤，要看是什么人，要看牵扯到谁，要看这事对皇上自己有没有益处。”龙二不假思索地答，语气里再无调侃。

居沐儿沉默下来。

龙二接着又说：“皇上是一国之君。沐儿，你要记住，但凡有权有势之人，无论位置高下，做任何决定都必有其顾忌与思虑，没有人会是纯善之人。”

居沐儿没说话，她知道这些。

龙二也静默了一会儿，然后问：“你打算告诉我什么吗？”

居沐儿犹豫了一会儿，终于道：“相公，两年多前，史尚书被灭门一案，师先生是蒙冤的。”她此言一出，便感觉到龙二的身体微微一僵，似乎非常意外。

“我从前，曾与一位兄长一道，想为师先生申冤。那位兄长之名，不知相公可曾听说过。他很有名望，琴艺非凡，人人称颂。他叫华一白。”

居沐儿说着，顿了一顿，接着道：“然后他死了。”

这下龙二的身体整个僵住了。

居沐儿不说话了，她知道龙二需要时间消化。

过了一会儿，龙二问：“怎么死的？”

“酒醉后意外坠河。”

“什么时候？”

“在我眼盲之前。”

龙二坐起来了。

居沐儿很紧张，她躺着没动。她的手在被子下面紧紧捏住了衣角。

“你的眼睛，是如何瞎的？”

居沐儿努力镇定：“我那阵子总是熬夜写琴谱，怕点灯被我爹看到让他担心，就借着月光写。光线太暗了，久了我觉得眼睛疼，后来实在不舒服，还发起烧来，便请了大夫瞧。大夫说我积郁伤肝，聚火伤眼，给我开了药。我吃了一阵子药，烧退了，眼睛还未见好，而一白兄那个时候意外去世了。因为当时一起收集证据分析案子，我心虚害怕，便多想了些。我继续熬夜，心里着急，想找出什么线索来，结果眼睛便受不了啦。后来我就瞎了。”

龙二气得听不下去，掀被下了床。

居沐儿被被子裹着，却觉得身上凉飕飕的，她不敢动，也不敢再说话。

她竖着耳朵听龙二的动静，却听不到什么。龙二也没有动，他站在床边瞪着居沐儿。

居沐儿心跳得快，她鼓起勇气，唤了一声："相公。"

龙二忽地开口，他声音很轻，语速很慢，蕴含着极大的怒火："你为了查那个什么师伯音的冤案，记什么琴谱，弄瞎了自己的眼睛？"

居沐儿被他的语气镇得不敢说话。

"那师伯音是你何人？教过你琴？"

居沐儿小心翼翼地道："未曾教过。只是慕名已久，与其他琴师一样，我对师先生的琴技甚是仰慕。"

"既是无亲无故，为何想要为他申冤？"

居沐儿眨眨眼，黑暗之中，仿佛看到了龙二盯着她的炯炯目光，她小声道："同是爱琴之人，难免惺惺相惜。师先生琴中圣者，蒙冤受死，死前只能以琴音相诉，绝望可怜，让人痛惜。我们既然听懂了琴中之意，也只有我们能听懂，自当为他申诉，否则实难心安。"

龙二沉默良久。居沐儿紧张得手心出汗。

过了好半天，他终于道："死前以琴音相诉，而你们听懂了？"

"嗯。"

"你们确定听懂了吗？"

"嗯。"

"怎么听懂的？"

"这个，要说吗？"

"你且说说看。"

居沐儿咬咬唇，觉得龙二似乎没那么生气了，但她依旧感到了强大的压力。她定了定神，开始解释："师先生的琴曲分成两个部分，前一部分诉冤，后一部分陈因。诉冤的部分，他剪碎糅合了五首名曲。一首名《缘》，那是一首有名的情曲，讲述一对男女相爱，最后却因男的奔赴前程，劳燕分飞，有缘无分，情归无处。师先生将这首曲子截了四种变化分排在曲子里，调子不一，'缘'之意化成了远、怨、冤。另一曲，名曰《远征》，源于凉国古将传说，说的是一位农家汉子被冤充军，后来却成了大将保国，最后战死沙场的故事，这里头，也有个'冤'字。另一曲，是盛行的《金榜题名》，即中了功名报喜时都会弹奏的那首，相公一定也曾听过。"

龙二忍不住道："这曲子里也有故事？故事里也有'冤'字？"

“不，曲子里没故事，也没有‘冤’字，只是表达苦读诗书最后金榜题名的喜悦之情。但这首曲子，师先生是用那首《缘》的手法弹的。”

居沐儿想了想，不知道该怎么解释曲子变换的手法门道，她支吾了半天，道：“其实就是在曲律和节拍上……”

“好了，这些不重要，不必说了。”

龙二的这话让居沐儿松了口气，跟一个完完全全的门外汉解释高深的琴艺手法，得让他明白又不能伤他自尊，是太难了些。

“为何他要弄得这般复杂？就算他在牢中无法诉冤，既是得了机会面对众多琴师，直截了当地喊冤不是更容易？”

“听说师先生在狱中伤了舌头，没法说话了。”

龙二沉默。

过了一会儿他又道：“既是得靠弹琴表意，为什么不一直冤、缘、远、怨地弹一首，反正就是想说他被冤，一直弹一曲，琴师们不是更容易听懂吗？故弄玄虚又是何用意？”

居沐儿皱起眉头，这个她倒没想过。她以为几首曲子都在诉一个意思，应该更能确定这个“冤”字。他们琴师是陷在琴音解谜的挑战当中，为了自己能听明白曲中之意兴奋不已，却忽略了龙二说的这一番道理。

五首名曲，变换曲律，交糅掺杂，拼接连贯，确实是太过复杂了，为什么要这般复杂？

居沐儿想了半天，为师伯音找理由：“也许他明知是临终绝曲，所以有意显摆本事。要知道，师先生原本就脾性古怪，傲气不驯，这是他最后一次弹奏，又是在众多名家琴师面前，有意显弄琴技也属正常。”

居沐儿觉得该是这个道理。若换了她，死前最后一次弹琴，也定要使出浑身解数，艺惊四座，史上留名。

“你们学琴的都是疯魔的。”龙二咬牙。

这话让居沐儿心里难受，她抿紧了嘴。

龙二又道：“除了琴音，你还有别的证据吗——确确实实能证明师伯音是被冤的证据。”

居沐儿沉默。

“没有？！”龙二终于按捺不住怒火，“没有你这蠢货还把自己的眼睛赔进去？”

居沐儿急道：“这案子，都说是师先生想夺取史尚书的绝世琴谱故而痛下杀手。他给史家下了毒。史家一名家仆死里逃生去报官，府尹派了捕快到现场将正在救火抢琴谱的师先生当场拘捕。那时候史家着了火，据说是史尚书毒发前与师先生拼死相搏撞翻了蜡烛，而琴谱最终也付之一炬。那名报案的家仆在结案后离开了京城，无人知他的去向。而琴谱没有了，大家只在行刑前听师先生弹过一次。”

“那又如何呢？”龙二气得要说不出话来，“这不是很明白的案子吗？有人证，有动机，有物证。”

“相公。”居沐儿的眼泪忍不住涌出眼眶，她激动地大声道，“那琴谱的曲子，师先生在行刑会上弹了。他根本不需要抢琴谱，他没有谱子也能弹，他会弹！”

龙二静立原地，看着居沐儿的眼泪。

居沐儿坐了起来，用袖子擦掉眼泪。

“那琴谱的曲子，便是你方才所说的第二部分？”龙二问。

“应该便是了。”

“应该？”龙二的声音又大起来。

居沐儿有些心虚：“因为没看过那琴谱，只是依琴音分析，再加上事件前后推测出来，八九不离十，便该是那琴谱上的曲子。”

“是那曲子又如何？唯一的人证不知所终，况且就算那史家家仆还在，他除了再一次证明凶手便是师伯音之外又能做什么？你那位兄长，酒醉后意外落河，定也是没甚疑点，不然早报官了，是吗？还有你的眼睛，按你自己所述，也是积虑成疾，不听医嘱所致。你还能做什么？你告诉我你还能做什么？”

居沐儿被吼得抱着被子哭，她不知自己能做什么，她不知自己现在还能说什么。她这两年想过无数次这桩事，推测过种种可能，想着师伯音的冤，想着华一白的死，想着林悦瑶的悲痛无助。她当然知道以一己之力要解这事是难如登天，但无形中一只黑手一直在逼迫着她，她迈出了第一步，便不可能再回头。她甚至以为嫁给龙二便能让这事消失，但并没有。

相反，嫁给龙二，似乎催动了一切。

两年来事情一直安静沉寂，也许是因为她得不到任何调查进展，但她嫁进龙府了，一步动，则全局动，有些事发生了，有些事开始露出破绽了。

只是所有的这些都只是猜测，而且最关键的地方她还没弄明白。而这一切，说不清，道不明。她不知道该如何解释“感觉”，就如同她无法解释琴音之妙一般。

居沐儿的眼泪和沉默让龙二叹气，他重新上了床，把居沐儿抱在怀里：“沐儿，这事莫要轻举妄动。就算真凶不是师伯音，敢将史尚书全家灭门的，又岂会是普通人？那凶手一定非同小可，也许还不止一个。此案是刑部严审，皇上亲批的，每一个证据每一条线索必是正当稳妥，没有破绽。这些先不说，你且想想，如若要翻案，不但是要扳倒刑部，更是打了皇上一个耳光。更何况现在你没有证据，你连我都说服不了。”

居沐儿伏在龙二怀里放声大哭。

他说的她都明白。这两年每一件事、每一个困难她都想过，她明白。但越是这样，她就越难过。绝望和不甘心，就如同师伯音行刑前的感受一般，就像华一白死前一般，就像她现在一般。

“你答应我，不要自作主张，可好？”

居沐儿哭着，不知该怎么答。她点这个头很容易，她说“好”很容易，但是现实里，暗处还有人虎视眈眈，被劫持的阴影还未散去，她说“好”，不过是骗自己也骗他。

她曾经就骗过自己，骗了他，可现在她知道，欺骗毫无用处，事情没有改变。

“沐儿，你最是聪明伶俐，必能明白这其中的利害关系，凭你一人之力，如何对抗刑部？如何能让皇上承认他批了冤案杀错了人？”

他用了一个“你”字，不是“我们”。

居沐儿闭上了眼睛，抽泣着颤抖。

龙二抱紧她，他在想她会怎么答。可是居沐儿既没说“我都听你的”，也没有说“我自己做不到，可我还有你”这类的话，她说的是：“相公，我并不想拖累你。”

龙二皱起眉头，不确定居沐儿的意思到底如何。他道：“你没有拖累我。你乖一点。这事于你于我都没有好处，明白吗？”

“明白。”居沐儿点了点头，再一次擦掉了眼泪。

龙二想想不放心，又道：“那是别人的事，你心肠好我知道，但这事你确实帮不了他。况且他已仙去，你再做什么也不能让他死而复生，莫要再惦记了，好吗？”

居沐儿咬着唇，很勉强地点了头。

龙二仍不放心，她真的把他的话听进去了吗？

过了一会儿，龙二再问她：“还有什么事，是你该告诉我的？”

居沐儿闭着眼，好半天答了三个字：“没有了。”

没有了？龙二瞪着居沐儿的脸看。

真的没有了吗？

这一夜，居沐儿不知道自己是怎么睡着的。

似乎是睡过去了，似乎是在做梦，又似乎没有。她的头晕乎乎的，心沉甸甸的。迷迷糊糊的时候，她感觉到身边的人好像爬了起来，她有些心慌，要留下她一个人吗？她想抓住他，可是她眼皮太沉了，她困得动不了。

然后，她好像终于睡着了。

居沐儿起身的时候已是日上三竿。龙二早没了踪影。丫头说二爷一早便起身出门了。

居沐儿觉得浑身乏力，没精打采。丫头看她憔悴的样子也有些惊讶，明明睡了大半日，这怎么跟熬了一夜似的？今早二爷起来黑着一张脸，也不像是一夜春风的样子。当下丫头们都小心翼翼，生怕做错了什么挨训。

一整日龙二都没有回来。居沐儿自己用了饭，坐在屋子里发呆。

她知道师伯音的案子不简单。也许一开始的时候她与华一白他们一样，听出琴音之意就全被心中的悲愤蒙了眼，只凭着那股热情便认为自己可以做些什么。

但华一白的死给她当头泼了一盆冷水，浇灭了她的热情，坚硬了她的心肠。

他们傻乎乎的，只看到了冤屈，却没有体会到死亡。怎会没去想，如果师先生真是受冤而终，那么真正的凶手又是谁？能灭了史尚书满门，难道灭不了他们这一群傻呆呆的琴师吗？

直到她再不能视物，她的警惕和疑心便升到了最高点。这两年，她担惊受怕，做什么都要思前想后。她无法放弃追查这事，因为这件事已经不只牵涉师伯音，还牵涉华一白，牵涉林悦瑶，牵涉她自己。但她也知道凭她之力怕是查不出什么。她没有到处找帮手，她谁也不敢信，她怕招来杀身之祸，她怕连累家人朋友。

但是两年过去了，什么了不得的惨事都没有发生。她有些放松，却不敢忘怀。她的直觉告诉她有人在盯着她，有人像她这般也在默默准备着，她不放弃，那人也不可能放弃。

直到丁妍香的逼婚把她往前推。她顾不得考虑太多，她得先把眼前的危机解决掉。

居沐儿呆呆地坐着，什么都不想做。她没心思，她很难过。

其实她很明白，龙二说得对，这里面的利害关系，他看得比她清楚。她知道他没错，可她还是会感到失望。

与其说是失望，不如说是惶然。

她猜疑着龙二会不会因为这种事疏远她，就像昨夜里，就像今日早晨一样，他跟往常不一般了。

昨晚他没有缠着她亲热。以往无论她如何，他是一定会闹着让她迷乱驯从，他一向热情又霸道。可是昨晚谈完那些，他只是淡淡地嘱咐她快睡。她知道气氛是不太好，她知道时机不太对，但他放开她把她塞进被子躺好了，便没再碰她，她很失落。

今晨他早早起了，没有推醒她，没有闹着让她起来伺候。

其实她眼盲不方便，根本伺候不了他什么，但他只是想闹她而已，逗弄完了，再让她回去接着睡。她已经习惯这样了。所以今日他闷不吭声地出门，让她心里很不好受。

居沐儿觉得是自己太过疑神疑鬼了，但她控制不住自己往最坏处去想。

他会不会认为她想利用他与皇上的关系来达到她愚蠢的目的，他会不会认为她从头到尾一直在利用他骗他？

她是吗？

居沐儿不敢肯定。她落了泪，她觉得她不是，她没那么坏，她是想有人护着她，她并不是想害他。

她只是……

她不知道自己是什么，她想不到为自己开脱的借口。居沐儿抹掉眼泪，想着龙二对她这般好，想着他小气又别扭地对付她的花招，想着他孩子气的爷们语气，想着他是真的在关心她，她的眼泪就止不住地流。

问起皇上，确实是她太大胆的一个试探。她只是突然天真地想，如果皇上是位明君，如果皇上疾恶如仇，如果他知晓了师先生的冤情，愿意翻案重查，那这一切的事情就简单多了。

虽然机会微乎其微，但她还是问了。

问完之后，她后悔了。

这一日直至深夜，龙二都没有回来。

居沐儿在屋子里偷偷哭了两回。虽然早过了她就寝的时辰，但她还是撑着不愿上床。她趴在桌上，想等他回来。

他回来后，她要与他说什么，要怎么让他欢喜，她完全没想好。她脑子里空空的，但她就是想等他回来。

可她等啊等，却等得睡着了。

待醒过来，她听到了水声。

居沐儿慢慢撑起身子，仔细听了听。是水声，有人在耳房那儿洗澡。

她摸到了手边的竹杖，站起来，走到耳房门口，唤了声：“相公。”

水声停了，没人应她。

居沐儿没再唤，白日里积在心头的难过迅速占满了她的心房。他回来了，却不唤醒她，而她唤他，他又不应。

居沐儿站在门口不动。她听到衣裳窸窸窣窣的声音，似乎有什么被丢远了。然后龙二咳了咳，说道：“这么晚了，怎么没睡？”感觉是在没话找话。

他进得屋来，自然是该知道她趴在桌上，他没唤醒她让她上床，却自己拐进来洗澡，这时却问她怎么没睡？

居沐儿压下心头的不自在，向龙二的方向走去，回道：“我在等相公回来。”

“嗯，今日是晚了些。”

“相公在沐浴？”

"嗯，你先睡去吧，我一会儿便来。"

居沐儿已站在了大浴桶边，听得他遣她走，又觉难过。她吸了口气，嘱咐自己别胡思乱想，小心翼翼地道："我给相公擦背捏肩可好？"

龙二似乎是一愣，而后终于是回了声"好"。

居沐儿松了口气，将竹杖放到一边，向龙二伸出手。

龙二看着她那模样，心里叹气，他握住她的手，放到自己肩上，又把沐浴用的巾子放到了她手里。居沐儿欢喜起来，认真地给龙二搓背。

龙二的背有些僵硬，居沐儿觉得奇怪，这似乎是在紧张，又可以解释为着恼。可是是他答应让她搓背的，有何可恼的，又有何可紧张的？

居沐儿搓着搓着，挨得他近了，忽然明白过来。他适才真的是在丢衣裳，只是衣裳能丢远，发上沾染的脂粉和酒气却没能丢开。

他去花楼了。

居沐儿的心沉到谷底，眼泪情不自禁地涌了出来。她想掩饰，所以她手上不停，继续给龙二擦背。

龙二对居沐儿的敏锐聪慧是有戒备的，居沐儿动作有异，让他心里一紧，他想跟她解释，可一转身却吓了一大跳。

她哭了。

"沐儿。"龙二抓住了她的手。

居沐儿低下头，却藏不住泪水。她不想这样，她既觉得丢脸又觉得生气。她是惹他生气了，可是他怎么可以去找花娘，怎么可以……

居沐儿越想脑子越乱，越想眼泪越多，最后再也忍不住，干脆大哭起来。

龙二吓坏了，他顾不得身上湿漉漉的全是水，一把将居沐儿抱进了怀里。居沐儿也将他紧紧抱住，哭得更是厉害。

"我今天去巡了铺子。巡完铺子去了府衙，见了府尹大人，问问他案情。案子已经转到刑部，卷宗都移交了。然后我又去拜访了宫里的一些朋友，找了刑部的人，最后请了几位官员到染翠楼喝酒。我一整日没回家，就是做这些事。在染翠楼喝酒我也没碰哪位姑娘。只是那种地方，身上免不了沾得那些味道。"

龙二急急地解释："知道你鼻子厉害，就是怕你多想才想悄悄洗干净了味道再唤你。你看，你确实多想了不是？"

居沐儿听了，孩子一样地撇了撇嘴，眼睫毛上还挂着泪珠儿，那模样真是说不出的可怜。

她是相信他的。龙二顿时有了底气，他捏了捏她的脸，斥道："是不是一整日净胡思乱想了？我问了，你今日就坐屋里没出门，发呆了是不是？"

居沐儿委屈地答："今日相公出门没叫我。"

"你一晚上没睡好，早上晕沉沉的，如何叫你？"

"相公也没让人给我留个话，我惦记一日。"

龙二咳了两声，这个他倒真是故意的，他心里也不痛快呢，故意想晾她一晾。此时被她拿这事当把柄，他的理直气壮顿时烟消云散。他又咳了两声，干巴巴地道："爷今日太忙，没顾上跟下人交代。"

居沐儿吸吸鼻子，重又抱紧龙二，把眼泪抹在他身上。

龙二叹气，抚她的脑袋，亲亲她的额角。

"不闹了？"

"我没闹。"

"那是谁哭鼻子哭得乱七八糟的？"

"我想你了，我想你一整日。"居沐儿哭后的声音有些哑，娇滴滴的。

龙二听得心头一热。这次与以往不同，以往的撒娇是刻意的、玩闹的，而这一次，她却是满腹的真情实意不经意撒出的娇柔。

龙二顾不得一身湿，将居沐儿横抱起来，迈开大步回到床上。

居沐儿起初吓了一跳，而后反应过来满心欢喜。她抱紧龙二，回应他的吻。她的龙二爷对她还有热情，这让她满足。

龙二急切又强悍，昨夜里的冷淡已经消失殆尽。夫妻二人旖旎甜蜜，久战方歇。

居沐儿累得有些睁不开眼，但心里还是觉得龙二今日里故意让自己着急有些委屈，她抱紧龙二的胳膊不愿放。龙二心满意足地亲亲她的额头。居沐儿干脆枕到他肩上，窝在他怀里压着他。

龙二搂着她，道："明日我还得出门，你莫再胡思乱想。"

"嗯。"居沐儿应了。

"明日得空，教宝儿弹琴吧。你有些事做也是好的。"

居沐儿再"嗯"一声。

龙二又道："我今日把师伯音的案子了解了。史尚书一家的晚饭里被人下了毒，厨房水缸里和各院饮水里都有毒，全家人都没躲过。一个家仆当日腹泻，下午开始便未饮水用膳，逃过一劫。正是他发现了状况，偷偷潜出府去报了官。府尹派了捕快衙役赶到，却见史尚书的琴室着火，师伯音正慌慌张张地从那处逃出，恰好被逮个正着。"

居沐儿的困意散了一半，静静地听着。

"捕快称，史尚书当时倒在琴室里，还有一口气，临死前他手指着师伯音，可惜没说出话便断了气。之后捕快们在师伯音住的客房里搜出了毒药，与史家中的毒正好一致。因为这案子涉及朝廷命官，案情重大，所以直接由刑部审办。根据史家家仆的证言、现场的状况，还有各项证物，刑部细查了所有线索，又由皇上亲批，这才给师伯音定的罪。”

龙二顿了一顿，道：“这案子从案卷和调查状况来看，没有任何问题。只除了你所说的，师伯音得了皇上的恩准，容他在行刑前弹奏一曲，他用了这个机会，向你们这些到场的琴师弹了所谓的诉冤曲。”

居沐儿问：“相公今日去查，是想确认我的推测有没有道理？”

“不。我是要确认你没有被卷进这件事里。”

居沐儿静默下来，心里被说不清道不明的情绪涨满了。

她搂紧了他，枕在他的胸膛上，听到他的心跳，咚咚咚，沉稳又有力。

“别再想这事了。”龙二亲亲她的发顶，“每一个不服罪的人都会诉冤。只是师伯音有着让你钦佩的技艺，用了你所崇敬的方式。但事实真相如何，你并不知道。”

居沐儿闭上眼，没有反驳。

“沐儿，你该明白。敌强你弱，如若不是一击即中、一中即毙，那么待对方还击出手，你便是死路。这件事你不明真相，没有证据，就莫要再管了，好吗？”

居沐儿沉默了一会儿，忍不住问：“如果我有证据呢？”

龙二安静下来，过了一会儿问：“你有吗？确确实实的、能翻案的证据，哪怕一个。”

“没有。”

两个人都没再说话。

然后居沐儿忍不住又道：“但是疑点很多。”

龙二捏了捏她的下巴：“你把我的话听进去了吗？”

“听进去了。”

“你会听话，乖乖的，是不是？”

“嗯。”居沐儿将龙二抱得紧紧的。

龙二抚她的背，看她闭着眼睛一副安静的模样，心里怎么都有些不放心。他对这个娘子是满意的，他对她极欢喜，她在他身边让他心里很踏实，他可不想她沾惹上什么麻烦。

第三十一章 琴师雅黎丽

这一夜很快过去，两人都睡了个好觉。

清早居沐儿迷迷糊糊中被龙二拍了两下屁股。她皱眉头呢喃表达不满，龙二却道："不起来伺候，可别怪我没唤你。"

居沐儿马上清醒了。对了，她要伺候相公起身的。

她坐起来，眼睛还有些睁不开。龙二把腰带递到她手里，自己站在床边张开双臂等着。

其实所谓伺候，不过是意思意思，让她绑绑腰带扣扣衣扣，她没弄好他转头就自己重系下。一开始只是逗弄她，享受一下使唤她的乐趣。可是逗着逗着，倒成了两人间的一种习惯。

若是清早没把睡得正香的她折腾起来奴役一下，他心里就老大不舒坦。看她迷糊着揉眼睛倒回去继续睡的满足模样，他会愉悦地想笑。可昨日里他才知道，原来他这媳妇儿要是没被他唤起来，心里也会不舒坦。

这事让他既得意又欢喜。

龙二把腰带递过去，居沐儿摸索着扣上了。这个伺候的过程好像太快了，龙二不满意，他偷偷解开腰带，道："没扣上，掉了。"

居沐儿一愣，摸着腰带又扣了一次，这次她拍了拍，确认没问题。结果手还没松开，那腰带又松开掉在她手里。

居沐儿又呆了呆，那表情让龙二咧着嘴无声地笑起来。

居沐儿再扣了一次，一边扣一边道："这腰带再扣不上，定是二爷胖了。腰圆得束不下，这事可怎么办才好？"

龙二的笑意僵在脸上。

居沐儿唠唠叨叨地继续说："置办新衣裳新腰带也是要花银子的，越胖花费的布料就越多，使的钱银就越多，这可怎么办才好？"

"龙居氏。"龙二的语气很有警告意味，"爷不胖。"

居沐儿便笑了，这回那腰带稳稳地系在了腰上，再不松开。居沐儿抱着龙二的腰，脑袋靠在他小腹上："二爷一点都不胖。胖了也没关系，二爷有的是钱置办新衣。"

龙二哼了一声，这刁钻媳妇儿，就会拐着弯编派他。他把居沐儿的手拉下来，丢她到床上："快睡你的觉，养好精神，等爷回来收拾你。"

说完狠话，他浑身是劲，欢喜得不行。龙二大摇大摆地走了。走到门口，他又忍不住回头看了他家龙居氏一眼。她闭着眼睛嘴角含笑，抱着被子呼呼大睡。龙二看着看着，忍不住转身回来。

他走到床边，一把将居沐儿翻了过来，伸掌啪啪啪不重不轻地打了几下。

居沐儿大吃一惊，还没反应过来就已经被打完了。那表情让龙二哈哈大笑，心满意足地走了。

居沐儿听得他关门的声音，舒了一口气，这下终于可以放心继续睡了。

真幼稚啊，她家二爷。虽然被揍了，但听得他的笑声，她心里欢喜。他刚出门，她便想他了，这以后可如何是好。

龙二吃了早饭，没有着急出门，先去找了龙三。

龙三夫妇带着两个孩子正在吃早饭。龙二将龙三叫了出来："你给聂承岩去封信，邀他和笑笑来咱家做客。"

龙三一呆："是要给谁瞧病吗？"

聂承岩是医城百桥城的城主，与龙三情如兄弟。他的妻子韩笑是举国闻名的神医，与凤舞也曾同历劫难，所以两对夫妇的交情相当不错。

龙二与聂承岩因为药材生意的事有些不对付，所以当他忽然想让聂承岩带着韩笑过来，龙三第一个便想到是谁得了重病。

"没人得病。"龙二瞅了一眼在屋门那儿探头探脑的凤舞，道，"就是想让笑笑来给沐儿把把脉。她手脚凉得很，也不知身子骨适不适合有孕。"

"有了？"偷听的凤舞嗓门挺大。

两个男人同时看向她，她脑袋一缩，装没出现过。

龙三明白龙二的意思，若只是调养身子，怕他是不会惦记着千里之外的韩笑，想来是有更紧要但不方便说出口的事。他当下一沉吟：“我得想想怎么说，阿岩那脾气，可不是我让他来坐坐他便愿意来的。”

“他肯定还惦记着二伯的仇呢。”凤舞在屋门后忍不住又发表了一下见解。

龙二没好气地瞪了一眼屋门，对着龙三向屋门方向努努嘴暗示了一下。龙三明白那意思，他使唤不动聂承岩，就由凤舞去游说韩笑。依聂承岩把韩笑捧手心上的德行，若是韩笑要来，聂承岩自然也不会拦着。

龙三点点头，应承下来。可这两兄弟虽然没说话，凤舞却也是机灵的，她忽地探出头叫道：“二伯，我可以直接找笑笑哦，你要不要求求我？”

龙二的回答是直接扭头便走，气得凤舞在后头跺脚。

龙二走得很快，有老三帮着他，他不担心凤舞捣乱。而且凤舞虽调皮，但也是个有分寸的，他知道她一定会帮他把韩笑请过来。

办妥了这事，龙二上了马车，去了邻镇。那里藏了一名制作奇巧暗器的高手。

龙二用十两金向他订了一根木杖。他要求此木杖外表与一般盲人手杖一般，但需结实砍不断，内里还要暗藏匕首和细镖暗器。那人经验老到，龙二只说了一遍他便明白，当场画了图纸与龙二确认。龙二很满意，留下金子后便赶回了京城。

中午，龙二与礼部尚书和乐司府的人吃了饭。席上确认皇上已经下了旨意，要组成孩童琴师队与西闵国的娃娃琴使们切磋交流。礼部和乐司府正为此事犯难。

龙二听得心中暗暗高兴，宽慰了几句，又给他们出了些主意，然后趁机叮嘱了他们安排的时候要把宝儿放在后头。

礼部尚书和乐司府的人答应了。

龙二却知道这样还不算稳妥，他也没指望一顿饭就能把这件事摆弄妥当。他道：“我也知道这事棘手，其实最后事情圆不圆满，还得看西闵国的琴使是不是识相。现在斗琴还未开始，事情都还有回旋的余地，若是弄得剑拔弩张，到时势必相互不好看。不如这样，我来做东，大人们将西闵国琴使代表和我国的琴师代表都叫上，大家欢聚一堂，相互认识认识，把关系弄融洽了，面子上都过得去，最后自然好说好散的。”

乐司府的人转头看了看礼部尚书，心里暗道：这剑拔弩张的情势，可不就是龙府的娃娃当众挑衅留下的不好看吗？这龙二爷倒是会做人，明明是他着急要化解此事，偏说得像是他送了礼部个大便宜似的。

田尚书倒是明白这里头的利害关系。这事情里礼部就是个左右为难的，办不好背重责，皇上怪罪不说，龙二心里头肯定会记上仇，其他的官员也会看他们礼部的笑话。所以龙二做不做东，这人情他都是要接的。

接了办不好不行，不接办不好也不行，反正左右都是不行的。若是不接，之后可能还会落得个“当初不按我说的办，如今果真是不成吧”的埋怨，倒不如就领下这情了。

田尚书心里一琢磨，遂点点头，连声道谢。

龙二满意了，于是定下了三日后翠湖游船会，让礼部和乐司府事先拟好邀请的单子，他好做安排。

龙二从酒楼出来后，又去了府衙。邱若明正在翻看居沐儿和丁妍珊被劫一案的卷宗，一些事他百思不得其解，见得龙二来，忙迎请进来。

龙二过来果然还是问搜捕劫匪的进展。邱若明摇头，嘴上说的还是那一套：已派出人手严查，城门也封了，绝不能让他们再逃出去。

“他们也许根本没逃。大隐隐于市，不知大人在城内会不会查到什么线索？”

“搜索两日，还未有发现。”邱若明也觉得此事让自己脸上甚是无光，口气半点也好不起来，“昨日龙二爷问的毒药问题，我又复查了一遍。这三年京城里中毒身亡的案子共有十三宗，但与那八个劫匪身中之毒并无相同。这毒性表现之前我便报了皇城御医馆，待他们查出所用何药，也许才能有新发现。”投毒之人暂时是查不到了，只能寄希望于毒药的来源。

龙二原也没指望他今日就能破案，只是过来给他点脸色看看，让他担负些压力罢了。当下听了，龙二也就点头虚应，然后告辞回府去了。

这一日又奔波一天，颇费心力，却没什么进展，龙二在马车上疲惫地闭上眼，忽觉烦躁之极，只怨这车子行得太慢，真想一睁眼便能看到他家沐儿对他笑。

这一路走一路怨，终于是熬回了龙府。

回到府里，居沐儿正在他们的居院里教宝儿弹琴。宝儿的娘抱着小俏儿在一旁一边嗑瓜子，一边夸宝儿弹得好。

龙二靠着棵大树，看着那画面。

画面很是赏心悦目，里面有他的沐儿。那边嗑瓜子破坏美感的，龙二自动忽略过去了。可是那叮叮咚咚的琴声到底哪里好听，宝儿乖娃还一遍又一遍地弹着单调的几个音，相当欢喜的样子。

龙二正看着她们发呆，却听见凤舞大叫一声：“二伯回来了。”

宝儿猛地抬头，脆生生地唤道：“二伯父。”

凤舞刚才夸宝儿还没夸够，这会儿又道：“宝儿乖娃，你二伯父定是听你弹琴听入了迷。”

宝儿受了夸，一脸灿烂笑容。

龙二却是头疼，凤舞这般教孩子，真的没问题吗？万一宝儿长大了，真觉得自己是天下第一美女、天下第一画师、天下第一聪明姑娘、天下第一琴音妙手、天下第一……乖，嗯，那可怎么办？

龙二对着那母女三人，一时不知该说什么，倒是居沐儿一直笑，她柔声唤他："相公回来了。"

龙二清清嗓子，嗯了一声算是应了。

居沐儿又笑着招招手，龙二走过去，在她身边坐下了。

居沐儿问："相公累不累？"

"还好。"有外人在，龙二应对得有些严肃。

居沐儿完全不受影响。她柔声又问："相公渴不渴？我给相公倒茶喝，好吗？"

龙二瞄了一眼凤舞，点头应好。

居沐儿很贤惠地给龙二倒了一杯茶。

凤舞在一旁呆呆看着，龙二顿觉面上有光，疲倦一扫而空。他丢给凤舞一个"你好好学学，好好对老三"的眼神，然后美滋滋地拿了茶杯喝茶。

居沐儿又笑着问："相公闷不闷？"

龙二心道今日娘子真是贴心，当着外人的面给他做足了面子。他装模作样地应："谈了一日的事，是有些闷了。"

居沐儿的笑容放大，甚是灿烂："那沐儿给相公弹琴解闷吧？"

龙二的笑容差点僵在脸上，所幸及时想起凤舞和宝儿还有俏儿那小小人都在一旁看着他，所以他强撑着笑，虚应道："好啊。"

宝儿在一旁看得二伯父要听琴，赶紧毛遂自荐："二伯父，我也会弹哦，我也想弹给二伯父听。"

龙二不及反应，便听到居沐儿笑道："好啊，宝儿弹给二伯父听，二伯父最爱听琴了。"

龙二话都没说，宝儿乖娃已经开始叮叮咚咚地弹了起来。

龙二瞪着低头认真弹琴的宝儿，让她别弹的话怎么也说不出口。可她这弹的是什么？单调又简单的几个音，不停重复不停重复。

龙二的笑容再也撑不住了。他终是能理解西闵国的琴使为何觉得宝儿是在挑衅了，那琴音配上她认真投入的表情，就连他这个门外汉也觉得宝儿乖娃是故意的。

龙二转头看向居沐儿，她笑得很开心，微微歪着脑袋，显得相当愉悦。

这个才是故意的！

是真的故意！

她这个狡猾的女人，肯定是为昨日他冷落她还上花楼的事报复呢。谁说他龙二小气的，他都快把那事忘了，可这女人还记得，还拐着弯报复他呢！

他为何每次都心怀宽广地中招呢？

宝儿的琴音反正不用脑子听，再说他脑子里也没有欣赏琴音的那根弦，于是龙二理直气壮光明正大地走神了。

走神的内容就是盯着他家沐儿看，认真盯着，使劲盯着。

被盯的居沐儿没什么反应，倒是凤舞受不住了。看来二伯把沐儿欺压得很惨，真是太不像话了。

凤舞起身唤了宝儿走，她决定回去后要跟龙三好好说说，让他联合大伯一起教训教训二伯。哪有把媳妇儿吓成这样的，一回家大爷似的让人嘘寒问暖、倒茶弹琴的，他不觉得羞愧，还得意！

凤舞走到院门口，忍不住猛回头，道："沐儿，要是谁欺负你了，你别怕，跟我说，我一定会护着你的。"

居沐儿笑着点头应。龙二则无端端受了凤舞一瞪，气不打一处来。

待人都走光了，龙二连哼三声。居沐儿忙道："相公嗓子不舒服吗？还是着凉了？要不要我吩咐厨房给相公熬点姜汤？"

"胆肥了你！"龙二气势汹汹地站起来，双手负背，"跟爷回房！"

居沐儿跟着龙二回房去了。

进了屋，听得龙二坐下，居沐儿赶紧过去殷勤地给龙二捏肩："二爷累了吧，我给二爷捏捏肩。"

"你这一天天的，倒也不闷，成天变着花样整治爷了。"

居沐儿笑着，认真地捏肩，居然也不否认不辩解。

龙二一下又被噎住，她不接招，他演不下去，太没意思了。

想着想着，龙二又不服气了，娶她回来是做什么的，就是要让她知道爷比她强的，爷非但比她强，还比她聪明，是要让她服气的。

可是她总能把他气着是怎么回事？

龙二一把将居沐儿抓住拧转到身前，翻过来放置到腿上，啪啪啪打了几下。

"怎么又打人？"居沐儿跳起来哇哇叫。

"肩没捏好，略施惩戒。"龙二慢条斯理地答。

眼看她脸皱成个包子，一副小媳妇儿委屈模样，他忍不住咧开嘴无声地笑。他又没用力道，她装疼的模样真可爱。

看，爷整治媳妇儿的招也不少。

居沐儿撇嘴委屈道："凤凤说了，要有人欺负我，我可以找她去。"

龙二道："罚禁足。"

"宝儿也说了，有好吃的会给我送来。"

“罚禁食。”

居沐儿回转头，进了里间，自己摸着床，脱了鞋就上去了。

龙二跟着她，奇道：“这是做什么？”

“禁足禁食了，那就只能睡觉。二爷不必管我，我会安置好自己的。”

龙二一指头戳过去：“又闹！”

“难道二爷还要罚我禁眠？”

龙二又是一指头戳过去。

居沐儿捂着额头认真地问：“二爷不喜这般静静的处置？喜欢闹的？我也行的。二爷要看哭的还是滚的或是吊的？”

龙二踢飞鞋压上床去，咬她的唇：“爱看脸红的。”

“那还是来滚的吧。”居沐儿说完开始滚，嘴里喊着，“不行，不行，不依了，不依了……”

龙二一愣，这还真的滚起来了？

他看着她滚，她却有些累了，一边滚又一边嚷：“二爷快阻止我，快让我别闹了。”

龙二瞪她，她还玩出劲头来了不成？心里怨着，终还是伸了手将她抱住了。

居沐儿停了下来，气喘吁吁：“为人媳妇儿的，太不容易了。”

“哪家媳妇儿跟你似的，早被休出去了。”

“是因为我闹得不够好？”话说完，她的脸蛋儿就又被捏了。

居沐儿咯咯笑，伸手回抱住龙二：“相公今日忙了什么？”

“去给你订了个新手杖，还给你请了个好大夫回来把把脉。”

居沐儿点点头：“谢相公。要不再帮我买把琴？”

“浪费，败家。”龙二捏她耳珠子，“不许。”

“好琴师总是缺一把好琴。”

“好琴师拿块烂木头也能弹。你的琴摆了一屋，我可是亲眼看见的。不许买琴，败家。”

“琴师对好琴的向往之心，二爷你永远不懂。”

“挣钱养家的爷们之心，你也永远不懂。”

“我懂。”二爷那颗深沉厚重的小气之心，她懂的，就是不能说。

虽然没说，但她的脑门还是被挣钱养家的爷们敲了一记。居沐儿忍不住腹诽，这相互间太过心意相通也不是件太好的事情。

居沐儿赶紧转移话题：“相公今日还做了什么？”

“见了礼部的人。”龙二将三日后邀请西闵国琴使一起去寻欢作乐的事说了。居沐儿很快明白他的用意，便问：“游船就是在湖上喝酒作乐吗？”

龙二略一沉吟，小心地答："当然会请些花娘助兴。只是游船比不得在花楼里，毕竟是公众地方，大家都会规矩些的。当然，爷向来不受影响，在哪里都甚有分寸，洁身自好。"

居沐儿忽略掉龙二的厚脸皮自夸，对花娘却是有兴趣："那二爷请什么样的花娘？长得美的还是琴弹得不错的？"

龙二干咳两声，对与自家娘子讨论花娘这种事感到有些尴尬："既是请客做东，当然得美貌与琴技并重才行。不然给礼部那边丢了面子，事情也不好办。"

居沐儿点头："二爷的意思是如果自己上花楼，就不讲究这些个，丑点的不会弹琴的也行，是吗？"

"龙居氏！"

居沐儿赶紧抱上自家相公的胳膊："我就是好奇，随口一问，我知道相公最是稳重严肃，绝不会在外头沾惹不清。"

龙二脸色稍霁，虽知她是哄他的，但听着也是受用。

只不过刚才还二爷二爷的，一拍马屁一撒娇就变相公，这女人是长在墙头的吗？

居沐儿看不到龙二的脸色，又问："相公打算请哪些琴艺出众的姑娘呢？"

"怎么，又想嘲笑爷听不懂琴？"

"怎么会？我是真好奇。相公用不着听得懂，自然也会听旁人讨论相议的。相公知道我也曾教花娘弹琴，所以想知道哪些姑娘琴技远播，有没有我教过的。"

龙二略想了想，答："有名的那些，无非是惜春堂的林悦瑶，怡香院的秦莹，百花阁的心莲……"龙二一边说一边看着居沐儿的脸色。要说琴艺出名的花娘，他还真是能点出不少。只是聪明的男人不该显摆这些，他草草说了几个名便装想不出来了。

居沐儿脸色如常，待龙二不再说了，便道："相公，游湖听琴能不能带我去？"

龙二一愣——她想做什么？

"不是说湖上人多，大家都是会规规矩矩的？既是如此，有女眷定是无妨了。再则说，宝儿要应战，却不知对方琴技路数如何，待我去听听，探得一二，回来也好教宝儿应对。她初学乍练的，需对症教导，方可保届时不出错不出丑，别招惹麻烦。相公你说是不是？"

这话说得头头是道，龙二反驳不了，于是点头应允了。

三日后，龙二带着居沐儿，登上了翠湖边上那艘最华丽的大船。

翠湖是京城最有名的水色景点。虽为湖，却一望无际，从湖的这头远眺，看不到那头的边际。湖波青翠透亮，碧波莹光，是名翠湖。

龙二这次宴请了斗琴双方及各路官员，统共租下了三艘船。主船最大，共有三层，礼部各官员及两国主要琴师都在这艘船上。其他过来凑热闹为辅占便宜兼吃喝玩乐为主的官员和相关人等就分在两艘略小的船上。

龙二依利害关系和各人目的，将人员都安排分配好。居沐儿第一次参加这类盛宴，只静静地陪侍一旁，毫不多话。

一番客套之后，大家推杯举盏，谈笑风生。西闵国的琴使们无论斗琴的原目的如何，现下被好吃好喝地伺候着，又有美人美酒相伴，很快也露出男人的烂脾性。倒是那位首席琴师雅黎丽，三十来岁的模样，颇为严肃，只静静地吃菜喝酒。

龙二与田尚书使了个眼色，田尚书赶紧遣了位女官，到雅黎丽身旁伺候相陪，绝不能让她有在这男子场中受冷落之感。

花娘在这样的场合里是不会挤到男人身边灌酒的，她们很明白什么场合里应该做什么事，于是一个轮着一个上场献技，有跳舞的，有弹琴的，因是顶着各楼花魁的名声，是以全都使出了浑身解数，生怕被别的楼里的姑娘给比下去。

居沐儿全场都在认真听琴，随着琴音摇头晃脑。每换一名琴娘，她都要问问龙二这是谁。龙二一个一个地答，答到惜春堂的林悦瑶时，龙二猛然惊觉自己说得太多了，这些花娘他都叫得出名字，他家沐儿会不会又跟他闹别扭？

好在居沐儿全程都表现得很高兴，龙二放下心来。他一边应酬一边扫视全场，没人对花娘弹的琴感兴趣，那些琴技，在这些琴师看来不过是些花架子，取乐用的。而大家高谈阔论，大声谈笑，这琴音也自然不好入耳。所以整个场子里，只有居沐儿在认真听琴，而那位西闵国首席琴师雅黎丽却是时不时盯着居沐儿看。这让龙二皱起了眉头。

林悦瑶弹完琴后静静地下场，过了一会儿换了染翠楼的一位姑娘开始弹。这次居沐儿没问这是谁，却对龙二说她有些累了，想出去吹吹风。龙二答应了，让个丫头陪着她去。

居沐儿在船尾站了一会儿，说觉得有些凉，让丫头帮她去拿件披风。丫头走了，一个熟悉的声音冒了出来：“龙夫人。”

“悦瑶姑娘。”

林悦瑶道：“没想到夫人会来。”

“相公带我来见识见识，这么巧遇到姑娘了，正好，我正有事打算找姑娘。”

“何事？”

“之前托付给姑娘的琴谱，我想拿回来。”

林悦瑶忙问："夫人打算面圣诉冤吗？"

居沐儿笑笑："这事我们相议过了。无凭无证的，诉什么冤？那琴谱与这事无关，姑娘还我便好。"

林悦瑶静默片刻，答应了。

两人再无他事，就此别过。林悦瑶再次叮嘱居沐儿别泄露她俩有联系，居沐儿一口答应。

居沐儿与丫头回到船舱时，花娘们已经全都退下了。

此时一位西闵国的琴师正在炫耀琴技，居沐儿在龙二身边坐下，那人正巧弹完。他的琴音未落，另一人紧接着也弹了起来，大有较量的意味。

居沐儿一听这琴音便知道，弹琴者是钱江义。

越是精研琴技的，就越有自己的手法风格，如同独一无二的印记，烙在自己身上。

高手弹琴，确实比方才花娘的讨好卖艺强上不知多少，却少了几分趣味，对龙二爷来说的趣味。

居沐儿悄声唤："相公。"

"做甚？"龙二的声音里听不出情绪。

"我陪相公喝酒说话吧。"

龙二心里一动。他家沐儿倒是真懂他。他弯了嘴角，有些得意。

几个男人拿着琴弹来弹去于他而言确是无聊之极的事。花娘弹琴他听不出好坏起码还能看看脸，赏心悦目。几个男人弹琴他听得无趣，看脸也没意思，只是他坐在首位，摆不得脸色，也不好离席，确实觉得乏味得很。

而他家沐儿愿意哄他开心，这让他很高兴。

"你不是喜欢听琴？"

"相公比较重要。"

听听，这马屁拍得，真让人身心舒畅。

"天天与你说话，都没个新鲜劲了。"龙二故意道。

"有新鲜劲的。"

"有吗？你说一个听听。"

两个人轻声拌嘴逗趣，那边的斗琴已换过了四五个人。

这时候琴声忽然停了。居沐儿愣了愣，不知发生何事。龙二抬头一看，发现是那个雅黎丽抬了手示意停下，弹琴的是他们西闵国的琴师，自然听从她的，停下了。

雅黎丽的双眼此时正盯着居沐儿看，这让龙二相当不快。他还没来得及说话，雅黎丽倒是开口了："城南酒铺，有女沐儿，妙手仙琴，天音自来。龙二夫人盛名，我耳闻已久。”

雅黎丽这话让在座的所有人都把眼光转向了居沐儿。

居沐儿淡淡一笑，欠了欠身：“承蒙夸奖，盛名是不敢当，只是当初年少时受到不少鼓励。”

雅黎丽没接她这客套话，倒是自报了家门：“我名唤雅黎丽，是西闵国的琴苑司长。贵国琴圣大师师伯音先生是我知己。”“知己”二字她咬得甚重，那语调让闻者皆知他们恐怕不是“知己”那么简单。

雅黎丽完全不看众人，只接着道：“师先生常在各地游走研琴，贵国的琴师他见过不少，但他只在我面前夸过两人。一是华一白华先生，他说其满腹才华，狂放如龙，飘逸如仙。第二个便是龙二夫人你，他评价你天赋惊人，灵动如神。”

居沐儿整个人呆住了。除了在刑场上那一次，她之前还从未见过师伯音，万没想到竟能得他如此盛赞。获得心目中神仙一般人物的肯定，居沐儿激动得攥紧了拳头。

一旁的琴师有些不服，夸华一白便罢了，这居沐儿女流而已，何以能得此赞？

一位琴师不服气地质问：“师先生几时见过龙二夫人？”

雅黎丽冷眼瞅那琴师，龙二的目光也向那人剐了过去。

雅黎丽道：“师先生个性古怪，不喜与人交际，但他喜欢在暗处观察琴师，聆听琴音。他与华先生、龙二夫人皆不相识，只因闻得其名，便找了机会听琴罢了。这位先生与其质疑我说的话，不如想想自己为何不得师先生称赞。若是先生也有些名气，师先生必是听过先生的琴。”

那人被斥得面红耳赤，原想再辩几句，但看周围人脸色，又一想这场合及在座各人物，于是咬牙闭嘴，不再多言。

雅黎丽扫了一圈在座人等，又道：“在我国，女子男子皆可习琴，以技相较，能者居位。我与师先生相伴多年，得他指点，所以琴技出众，以此掌了琴苑司长之位。我国来访琴使里，也有三位女子。但贵国的琴师，放眼望去，却是清一色的男子，那些个弹琴的姑娘，只是卖艺花娘。”她说到这里，笑了起来。

她一笑，西闵国的琴师们也跟着笑起来。田尚书和乐司府的官员们顿时脸色难看，男琴师们也全都心里憋气。

这分明是在羞辱萧国。

这时候居沐儿却是道：“两国之情，确有差别。我国习琴的人太多，男女老幼、官商农工，皆喜习琴。人人会琴，倒不是为谋那一官半职，而在怡情，而在享趣。人人弹的琴皆一般，谁也不比谁多那一根弦。”

居沐儿这话说完大家全都静下来，一时间也不知道她这话的意思，好像驳斥了雅黎丽的说辞，又好像扇了那些自视甚高的男琴师的耳光。仔细一想，又似什么意思都没有，模棱两可，不喜不恼。

龙二却是在心里想着，方才那男琴师不服气他家沐儿受夸，他就知道他这娘子肯定也会找机会给他不好看，就如同当初他对她摆威风让她下不得台，转头就被她找了理由泼了一身茶似的。

如今居沐儿把雅黎丽和本国的男琴师两边都斥了，却叫人说不得什么来，这让龙二觉得甚是开怀。他但笑不语，心中颇是得意。那种感觉就是吾家娘子甚威风，为夫与有荣焉。

场上静了一会儿，雅黎丽忽然道："当初师先生受贵国史尚书的邀请，去他府里为他研解一本绝妙琴谱。师先生离开之前问我，等他回来我是否愿意辞了这琴苑司长之职，与他云游四方，共寻好琴妙音。"

场上依然静默，大家都忍不住静静聆听。

"师先生的发妻死得早，他早与我说过他不会再娶。可我一心挂在他的身上，从不考虑另嫁他人。他不娶，我便不嫁，我们只做知己便好。若有缘能与心爱的人做一辈子的知己，我也心满意足。只是那日他突然如是说，我喜出望外，一口答应。他还问我，婚礼是想用萧国礼俗办，还是西闵国的……"

雅黎丽说到这里停了一停："只是师先生这一去再不复返。婚礼无论是用哪国礼俗都是办不成了。我永远，都只能是他的知己而已。" 她说话的语气平静，居沐儿却听得眼眶发热。

龙二一边听一边留心在场诸位西闵国琴师的表情。那些人面露悲愤，显然对这个故事早已知晓。原本一心期盼的婚事，最后竟是以男方在故乡被斩首而结束，龙二听后心里有些担忧——他们来萧国，究竟意欲何为?

"当日师先生被斩首，我正重病在床，原以为会与他一同去了，不料老天留我一命。只是遗憾未能见到师先生最后一面，未能听他弹奏最后一曲。如今我来得萧国，想见一见师先生盛赞的两位年轻人。未曾想华先生竟然也已仙去，余下龙二夫人嫁入豪门，却也是不好见了。宫中切磋琴技的琴师名单里也不见龙二夫人在列，我原本心中甚是遗憾，好在今日有此机缘……"

说到这里，她冲身旁的一位琴师摆一摆手。那琴师会意，搬了一张琴过来，放在了居沐儿面前。

龙二紧皱眉头，这雅黎丽刚刚才讽刺完萧国弹琴的女子都是花娘，现在就摆张琴过来是何意？若她敢让他家沐儿献艺以此羞辱她与花娘一般，他定要当场给她不好看。

雅黎丽却是道："让夫人献琴一曲似乎有失礼数。所以，我想请夫人与我合奏一曲，如何？”

合奏？这又是何用意？

龙二看了看居沐儿，见她凝神想了想，点头应了好。

雅黎丽微微一笑：“如此，我先来了。这首曲子，是我为师先生而作。”

言罢，也不等居沐儿准备好，她便叮叮咚咚地弹了起来。

席上众人屏气凝神，静声听着那琴。萧国琴师们都很好奇，西闵国的琴苑司长兼首席琴师，到底操持着怎样的技艺。

居沐儿也在听。雅黎丽虽说是合奏，但弹的曲子却是自己所作，居沐儿未曾听过，所以她要跟上，就得先听明白她弹的什么。

很快，居沐儿开始拨弦，她没有显摆琴技，只是轻轻巧巧的节律，配合着雅黎丽的曲子。

龙二听不明白琴音，只好东张西望，他一会儿看看居沐儿，一会儿又看看大家。看着看着，却发现那雅黎丽弹琴弹得落了泪，龙二吃了一惊，转头看居沐儿，她居然也热泪盈眶。

龙二决定不再看了，这些弹琴的疯魔症要发作了，他还是吃菜喝酒吧。

这一曲绵长，待龙二吃了些菜，喝了两杯酒才终于弹完。两位女琴师一曲毕了，都站了起来朝对方鞠了个躬。

雅黎丽道：“师先生所言，果然不假。”

居沐儿也客套：“大人妙琴，我自叹不如。”

礼部尚书见得此景，忙推波助澜，举杯招呼说什么两国情谊，以琴会友云云。雅黎丽接了他这话，两国的琴师们终是举杯共饮，算是正经向对方示了个好。

第三十二章 斗琴湖冤案

深夜里，曲终人散。龙二握着居沐儿的手坐在回程的马车上。

居沐儿把头靠在他的肩膀，默不言声。龙二忍不住捏捏她的脸蛋："想什么呢？"

居沐儿过了一会儿才答："没想什么，就是困了。"

龙二笑道："整日犯困贪睡，你是猪？"

"相公又瞎说了。相公没养过猪，怎知它贪睡？"

"说得也是。我只养过我娘子。"龙二道，"那日后我见了猪，便对它说，你怎么与我娘子这般，整日贪睡。"

居沐儿笑了，她把脸埋在龙二怀里："猪才不会理你。"

龙二也笑："我稀罕猪理我呢。"他挪了挪姿势，让她窝得更舒服些。

居沐儿将他抱得更紧。

龙二笑话她："弹完了琴，怎的爱撒娇了？"

居沐儿不说话。

过了一会儿，龙二又问："你弹琴的时候，哭什么？"

居沐儿没作声，过了很久，久得龙二以为她已经睡着了，却听她道："那琴曲里饱含深情，令人动容。"

"只你俩动容了，我看别人的神情都不这般。别人想念已故的恋人，哭便罢了，你相公我就坐你身旁，你哭个什么劲？"

“也不全是这个。只是今日我忽然想通了一件事。”

“何事？”

居沐儿张了张嘴，又闭上了，过一会儿才道：“我从前钻研过一首琴曲，一直未明其意，今日里忽然明白了些，所以有些失态了。”

“又是琴？”龙二不满地嘀咕，“你脑子里除了琴还能有些什么东西？”

“还有相公呢。”

居沐儿接得快，龙二一噎，后面斥责她的话生生给咽了回去。过了一会儿，龙二却突然道：“龙居氏，你说相公是东西？”

居沐儿闭眼，决定装睡。她不过是诚心诚意地想拍拍马屁而已，她家相公，实在是太不容易讨好了。

可龙二不让她睡。他揽过她啄啄亲亲，又把玩她的手指，弄得她再装不下去，笑了起来。她一笑，龙二也笑。

好吧，其实她家相公，也不是太难讨好。

这一夜，居沐儿睡不着。她听着龙二熟睡中绵长的呼吸声，觉得眼眶发热。

接下来的几天，居沐儿都在府里专心教宝儿弹琴。

乐司府的帖子已经递过来了。赏琴大会定在五月初一，地点是宫中的映月台。说是台，其实就是一个赏月花园，因着园中的小湖映月得名。

宝儿是龙府的宝贝疙瘩，她要进宫斗琴，爹爹龙三娘亲凤舞是一定要跟去的。为防斗琴中有什么紧急情况，所以师父居沐儿也是要去的。居沐儿要去，龙二自然也要跟着。而龙府小少爷龙庆生最是心疼这个妹妹，嚷着也要去。小少爷去了，小少爷的爹爹龙大将军和娘亲安若晨自然也是要去的。

于是龙宝儿进宫斗琴，变成了龙府一家子进宫陪斗。

乐司府的帖子递了三回，这才算是妥当了。

经过一番折腾，宝儿总算明白了事关重大。不过小人儿心里还是不太紧张，她只是知道二伯娘不是在陪她玩，是在认真教导她，所以她也就认真学着。

在五月初一之前，居沐儿出了一趟门。她带着小竹，去了一趟琴铺。

小竹受居沐儿感染，这段日子也对弹琴有了兴趣，进了琴铺后东摸摸西瞧瞧，有些兴奋。铺子里还有一位戴着面纱的女子在挑琴，她见了居沐儿主仆进来，未动声色，只在居沐儿单独站在琴台前时，悄悄凑了过去。

“龙夫人。”那女子悄声唤。居沐儿听得是林悦瑶的声音，点了点头，轻应一声。

林悦瑶警惕地看了看左右，确定无人注意，便从袖里摸出两本琴谱于琴台之下递给了居沐儿。居沐儿摸到，不动声色地装进自己袖中。

林悦瑶轻声道："这便是夫人当日交予我的琴谱，夫人有何打算？"

"暂时还未有打算。"

林悦瑶皱了皱眉，又道："夫人，最近我身边有些不对劲，似乎有人盯梢，今日里也是费尽周折才能来此。我觉得不安全，怕是近期都不好再出来，夫人也切莫再寻我。待过一阵子风头过去，我自会联络夫人。"

居沐儿点点头。这时候小竹过了来，于是林悦瑶转头去看别的琴。她听到主仆俩小声说了几句，似在谈琴，然后小竹挽着居沐儿往外走，一边走一边道："夫人，真的不买吗？"

"可不敢买，我就是过来摸摸看看。二爷可说了，我要是再敢买琴，他要罚我的。"

小竹嘻嘻笑："我看夫人是不怕罚的。"

"我怕呢，相公很是严厉。倘若相公为这把我休了，我可是会哭死。"

小竹扑哧一笑，直道不信。

主仆二人说着话走远了，林悦瑶看着她们的背影消失在街尽头，转身朝街的另一头走去。

居沐儿拿回琴谱后，便把自己关在了房里，没多会儿便开始弹琴，琴声激荡，绵绵不绝。小竹隔着门听到，心里暗想，夫人虽说是不敢买琴，但心里头定是还有念想，所以才这般弹琴诉怨。

傍晚时分，龙二回来，第一件事便是按着每日惯例，唤了小竹来报居沐儿这日都做了什么。

小竹支支吾吾，最后还是把居沐儿去了琴铺却空手而归，归来后把自己关在屋里悲愤弹琴的事说了。

"你懂琴？"龙二挑高了眉毛质疑，"还能听出悲愤来？"

"这个，奴婢没正经学过琴，虽平日里得夫人指点一二，但也未学成几分。若奴婢没有陪夫人去琴铺，自然是听不出来。可奴婢陪了夫人一日，看夫人在铺子里对琴爱不释手的，还与别人讨论来着，如此这般，能看出夫人确是想买琴。可她说二爷不让买，她怕二爷罚她。这般说来，夫人回来后便把自己关起来猛弹琴，不是悲愤，难不成还能欢喜？"

小竹一口气说完，抬眼偷偷看了龙二一眼。这一看她就吓了一跳，龙二正微眯眼盯着她看。小竹顿时心里发怵，她说错什么了？

龙二心里生气，这丫头看上去就是被居沐儿带坏了。以前答话小心翼翼正正经经，问什么答什么，现在啰里啰唆说一大堆，连解释带推想还敢反问！她当爷问话是陪她聊天解闷呢？

龙二冷着声音道："你扯这些个废话做甚？"

小竹张大了嘴，惊道："奴婢……奴婢说错话了，请二爷责罚。"可是，她哪里说错了？

龙二没心思罚她。为这点小事罚人，还是沐儿身边的丫头，回头叫沐儿知道了，该与他不高兴了。龙二一甩手，扭头走了。

吃过了晚饭净过身，又到了龙二爷最爱的夫妻温存，不，二爷训妻时间。

今晚头一桩事，是要说说奴婢管教的问题。

龙二把今日与小竹的问话答话说了，把自己的不满也说了。居沐儿听得笑倒在床边。龙二戳她脑门子："还笑？定是你教的坏毛病。"

居沐儿摇头："没教。"

"什么没教？"

"没教坏毛病。"

"不是你教的还有谁？啰唆唠叨，跟你一个做派。"

"不，简洁。"

"什么？"龙二继续皱眉头，什么简洁？

居沐儿摇摇脑袋："我说话简洁。"

龙二明白过来："又要闹爷了是不是？"

"不。"

"好好说话！"龙二爷开始咬牙了。

"不行呢，我家相公要求我说话一定要言简意赅。能用一个字说明白的绝不用两个字，能用两个字说明白的绝不能用三个字。平日里不好好这般说话，定是会养成了坏毛病，这让身边丫头跟着我说话多了，全都不懂简洁之美，那样个个讨不得相公欢喜不算，也许还会让他着恼。那可如何是好？"

听听，听听，这语气、这说话方式，啰唆解释再加推论，最后还带问句，还说不是她教坏的？

龙二将居沐儿按倒在床上咬一口她唇瓣："你可以这般说话，她们不行。你好好管教管教，下人就该有下人的样子。"

"那是什么样子？"

"就是能用一个字说明白的绝不用两个字，能用两个字说明白的绝不能用三个字。"

居沐儿听得龙二学舌又不禁想笑，龙二却是抵着她的唇接着道："总之，只能你与我那般说话，别人不行。"

这话让居沐儿的笑凝在唇边，她呆了一呆，然后用力抱紧龙二的颈脖，吻住他的唇。龙二欣然接受，很主动地张开嘴，加深了这个吻。

一吻绵长，两人都气喘吁吁。

唇瓣分开后龙二还不忘继续教训："如若你管教不好，我来管，到时把你的丫头们骂哭了，你可不许与我闹脾气。"

"好，我明日便与她们说。"说完便堵住爷的嘴再亲一个。

爷开始扒衣裳，一边扒一边道："还有，小竹说你今日逛琴铺子了，以后少去。反正琴是绝不让再买了。你数没数过你究竟有几把琴，还长得不一样，摆你的琴还得专门腾一间屋子，还得制架子，你每把琴能摸上几回？自己算算这里头得浪费多少钱银，想想那钱数，摸一摸心口问问疼不疼。"

"不疼的，买了琴心里全是欢喜。"

"是爷的心，不是你的！"

"哦。"那估计应该会疼吧，很疼。

居沐儿觉得她家二爷说这话的语气可用痛心疾首形容，与她曾听过的老农诉说被恶霸劫了全部家当时的语气一模一样。

痛心疾首的龙二爷还在说："总之既然是绝不会再买琴了，你就少去琴铺，绝了那念想，心里头便不难受了。"

不难受就不会悲愤地弹琴了。

龙二说到这，心里咒一声：都怪小竹那死丫头，用的什么词——悲愤？

说得他家沐儿这般可怜，不就是不让买琴嘛，悲愤什么？这种钱银是没必要花的，是浪费败家，买了他才是真悲愤。

"相公。"居沐儿抱着龙二亲吻温存。

莫谈钱了，谈钱伤感情。龙二夫人试图转移她家夫君的注意力。

她得逞了。龙二很快把念头全放在了她身上，夫妻二人抵磨销魂，甜蜜热情。

最后龙二忘了自己原先要训什么来着，但抱着软玉温香共枕入眠的感觉太好，他决定其他的都能往后放一放。他亲亲居沐儿长长的睫毛，心满意足。

一连数日，居沐儿除了教宝儿习琴外，其余时候便是自己躲在屋里弹琴。

每每龙二问起，小竹总是战战兢兢。

"弹琴。"

"弹琴。"

"还是弹琴。"

这过于简洁的答案让龙二火大得拍桌子："弹琴也分怎么弹的，是高兴还是不高兴，是愁眉苦脸还是没精打采？除了弹琴，难道还没做别的？今日她教宝儿习琴教得如何？有没有累着？饭吃得如何？有没有胃口？今日瓜果用的什么？午睡休息得如何？有没有喊闷？有没有问起我？"

一连串的问题问得小竹目瞪口呆。莫说要简洁地回答完这些事她一时也想不起来用什么词，就是光把这些个问题全记下来她就有些晕。

她张大了嘴，脑子死活转不过来，不知道该怎么答，最后扑通一下跪地上了：“二爷，二爷莫赶我走。我每日都有悉心照顾夫人，忠心无二。夫人要是摔了我铁定垫在底下，夫人要是闷了我能给夫人逗闷子，我每日都时刻留心，没让夫人渴了饿了热了冷了。二爷，求二爷开恩，莫要赶我走，让我留在夫人身边吧。”

龙二黑着脸，他几时说要赶她走了？而且这种答不出问题就转移话题装可怜的招数，是他家沐儿才能用的！这些个下人，越来越不像话了。

小竹见龙二脸色难看，又不说话，以为真是嫌她不会答问题不够伶俐，真想换掉她，赶紧磕头相求，说她日后一定再不啰唆说话，答话一定想周全了云云。

李柯过来寻龙二报事，看此情景又听得一二明白了几分，赶紧过来悄声与龙二道：“二爷，方才夫人遇着我，问为何二爷还没回来。”

龙二摸摸下巴，他今日一回来便听下人报书楼那儿有急事，他便没回院子直接来了书楼，处理完了事又把小竹找了过来问话，一前一后耽误不少工夫。难道是他回了家没去见沐儿，让她着急了？

龙二决定先回院子看媳妇儿。

龙二走了。小竹脚一软坐倒地上。李柯过去扶她起来：“从前不是好好的，近来怎么总招二爷生气？”

“从前说话二爷都不挑什么，近来怎么说怎么错。我答得细了，他说我啰唆，我答得简单了，他又倒出一堆问题来。其他人也是这般，三天两头挨训，也不知怎么了。”小竹直想抹眼泪，以前的二爷真没现在这么难伺候。

李柯细问了缘由，想了想道：“二爷定是不爱你们像夫人那般说话。”

“可我们没有学夫人啊。”

“倒不是学，就是处得久了，夫人说话又是头头是道风趣幽默的，你们向着她，潜移默化了。二爷对夫人上心，自是不爱别人似夫人那般，不是嫌你们啰唆。”

小竹听了，仔细一琢磨，好像还真是这样，上回小苹说了一串夫人说的趣话，正巧二爷路过在一旁听见，瞪了小苹好一会儿。

小竹有如醍醐灌顶，顿时想明白了。她赶紧谢过李柯，屁颠屁颠地跑回去与众姐妹相告。

之后众丫头们在二爷面前说话都有了心眼，倒是再没惹得龙二恼心。小竹对李柯感激，送了一篮子鲜桃给他，又正巧看到李柯扔在一旁的破衣裳，便主动拿了回去缝补。这事恰好就落在了来练武的苏晴眼里。

又过几日，小竹拿补好的衣裳来还，苏晴这么巧也在。苏晴笑得眼睛眯眯然，看得李柯心里直发毛。再几日，李柯惊讶地发现，自己晾在外头的衣裳时不时破口子，很快便要没几件好衣裳了。他埋伏偷窥，终于发现是苏晴练完武后，晃晃悠悠到晾衣场，给他的衣裳捅一刀。

李柯头顶冒烟。被抓个正着的苏晴却是横眉竖眼，比他还凶："这不是帮你嘛！你衣裳破了，正好去找那小竹姑娘给你补去！师父你放心，补好了这些，我再帮你弄破别的。"

还弄破别的？！

李柯气得说不出话来。

师徒二人不欢而散。苏晴连着几日不来练武。李柯也不知自己哪里惹了这悍姑娘不高兴，后想想实在有些不放心，便去请教了居沐儿。

居沐儿听完了事情经过哈哈大笑，笑声让走进院子的龙二直直瞪着李柯的后脑勺。

居沐儿问李柯："你想让小竹替你补衣裳吗？"

李柯直挠头："不用麻烦，府里自是有人做这些事的。小竹姑娘上次就是顺手帮我一忙，怎么夫人也拿这个说笑呢？"

"你确定不想让小竹帮你补衣裳吗？"

"不想。"李柯答得干脆，皱起眉头，不明白夫人的意思。

他这一皱眉，又被龙二瞪了。敢对他家沐儿皱眉头，讨打吗？李柯也是机灵的，赶紧揉揉眉心揉揉脸。他多无辜，他是忠心耿耿又正直的护卫啊！

主仆二人正暗自用眼神交流，却听居沐儿道："既是不想让小竹帮你补衣裳，就让晴儿补吧。"

李柯愣了一愣，看了一眼龙二。龙二扬扬眉，也很莫名。

"不补不行吗？"李柯的脸很苦，可惜龙二夫人看不到。

龙二夫人好心告诉他："你让晴儿帮你补了这回，以后衣裳便不会坏了。"

是这样？

李柯将信将疑地走了。龙二却是忽然明白过来："沐儿，你偏心晴儿。"

"怎么会？"居沐儿摇头笑道，"小竹平日里没怎么提过李护卫，她说街口裁衣铺子的小掌柜比较多。晴儿却每回来都要聊她的师父。而我方才也问了李护卫，他若是对小竹有意，这事情倒是不好办了，可他显然没那意思，而我只教他个让晴儿别生气捣乱的法子，日后他们如何，还得看他们自己。"

"哼。"龙二爷很不满，他一屁股挤坐在居沐儿身边，埋怨道，"你怎的就没这般为我费过心？你看看人家晴儿，小小年纪，就知道弄坏衣裳吸引注意了。"

"我也有啊。"居沐儿涨红脸。

“你有吗？你那些招数，全是故意气爷的，哪是认真对爷好？”

居沐儿眨眨眼。为什么割坏了衣裳是认真对人好，换了她的就是故意气人？她才是很认真很诚心地讨爷欢心的。

“要不，二爷也翻件破口子的衣裳出来，我帮二爷缝补缝补。”

“算了吧。”眼睛看不见还缝补缝补，一听便知是闹他的。可龙二的嘴角还是忍不住向上弯。

他用指尖戳她的指尖：“就你这样还敢动针动剪的，真是皮痒了。看不见了就安分一些，你瞧，要不是有爷照顾你，你这日子得怎么过？”

“若是没有了相公，我心里定是难过之极。”

这话让龙二很是受用，得意地咧嘴笑。笑着笑着，他又觉得哪里有些不对劲。但他家沐儿很乖很黏人地抱着他，他便将这小问题抛到了脑后。

日子便在这些不断发生的“小事”里过去。“小事”也似乎在这些日子里全都化解。龙二不再对丫头们横眉竖眼，李柯的衣裳不再破了，而龙二夫人与龙二爷的小日子也平平顺顺。

龙二爷每日的心情都很不错，对现状感到非常满意。

然后，五月初一到了。

龙府三兄弟带着家眷进宫赴晚宴。

映月美景赏心悦目，宫里的美味膳食也无可挑剔。但因为首座上坐着皇上，大家都难免有些拘谨。几杯酒下肚之后，舞娘琴娘踩着月色助兴而来，这场面才活泛了些。

整晚的斗琴对龙二来说没甚意思，而且席上还坐着刑部尚书丁盛及他的乘龙快婿云青贤，这让龙二颇为不快。

丁盛那只笑面虎，龙二见着他就烦。想必丁盛心里对他也是如此想，但两人目光对上，偏偏还要笑一笑，举杯共饮。

但这不是最让龙二不舒服的地方。

最让龙二恼火的是，云青贤那厮的眼睛时不时朝他家沐儿身上瞧。大庭广众之下，他倒并非明目张胆，只是时不时借着举杯或是与旁人说话的机会，不动声色地看居沐儿一眼。只是再细微的小动作也让龙二看着了，那灼灼目光，隐隐深情，让龙二真恨不得一鞋底将他踹到墙里头去。

龙二生气的这当口，琴师们开始斗琴了。

西闵国的琴使和萧国的琴师们因为酒肉共欢了一场，所以彼此间少了几分敌意，这弹琴切磋过程气氛融洽。两边娃娃琴师的出场逗得大家哈哈大笑。而宝儿乖娃的出风头本事依然不弱。龙二其实有些想不明白，宝儿不吵不闹的小模样，怎么就总能引得注意呢？

事由是每个娃娃上场都要自报家门。别的娃娃第一次见这样的场面，饶是官家小公子也要怯几分。偏偏排在后场的宝儿睁着双水灵大眼俏生生地环视四周，一点不惧。

这般模样终惹得皇上逗她："你叫什么名字？"

"龙宝儿。"小脸粉红含羞，但声音响亮。

大家一阵笑。皇上又问："今年几岁？"

"六岁。"宝儿答得依然响亮。

旁边一位官员也凑热闹，问："几岁开始学琴的？"

"六岁。"宝儿这回答得不但响亮，还信心十足。皇上实在是忍不住笑了，这娃娃的劲头模样果然是来挑衅叫板的。

接下来宝儿弹琴，证明了龙二那一顿游船的钱银没有白花，笼络敌方的感情收买好感是非常必要的。

宝儿用一副大师的姿态和气势在弹一首最简单不过的曲子，单调的曲音、稳健的节奏配上她的非凡自信，直接就打乱了西闵国娃娃琴师的阵脚。对方的曲子被她的单调带坏了，走音又乱了拍子，越弹越冒汗。

最后宝儿赢了，因为她完整地弹到了最后，完成了整首曲子。

西闵国的琴师都赴过游船宴请，便没说什么，只把那个灰头土脸一脸沮丧不甘心的娃娃琴师领了回去。宝儿不得意不骄傲，只纳闷为何对方有人领，她这边却没人？她转头看看龙家人的方向，龙庆生看她那小呆样便着急，于是跑上台去，把她领了回来。

后头又是歌舞助兴，然后其他琴师上台献技。宝儿的事就顺利过场，没争没怨，于龙家人来说，算是圆满解决。

一家子不懂琴的人沉浸在宝儿过关的喜悦当中，喝酒吃菜，其乐融融，那些什么弹琴什么绝技，于他们而言没甚意思。

这席宴顺顺利利，宾主尽欢。宴将毕，皇上开始行赏，给今日里斗琴的各位琴师赠礼。

居沐儿暗想这皇上也如她家相公一般喜欢用这招笼络人心。她正在走神之时，忽听得钱江义大声谢过皇上，然后居然还有后话："皇上，草民斗胆，有一事相求皇上。"

"讲。"皇上龙心大悦，允他说话。

钱江义俯身一拜，朗声道："皇上，两年前，我国琴圣大师师伯音先生杀害史尚书一门，定罪后判的斩立决，皇上爱才惜才，允他在行刑之前弹奏最后一曲……"

居沐儿心里一震，她是万没想到，钱江义会在这种场合提到此事。

龙二也是吓了一跳，迅速握住居沐儿的手，用力捏紧她。

钱江义继续道："师先生最后一曲颇含深意，琴曲当中诉说蒙冤之情。这两年草民与几位琴师钻研琢磨，确定曲中确是此意。"

钱江义接着又把师伯音前半部分诉冤的曲子分析了一遍，道那几首被拆碎重叠的名曲，每一段里都暗藏玄机。他一口气说完，一抬头，看到皇上脸色，顿时闭了嘴。

皇上脸上已无笑容，全场静默下来。居沐儿听不到声音，心怦怦狂跳。

过了好半天，皇上终于说话："先不论你们分析得是否有错，就算师先生确实在琴音里诉冤，又待如何？朕确是爱才惜才，当年对师先生之死也甚是惋惜，至今想到此事，仍有感慨。在那刑场之上，师先生的琴音，朕是第一次听到，也是最后一次听到。那是朕听过最美的琴音。但世事善恶有报，朕再是惜才，再是欣赏师先生技艺，也要对得起死去的冤魂。史尚书一案，人证、物证皆是清清楚楚，毫无疑点。师先生系当场被捕，并非事后推断捉人，这也是事实。一条条一桩桩，查得明明白白，最后才定了罪。如今你说琴音诉冤，朕倒是想问问，你可有证据？"

钱江义听得皇上那一番大论，身上冷汗涔涔，已然知道今天自己太过忘形，冲动之下犯了大错。如今皇上问话，他不得不答，于是硬着头皮道："除了琴音的线索，草民并没有别的实证。"

居沐儿心跳加速，手有些抖。龙二用力握紧她，握得她的手有些疼。

"没有别的证据？"皇上拖长了声音，紧接着厉声道，"你凭证全无，只说曲音有意，便当着众位大臣外国使节的面暗指当年刑部错判冤案，是何居心？"

"皇上！"钱江义用力磕头，"草民一片赤胆忠心。草民虽无其他凭证，但当年师先生人之将死，又何必大费周折地用琴音诉冤？此事蹊跷，我等习琴之人不得不细想细究。草民深知当年刑部查案仔细清楚，草民不敢妄断，只是若此案中真是另有曲折，还望刑部众大人能够再仔细勘察，勿让真凶脱逃，以扬我大萧正气。"

龙二扫了一眼丁盛和云青贤，丁盛脸色难看，云青贤轻皱眉头，其他官员面面相觑。

皇上冷声道："丁尚书，这事你如何看？"

丁盛站起，走出一步，施礼道："皇上，当年案情确是查得清楚明白，毫无疑点。要说死前诉冤，试问哪位凶犯不是说自己冤枉？可若当真有证据表明此案判得不妥，我刑部定当认真严查，若是错案，我甘愿受罚。"

皇上点了点头。丁盛朝着钱江义逼近一步，冷声道："钱先生是否有证据证明自己的推断？”

钱江义额上渗汗。他有怀疑，但只是推测，比如师伯音已能弹下那曲子，根本没必要夺谱杀人；又比如他们几个琴师钻研那琴曲，或多或少都遭遇到说不清的倒霉事，似有人在警告威胁他们不可再查。再有就是华一白，他是领头人，可就在曲音研究有进展的时候，他莫名地出了意外坠河。

他有疑虑，但没有证据。

钱江义说不出话来，跪在地上埋首伏地。

没有人支持他，没有人为他说话。那些与他一起研究琴谱的琴师现在全成了哑巴。西闵国的琴使明明也与师伯音交情匪浅，此次来访也定不是什么切磋交流琴艺那么简单，但此时也不说话。

钱江义心里悔恨之极。他本以为这次是难得的大好机会，皇上喜琴爱才，又平易近人，待听得一丝半点疑点，便会愿意指令官员重查此案。他以为自己会出尽风头，指点玄机，获得众人的支持、皇上的赏识，却没想到碰上个这么大的硬钉子。

陈情之前他也有犹豫，但面圣的机会也许这辈子只此一次，他甘愿冒险。只是想不到，这次险冒过了头。

他跪在那儿，听得刑部尚书丁盛一条条列举师伯音犯案的证据，听得皇上冷冷地宣布散席。

钱江义知道，他的前途算是完了。

居沐儿默默无语地跟着龙二上了回府的马车。她的手被龙二捏得生疼，可她一点都没叫唤。龙二将她抱进怀里，体贴地没有在这个时候道那些“你看我早说过会这样”之类的话。

他只是静静地抱着她，他知道他的沐儿是聪慧的，不必他多说，她什么都明白。

这一夜，众人回府后各有不同反应。

丁盛大发雷霆，在府里掀翻了桌子。丁夫人和下人们噤若寒蝉，不敢相问，不敢言声。

云青贤沉默寡言，丁妍香很是忧心，探问是否又被丁盛责难。云青贤摇头，宽慰她几句，让她早睡。

钱江义回到家里，拍开两坛子酒狂饮。他冲动误事，但悔之晚矣。

雅黎丽回到行馆房内，对月弹琴，一夜未眠。

这夜居沐儿也没睡好。她窝在龙二怀里，似梦非梦，整晚紧紧抱着龙二的胳膊没有放手。

龙二心里担心，第二日早早去邻镇拿了给居沐儿定制的手杖，又推掉了中午的应酬回家，想陪她一起用午饭。可没想回到家中，却见居沐儿在和丫头、宝儿几个玩“瞎子摸鱼”。

居沐儿盲眼，自然是她来做“瞎子”，宝儿和丫头们就是“鱼”。大家圈了一个范围奔走，不让居沐儿抓到。

宝儿玩得最是开心，她一路尖叫一路笑，引得居沐儿每次都能把她抓住。

龙二走进院子的时候，正好居沐儿把宝儿抓到了。

“哇，是条大鱼。”她抱住宝儿，佯装惊讶又激动的样子。

宝儿咯咯笑着扭动挣扎，看到龙二便大声叫着：“二伯父。”

龙二笑笑，把奔过来的宝儿接住举起：“哇，真的是条大鱼，好重。吩咐厨房，清蒸！”

宝儿惊叫着要下地。丫头们哈哈大笑，过来把宝儿牵走了，留下龙二夫妇两人独处。

“心情好了？”龙二拉着居沐儿回屋里，对她这么快恢复如常有些意外。

居沐儿又扮乖媳妇，给相公倒茶：“有相公就什么都好。”

“就会嘴甜哄爷。”

“甜吗？”居沐儿忽然嘟了嘴凑过来，粉嫩唇瓣让龙二的心猛地狂跳几下。

龙二咳了几声，为了爷们的气势不能接她这招，要动也得是爷先动，晾着她，晾着她！

龙二努力把持，终是定下心来没迎上去。居沐儿笑笑，不急不恼，寻了把椅子就近坐下了。她这般若无其事地抽身，龙二又不高兴了。

爷不理她，她就应该哄着爷缠着爷，直到爷理她了才算好，哪有这么快就走了的道理？

龙二把居沐儿拉过来，让她坐在自己腿上，也不抱她，也不说话，只轻咳了两声。居沐儿很识时务地揽上他的颈脖，主动凑过去亲亲他的嘴角。龙二不确定她是不是想亲他的嘴而因为看不到才亲歪了地方，但她的主动热情让他满意，于是他“好心”地亲了回去，让她能亲对地方。

两人温存了好一会儿，居沐儿红着脸，把头靠在他的颈窝。

龙二顿了顿，哑着声音道：“你饿不饿？”

居沐儿愣了一愣，没明白他问这话的意思。

龙二抚抚她的脸：“该用午膳了。”

所以呢？居沐儿想了想，终于明白过来了。她红着脸抱着龙二的颈脖，依了他的愿悄声答了：“不饿。”

龙二大喜，将她抱了起来往内室去：“那我们便晚一些再用饭。”

床帐放下，罗裳轻解，春色藏在帐中。

小竹过来欲叫二爷和夫人去用膳，刚要敲门，隔着门板却听得居沐儿的吟啼。小竹顿时满脸通红，吓得转头就跑，生怕龙二听得门口有人要责罚。

最后这顿饭用得迟，院里的丫头小仆全都小心候着，厨房的火也不敢灭。这是居沐儿后来听说的，顿时把她的脸羞得通红。

龙二倒不羞，他心满意足，心情大好。居沐儿并未纠结在那个什么冤案里让他放下了心，吃饱了饭他便把手杖拿了出来，送给了居沐儿。又手把手教了她怎么用，最后轻轻戳了戳她的脑门子警告："这手杖只是为了给你防身用，以防万一，并不是让你去行侠仗义做女侠的，明白吗？"

"明白。"

"要是遇到什么不对劲的事，或是感觉到危险，能跑就跑，别以为自己能打架，明白吗？"

"明白。"

"有了手杖，去哪儿还是得带着丫头护卫，不许自己单独行动，明白吗？"

"明白。"

龙二摸摸下巴，她真这么乖？"你还明白什么了？"

"明白相公对我好。"居沐儿扑过来，把龙二抱住了。

龙二轻轻咳了咳："爷得出门。"

"相公慢走。"但她仍抱住他不放。

龙二嘴角弯起，心里得意："别耽误爷办正事。"口气真严肃。

"相公要早点回来。"

听听，他的龙居氏说话当真让人欢喜。龙二得意扬扬地走了。

傍晚回府的时候，龙二照例遣了丫头来问居沐儿今日都做了哪些事。丫头答曰"夫人弹了琴，还一直摸新手杖"。这让龙二更是开怀。

因着这般好心情，晚上当居沐儿提出想再去见一见雅黎丽时，龙二毫不犹豫就答应了。

西闵国琴使团过两日便要离开萧国，该应酬的该拜会的，都已经差不多了。他们一直没有什么特别的举动，萧国各官员也终于放下了心。

雅黎丽对于龙二夫妇的到访很惊讶，但还是客客气气地把他们请了进来。居沐儿说难忘当日对琴之景，想来日后没甚机会，所以冒昧而来，以琴相语。

雅黎丽听了，自然也客套一番。

大家坐下，喝了几盏茶。居沐儿道："当日雅黎丽大人弹奏的那首情曲令我受益匪浅，今日来，是想回赠大人一曲。"

雅黎丽应好，让人捧上了一张琴。

居沐儿点头谢过，琴上拂指，琴音流水一般淌了出来。

龙二照旧是听不懂，但这是他家沐儿弹的，他很给面子地觉得弹得真是好听，不但琴音好听，人的姿态也甚美。她本就是儒雅怡人，弹起琴来，更似仙人之姿，曼妙夺目。

龙二一点没觉得这是自己偏心偏好，反正他家沐儿就是越瞧越顺眼的好看，谁都不如她能让他欢喜。

居沐儿认真弹琴，似没留意身边的龙二。龙二百忙中抽空看了看雅黎丽，却见她的表情从起初的坦然自若变成惊讶动容，听着听着竟然挺直了身子，目不转睛地看着居沐儿。

居沐儿弹的曲子很长，弹到一半，雅黎丽开始落泪，弹到尾声，雅黎丽已然是泪流满面，泣不成声。

完了，又开始疯魔了。

龙二有些不自在。一个不喜欢琴的严肃爷们单独坐在两个爱琴的疯魔女人中间，他有些吃不消了。

此时居沐儿一曲弹毕，听得雅黎丽的抽泣之声，似是明白龙二心思，道："相公若是闷了，不如到园子里喝喝酒解解乏，我与雅黎丽大人再切磋切磋。"

龙二皱眉头，有些不乐意。可雅黎丽闻言已然唤人布酒菜好好招呼龙二爷。龙二想了想，还是出去了。

屋子里只剩下居沐儿与雅黎丽二人。

一开始两人均是无话，后是居沐儿问："大人觉得我这曲子如何？"

"曲折动人，极有深意。"

居沐儿点点头："确实，这是一位琴界大师临终所奏，玄妙之极。"

"夫人怎么会弹给我听？"

"你不想听吗？"

"想。我心心念念，只盼有生之年能听到此曲。天人永隔，临终而不得见，锥心之痛，痛不欲生。遗言不知何处相寻，万里奔来，便是为此。"

居沐儿点点头："那大人也算不虚此行了。"

"可夫人如何知道？"雅黎丽有些警惕。

"大人在游船上弹奏情曲，情深感人，我听得出来，这里面包含情谊，无半分虚假。但后来钱先生抖出那番话，大人却是不动声色，我便猜想，大人定是有备而来。"

雅黎丽深吸一口气，再呼了出来，说话时声音里有着掩不住的凄楚："我一直坚信他是冤死。他既说了要回来娶我，又怎会为了一本琴谱杀人？他是性子古怪，任性霸道，但绝不会做出这等事。他什么好琴妙曲没见过，更何况，那史大人是他的好友，他怎么可能会对朋友下这样的毒手？"

居沐儿没说话，静静地听着。

雅黎丽又道："当初听得他被捕判死，我一下病倒了。他死后我万念俱灭，只想与他同去。只是老天不收我，我病了一年竟然缓了过来，那时我猛然觉醒，这是上天要我留在这世上为师先生洗清冤屈。于是我开始各方打听，甚至费尽了心思找了这个琴使的由头来萧国，为的就是探查线索。可我什么有用的消息都没找到。我早听说师先生临终弹琴，我想以他的性子，要被错斩了怎还甘心给别人弹琴？所以他的琴曲之中定有深意，只可惜，没人知道。"

"大人在游船那日显摆琴艺，又提到师先生，便是想试探在场众琴师吧？"

"没错，可是那天无人回应。"雅黎丽皱起眉头，"没想到你们萧国人都这般沉得住气。那个钱江义听了我说的事，一点风声没露，却在斗琴会上出什么风头。起初我听得他说那些，还以为他运筹帷幄，结果不过是个冒失鬼，什么门道都没摸清也敢上犯天颜。你说得对，我不动声色，确实是心里有所准备。留得青山在，不怕没柴烧。我一年查不出，可以查两年；两年查不出，我便查三年。总之，我决不能让我心爱之人背着恶名死不瞑目。"

雅黎丽说到这里，盯着居沐儿看，又道："你也是个沉得住气的。你弹那曲子，我若是没听懂，是不是你与我便无后话？"

"对。"居沐儿大方地承认，"钱先生在斗琴会上说了师先生用五首曲子糅合的诉冤之意，我弹了出来，你若是听不懂，那我与你多说也是无益。另外，若是钱先生说了那些，你当场质问发难，我也不会来这里。若是沉不住气，这申冤便是空想。"

"难道夫人手上有翻案的证据？"

"没有。"

"那夫人来此，是何用意？"

"我没有可翻案的证据，却有可追查的线索。这线索，是当日大人在游船上弹奏琴曲给予我的提示。"

"此话怎讲？"

"《缘》《远征》《金榜题名》《孔雀东南飞》《望夫归》，这五首曲子交杂拼接，此前所有人皆认为，这是在诉冤。"

雅黎丽道："确是诉冤。昨日听到钱江义的分析，我只是疑惑，方才听得夫人弹奏，我想师先生确是此意。"

"确有此意，但不尽然。"居沐儿道，"此前我也从未想过有别种可能，直到我听到了大人为师先生所作的情曲。"

"那情曲怎么了？"

"那五首曲名，连在一起，不正是女子与相爱之人别离后盼他归来的深情之意吗？"

雅黎丽一愣："夫人是说，师先生想告诉我，他明白我对他的情谊？"

"不。若是师先生要诉情，定有更直接明了的曲子，不必如此大费周章。"

"请夫人明示。"

居沐儿道："史尚书得了一本绝妙琴谱，请了师先生过来解。但最后史尚书被毒死，师先生被冤，琴谱不翼而飞。这里面，琴谱看似关键。师先生临终为何要用这五首曲子诉冤？我听了你的琴曲，忽然明白了，师先生选这五首曲子，是想告诉我们那琴谱所载的曲意。"

"一首情曲？"

"一位女子在等待她爱的男子回来。"

雅黎丽眉头紧锁："为了一首情曲杀人？为何？"

"不明所以，但可查究。只要能找到这曲子的源头，也许便能探知一二。那曲子与大人所弹的曲风有些相似，也许都来自西闵国。"

雅黎丽来回踱着步子，想了又想，道："你说得对。无论是要诉情还是诉冤，师先生都有更简单明了的曲子可选。选这五首，又用了这样的方式，实在是舍简取繁。他定是担心那位真凶也在，不想让凶手知道他把消息传递了出来。他只能用这样的方式赌一把。"

赌凶手听不懂，安心离去；赌有琴师能明白，为他申冤。

雅黎丽觉得眼眶发热，她不敢去想师伯音临终前的心情。他费尽心思，无助无望，临死之前的最后一丝希望，是那么凶险和渺茫。

"我一定会去严查此事。只要有这个曲意的曲子我都会查出来。"雅黎丽抹去滑落到脸颊上的泪水，"只可惜，那琴谱我没有见过，曲子也不知究竟是如何，但我不会放弃。夫人冒险相告，我不胜感激，若有朝一日师先生沉冤得雪……"

"我知道。"她话未说完，居沐儿却如是道。

雅黎丽一愣。

"我知道那首琴曲。"居沐儿拂琴扬指，琴音倾泻而出，"我梦中都会想起这曲子。每时每刻，日日默诵，断不敢忘。"她把琴谱记下来了，在她完全瞎掉之前。但华一白死了。她的眼睛再不能视物，心却是明镜似的。

有件事雅黎丽说得对，她说居沐儿沉得住气。确实是的。居沐儿虽然知道自己多疑，却不打算改。沉得住气的才能保命，多疑的才能保命。

居沐儿将那首曲子弹了三遍。雅黎丽听罢久久不语，而后叹了一句："果然是绝妙之音，同是情曲，这人写得比我的好。确实太好了。"

"曲风与大人的相近，又必是琴技高超的女琴师，这该是条明显的线索，大人回国后可查究下去。"

雅黎丽也是这般想。此番探访，没有空手而归，这让她有些兴奋。她走到居沐儿身前，握着她的手感谢，而后身一矮，竟是要跪。

居沐儿吓得将她扶起，两人互相客套鼓励了一番。

雅黎丽忽问："师先生与夫人未曾谋面，夫人为何愿意助我？"

居沐儿摸了摸她的手杖，轻声道："我也有心爱之人。"

雅黎丽望向窗外，那个在外头时不时看进来的龙二爷?

"若我心爱之人遭遇祸事，我也定然痛不欲生。"

居沐儿说完，站了起来："待得太久了，我相公该不耐烦了。既是话已说明白，我就此告辞。"

雅黎丽应了，忙又与居沐儿说了消息联络的方法，日后定要保持联络。居沐儿点头，却又道："我还有一个猜测需要证实，不知大人能否相助？"

雅黎丽忙一口应承。

"我想请大人帮我到惜春堂找位姑娘传个话。"

雅黎丽附耳过去细听，点头答应。

第二日，雅黎丽派人装扮成寻欢客，去了一趟惜春堂。

第三日，西闵国琴使启程离开萧国。同一日，惜春堂出了件事：林悦瑶姑娘留书出走，说要离开京城，回乡从良。她留下钱银，要为己赎身。惜春堂报了官四处寻找，也没有找到她的下落。

第三十三章 买琴藏私心

西闵国琴使走了，但斗琴大会遗留的风波没有平息。

龙二不是个爱管闲事的，他只爱管家里人的事。所以在他看来，无论是谁杀了史泽春都不重要，师伯音已死，代表着事情已经了结。真凶找着了替死鬼，没人再追究再想起这事，一切都会归于平静。

可钱江义这个蠢蛋，想张扬也不看看自己的分量。他这么高调地声称这是冤案，捅急了刑部，惹怒了丁盛。

如若当年的查案没有蹊跷便罢了，丁盛顶多为了颜面暗地里给钱江义使使绊子找找麻烦，为了立威做些让钱江义悔不当初的事来，无论做什么，都与他们龙家无关。

但若是这案子里真有什么隐情，丁盛追究下来，就不只钱江义有麻烦，当年跟这事有所牵扯的相关人等，恐怕全都躲不掉——包括居沐儿。

龙二在心里头骂了十万次钱江义是蠢货。可骂了也是无用，事已至此，他也只得想办法解决，绝不能让任何人的念头动到他家龙居氏身上。

龙二等了十天。

这十天风平浪静，没人动刀动剑，没人出甚意外。

钱江义躲在家中闭门不出，想来也是心里怕了。

他怕，别人更怕。

他平素交好的几位琴师朋友没一个到他府里拜访慰问，就连在他的琴馆教琴的也辞了差事。

丁盛没动钱江义，却是派人把他过去身边往来的人悄悄探访了一番。龙府的探子把这些都告诉了龙二。龙二沉吟良久，唤来了铁总管，让他跑了一趟远门。

一个月后，一位来自遂兰城的富商遣管事来京城，欲重金礼聘钱江义到他的琴馆教琴。

遂兰城离京城甚远，但也是座富饶的小城。若是从前，钱江义是不会应的，毕竟京城才是名利之地。但如今他惹上麻烦，惶惶不可终日，有人捧着银子送到跟前，又能提供容身之所，这无疑是天上掉馅饼的美事。

于是钱江义满口答应，飞快地收拾好包袱带着一家老小动身了。

铁总管打探好所有事回来报："确实是有人去查遂兰城那边的情况。不过老奴是依足二爷吩咐，绕了好几个圈子安排好的，怎么也不会查到我们头上。"

龙二点头，非常满意。

钱江义那蠢货不敢动，龙二就帮他一把。这个祸害走了，表示他不会再找麻烦，刑部就没什么好动干戈的。大家散了场子，无论幕后有人没人，这事就会消停下来。

与其被动等待着事情发生，不如先发制人。

龙二并不打算把这件事告诉居沐儿。他觉得现在居沐儿很乖很安分，他不必再提醒她诉冤这件蠢事。

就在龙二如常料理生意买卖，暗地里却把钱江义踢出京城的时候，居沐儿这边遇到了一人——林悦瑶。

林悦瑶是在居沐儿陪着凤舞和宝儿上街的时候出现的。

当时一家子女眷正在香粉店挑香粉。宝儿缠着凤舞也要买，她说她要挑一盒送给庆生哥哥。凤舞告诉她庆生哥哥是男的，不用香粉。宝儿又问为什么。

居沐儿一边笑一边听着凤舞跟宝儿长篇大论为何男子不用香粉的道理，这时候却听得一个熟悉的声音唤她："龙夫人。"

居沐儿一愣，微微点头，然后若无其事地往声音的方向靠了一靠。说话的那人扯着她的衣袖，悄悄将她带往货架子的另一头。

两人站定，居沐儿轻唤："悦瑶姑娘。"

林悦瑶嘘了一声，道："夫人请唤我小蓝。"

居沐儿明白，点头道："蓝姑娘离开故里，如今可好？"

林悦瑶道："许久不见，倒是有许多话想与夫人叙叙，只不知何时何地好。"

"明日我回娘家，未时将尽时，姑娘可在后林河边等我。"

林悦瑶应了，很快离开。

第二日，居沐儿回了一趟居家酒铺。

对居沐儿回娘家一事，龙二向来不会管太严，他的要求只有两条，一是若他回府用饭，她得在；二是她不得在娘家过夜。只要不违背这两条规矩，居沐儿想几时回去看居老爹都是可以的。

龙二对居沐儿没要求，居老爹更没要求。他甚至还把居沐儿住的小院打扫得干干净净，屋子也保持原貌，好像女儿还住家里似的。

这日中午龙二有应酬，因是外地来的商贾，早几日便约好的饭局，所以居沐儿也早与龙二打了招呼，这天要回家陪爹爹吃中饭。

居老爹兴高采烈。前一段时日，酒铺一个小二成了亲，入赘到了邻城做倒插门女婿，酒铺少了一人，顿时冷清下来。女儿来了，正好陪陪他。他准备了好酒好菜，打算与女儿好好聊一聊。

“女儿啊，都嫁过去半年了，怎么肚子还不见动静呢？”这是居老爹每月一聊的重点话题。

“哪有这么快？”这是居沐儿每月一答的标准回话。

“这哪里还快？”居老爹有些发愁，“我别的不担心，就是你身子骨不好，这生娃娃可不是小事，二爷家大业大，对这事肯定也是看重的。”

“爹爹多虑了。二爷对我很好，我天天好吃好睡的，哪会身子骨不好。这事不急，二爷也没说什么，爹爹别担心。”

居老爹点点头：“那你今日回去，再捎两坛子酒给二爷。”

“好呀。”居沐儿爽快地答应，接着又道，“说起来，爹爹不是一直想周游各地，品遍美酒吗？”

“那是你娘在的时候，我答应你娘要带她去的。后来有了你，就想着等你长大了，嫁人了，我们再去。”

居沐儿嘟嘴：“反正不想带我去。”

居老爹呵呵笑，摸摸女儿的脑袋：“可惜你娘走得早。”

“娘不在了，爹爹不去，娘会不会觉得遗憾？”

“啊？”居老爹想想，挠挠头。

“不如爹爹现在去吧。我已经嫁了，二爷对我很好，爹爹完全不用担心。现在酒铺也不愁钱，不如趁着还身强力壮，让阿南哥陪着你去外面走一走。爹爹不是想着把酒铺交给阿南哥打理吗，带着他出去见识一下也好。等爹爹回来了，说不定我也有了小小二爷，届时我定会常带娃娃来看爹爹，那爹爹也没机会到处游玩了，不如就趁了现在去。”

居老爹越想越觉得这主意不错。他是个急性子，当场找了阿南商量。阿南听得这事，喜出望外。居老爹又回了屋，跟沐儿娘的牌位说了几句，然后跑了出来："沐儿沐儿，我与你娘说好了，我要带着她去。阿南，阿南，快准备准备，新单子都不接了，这两天把之前订下的酒都送完。咱们安排安排，先去那石泉岭，那儿的果泉酒最是有名气。哎呀，我要好好想想，有好些地方想去呢。"

居沐儿笑眯眯地听着，居老爹和阿南高兴地商议着要准备什么样的马车、要带什么行李、行程怎么安排、在哪里落脚等。就连小竹也兴奋了，一个劲地在一旁出主意。

午后，居沐儿说要午睡。小竹打了个盹，后去居沐儿房里看她睡得正好，便不打扰，跑到前堂给居老爹帮忙去了。

居沐儿听得院子里没了动静，于是悄悄起身，沿着后门出去，摸着绑好的引路绳索，走到了后树林的小河边。

这条河她常来。小时候她跟爹爹在这条河里摸鱼，然后拎回家让娘烧好吃的红烧鱼。她不喜欢学女红，娘要让她做点针线活，她就跑出来爬到树上躲着。从树上看着小河和对岸，风景特别美。

居沐儿坐在树下的大石头上，想着往事，打了个哈欠，午睡没睡好真是累人。

居沐儿正迷迷糊糊打瞌睡的时候，忽听到林悦瑶唤她的声音。居沐儿猛地惊醒过来，坐直了身子。

林悦瑶见得她这模样掩嘴笑："对不住，吓着夫人了。"

居沐儿尴尬地笑笑："是我不好，总贪睡。"

两个人扯了几句闲话，林悦瑶坐到居沐儿身边道："前阵子我与夫人说，总觉得身边似乎有人盯着我，所以我让夫人暂不联系。后来我才知，原来是一白的一位酒友。他想告诉我一事，却又不敢见我，于是总在惜春堂转悠。"

"他想告诉你何事？"

林悦瑶长叹一声："夫人，我一直深信一白不是失足落水，是因为那日一白从我这儿出去时并未饮酒。可那位酒友告诉我，那日一白出来遇到他，是他拉着一白去拼酒。两个人酩酊大醉走过河堤，他亲眼看着一白落水，但他迷迷糊糊，不敢去救，也不敢喊人。因为他欠了一白不少酒钱，且他那时倒霉事一件接一件，他怕别人以为是他故意推一白落水，于是他跑掉了。"

居沐儿垂下眼帘，没说话。

林悦瑶接着说："他说第二日他酒醒过来，后悔莫及，但事情已经发生，他不敢声张，听得府衙判定一白是酒醉后溺水身亡，是意外，他便松了一口气。后来他为了躲债，逃到了外地，只是他对一白之死一直心怀愧疚，挣扎了两年，终于想来告诉我真相。"

居沐儿轻声问："你信他吗？"

林悦瑶摇摇头，声音有些哑："我不想相信。可我知道他确是常与一白一起喝酒。他说得出那日一白穿的衣裳，还有那日一白与我弹的曲子、说的话。因为他们一起喝酒的时候，一白与他叙话说到这些。如若一白从我这儿离开便遇了害，又哪里有机会与人聊这些个？"

"所以他说的必是真的了？"

"夫人。"林悦瑶有些无措，"我满心满脑要为一白申冤，这两年我夜夜不得安寝，时时挂念此事，可万没想到，最后的事实却是这般。突然之间，我不知道接下来的日子该怎么办。"

"悦瑶姑娘的感受，我能够体会。"

林悦瑶又道："这两年一直麻烦夫人与我一起找线索，没想到最后却是这个结果，我真是太对不住夫人了。"

"哪里，这两年我也获益良多。"

"我听楼里的客人说，那琴谱是一本武功秘籍确实属实，眼下江湖里已经为了这琴谱打了起来，据说有人看到琴谱了。"

"这样啊，那是说真凶把琴谱带走了，却又假意烧掉，让大家都以为琴谱失传吗？"

林悦瑶道："具体内情我也不敢肯定，只是听说是如此。"

"这楼子里的消息还真是灵通。"

"什么客人都有，几杯黄汤下肚，就什么都敢说了，确实灵通。"

居沐儿沉默片刻，道："姑娘是因为一白兄的死因已明，心事已了，所以决定要回家了吗？"

"夫人确实聪慧。一白在的时候，我已有念头要从良与他过日子，只是他这个人放荡不羁，虽对我千般好，却未必有那与我一道安定的心。所以我犹豫良久，没想到最后心意没说出来，已经天人永隔。如今听得他的死竟是如此，我一下不知日后该怎么过。这卖笑的日子我是早腻了，是为了一白才撑到今日。那日我听得真相，一夜未眠，我决定，我要逃出来，再不能过从前那般的日子。"

"那你今后如何打算？"

"我早就没了亲人，说回家乡那是骗她们的。我还没想好怎么办，躲了这么些日子，也怕被他们抓到，可我实在也没什么地方可去。无论如何，我都得先来与夫人说一声，这两年多亏夫人，不然我真是撑不下去。"

"姑娘，这树林西边一里多，有处小木屋，是我从前喜静练琴之处，我父亲为我搭建。虽然简陋，但可藏身。如今惜春堂报了官到处搜捕姑娘，姑娘不如就在那儿栖身几日，待得风声过去再做打算，如何？"

林悦瑶喜出望外："若得夫人收留，真是感激不尽。"

“不必谢我，委屈姑娘了。”

林悦瑶千恩万谢，就此安顿下来。

这天晚上，居沐儿显得有些心事重重。龙二问怎么回事，她说她爹爹要去远游。龙二笑话了她一番，却告诉她自己谈成了一桩大买卖，过两日也要出趟远门。

居沐儿当晚与龙二的缠绵特别热情，龙二心花怒放。

人道小别养情，他这还没开始别呢，情就多了起来，看来他得时不时地与她别离一下才好。

六月初十，居老爹带着伙计阿南，抱着沐儿娘的牌位，坐着一辆女婿龙二爷赠送的大马车出发，开始了他的品酒之旅。

第二日，龙二也跨上骏马，带着护卫随从，出远门去了。

那日居沐儿将自己关在屋子里，弹了一天的琴。夜里，她独枕泪沾巾。

丁妍珊不能相信父亲说的这事是冲着刑部去的，自己只是碰巧被拖累。

若是报复刑部，劫了她姐姐不是更好？刑部尚书的女儿、刑部侍郎的夫人，这打击不是比她更强？那个劫匪要杀死她，又何必对她说谎？谎言对死人毫无用处。

丁妍珊就等着。

但等来等去，果然曾辉没被处置，果然那马六从此再不见踪影，而那两个假扮捕快的人也没有被抓到。

丁妍珊不记得那两人长什么样，苏晴也记不清，当时她们太慌了。龙府的那几个护卫倒是说看清了，但那两人就是普通模样，没什么明显特征。通缉告示画出像来，丁妍珊看了只觉得可笑。这贴出去，街上随便抓一把都觉得是，根本毫无用处。

而丁盛借着这案子的机会开始肃查仇家，整治朝中对手。丁妍珊只觉得无趣失望。

爹爹果然还是帮着女婿。在他心里，权势最重要，女儿算得了什么。

丁妍珊觉得就是云青贤干的。

这就是一个虚伪的人。攀龙附凤，追求名利，借着婚姻获取权势。他看姐姐的眼神就与爹爹看娘的眼神一样，也许更温柔一点，但是同样冷静。

只有他才会对居沐儿念念不忘，他能调用人手找来山匪，他能让曾辉去灭口，他知道她的脾性，能掌握她的行踪，对她的生死毫不在意，如果丁家出事，刑部尚书出事，他这个刑部侍郎未必吃亏，也许还能挣得好处。

丁妍珊有些同情姐姐。她能在姐姐的眼神里看到她对云青贤的爱恋与依附，在云青贤的眼里却完全没有。她不明白为何姐姐可以自欺欺人地认为自己很幸福。

丁妍珊借口心情不好在姐姐家里住了一段时日。她想找出云青贤的破绽，找到他就是幕后人的证据，就算爹爹不帮她，可是她得让姐姐看清云青贤的真面目，别被云青贤害了。

可近一个月过去了，她什么有用的线索都没有找到。倒是这段日子里姐妹俩朝夕相处，仿若回到了从前丁妍香还未嫁时，姐妹情谊更近了几分。

但也是这段时间，丁妍珊把姐姐对云青贤的感情看得更清楚，她容不得妹妹说半点云青贤的不好。无论她说了什么不满，姐姐都会驳斥她。后来丁妍珊不说了，她担心惹来姐姐的反感，适得其反。

但丁妍香还是来找了妹妹谈心，劝丁妍珊回家住。

丁妍香句句在理，哪有未出闺的姑娘住姐夫家的。再加上丁夫人也有催促，丁妍珊找不到再留下来的理由。

可她不甘心啊，真的不甘心。若是她以后再来做客，机会就没现在这般好了。

丁妍珊决定最后试一次。

她依了姐姐的话，收拾好了东西，备好了马车，与姐姐道了别。马车行出了一段，丁妍珊突然称自己想买些东西带回家里，于是下了马车。

丁妍珊将丫头支开，自己进了店，然后从后门离开，重回云府。

云府门房与这位二姑娘很熟。丁妍珊赏了他银子，说自己落了东西未拿，回房去取，顺便再跟姐姐说两句。门房不疑有他，放她进去了。

丁妍珊直奔姐夫云青贤的书房而去。

这招也是跟那劫匪学的。人人以为他死了，他便好行动了。那她也一样，人人以为她走了，她便能悄悄行事。

此时正值午后，大家多在午休，院中没什么人。丁妍珊对这宅子太熟，很快就奔到了书房。

她运气不好，书房门依旧锁着。丁妍珊摸了摸窗户，也是闩着的。她正准备拔簪子试试在山上逃跑时的撬窗办法，忽听到人声与脚步声响。

丁妍珊一惊，迅速蹲下。

她悄悄探头看了看，竟是姐姐丁妍香和曾辉。

丁妍香拿了钥匙，打开了书房。

“大人让你取什么？”这是丁妍香的声音。

“大人说放在第一个柜子的首格，棕绳扣的盒子。”这是曾辉的声音。

丁妍珊缩回头，紧张得握住了拳头。

过了一会儿丁妍香出来：“可是这个？”

曾辉应了："正是。"

"那就劳烦曾大人了。"丁妍香很客气。

曾辉接着道："还有一事。"

丁妍珊的心提了起来，赶紧又凑近些听着。

"大人让我转告夫人，虹姐那头大人已经教训过了，她不该与夫人说话，惹夫人烦心。夫人照顾好家中诸事便好，莫与那些闲杂人等往来。这回的事就过去了，但下回未必如此走运。大人不忍责备夫人，但也望夫人谨言慎行，切莫再惹事端。"

曾辉的话说得硬板板的，虽绕了几个弯，但警告的意味明显。

丁妍珊愣住了，这些话是什么意思？

丁妍香似也愣住了，半晌没言声。

曾辉也不等丁妍香应声，又道："我告辞了。"说罢转身走了。

丁妍香呆呆地立了一会儿，转身锁上了书房门。她一转头，却见丁妍珊一脸惊疑愤怒地站在她身后。

丁妍香吓了一跳，惊叫一声。

丁妍珊咬牙问道："曾辉那话是什么意思？"

丁妍香捂了捂心口，定了定神。

丁妍珊愤怒地再问："什么捅娄子，什么惹事端？虹姐又是谁？"

"此事与你无关。"丁妍香道。

"怎会无关？"丁妍珊惊怒不已，"劫持我的山匪，被曾辉杀人灭口了，如今他又威胁你。姐夫和爹爹都帮着他。姐，你是不是知道什么？"

丁妍香没吭声，丁妍珊干脆挑明了："劫持我的事，是不是姐夫干的？他想报复居沐儿和龙二爷，但又想撇清关系，所以把我也加害了，是不是？"

"不是。"

丁妍珊一咬牙："我去问爹爹，我要告诉他曾辉今天威胁你。我要让那曾辉当面来对峙。他是姐夫的人，什么派往外地，根本就是鬼扯。"

丁妍珊转身就走，丁妍香赶紧把她拉住。

"不是你姐夫，是爹爹。"

丁妍珊愣住了。

丁妍香叹气，柔声道："我也是瞎猜的。曾辉虽然常随你姐夫左右，但其实更听爹爹的号令。你不懂朝廷争斗，所以不明白。龙大将军与爹爹在朝上常有争端，爹爹先前属意你与龙二的婚事，也是为化解这个，拉拢龙大将军。"

"那他为何找山匪劫持我和居沐儿？这是毁了我啊！"

"不是，你听我说。这里头肯定有什么。但具体详情我也不清楚，所以我才想查探查探，我向爹爹手下人问了话，被爹爹知道了。相公护着我，所以方才曾辉才说事情过去了，但让我别再惹事。曾辉对我的威胁，是代表爹爹说的。”

丁妍珊惊住了。

丁妍香道：“珊儿，我不敢再探问了，这事你也当不知道。我相信爹爹也不是真要害你，可能山匪有自己的主意，想用你来要挟之类的，最后才闹成了这样。你莫再追究了，不然会害了爹爹，害了我们丁家。”

丁妍珊不敢相信姐姐居然这样说。受害的是她丁妍珊啊，她的名声毁了，她这辈子都毁了。可是害她的人是她爹爹？让她别追究的是她姐姐？

丁妍珊猛地转身跑了，眼泪落下，她用力抹去。

她不相信！

龙二这趟远门走了大半个月。

这期间居沐儿像变了个人似的。她一改往日安静居家的做派，开始频繁外出。

她日日闲逛，买了许多不必要不喜欢的物件，什么衣裳、鞋子、挂件、小饰品、香粉、发簪，各类吃食、各类玩意……甚至还有书。

银子大把大把地花，东西买回来却没什么用，放在了箱子里，动都没动过。

小竹有些发慌，陪着居沐儿逛铺子的时候拼命劝，可也阻挡不了居沐儿挥霍。居沐儿身上没钱银，小竹谎称带的银子不够，想着这样二夫人就可以罢手了吧。可居沐儿不急不恼，对店家说到龙府拿账。店家喜滋滋地把东西打包送上，压根不担心这龙二夫人付不起。

龙府的账房先生这段日子算账算得冷汗涔涔，真不知二爷回来了该如何与他交代。

二爷事先没吩咐过要扣着银钱不让夫人花，所以那些小玩意的账，账房先生不敢不付。可二爷也没说过钱银要让夫人随便花，所以账房先生心里头慌得很。万一是真不让花的，那可怎么办？

花钱多还不是居沐儿最让人咋舌的地方。龙二不在了，她闲来无事，开始勤快地往娘家跑。余嬷嬷问小竹，亲家老爷都出门游玩了，二夫人回娘家都做些什么呢？

小竹支支吾吾：“夫人……夫人与一些朋友切磋琴艺。”

余嬷嬷听得半解，但很快她就明白了意思。因为坊市间已经传开，龙家二爷出远门，龙二夫人居沐儿不改旧习，与男子勾勾搭搭。这次搭上的是旧爱陈良泽。两人时常在无人的居家酒铺相会，闹得陈家娘子抱着孩子到酒铺寻人。两口子还曾经为了居沐儿在街市里吵了一架，不欢而散。

余嬷嬷听得这事，脸都绿了。身为龙府管事，这事她可不能不管。于是她找了居沐儿，苦口婆心，严肃严厉地对居沐儿说教了一番，将妇德妇道的道理规矩仔仔细细说了一遍。居沐儿低着头听训，半句都没回话，看上去乖巧听话，可没过两天，她又回了娘家。

这让余嬷嬷气不打一处来。但毕竟主仆有别，二爷又不在，她纵是龙府管事，也不能对主子夫人如何，于是憋着一肚子气，只吩咐丫头仆役们把夫人盯紧了，然后就等着龙二回来后告状。

丁妍珊原是想找居沐儿叙叙话，姐姐的那些话对她的打击太大了。她想不明白，她觉得事情不是那样的。她迫切地想找人相议，但思来想去，竟是没人可诉。

只有居沐儿，丁妍珊只能找她。

丁妍珊很不甘心，她能说话的人，居然只有这个讨厌的女人了？丁妍珊打听了一番，却听说居沐儿过得甚是逍遥，大手花钱，四处玩乐。丁妍珊对居沐儿的反感又冒了出来。人家根本不在乎，只有她这个傻瓜在乎。她真的傻。

邱若明也找过居沐儿一回。那是在居沐儿回娘家的路上，在竹亭处，邱若明在赏竹景。主簿宁洲见着了居沐儿的马车，便请她下来喝杯茶。

这般偶遇也是太碰巧了些，居沐儿便去了。

仆从们远远候着，左右无人，邱若明与居沐儿说了几句客套话后，道："当初姑娘问，那些匪类的目标为何会是惜春堂，本官查了。"

居沐儿眨眨眼睛，平静地道："难得大人还惦记在心上。"

邱若明道："京城中花楼众多，也分三六九等。惜春堂大俗大雅兼备，琴师墨客斗技挥毫，江湖侠客推盏吹嘘，是个消息混杂、探子藏身的好地方。惜春堂，是刑部布置暗探的地点之一。"

居沐儿没插话。

邱若明顿了顿，又道："前阵子，惜春堂有位名叫林悦瑶的花娘留下钱银为自己赎身，但未经掌事同意、未解契书便自行离开。惜春堂报到我府衙处，要求寻人。本官查了她的背景来历，她旁的倒无甚特别，就是曾有一位恩客，与她情意深重，也曾放言要为她赎身。那恩客名叫华一白，是位有名的琴师，两年前死于意外。"

居沐儿听到华一白的名字，握紧了手杖。

邱若明问她："居姑娘可认得华一白？"

居沐儿点头："一白兄琴技高超，人人称颂。我有幸得他指点一二。"

邱若明又道："我翻了从前的案卷，确有华一白失足落水一事。仵作验尸，册上记得明白，身上并无外伤，堤上有失足擦印，系醉酒溺亡。”

居沐儿静静地听罢，叹了口气。

邱若明道：“之前西闵国琴使来访的赏琴大会上，有位布衣琴师钱江义曾在御前为师伯音先生鸣冤。这位钱江义，也是华一白的好友。如今华一白去世，钱江义远走，林悦瑶也失踪，这些也太凑巧了。本官虽有疑虑，却不得其解，故而来寻姑娘，不知姑娘是否还有什么事能告诉本官。”

居沐儿沉默了好一会儿，摇了摇头：“大人，钱江义在御前鸣冤时，大人也是在场的。若能有什么话，钱先生当初就说了。”

邱若明默然，而后道：“姑娘方才叹的那声气，本官懂了。”

居沐儿问：“大人有何打算？”

邱若明道：“本官颇为不服气。”

居沐儿差点被他逗笑了。

邱若明又道：“其他事均已没了苦主，但惜春堂报林悦瑶失踪一案，本官还是要查的。”

居沐儿点了点头，轻声道：“大人，当初那些劫匪用了山上猎户弃用的屋子。我突然想到，我从前有个习琴观景的小屋，也许久未用了，不知道会不会也被人占为己有。”

邱若明也放低了声音：“那小屋在何处？”

“我家酒铺后头的树林东边一里多。”

邱若明的声音压得更低：“林悦瑶？”

居沐儿握了握手杖，摇头：“不是。”

龙二风尘仆仆，终于在七月初返家。

这是他婚后第一次与居沐儿分离，从前没她的时候也没觉得有什么不好，现在习惯了每日听她逗趣调侃说舒心话，竟是分开一日都觉得不舒坦。这次一别别了大半个月，他真是百爪挠心，分外难受。

龙二想着，要是下回还得出远门，他定要把沐儿也带上。虽然她眼盲不便，但左右都有仆人照顾，他是不会让沐儿吃到苦头的，所以带上她也好，让她也出门散散心，顺便也给自己解解闷。没她在身旁，他真是觉都睡不好了。

龙二回到府里的时候正值午后。

日头正毒，他身上又是土又是汗，满身臭烘烘。龙二一进家门就差人备水，他要沐浴。

进了自己的寝屋，看到居沐儿正在午睡。天热，她穿着小兜子，抱着薄被，睡得一脸红扑扑的。龙二看了看，忍不住在她脸蛋上亲了一亲。

居沐儿动了动鼻子，皱皱眉头，翻了个身继续睡。

龙二咧着嘴无声地大笑，把她翻过来又亲一记。居沐儿不高兴地动了动，干脆拉过被子把头蒙上了。

龙二笑得更厉害，把她的薄被拉下来，认真地看了看，她似乎瘦了些。这让龙二高兴，这表示她挂念他，没有他在身边，她定然也不好过。

思及自己在沐儿心目中的重要地位，龙二骄傲又得意，心满意足地一路脱衣裳，去耳房沐浴去了。

坐进了大澡盆子，还没搓洗几下，他又待不住了，湿漉漉地从大澡盆子里出来，一路滴着水走进寝屋，走到床边把居沐儿的薄被掀了，兜子扯了，然后一把将她抱了起来。

居沐儿睡梦中遭袭，吓得放声大叫，第一反应就是伸手朝来袭者脸上抓去。龙二吓了一跳，偏头躲过。他不过是想偷香，却遭娘子爪袭，这说出去得笑掉别人大牙。

龙二大叫一声："是我。"

居沐儿愣了一愣，对自己被一个裸着身的男子抱住吓得脑子发蒙，过了一会儿才反应过来那声音说的是什么。

"相公？"

"是我。"

居沐儿伸手摸一摸龙二的脸："相公？"

"可不就是我吗？"

居沐儿又改摸为揉，再用力捏："不是做梦吗？"

龙二疼得吸了一口气，居沐儿满意了："原来不是梦。"

"龙居氏！"龙二喝了一声。她肯定是故意的！

居沐儿软软地靠在龙二怀里，抱着他的颈脖，头枕在他肩上，乖得像宝儿的小花猫："相公，你回来了，我好想你。"

龙二的心顿时被某种情绪涨得满满的。他把居沐儿抱进了大澡盆子里，一道洗了个澡。

这澡洗得一地水，甚费体力，当真欢喜。二人折腾了一下午，待回到床上，难耐这大半月的别离，再度亲热娇爱了一番。

待得龙二餍足，气喘吁吁地休战，居沐儿已经抱着被子闹着要睡。龙二让她睡到丫头第三次来催吃饭，把她赶了起来。

两口子亲亲热热、一脸春意地出现在餐桌上，众仆讶然。余嬷嬷一边盯着丫头小仆们伺候好主人家用饭，一边观察着居沐儿。她神色如常，与龙二说说笑笑，没半点心虚不安。

余嬷嬷不明白居沐儿的转变是怎么回事，但这夫人的异常定是要与二爷好好说道说道的。这晚，龙二到书楼查看积下的卷宗公事，余嬷嬷便带着账房先生和小竹、小苹过来了。

“老奴倒不是要说夫人的不是，只是夫人过去的生活环境与如今不同，许是有些不适应。但身为龙家夫人，一举一动皆受注目，还是要注意些为好，莫让外人耻笑了我们龙家。”

龙二皱着眉头，翻着账房先生递上来的账本，细细看完了，眉头打了结，又问了小竹小苹夫人具体都做了什么事云云，然后挥挥手，让他们下去了。

龙二在书楼里坐了一会儿，想着这事，越想越奇怪，再没心思看那些买卖账，干脆起身回了屋。

屋里，居沐儿正在叠衣裳。她眼虽盲，却还是喜欢自己动手做些事。她说这样她才不会成废人。

她叠衣裳很慢，先摸清里外领摆，然后沿着缝线摸索摊平对折，叠好了，才抚平，摸索是否摆正，然后再放到一边。

龙二就站在门口看她叠衣裳。她叠好最后一件，摆放成一摞，然后捧起来，走到大衣箱那儿，打开了，把衣裳放进去。右手边是他的，左手边是她的。

龙二觉得她应该是在衣裳上做了记号，或者是她叠衣裳的时候做了记号，因为她每次拿衣裳，都没有拿错过。

龙二看她盖上衣箱子，又去摸抽屉里他的腰饰小挂件腰带扣，一个个摸一遍，摆好了，笑了笑。龙二忍不住咳了咳，居沐儿听得声音吓了一跳，飞快地把抽屉关上了，好像她刚才做了什么错事。

龙二装成刚进门的样子，走进来道：“我回来了。”

居沐儿笑着迎他：“相公忙完了？”

“忙不完，刚看到一本账，被吓到了。”

居沐儿把龙二按在桌前坐下：“我给相公倒茶喝，给相公捶捶背。”

“你倒是个知趣的，知道我看的是什么账？”

居沐儿干笑两声，殷勤地给龙二倒茶。

可惜龙二不吃她那套，他斜睨她一眼，开口问了：“你到底在玩什么把戏？”

居沐儿无辜地眨眨眼：“没玩把戏，就是相公不在身边，想相公了，一不小心，便花多了些。”

“多了些？你花的那些，可够穷人家吃三年的。”

居沐儿张大了嘴，她倒是真没想到有这么多。

“你是故意气爷呢？爷离你远了些，你便拼命乱花银子让爷肝痛，让爷惦记着，以后不再离你太远是不是？”

居沐儿笑了，却觉得眼眶有些发热。她眨眨眼，把泪意逼了回去，笑道：“相公睿智，无人能及。”

龙二把她拉过来，啪啪打了两下：“爷正训话呢，你还敢调侃爷？”

“我说的是真心话。”居沐儿揉了揉，赖在龙二身上不走了，抱着他的脖子撒娇。

龙二却是还有气要撒，他一戳她的额头：“你乱花银子，此一罪也。与那陈良泽勾勾搭搭，此二罪也。你自己说，那又是怎么回事？”

“旧友重逢，想起小时候的事了，又难得有人陪我弹琴，所以就多聊了聊。”

“多聊了聊？那用得着三天两头地去吗？”龙二听得她轻描淡写地说这事就更气。

他不在意云青贤，因为那家伙在居沐儿心里屁也不是。可陈良泽不同，他跟居沐儿是青梅竹马，情深义重，当年退婚的理由还挺悲情。况且退婚是居沐儿提的，她对陈良泽兴许还有几分愧疚之情。

这人吧，就怕这情那情的攒得太多，一多就乱。

龙二瞪着居沐儿看，她肯定明白他的心思，他可不是什么大方的人，这走了一趟远门她就又闹这样又闹那样的，究竟打的什么主意？

“相公，你在瞪我吗？”

“哼。”

“相公莫气，我认错了还不行吗？”

“你错哪儿了？”

“我不该花银子。”居沐儿低着头，手指拧着衣角，样子要多委屈有多委屈。

龙二吸口气，想骂骂不出来，只得又戳她额头：“有说不能花银子吗？是不该花的不能乱花。要是很必要的，必须要买的，那才能花。”

居沐儿点点头：“知道了，必须要买的就能花。”

龙二一噎，他怎么又觉得哪里不对了？他皱起眉头看她委屈的样子，想想罢了罢了，钱银的事不与她计较，反正他已经嘱咐好了账房，以后夫人的花销都得经他同意才行，这样谅她也花不到哪里去。

“那……那个陈良泽呢？”龙二最在意的是这个。他不在乎外头说什么，但他很在意他的龙居氏去见他。

“以后再不见了，总行了吧？”居沐儿完全没挣扎，很快妥协。

“不能就这么算了。”龙二一得势就开始摆威风，“还是得罚你。”

“不要罚我，我都认错了。”居沐儿很配合地认怂。

“不行。”龙二把夫人推到一边，大声道，“龙居氏，你品行不端，不知检点，罚你面壁思过三日，禁足不得外出，食斋独眠，认真思过。日后若有再犯，定然重罚。”

居沐儿点点头，轻声问：“那相公要睡哪里？”

龙二一噎：“你管爷睡哪儿？”

“我不用睡柴房吗？”

龙二又是一噎，上前一步戳她脑门：“你这个不会讨欢心的。”

居沐儿扑上前把他抱住，很难过，她确实是个不会讨欢心的。

这日夜里，龙二在另一间厢房睡。全府上下都知道夫人做错了事，二爷罚她了。

居沐儿躺在床上，想着事情的发展一如她所料，顺顺利利，可她一点也没法开怀。她想着龙二对她的体贴，他罚她，是为了服众，是让她日后的日子好过。明明是她错了，他却还对她这般好。

她想着她那一步步的计划，想着不久之后的别离，忍不住泪如雨下。

龙二也睡不着，他越想越气，明明紧赶慢赶回了家，想着每晚可以抱着媳妇儿睡个好觉，结果她偏偏要闹他。她到底要做什么？她怎么可能会做这种蠢事？难道真是他第一次离家她太想念他所以犯傻了？

龙二越想越不高兴，总之这个女人乱花钱银，还见别的男子，无论理由是什么，这都太不应该了。

可是纵然如此，睡到半夜也没睡着的龙二爷还是没忍住，他偷偷潜回了房，摸回了自个儿的床上，抱住了自个儿的媳妇儿，这才踏踏实实地睡了过去。

居沐儿受罚的三天很快过去。

她这三天闭门不出，天天斋饭素菜。丫头们得了令不许陪她解闷，龙二自己也鲜少回屋。当然，他夜里偷偷潜回去这事谁也没告诉。

如此一来，居沐儿貌似被罚得可怜兮兮，余嬷嬷有些不忍，来看了她一回，宽慰了几句。

三天过去，龙二爷只差没敲锣打鼓地搬回自己屋里。嬷嬷下人们安分听话，居沐儿谈笑如常，一切似乎都如往昔。

可好日子没过两日，让龙二傻眼的事发生了。

这日账房先生小心翼翼地来书楼，吞吞吐吐地向龙二报：“二爷，二夫人要买琴。”

龙二一听就不高兴了：“她要买琴为何找你说？”不是应该找他这个当相公的撒撒娇求买琴才对吗？

“不是夫人与我说的。是夫人已经买了，琴铺掌柜来找我讨钱的。”

龙二一愣：“买了？”

“是的。夫人说，二爷说了，必须买的东西是可以买的，她说二爷同意的。”

必须买的东西——琴算吗？龙二额头抽了抽。

账房先生继续道：“可那琴实在是太贵重，我不敢做主，所以赶紧过来报二爷。”

太贵重？龙二决定先给自己倒杯茶喝，定定神。

茶喝下去了，他问：“多少钱？”

“八万八千两……”

“什么？”账房先生话没说完，龙二噌地站了起来，“八万八千两？什么破琴能值八万八千两银子？金子做的吗？”

“不，不是。”账房先生直冒汗，“是金子。”

“真是金子做的？”龙二扬高了声音，不敢置信。金子做的琴，这么俗气，他家沐儿会喜欢？她的喜好何时变得如此了？

“不，不是金子做的琴，是要付八万八千两金子。”

哐啷一声，龙二手中的杯子摔在了地上，裂成两半。

八万八千两，金子！

很好，非常好！龙二咬牙切齿，火气腾腾往上冒。这个败家媳妇儿，她的胆子还真够大的。

“她在哪儿？”

“啊，那掌柜正在账房处等着。”

“我是问夫人。”

“这个，属下并不知晓。”

龙二黑着脸：“你打发那个掌柜走，这琴不买。”说罢他大踏步地往外走，回院子找他那败家媳妇儿算账去了。

第三十四章 含泪与君绝

居沐儿果然是在院子里，她正兴高采烈地跟丫头们讲那台“传奇之琴”，什么“龙凤合鸣”“千古之音”……

龙二怒气冲冲地走进来，把她拎进了屋里。

“我不在的时候，你弄那些小动作就是想试试我，对不对？”龙二背着手，在屋里来回踱着步子，“我若能容得你那般花费，你便对这张八万八千两金子的琴下手，对不对？”

居沐儿低头不说话。

“你之前说什么买琴会心里欢喜，也全是试探对不对？”龙二越说越生气。

居沐儿低着脑袋小声道：“那是张好琴，绝世之作，世上再没有第二张了。那掌柜是不卖的，那是他家的镇店之宝，我费了九牛二虎之力，与他斗琴斗智，才把琴赢回来的。八万八千两黄金，已经很值了。”

龙二瞪目，她还真敢说，八万八千两黄金啊，她以为是一把沙子吗？就是他买铺子花销最大的一笔，也没有这个数的一半多。她居然还说很值，她到底有没有钱银的概念？！

“相公，这琴保值保价，越放越是值钱，相公买回来，定然不会亏的。”

还越放越值钱？龙二差点一口血吐出来，你道人人都跟你这个冤大头似的花金子买块烂木头回来？

龙二在屋子里转来转去，终于挤出一句话：“相公重要还是那破琴重要？”

“相公已经是我的了，可是琴还不是。”

龙二噎住了。好，很好，真是伶牙俐齿。“有相公就没那琴，你死了这心吧。”

居沐儿低头，眼泪吧嗒吧嗒地往下掉。

龙二看得更是恼火，大声喝：“不许哭。这事就这般定了，日后你花钱，每一笔都得先问了我。”

居沐儿哭得更厉害，抽泣起来。

龙二瞪她：“哭什么哭，八万八千两黄金，你还有理了？”

居沐儿摇头，忽然走过来抱住了龙二，把头埋在他肩窝用力大声地哭：“相公，相公，我真的很喜欢，相公，世上再没有了，是唯一的，我很喜欢。”

龙二硬起心肠：“世上独一无二的东西多了，你喜欢的不一定就能要。”

“相公说得对。”居沐儿号啕大哭。

“你好好反省……”龙二刻意忽视掉她的眼泪。

可他话还没说完，居沐儿却大声叫：“我要回娘家。”

这话又让龙二怒火冲天：“回便回，你就在娘家好好思过。我不允你，便不许回来。”说罢，他丢下大哭不止的居沐儿，转身出去让丫头给她收拾行李。

居沐儿真的回娘家去了，小竹、小苹战战兢兢，吓得不轻。二爷黑着脸让她们收拾夫人的行李，却又嘱咐不能叫夫人饿着了，不能叫夫人热着了，不能让夫人见别的男人，只准在娘家闭门思过。

小竹、小苹不明白发生了什么事，只知道夫人又乱花钱惹了二爷不高兴。可夫人哭成这样，她们也不好问，只得硬着头皮默默地陪居沐儿住进了居家酒铺。

一日无话。到了第二日，龙二的气还没有消。一晚上没有媳妇儿可抱睡不踏实让他相当暴躁。可更气人的事来了，居沐儿居然写了一封信让小竹给送过来，字写得歪七扭八，显然出自她的手。信上说夫妻趣味不同，难以相处，望夫君研习琴技，陶冶情操，如若不然，唯有休夫一途。

龙二气得当场把那信撕得粉碎。这盲女真是越发胆大了，还敢拿休夫之事逗弄他。让他习琴养性，陶冶情操，是嫌弃他了？

对，她一直是嫌弃他的，打从刚认识那会儿开始她就嫌弃他粗鄙。谁才是她那趣味相投的良人？陈良泽那类的？

龙二气极，让人备笔墨。她会吓唬人，他也会。她会写休夫警告，他也能写休妻书，而且他比她写得更好。

龙二认真地写了，揉碎了一页又一页，务必要写一篇字体洒脱、内容丰富、条理分明、头头是道的休妻书吓唬她。他列举了所有他能想到的罪状，什么不事劳作、无出、不节俭持家、对夫君不恭敬、善妒、碎嘴、惹是非、招惹市坊恶语、有损夫家声誉等。

细数一数，竟列了二十多条罪状，每一条都够休她一遍的。龙二看着数着，觉得这世上真是没理可说，明明这娘子坏成这般了，为何他对她还欢喜得要命？虽然现在他生她的气，可他心里知道，他喜欢她，就如同她喜欢那张琴一样。

世上再没有了，那是唯一的——他忽然想到她这句话。

龙二发了会儿呆，最后仍把那信封好，让小竹送给居沐儿，还嘱咐交代："回去后，给她好好念，让她背下来，回头哪一条再犯，爷定好好整治她。"

小竹吓得连连点头，捧着那信走了。刚出门口，又被龙二叫住："你们好生伺候着夫人，早点哄她回来。若三日内夫人回家，你们有赏；否则，重罚！"

小竹听罢，脚底抹油赶紧往居家酒铺跑，恨不得立时便将居沐儿绑了回来。

龙二靠在椅背上，看着他撕的那一地纸，哼了一声，跟爷闹脾气，回来了看爷不收拾你。

龙二耐心地等了两日，居沐儿完全没有要回来的迹象。龙二自己磨不开脸去找她，便叫李柯去了。李柯去看了看，居沐儿把他赶了回来。他去找苏晴打听，苏晴也是一脸茫然，她只知居沐儿时常以泪洗面，却不知她心里是何打算。

直到第三天，答案揭晓了。

京城的籍簿司的司官求见龙二，他是来邀功的。他说，他为龙二办好了休妻之事，已将居沐儿从龙府籍簿中去掉。官印已盖，事情已办妥，他是特意来送盖好印的休妻去籍文书的。

龙二听闻此事，如五雷轰顶。

那司官还在絮絮叨叨，说那居沐儿的丑事闹得人人皆知，他都替龙二爷不平。但那女子确实狡猾，她早些时候便来打听，如何条件下夫不能休妻，那时他便留意了，觉得居沐儿定会捣鬼。

果不其然，今日居沐儿又来相问，言辞闪烁，吞吞吐吐，问休书若是不见或销毁是否便是无效等等。司官觉得她可疑，便多问几句，怎料她惊慌起来，转身想逃，其袖中落下一纸，正是龙二爷写的休书。居沐儿见事情败露，苦苦哀求，她不想被休，便藏了休书，想打听清楚再做打算。

司官将所有事情连在一起想了一遍，这女子被龙二爷赶回娘家早已闹得满城风雨，被休一事已是确凿，如今竟还敢做出藏休书毁休契的事来，定然是不能让她得逞。于是司官把居沐儿扣了，拿了龙二的休书速速办好官印文书，为免龙二爷担忧休妻一事不顺，他还亲自给送来了。

龙二脸色铁青，原来如此，原来如此。

她要对付的从来不是他，而是这蠢货籍簿司。他远行时她闹那一场，是给市坊看的，是让籍簿司看的。然后她再拿那八万八千两黄金吓唬他，装可怜回娘家，这也是给籍簿司看的。接着她再用什么休夫警告来逗他激他，她知道他一向与她相互回礼，他一定也会回赠她一份相同的东西。

然后她再演一场戏，把自己从龙家籍簿中去除了。

她竟然费了这般心思，借着他的手，把她休了。

龙二气得说不出话来。很好，非常好。她真是聪明，一步扣着一步，心思缜密，不但给他留足了面子，还得到了她想要的结果。

很好，她还真是个人物，不动声色，手到擒来。她这脑袋瓜，用来赚钱做买卖得多好，偏偏是用来算计他了！

龙二一步一步走向那司官，猛地一把揪住他的领子，用轻得不能再轻的声音问："你看到那信上有'休书'二字？"

那司官张大了嘴，努力回想，那休书上一条条休妻理由写得清清楚楚，他倒真没注意顶上有没有"休书"二字。当时他满心满脑被能巴结上龙二爷、能为他做事邀功的喜悦冲晕了头脑，根本没留意上面没有"休书"二字。但那明明就是一封休书。

龙二盯着那人的眼睛，又问："那上面有我盖的指印？"

这个司官能够答："那上面确实是有指印的。"

"是我的吗？"

司官张大嘴，他再傻也知道此刻龙二爷怒火冲天。

"把她给我写回来，写回龙家籍簿上，她是我龙府二夫人！"龙二眼睛冒火，恨不得把眼前这个蠢货撕碎了。

司官结结巴巴："可是，可是，官印都盖上了，要是想重写回来，得……得拿婚契……"

龙二一把掐住他的脖子，掐得他脸色发青，说不得话来。

婚契？他把人划掉的时候怎么不要这个不要那个，重新写上却啰里吧唆的？

龙二一甩手，将那司官丢出了门外。他盯着司官，冷冷地道："你等着掉乌纱帽吧。"

而那个可恶的女人，他知道她为什么想撇下他了。只是她忘了，他可是龙二爷。无论是什么理由，她都不要妄想不要他。敢休了他，她想得美！

龙二急怒攻心，但他并没有马上冲去找居沐儿算账。他把自己关在书楼里，认真仔细地把所有事情想了一遍。

从什么时候开始的？他没能说服她吗？那她是何时打了这主意？与那西闵国琴使弹琴的时候，还是更早的时候？

龙二正思量着，烦躁不安，忽见小仆来报，说小竹、小苹回来了。龙二皱起眉头，快速走出书楼。小竹和小苹跪在楼前抹眼泪，道居沐儿说自己不再是龙家夫人了，将她们赶了回来。

"赶你们你们就走吗？"龙二气极，"平日里怎么不见你们这般听话？"

小竹和小苹吓得不敢言声，龙二又喝："回去，好好看着她。"

"可是，夫人赶我们。"

"赶你们，你们就不会赖着？"龙二抬头看看天色，心里更怒，"都这时候了，你们回来，谁给沐儿做饭吃？"

两个小丫头面面相觑，从地上爬了起来："我们这就回去。"

可没等她们走远，龙二又把她们叫了回来。两个丫头搞不清状况，僵站在一旁等话。龙二想了好一会儿，道："不能惯着她，让她饿着，不管她。"

那还回去吗？两个丫头不敢问。

龙二不理她们，转身又进了书楼。小竹和小苹你看看我，我看看你，正不知该怎么办，龙二忽然又出来，道："她赶你们的时候，在做什么？"

"没做什么，就是一直哭。"小苹答道。

小竹在一旁赶紧补一句："夫人定是难过二爷休了她，哭得可伤心了。"

两个丫头都喜爱这个好相处的夫人，想帮着说些好话。看这模样二爷并不是对夫人太绝情，说不定心一软又把夫人接回来呢。

可龙二听得居沐儿哭得伤心，却是冷笑："很好，让她哭。"说罢转身又要回楼里，走了没两步又回头喝道，"你们杵在这儿做甚，回自己院子干活去。"

两丫头被喝得一震，撒腿跑掉了。

龙二在书楼里坐了一会儿，唤来李柯，嘱咐他派两个机灵的护卫到居家酒铺，暗中守着居沐儿，别叫她给发现了。又交代李柯要留意居沐儿身边是否有别的人盯梢，若是有，莫打草惊蛇，盯紧了，回来相报便好。

李柯领命而去，龙二发了会儿呆，直到有小厮过来招呼他说龙大交代开饭了。

龙二没胃口，不想吃饭。他又想起了居沐儿，与她吃饭很麻烦，他得给她布菜，要挑没骨头的，挑没刺的，碗筷勺子摆放一定得是固定的位置。她吃得不多，吃太多或是吃凉的都会闹胃疼。她还不吃带壳的，但如果他帮她剥好了她也会吃得很开心。所以有时不是因为不方便不爱吃，而是她懒。

她不但懒，还爱撒娇。

她撒娇便罢了，她还拐着弯地撒。她别扭又狡猾，总能让他笑，她嫁过来半年，他觉得他开心大笑的次数比过去十年都要多得多。

龙二突然站了起来，一脸怒容地大踏步往外走。他没去饭厅，却急奔马棚。伺马小仆见得他来，吃惊之余未及反应，龙二已经自己套好马鞍，上马急驰而去。

龙二一口气奔到居家酒铺。这时天色已暗，酒铺大门紧锁，里头黑乎乎的，没有一点灯光。龙二下了马，也不敲门，直接从后院翻了墙进去。

居沐儿的房门没关，窗户也开着。龙二跳进院子，一眼就看到她坐在屋子里抹眼泪。龙二不管不顾，气势汹汹地闯了进去。

居沐儿听得声音，吓一大跳，刚要开口喝问就已被龙二拎起来横在膝上啪啪地用力打了几下屁股。居沐儿又惊又怕，虽然心里已明白来者何人，但仍吓得哇哇大叫。

龙二这几下使力颇重，居沐儿被打得眼泪汪汪。龙二打完了就把居沐儿往旁边一放，自己站起来扭头便走。他走到门口又忍不住转头看了她一眼，她两眼红肿，贝齿咬着唇，一句话都不说。

他那几下定是将她打疼了，可他一点都不心疼。龙二扭头继续往外走，他一点都不心疼。

龙二没有留下只言片语，很快翻了墙出去，骑上马走了。

这回他骑得慢，马儿慢慢悠悠地走着。龙二想着刚才的情景，她眼睛这般肿，哭得疼不疼？疼也活该！

天已经黑了，不知道她吃了晚饭没。他仔细想想，刚才好像看到她屋里有两个白馒头和一碗粥。馒头没动，粥是满的，她肯定没吃。不吃拉倒，饿死活该！

他应该多打她几下，再狠一点。他想着，夹了马肚子快跑起来。他把她揍了，可是心里的怨气还没出，他仍旧生气，憋了一肚子火。

不行，不能就这么算了，光揍她几下怎么够？

龙二调转马头，又朝着居家酒铺的方向冲了回去。

这次照旧翻后院墙。一进去，就看到居沐儿孤零零地站在院子里，想来是刚才追着他的脚步出来了，可她并没喊他。

龙二抿紧嘴，提醒自己这个女人多可恶多气人多不值得同情。他这么想着，踏着重重的步子走到居沐儿面前。

居沐儿听得脚步声，有些吃惊地睁大了眼，呼吸急促起来。她听得声音在她面前停住，她咽了咽唾沫，两只手不知该如何摆。

龙二好半天不说话，只是盯着她看。居沐儿越等越紧张，又咬起了唇，而后终于忍不住怯怯地唤了声："二爷。"

"不是我！"龙二恶声恶气，说完了猛然意识到自己说了傻话。他明明气势十足的，他明明一点都不紧张，可他跟撞了邪似的说的什么鬼话？龙二咬牙补救："不是我你该如何？"

居沐儿很惊讶，瞪圆了眼睛，想半天，道："没有别人。"

"怎的没有？这鬼屋子前不着村后不着店，偌大的前堂后院一个人都没有。宵小暗贼可不乐得往这儿跑吗？"

"我……我在这儿住了二十年，从没来过宵小暗贼。"

"你还挺遗憾的是吗？"龙二嗓门奇大，凶巴巴地吼。

居沐儿咬唇低头："我错了，二爷莫气。"

"我不气，我可不会为了你着恼。你是我什么人？从今往后你与我半点关系都没有了，我犯不着为你生气，你说对不对？"

居沐儿低着头，加上夜色昏暗，他看不清她的表情，只听得她过了好一会儿才哽着声音答："对。"

还敢答"对"？！

还敢用这么可怜的声音答"对"？！

她又来了，又用这招来对付他了。

龙二头顶冒火，他开始左右来回地踱步子。真是气死他了，气死他了！

他猛地一把将居沐儿拉进屋子里，粗鲁地把她丢到椅子上，屋子里没了月光，黑乎乎的，什么都看不清，龙二被桌子绊了一下，丢居沐儿的那下还差点把她丢到地上。

两个人都很狼狈，龙二大为光火，喝问道："蜡烛呢？"

居沐儿被他喝得一抖，忙跳起来想拿蜡烛。龙二却又喝她："坐着！"居沐儿吓得又坐下，只用手指了指墙边的小柜。

龙二大踏步往小柜走过去，粗鲁地拉开抽屉。第一层没有，第二层也没有，再拉开第三层……他拆屋子似的，动静奇大，居沐儿缩了缩肩，不敢说话。

龙二找了半天把蜡烛和火折子找全了，终于有了亮光。可是找不到烛台，实现不了他气势汹汹地把烛台用力拍在她面前的想法，于是他又生气了。

蜡烛立在桌上，小小的火焰，在两人之前燃烧着。桌子的两头，她坐着，他站着。隔着那根蜡烛，相对无言。

居沐儿对着烛光看，她眨了眨眼睛。龙二忽然想起她说过她在极黑暗的环境里能看到微弱光芒的话来。此刻，也许她能看到模糊的一点点光，但她看不到他。

龙二站在那里，他心痛、暴躁、怒火冲天，他形容不出自己的心情。

他看着她红肿的眼睛，恶声恶气地问："你哭什么？不都是你干的好事吗？不都是遂了你的意了吗？"

居沐儿一愣，低下头："是我对不住你。"

"为了那个案子？为了师伯音？我不同意你查下去，你就这般对我？"

居沐儿用力咬唇，不知该如何答。

"一个招呼都不打，让我一点准备都没有，你有没有想过跟我商量商量？你这样对得起我？"

居沐儿咬紧唇，她感觉到痛，但仍用力咬着。她不敢开口，眼泪已经在眼眶中打转，她一开口就会哭出来，她一动泪水便会落下，她不能在他面前流泪，她不想让自己显得可怜。这件事完全是她的错，她实在太对不起他，但她必须与他了断。

他怨她吧，他恨她吧，她应得的，她活该！

居沐儿的无言让龙二更怒。他猛地一拍桌子：“说话！”

桌子与居沐儿同时震了一震，蜡烛被震倒，火灭了，屋子里暗了下来。

过了很久，龙二听到居沐儿小声道：“二爷聪明绝顶，我若提前露了端倪，就不能这么顺利让二爷休我了。是我不好，我对不起二爷。”

龙二冷笑：“你算计我，还赞我聪明绝顶？哼，你倒是对自己有信心。你若把事情挑明了，怎知我不会成全你速速把休书写好，省得你费这番心思？难道我还会赖着你不成？你道你是天仙美人，我非你不可？”

他这话说得甚是伤人，黑暗中居沐儿再无声息。

龙二听到自己的心跳，脑子有一瞬间的空白，说不得心里头是不是在后悔。

过了一会儿他听得居沐儿道：“二爷说得是，本应是让二爷直接休我出门，只是我虚荣虚伪，非要争个面子，给二爷添麻烦了。二爷就念在我已是弃妇的分上，莫要怪我。日后我们再难相见，只求二爷莫要记恨我。”

很好，她倒是个贴心人，把脏水全接了，给他留足颜面。只可惜，他不吃她这套。他就是要记恨她，就是怪她，她又能怎样？

“师伯音比我重要？”

居沐儿摇摇头。龙二看得她的动静，却看不真切，他伸手扶起蜡烛，欲再点上。

“二爷莫要点蜡了。”她小声道。

龙二不理，开始打火折子。

“求你。”

求他吗？很好。她不想他做的事他偏要做。

烛光亮起，居沐儿把头压得低低的。龙二搬了把椅子，坐到她跟前去，离桌子稍远些，省得自己一个忍不住又拍灭了蜡烛。

这屋子有光亮，让他有了占上风的感觉。

“你与我说实话，我便不再怨你。”

居沐儿微微一动，然后用手揉眼睛。龙二皱眉，把她的手拉下来，眼睛肿成那样了还揉？

“只给你这次机会，你把话说明白了，我便不怨你，否则——”他这话尾音拖得老长，威胁意图明显。话里留了话，但龙二自己知道，否则怎样他压根没想好。

他还能怎么样？打她打过了，不解气；骂她骂过了，心里还恨；凶她也凶完了，还是怨。

他还能怎么样？怎么对付她，他没想好。他根本没办法。

居沐儿吸了吸鼻子，她不想他怨自己，她坐在这儿哭了半天就是因为想着这一切他得有多恨她。她不怕凶险和阴谋，但她受不了他怨她。她原本以为她受得住，可事情发生了她才发现远比她想象的更让她难过。

“二爷，我深信师先生是真有冤屈。二爷当时说的话我都记得，我也知道，每一句都是有道理的。我没有证据，我什么都不能做。其实这些我心里清清楚楚，所以事发这两年多来，我一直把这事藏得严严实实。嫁给二爷时，我也是抱着希望，希望这事就了结了，我要把它放下，不再为它烦恼。但我不过是自己骗自己。事情还在，那个凶手还在。”

龙二抬起她的脸，看她的表情。她此刻镇定下来，话说得清楚，就是脸上泪痕交错，狼狈不堪。

龙二伸手抹了抹她的脸。

居沐儿忍住抱住他的冲动，继续说：“能嫁给二爷，是我这辈子最幸运的事。这半年时光，再欢乐幸福不过了。龙府的每一个人都是极好，我自私自利、狡猾虚伪，实是不配做你们的家人。二爷，师先生冤案一事，我早已无法抽身，自一白兄找我默记琴谱开始，我便已经陷了进去。一白兄死时，我害怕惶恐，甚至觉得下一个便是我了，那种没有任何证据却心有感应的事，我不知道该如何说。”

“那你也该与我说，而不是不声不响地自己算计。”

“二爷。”居沐儿终是忍不住摸索他的手，握住了。这大掌的温暖，深深地印在她的心里。

“二爷说得对，这案子是皇上亲督，刑部严审，无论最后结果是什么，都不可能轻易翻案。龙家与师先生毫无瓜葛，不该卷到这件事里来，一切都是我的错。我无法抽身，龙家却是可以的。只要我与龙府再无关系，日后无论发生什么，刑部也好，皇上也罢，都不能再怪罪龙家。”

这理由与龙二想的一样，可当他亲耳听到，却无欢喜。她倒是说得轻巧，她无法抽身，难道他就可以？

“你真是没心没肺，痛快得很。想嫁进来便嫁了，想离开便离了。”

“二爷……”居沐儿想说什么，但终是闭上了嘴。

“说什么让龙家撇清关系，若真是这般，当初你又何必来招惹我。是你主动求嫁的，还记得吗？你求嫁时，又安的什么心？”

这话刺到居沐儿最痛处，她的泪水再度夺眶而出。

“是我不好，我错了。”

当时丁妍香的逼迫让她害怕，她只求安身，只求有人相护，却没有为对方着想。她天真地以为龙府会是最坚实的依靠，但事情远比她最初想得复杂。她确实只是个布衣琴师，眼界有限，一连串的事情发生后，她才看清大局全貌。

钱江义的经历对她是当头棒喝，让她意识到这事几乎不可能翻案。不只是对抗幕后凶手而已，还有皇上和整个朝廷。就连邱若明这样的官员都只能小心翼翼，不敢言明，她又算得什么。

最重要的是，凶手并没打算放过她，而她甚至不确定对方是谁。她在将整个龙府拉进一个完全不可测的凶险里。不只龙府，还有她最心爱之人。

“认错认得爽快，心却狠毒。”

“二爷，我是真心的，你莫要怨我。”居沐儿悔不当初，若她知道有今日，当日无论如何，遇到任何事，她都不会去招惹龙二。她哭得不能自已，心痛难过。

“怎能不怨？你告诉我怎能不怨？”

居沐儿说不出来，哭着摇头。

龙二盯着她的眼泪，缓了好半晌再问：“你日后如何打算，离了我们龙家，你又能如何？”

居沐儿用袖子擦掉泪水：“还未曾细想，走一步算一步。”

龙二便冷笑了：“怎么不想着求求我呢。我虽然训斥了你，不让你再琢磨这案子，但你不是最能说会道、巧舌如簧的？你怎么不求求我，借我龙家势力、钱财人手，说不定还真有办法帮你翻案。你都未曾尝试要说服我。”

居沐儿不说话，只是摇头。

“还是你打心眼里瞧不起我，你素来喜与我耍心计的，你总觉得自己比我聪明、比我有能耐是不是？所以你觉得我没用，连休妻这事也得你自己设局布置，事事均让你占了先机，我便是废物，成事不足，是不是？”

“不是的。”居沐儿急得大声嚷。

“你想寻别的人帮忙是不是？能帮你查案，能帮你申冤的人。你跟我撇清了关系，再寻下一个靠得住的，我在你眼里是有多无能……”

“不是的！”

“那怎的我就不行？”

“因为我……”居沐儿张大嘴，声音卡在嗓子眼，她心跳得厉害，眼泪终于还是滑落下来，“我心里，二爷是最重要的人，再重要没有了。”

世上仅有的，独一无二。

龙二安静下来，不再咄咄逼人。他想听的，便是这个。

“二爷，你莫恨我。我不是那样的，我只是……”

她半天不说下去，龙二有些急了，他想听，她快些说。

“只是什么？”

“只是……”她满心难过，泣不成声，又羞又愧。

“居沐儿！”龙二吼了一声。她再吊着他的胃口试试，他真是会发火的。

“我就是喜欢上二爷了，对二爷最是欢喜，再欢喜没有了。所以绝不能让二爷受牵连。”居沐儿被他这一吼也豁出去了，嚷得比他还大声！

她就是爱上他了，怎样？

龙二笑了，放声大笑。

他毫不掩饰的笑声让居沐儿臊红了脸。那些话真是不该说的，依他的性子，这话便是把柄。但话已出口，悔之晚矣。

龙二笑够了，问：“确实是欢喜我吗？谁都及不上我，是不是？”

居沐儿抿紧嘴，她刚把他算计完，所以这个问题他定不是朝着什么浓情蜜意的方向上去问的。但她既然话都说了，否认也是没甚意思，于是点头。

龙二又道：“我若恼你怨你，你会伤心难过？”

居沐儿又点点头。

“很好。”龙二很满意，“那你可听好了，你这般待我，无情无义，不识好歹，我是记恨上了。我龙二是有仇必报，锱铢必较的。你以为无论你对我做什么，我都跟你闹着玩吗？你错了！”龙二的语气让居沐儿心里如被针刺上，细细绵绵地痛。

“你以为我把你休了之后，还会像过去那般对你好？你错了！”

居沐儿咬紧唇，说不出话来。

“若你是我的龙居氏，任何事我都会替你担着。但你这般算计我，又不再是我的家人，我便不会对你客气。从今往后，你别想有安稳日子过。”狠话说得又快又溜，龙二心里非常痛快。

居沐儿低垂着脑袋，为他那句“若你是我的龙居氏”感到锥心难过，她用力捏着自己的手指，强忍着泪水。

一切都是她自找的。当初想嫁，现在悔嫁，一切都是她咎由自取。若不是她贪心，若不是她自私，今日也不会闹得大家都这般伤怀。

“居沐儿，我告诉你，休离了你，我倒是不难过，但你用这般手段逼迫，我可是大大生气。所以你可别弄错了，我今后对你再不好，可不是因为惋惜休弃了你。”龙二说来说去就那么几句，他半点没为他将居沐儿休离这事说成与事实完全不符而羞愧，他看着居沐儿因为他的话难过而有些快意。

这个女人，敢不要他！他会让她后悔，让她哭着喊着说她错了，让她求他再娶她。她等着瞧！

龙二觉得自己完全占了上风。居沐儿亲口承认爱他，她听到他嫌弃她的话就难过，他左右着她的情绪，他对她如此重要。

看着居沐儿终于没忍住，泪水吧嗒吧嗒地落了下来，龙二顿时舒心地长吸一口气，真是太痛快了。

龙二走了。把居沐儿整治哭了，他非常满意，于是趾高气扬地离去。

这次他没有再回头，他觉得战果很不错，他要乘胜追击，晾她三日，待她难过够了，他再回来继续收拾她。

龙二一回到府里，就有小仆来请，说是龙大有事相议。

龙二进了议事堂厅一看，龙大两口子和龙三两口子都坐在那儿。龙二清了清嗓子，慢腾腾地走进去，挑了个位置坐下了。

“怎么回事？”龙大直截了当地问。

龙二摸摸鼻子，在居沐儿面前的嚣张劲头全没有了。他看了看安若晨和凤舞，想了想，那事尚不明朗，还是不要宣扬开为好，于是回道：“沐儿跟我闹着玩呢。”

“闹着玩？”龙三傻眼了。

凤舞看了看安若晨，道：“二嫂玩得还挺大的呢。”

安若晨点点头：“关键是二弟也乐得陪她玩。”

龙二左右看看屋子，装作没听见。

龙大与龙三对视一眼，心里都明白事情绝不是如此简单，但既然龙二不愿说，这里头必是有内情。

“玩到何时，可否先知会我们一声？”

龙大的这个问题让龙二脸色一正，低眉思索。安若晨接了龙大的眼神，拉上凤舞道：“既然不是什么大事，那我与凤凤先出去吧，你们兄弟聊好了。”

凤舞也是个有眼力见儿的，顺从地往外走，却忍不住还要闹上一闹：“大嫂，我被龙三休过，现在二嫂也被二伯休了，那咱家没被休过的只有你了。你一定要坚持住。”

安若晨哈哈大笑，拉着她快步往外走。龙大转头瞪龙三，龙三拿杯子喝茶，装没听见。

很快屋子里只剩下兄弟三人。只不过瞪人的瞪人，装傻的装傻，沉思的沉思，没人说话。最后还是最有威严的老大开口了：“你说清楚，你家那个在闹腾什么？”

这话龙二不爱听，什么叫“你家那个在闹腾什么”，他手一指龙三，将脏水泼了过去：“爱闹腾的是老三家的，我家这个是聪慧可人。”

龙三也不乐意了：“瞎说，凤儿才不闹腾，凤儿那是活泼讨喜。”

“都不是让人省心的。”龙大很不高兴，家里闹成这样，他身为长子，如何与家里的列祖列宗交代？“让她们学学你们大嫂，稳重贤淑，这才是为妻之道。”

“哧！”龙二龙三同时扭头不理。

“哧什么哧，赶紧说，究竟是怎么回事？要真是你们两口子闹着玩，你就去爹娘灵位前说，我还不想听了。”龙大脸色难看，一点开玩笑的心情都没有。

龙二正了脸色，这事他原本就是要跟兄弟好好说道说道的，毕竟若是照他的想法往下走，那就真是拿着龙家的身家性命在赌了。

龙二把事情的缘由说了，把居沐儿身陷困境、要为冤案平反的决心说了，还把她如何闹和离的手段也说了。

说完了，三兄弟沉默无语。

过了一会儿，龙二道："我不能让她独自面对这些。她定是遇到了什么事，才会出此下策。"

龙大叹气："只可惜她是女儿身，若为男子，这般心计与手段，又有颗忠良侠义之心，是报效国家的好人才。"

龙三也叹："若她眼睛尚好，又有凤儿的身手，那成为江湖中一代名侠，怕也不是难事。"

龙二用力瞪这两兄弟："我们聊的是同一件事吗？"

龙大点点头，很自然地接下去："皇上那关确实不好过，当初他新登皇位，这案子办得轰轰烈烈，为他挣足了颜面，那些不捧他的老臣这才全都闭了嘴。若想翻案，不但得证据确凿，还得顾及皇上威严，为他找好台阶，摆尽威风，让臣子们半句废话都说不得，这才能好。"

龙三也道："不只皇上，还有刑部那帮子，加上丁盛那老家伙的派系人马，在朝廷里可不是少数，一人摆一道坎就能把这事搅黄了。"

两人说罢，一起看向龙二。好了，现在说的是同一件事了，然后呢？

龙二抿紧了嘴，他们说的全是废话，这事有多难他全都知道，用不着他们提醒。他道："我与你们说这些，便是想让你们知道，我不能不管她，但这事对我们龙家确是半分好处没有，如若没处理好，怕是会招来灭门之灾。"

龙大皱眉："所以你想分家吗？我不同意。"

龙三也道："又不能像二嫂那样把你休了，我们怎么也是亲兄弟，无论有什么事，当然都得齐上阵。"

龙二瞪着他们看。

龙大道："这种不可能的事就不要拿出来相议了。总之我知道发生了什么便好。朝廷那边我会帮你盯着。刑部是不是？我知道了。"

龙三也道："那琴谱的事近来在江湖上闹得凶，都说是武功秘籍，还引发了不少纷争。我会帮你好好打听的。"

龙二点点头，终是稍稍松口气。看看，这才是家人，有麻烦就齐心协力。居沐儿那个蠢姑娘，着实太蠢了。

这夜里，龙二睡不着。他想起那冷馒头，想到空荡无人的居家酒铺。沐儿今晚吃饭了吗？她一个人住，洗漱收拾如何办？他让她这般难过，她后来又哭了吗？她能睡着吗？

龙二辗转反侧，一夜无眠。

第三十五章 分离吐真心

第二日，龙二挣扎一日，终是强忍着没去看居沐儿。他叫来了小竹、小苹，细问居沐儿嫁入龙府后的各种事。听得他出远门时居沐儿有次与府尹大人偶遇，在竹亭里叙了叙话，龙二心里一动。

她说她也曾想过放下过去，但她发现自己抽不开身，这是何意?

龙二去了一趟府衙。

邱若明已经听说了龙二与居沐儿和离之事，颇为叹息。

龙二没体会到邱若明的眼神情绪，他问邱若明："邱大人当初说自己当得起秉公办案四字，现在仍是？"

"自然。"

龙二又道："我家龙居氏是信任大人的。"

邱若明回道："本官也敬佩居姑娘的侠肝义胆，赤诚之心。"

龙二为"居姑娘"三个字挑了挑眉，心里很不痛快："我与她只是暂时和离，是为断案之策。"他理直气壮地胡说八道。

邱若明腹诽：是吗?

龙二又道："邱大人势单力薄，又被刑部压着一头，想来需要帮助。"

邱若明确实需要帮助，但他觉得龙二也一样。

二人关在屋里商议了许久，最后龙二满意地离去。

龙二忙碌数日，试图将晾着居沐儿重重罚她让她难过的计划好好实施。但无论在做什么，他脑子里总会浮现居沐儿含泪的可怜模样，锥心疼痛。他让护卫隔两个时辰向他报一回居沐儿的状况，听得苏晴常在酒铺照顾，这才稍稍宽心。

夜里，龙二在床上就更容易胡思乱想，总是需要极大的克制才忍住不奔去酒铺看看她。

再见她时，必得威风八面的，必得叫她知晓他的厉害。日后她不得再这般欺他，她得乖乖的，什么都得告诉他，不得将他推开，得让他做她的依靠。

第五日，龙二探得不少消息，觉得差不多可以去见居沐儿了。可这时护卫来报，说居沐儿病了。

“这两日夫人一直未出门，都是苏晴姑娘进出，但今日看苏晴姑娘甚是紧张，还急急去找了大夫，属下装成办事经过与她偶遇，问了问，她说夫人昨日里便有些不舒服，今日病得重了，烧得烫手，不省人事。”

龙二一听，再耐不住，快马加鞭地往居家酒铺赶。他身后是龙府的马车，带着他亲手抓来的大夫。一行人赶到了酒铺，龙二未等马儿停稳便跳了下来，一看酒铺大门未锁，急急推门而入。

前院厨房里，苏晴刚把药烧好，拿着一个小托盘出来，看到龙二来了甚是吃惊，忙招呼一声。龙二草草应了，跟着她往后院去，一路向她问着居沐儿的病情。两个人走到居沐儿屋前，却看到云青贤坐在床边。

苏晴非常惊讶：“大人何时来的？”

龙二横她一眼，暗怪她不守好门，什么人都让往里进。甭管这云青贤是怎么来的，现在赶出去就对了。

“听说居姑娘病了，我带个大夫来给她瞧一瞧。”云青贤淡淡地扫了一眼龙二和他身后人等，不急不缓地答。

居姑娘？龙二听到这话就生气。他压根不瞧这屋子里立在一旁的那大夫模样的男子，他的眼睛只盯着云青贤的手——那只碍眼的手掌此时正握着他家沐儿的手！

龙二还没来得及说话，在床上烧得满脸通红、迷迷糊糊的居沐儿忽然动了一下，云青贤忙握紧她的手，探身看她的模样。

居沐儿眼睛未睁，虚弱地嘟囔着唤了一声：“相公……”

霎时，龙二的脸都绿了，这是冲谁喊相公呢？

他才是相公！他才是！

“陈大夫！”龙二一声喝，把跟在他后头提着医药箱子的陈大夫吓了一跳。

“你愣着做甚？还不快去给沐儿把把脉。”

陈大夫赶紧应了，迈上前两步停住了。床边的位置上坐着云青贤，此时他并没有起身相让的意思，陈大夫卡在那儿，进不得退不得。

“陈大夫，沐儿病重，若不早些看明白了开出药方来拿药服药，把病耽误了可怎么好？”龙二阴森森地说着，话是冲着陈大夫说的，眼睛却是盯着云青贤看。

云青贤瞧了瞧站在一旁不敢言声的苏晴，又瞧瞧她手上端的药碗，最后目光迎上了龙二。看来他与他一样，都是自带大夫，压根就把苏晴无视掉了。

云青贤与龙二对视片刻，忽然轻抬了抬右手。那只手被居沐儿握着，他抬起来，她却没有松开。

这对龙二来说无疑是挑衅。

龙二沉着脸挤开陈大夫，两大步迈到了床前，一探手便去抢居沐儿的手腕。

云青贤脸一沉，低声一喝：“莫伤她。”他左手一晃，拍开龙二探来的手掌。

龙二心里更怒，他何时要伤她？他疼她都来不及。这姓云的当他的面轻薄他的龙居氏不算，还敢给他泼脏水安罪名。

龙二翻掌曲肘，顶开云青贤的手掌。

云青贤转腕再击。两个男人便在居沐儿的床前似真似假地打了起来。

陈大夫提着医药箱子，苦着脸看了一眼同样表情的刘大夫。刘大夫是随云青贤一道来的。两位大夫互相还认识，只是对眼前的情景同样感到无奈和尴尬。

最后苏晴实在忍不住了，大声道：“二爷和大人到外面打吧，我先给姐姐喂药。”

两位打架的顿时手上一停。龙二趁机把居沐儿的手抢了过来，顺着力道把云青贤推到一边。

云青贤愣了一愣，终是没再发难。他退了一步，懊恼的情绪在面上一闪而过，但很快恢复了冷静。

居沐儿此时依然没有醒，她皱紧眉头，极不安稳，哑着嗓子又唤了一声：“相公。”

“我在呢。”龙二用力捏了捏她的手，“不慌，我在呢，你乖乖的，我让大夫给你瞧病。”

居沐儿动了动，似乎很不舒服。龙二侧了侧身子，把自己的右胳膊递了过去，居沐儿摸到了，习惯性地抱住他的胳膊，脸也挨了上来，孩子一般地偎着他。

两个人的动作流畅自然，显得甚有默契。云青贤在一旁看着，眼中流露出黯然。龙二瞄到他的神情，示威似的瞟他一眼，又去抚抚居沐儿的发。居沐儿偎紧他，喃喃地又轻唤了一句：“相公。”

陈大夫在龙二的示意下上前把了脉，又让苏晴把先前大夫开的药方拿过来看了看，再看了看苏晴熬的药，最后说可以先让居沐儿喝这个，明天换他开的方子。

苏晴松了口气，在龙二的盯迫下，将居沐儿摇得半醒，小心翼翼地把那碗药喂了下去。

居沐儿喝药极不安分，还用力捏着龙二的手似是闹脾气。龙二待她咽下最后一口药，用力戳她额头："看你生病的分上，先不收拾你。"

云青贤看着他们喂药，看完了，领着大夫出了门。他面若沉霜，刘大夫不敢言声，默默地跟在他身后。

出了酒铺子，却见不远处的路边停了一辆云府的马车。云青贤心里一动，让来时的马车送刘大夫回去，自己径直上了那辆云府马车。

马车里，丁妍香静静坐着，看到云青贤上来，她笑着问："相公出来了？"

云青贤点点头，却是问："你怎么来了？"

"相公一人来此会惹闲话的，我也跟着来，算是夫妻二人一起探病，外人也说不得什么不好来。我只在外头等着，不会妨碍相公的。"丁妍香说着，握住了云青贤的手。

她这话说得在理，又得体大方，云青贤听罢，应道："多谢夫人。"

"居姑娘的病可好些了？"

"不太好，不过龙二来了。"

丁妍香看看云青贤的表情，轻声道："也不知那龙二爷为何将她休了？"

云青贤抬手抚抚她的发："你莫多想，我不会再对她有什么念想，只是她刚被休离，又病了，我才过来瞧一瞧她。"

"我明白的。相公安心。"

"回去吧。"云青贤嘱咐车夫驾车。他看着丁妍香对他温柔地微笑，垂眼又看了看他们二人交握在一起的手掌，想起刚才居沐儿也曾这样握着他的手，还唤了他一声相公。

虽然明知她唤的人不是他，虽然明知她病得迷糊不知道发生了什么，但那一声软软的相公，却是唤进了他的心里。

只是，他们相遇的时机不对。

若他没有娶妻，会不会所有的事都不一样了？

他不会像龙二那般欺负她，不会休离她，不会让她生了病孤零零地躺倒在屋子里没人理……

"相公。"

云青贤抬头，听得丁妍香问："相公是明日就出远门吗？爹爹一起去吗？是有什么棘手事情？"

"莫瞎想，只是寻常公事。"云青贤替她拨了拨颊上的发丝，"我不在家里，你好好照顾自己，可找些事情做，别让自己闷着。"

丁妍香淡淡地苦笑，转头看了看车外，已经看不到居家酒铺了。她说："相公放心，我不会再干傻事了。”

云青贤拍拍她的手背，伸臂揽她入怀。

居家酒铺这边，龙二与居沐儿也是相依相偎。只不过与云氏夫妇的相敬如宾不同，龙二这一对怨气冲天。确切地说，是龙二爷自己怨气冲天。

苏晴和陈大夫都告退了，龙二自己守着居沐儿。

他一会儿嫌她脸色太难看，一会儿嫌她鼻塞喘气声音粗，一会儿又嫌她翻身背对他不搂他胳膊……反正横竖左右都要怨她。

龙二对着睡得晕乎乎的居沐儿开训：“不就晾了你数日吗，你就病给我看。若是我十天半月的没空来，你是打算闹到天上去？”

居沐儿紧闭双眼，偎在他怀里睡，眼皮都没动一下，压根听不到他说什么。

龙二训着训着，也觉得没意思了，于是又亲亲她的额头：“快些好起来，我还有好些账未与你算。”

居沐儿当然不能回答。龙二盯着她的脸看，看着看着，最后长叹一声。

居沐儿醒过来的时候，分不清现在是什么时辰，也一时不太肯定自己在哪里。她浑身疲软，脑袋昏沉，呆呆地想了半天，终于想起来自己已经回了娘家。她病了，正住在自己屋里。

她想起了一切。

她和龙二不再是夫妻了，她对他使了心计，他恨她。

居沐儿眨眨眼睛，难过的情绪又涌上心头。正沉在自己的思绪里，忽听得屋子里有动静，居沐儿吓得一抖，坐了起来，而后反应了过来。

“晴儿。”她唤了一声。

没人应她，可屋子里确实是有人。

居沐儿害怕了，又唤了一声“晴儿”。

这时一个男子的声音道：“她不在。”

“相……二爷。”

“我不是像二爷，我就是二爷。”龙二怒气冲冲地走到床边，低头俯视她。这女人醒过来第一个叫的居然是晴儿，他在她身边照顾一天都白折腾了？他还与她说了这么多话，有些她还答应了，回了几声，可一睁眼就全忘了？

“二……二爷。”居沐儿口干舌燥，咽了咽唾沫。

“哼，”龙二显示着他的不开心，“你有什么想与我说的？”

有什么想说的？居沐儿脑子空空，不知道自己想说什么，便问：“二爷有什么吩咐？”

龙二横眉竖眼。就这样？他走的时候她哭成泪人，如今数日后再相逢，她就这般？

龙二咬牙："你是我什么人？我怎会对你有吩咐？"

居沐儿呆呆地睁着眼，没说话。

龙二又不乐意了："你还有什么要对我说的？"

"我……我渴了，想喝水。"

他没什么吩咐的，她却是吩咐起他来了。龙二转头，倒水去！

居沐连喝了两杯水，然后龙二说话了："我倒的水可不是白让人喝的。"

居沐儿一愣。

"我要与你打个赌，赌我会比你更快地找出凶手。"

居沐儿不说话，她心跳得快。二爷这是要做什么？

"这不是你一贯的手段吗？谈不成的事，便用交换或打赌的。我们来赌一赌吧，赌我会比你更快地找出凶手，如何？"

"我不与你赌。"居沐儿虽然虚弱，说话有气无力，但语气还是坚定的。

龙二冷笑："我既不与你赌财，也不与你赌情，不过是赌口气罢了，你当还需你答应？"

居沐儿无言以对。

"我已经去查过了，你说的那些事，我都查了。"

居沐儿慌了神："二爷说过，那是别人的事，二爷不会插手。"

"原先那是别人的事，可如今我为这事被人算计了，不追究追究，证明给那人看我有本事能将此案解决，我的面子往哪儿搁，夜里如何睡得安稳？"

居沐儿惊得头疼，她病得有些昏沉，一时竟也不知该如何反驳。她不相信他会置龙府安危于不顾。但他这人最是小气记仇，万一真是钻进了牛角尖怎么办？

她被困案中，无法脱身，而雅黎丽的一片情深也打动了她，她不能置之不理。她才忍痛狠心与龙府撇清关系，而现在，他却说他要赌这口气给她看？

居沐儿咬咬唇，道："二爷还是先与龙将军和龙三爷商议商议吧。"

说到这个龙二就得意了："商议过了，家人之间没什么好隐瞒的，我既是决定要做这事，就绝不会偷偷摸摸地瞒着他们。他们也定是会把事由对大嫂和凤凤说明白。我们龙家，无论发生什么，都会共同承担。可不像某人，自私独断，弄不清一家人的道理。"

这话就像是给了居沐儿一拳，她垂下头，轻声道："所以那某人没资格成为龙家人。"

还敢顶嘴。龙二不高兴，讥道："她确实是太不识好歹。"

"二爷要如何才能解气？"

"这个简单，就让她哭着求我让她再嫁回来，同不同意，或者是不是要把她再休掉，都得由我来决定。"

居沐儿抿紧嘴，不说话了。

龙二看了看她的表情，道："总之，我会把真凶找出来，让你心服口服。"

"我对二爷一向是服气的。"

"那还真是看不出来。"

"二爷要插手这事，对皇上那边的对策想好了吗？"

"莫用我的话堵我。一个瞎眼的都能走一步看一步，我家大业大，有财有势，必然比她多看了几步。"

居沐儿闭嘴了。若是这般牵扯不清，那她先前做的那些事又有何用？她知道龙二就是想让她知道她是做了无用功，他就是想让她承认她错了。他想让她后悔，让她难过。

而她不确定自己后不后悔，难过却是真的。

"二爷，我头疼得厉害，我能躺一会儿吗？"还是逃避一会儿吧，睡一觉，等她脑子清醒些再思考。

"行啊，你睡你的。"

居沐儿躺下了。屋子里没有声音，龙二没有离开。一片黑暗中，居沐儿似乎能感受到龙二看着自己的目光。她看不到光亮，但是他一直陪着她啊。

居沐儿闭上了眼睛，思绪纷乱，她以为自己定会睡不着，但她睡着了。

居沐儿再醒过来时，头已经不疼了。她发现自己被人搂在怀里。这怀抱温暖，还很熟悉。居沐儿的委屈忽然一下子全涌了出来，人还没完全清醒，她就开始哭。

龙二搂着居沐儿也睡了一个久违的好觉，听到她哭便醒了，他抚了抚她的脑袋："困了也闹，睡好也闹，你当你是孩子呢？"

居沐儿干脆伸臂紧紧地抱着他。

"你也想我的，是不是？"

居沐儿点头。

龙二探了探她额头的温度，已经不热了。他下了床，给她倒了杯水，让她喝完了，抱着她坐起，用被子将她裹好了，自己靠在她身边，就像过去许多个夜里他们亲密叙话的那般姿态，道："你说吧。"

居沐儿知道他让自己说什么，事情闹成现在这般，她也不好再瞒，便说了。

她从师伯音的死说起，说到华一白，说到自己眼盲，说到林悦瑶，说到琴谱，说到逼婚，说到山匪劫持，说到刑部……

每一件事龙二都是知道的，但他还是认真地再听一遍居沐儿的想法。

"我瞎了，总觉得这事挺蹊跷。为我治眼病的祁大夫医术高明，人人夸赞。可我瞎了没多久，他便搬了地方，离开了京城，说是返乡养老。我偷偷找过别的大夫诊眼睛，他们都说治不好了。虽然没发现之前的诊治有什么问题，可我瞎的时机与华大哥的死都太凑巧，所以我一直疑心。

“他们这般费尽心机地监视我，为何不杀我？为何要杀史尚书全家？要夺回琴谱，偷偷潜入动手便好，若有人阻拦，杀掉阻拦的人便好，为何要灭门？”

居沐儿说了好几处她的疑虑。

龙二问她：“为何你一口咬定凶手行凶，是为了夺回琴谱？”

居沐儿愣了愣，她还真是没想过除此之外的其他动机。

“因为这是师先生临终以琴曲告之的。那琴曲里大有玄机。”居沐儿将与雅黎丽说的那些推测讲给龙二听。前面那五首杂糅的曲子并非单纯诉冤，更有解释点明后面那完整琴曲的意思。

龙二想了想，问：“沐儿，你们学琴的听琴曲，都能听出来里面的故事？”

“有一些是可以的，比如金戈铁马，比如高山流水，比如婉约诉情……”

“可里面什么谈情说爱了，远征不回家了，然后等着心上人回来了，这些只是听曲子，你们就能听明白？”

“这个，自然是要了解作曲之人的意图及背后的故事，再配合琴曲解释。”

“所以那师伯音是知道作曲人是谁，还知道那人的故事？不然他怎么能告诉你们这么清楚？”

居沐儿又是一愣：“据传，这琴曲是史尚书所得，他解弹不出，才请师先生帮忙。”

“那么说来，如果不是师伯音原本就知道这琴曲的玄机，便是史泽春知道。史泽春把琴曲来历告诉师伯音，但自己全家遭了毒手。于是师伯音想方设法，要把这琴曲之秘泄露出来，也许他知道这桩惨案定是与这琴曲来历有关？”

“我就是这般想的。许是寡情薄义之人被人揭了老底，怕被发现丑行，所以下了毒手。”居沐儿道，“那琴曲与雅黎丽大人所弹的曲风相近，我已拜托她在西闵国研查此曲。”

“雅黎丽大人？”龙二哼了一声，“我就该想到你要去见她是有古怪，我当初就是太相信你了。”

居沐儿低头不语，如今龙二时不时都要戳一下她的痛处，她无奈却又惭愧。

“后悔这般对我吗？”

居沐儿不说话。

真是没心没肺的！龙二瞪着她，一肚子气。

居沐儿闷闷地把话题转回来：“师先生死前费这般工夫解弹琴曲，一定自有他的深意。就算凶手不是为了夺回琴谱，其目的也定是与琴谱有关，我只是不明白，为何要做到灭门这一步。”

“也许根本就与琴谱无关，定是有深仇大恨才会痛下杀手。你们弹琴的都有些疯魔症，一遇上琴就喜欢把所有事都往上靠。哪有人为了抢一本破琴谱就杀了别人全家的，这种理由只有傻子才信。”

这话居沐儿可不爱听：“二爷说的傻子，可是把所有判案的人都扯进去了。当初给师先生定罪，不就是说他为了把这绝世琴谱占为己有才做出这般狠绝之事吗？再说了，二爷不懂琴，自然对琴没甚念想，可就如同有人会谋财害命的道理一样，一本绝妙琴谱，千金难求，为得此物，动了歪念也不出奇。但我并非因为这事件中有本琴谱才会断定与琴谱有关，而是师先生临终特意解弹此曲，定是有其缘由。如今不是有传言，说这琴谱是本武功秘籍吗？若事情与琴谱无关，又何来此传言？”

“你还知道传言武功秘籍呢。”龙二没好气，“你觉得呢，这琴谱会是武功秘籍吗？”

居沐儿答道：“我们学琴的都是疯魔的，只知道琴谱，不知道武功秘籍。”

龙二捏她的脸，她又开始调皮捣乱了。

“反正，师先生以琴闻名，未曾听说他对武学有研究，而史尚书也似乎并非武学高手。再者说，要把武功秘籍藏到琴谱里，这作曲之人不但得武艺超群，更得有高深的琴技本事，缺一不可。我是没听说琴界里有哪位高人武学如此精湛的。”

龙二点点头，对于这点倒是赞同。要把武学秘籍记到一般人解弹不出的琴谱里，确实需要很大的本事。

“丁盛派了人在江湖里追查这琴谱。”龙二道。

居沐儿一愣：“丁大人会武？”

“武艺超群。”龙二道，“他对武功秘籍的兴趣比琴谱大。”

“那……”

“沐儿，你猜测过凶手是谁吗？”

“刑部的人，或者位高权重，又或者能收买刑部的人。”

龙二问：“所以，其实你有些提防云青贤的，是吗？”

“我一直小心翼翼，也不敢胡猜。”居沐儿道，“况且我对云大人确实没有半分心思……”

“解释什么。”龙二不爱听，“问你这个了吗？”无端解释像是心虚似的，烦人。

居沐儿撇撇嘴，有些委屈：“我就是想说我爹娘恩爱，我耳濡目染，所以从未想过要与人争宠夺爱，卷入不堪的妻妾争吵里。”

“这你就更不用担心了。你连夫君都没有，没宠可争。”

居沐儿被斥得无言，不说话了。

“看你这小心眼，我不过说了实话，你便不乐意了。”龙二再道，“这般脾气，可不讨喜。”

“确实是不如二爷讨喜的。”

龙二戳她额头一下，又顶嘴。

居沐儿抬手欲揉揉额头，却被龙二扳着下巴抬起头来，然后唇上一紧，被龙二吻住了。

居沐儿心里一跳，本能地要搂着他回吻回去，理智却让她犹豫。

但龙二很快放开了她，凶巴巴地道：“爷好好的相公做不成，不能在家里光明正大地亲热，挤在这儿偷偷摸摸地做个情夫，你说，你可恨不可恨？”

居沐儿拿他没辙，他何时成情夫了？

情夫扳过居沐儿的脸又咬一口，然后道：“我去查过了。”

居沐儿赶紧敛了心神认真听。

“丁盛这人，有妻有妾，最大的遗憾便是无子。纳妾时热闹过一阵子，但两房妾也没生下一子半女。听说碍于丁夫人的管束，丁盛后来再不敢纳妾。他沉迷于权势，拉帮结派，私下里做出了不少脏事。若说以他的心性手段，确能干出杀人夺谱之事。但他对琴的喜好，恐怕比我好不了多少。就算那琴谱真是什么武学秘籍，我也怀疑他是否能看懂。还有，琴谱是武学秘籍一事，是近年才开始传的。丁盛派人去找，更是不久前的事。”

“所以若以丁大人的动机来说，这个时间不太对，是吗？”居沐儿问。

“这是现在面上查到的，至于还有没有别的内情，还得继续查。”

居沐儿点点头。

龙二接着道：“再有那个云青贤。”他顿了顿，真是不乐意说这人。想到云青贤曾拉着居沐儿的手，而居沐儿对着他喊相公，龙二又气起来，拿起居沐儿的手咬了一口。

居沐儿无奈，说得好好的，怎么咬人？不敢问不敢问。

“丁盛与史泽春关系不错，起码面上一直是同一阵营的。云青贤十四进京，考过功名，当过不少差，后拜在史泽春门下。史泽春对他极为赞赏，待他如子，还将他推举给了丁盛。云青贤进了刑部后很快就成了丁盛的心腹，又娶了丁盛之女，仕途一片大好。他是外乡人，祖籍是归山县。这般算来，他的来历与你说的曲中之意远征不归什么的有些近，只是他离家的年纪太小，若是这么小就欠下如此深的情债，还当成了不得的丑事把柄，那他还当真让我刮目相看了。”

居沐儿道：“我倒觉得，云大人不像这样的人。”

话还没说完，居沐儿又被咬了一口，这回是耳朵。

居沐儿服了，不敢问不敢问。

龙二哼道："总之我派了人去归山县探听探听，若你相托过那位雅黎丽大人，我就让人也找找她，一并收集消息。"

居沐儿点头，她把她与雅黎丽当初是如何谈的、如何约定的，告诉了龙二。

龙二应了，记在了心里。

居沐儿想说什么，但又闭嘴。

龙二见了，道："要说什么便说，掩掩藏藏的臭毛病得改。"

居沐儿一咬牙便说了："我就是想问问，若是雅黎丽大人先查到真相，或者按我给的线索邱大人先查到了真相，那是不是，二爷打的赌，算我赢啊？"

"龙居氏，你皮痒痒了是吗？"

龙二爷凶巴巴的，居沐儿赶紧不说话了。看吧，她就觉得不该说的，他非让说。

龙二气势汹汹地出去了，过了好一会儿端进来一碗药，粗鲁地塞进居沐儿手里："喝。"

居沐儿乖乖地喝了。

药很苦，居沐儿一边喝一边听得龙二在旁边哼着："一口气喝完啊，可不许剩。还有，没蜜饯果子给你吃了，从前那些好处，都没了。"

他一定是在报复呢，但居沐儿居然觉得这药不算太难喝。

龙二让居沐儿喝完了药，又盯着她用了粥和包子，然后道："我得回去了，好些事得处置。我留了护卫在这儿，他们会在暗处看着院子，你不用怕。"

居沐儿点点头。

"为免那幕后之人怀疑，就不留丫头在这儿了。"

居沐儿忙道："我自己可以的。晴儿也常来看我。"

龙二没出声。居沐儿屏息听着，而后听到一声叹息。

接着她被拉进龙二的怀抱，她听到他咬牙道："你真的是气死我。"

龙二吻了居沐儿，转身走了。

居沐儿听到关门的声响，想象着龙二穿过她那小院的身影，感觉到了寂寞。

他还没走远，她就开始想念他了。

第三十六章 凶嫌露真容

居沐儿的病来得凶去得快，她自己猜想大概也跟心情有关系。

龙二第二天夜里来看她，第三天偷偷摸摸地又来了。居沐儿没让他过夜，悄悄地也不行，他很不高兴。为表不满，第四日他没来。

居沐儿从最初用计和离的痛苦和绝望中慢慢恢复过来。她心里又有了欢喜和希望。

她的眼前是只有黑暗，但是如果有人点一盏灯，她能看到微弱的光芒。

居沐儿暗自提醒自己，如今牵扯到龙家，她得更小心，不能出错。

居沐儿如常过日子，像一个正常的弃妇那般。苏晴来看她，还有左邻右里的一些婶婶婆婆来开解她，她都得认真应付，丝毫不敢透露她“也许”会与龙二“重修旧好”。

这日，龙二趁着夜色又来了，他带来了消息，说云青贤和丁盛前几日便出远门办差去了，随行人员里，有曾辉。

龙二让龙三找了江湖朋友盯一盯他们的行踪，看看他们是否做了什么别的事。今日老三传回了消息，说是与刑部私设的暗探有关。

“那些与师伯音的案子该是无关，但也是刑部的把柄。许是马六案子里露了些破绽，他们恐怕留下麻烦，开始肃清整治。这些证据我与邱大人盯着，且看日后能不能用上。我明日也得出趟门，大概三五日便回来。”

龙二一边说一边打开了居沐儿的衣箱子。

居沐儿听得声音赶紧过去，却摸到了龙二带过来的一个衣裳包袱。他正往她的衣箱里放自己的衣服。

明日出远门，怎么把衣裳往她这里放？这是趁机想占地盘？

居沐儿觉得不妥，想与龙二聊聊，但刚开口唤了声“二爷”就被龙二斥了：“莫说话，你一说话便气人。是想埋怨爷是不是？你把爷当情夫使了，爷可曾有埋怨？”他最近真是找到了训斥“娘子”的乐趣。

居沐儿十分无语。

龙二把自己的衣物放进了居沐儿的衣箱里，道：“你也不用求着爷，爷没空在这儿常住。爷既得打理府里的生意，还得照看着你这头。原是不用这么辛苦，都是你害的。”

居沐儿更无语了。

她等了等，没听到龙二的声音了。她揣摩了一会儿这沉默背后的含意，道：“虽是无用，但我还是想求二爷一声的。”

居沐儿听到龙二轻笑一声，似满意了。

居沐儿暗舒一口气，也不是太难哄，就是气人。

龙二得意地扑到居沐儿床上：“来来，给爷捶捶背。”

看看，得寸进尺了吧。

龙二道：“我今日可以留得久一些，你也莫太开怀。”那语气，真的不要太得意。

居沐儿脑子一热，干了件想过多次但一直不敢干的事。

她揍了龙二爷的屁股。

龙二趴着，姿势正好，她打得相当顺手。

啪啪两声，响亮又清脆。

龙二猛地跳了起来，既吃惊又吃痛。

居沐儿动完手才意识到自己干了什么，虽然每次被龙二揍了之后她都有揍回去的想法，但那个真只是想一想而已。待真的动了手，她自己也有些傻眼。

龙二的报复来得很快，一探手便将居沐儿抓住，将她往床上拖：“果然是惯得你反了天了。”

“我没有我没有，天还好好的。”

“天好好的，你可就不太好了。”龙二压着她在床上，想着揍哪里不太疼又能扳回面子。想着想着，他闻到她发上的香气，她的脸又离他那么近，他看得很清楚，她长长的睫毛像两排小扇子，她的唇粉润光泽，她越长越美了吗？明明初相见时，她还没有那么顺眼的。

他多久，没能与她亲热了？

龙二低下头去，吻住她的唇。

居沐儿有些吃惊，觉得该推开他又有点舍不得。

龙二可没那些纷乱心思，他毫无顾忌，急不可耐。他伸手拨开居沐儿的衣裳，褪得一半，又急急起身脱自己的。

龙二半蹲半跪间，却不知踩到了床板的哪个地方，脆弱的板子咔嚓一声响——裂了。龙二吃了一惊，下意识地往旁边一跳，却是正跳在裂口那儿，两块连着的板子咔的一下……

床塌了。

龙二活了这些个年头，什么阵仗都见识过，偏偏没有经历过塌床这种事。

床这种东西怎么会塌？怎么可能塌？

“焦黑”已然不能形容龙二的脸色。

他呆在那里，既觉恼火又觉丢脸。屁股下面坐着的是断裂斜摔在地上的床板，床上的被褥枕头乱七八糟挤成一团。他自己则被床塌了斜落下来的床帐子，披披挂挂裹了一身。

居沐儿也被吓到了，初初没反应过来，而后猜到发生了什么，再忍不住，哈哈大笑起来。

火上浇油。

龙二咬紧后槽牙，也不管身上缠着帐子，探身从被褥堆和帐布下挖出居沐儿。她正涨红了脸，笑到停不下来。

龙二恼羞成怒：“你这是什么床？”他家岳丈大人就这么抠门小气用烂木头做床给他的沐儿睡？

“会塌的床……”居沐儿笑得更厉害了，让龙二忍不住低头咬她。

烛光昏黄，斜落在地上的破木板上堆散着被褥帐子，里面乱七八糟地裹着两个人。龙二气势汹汹，攻城略地。斜撑着地的板子随着二人的动作岌岌可危地颤着，最后砰的一声，终于摔了下来，床架木枝帐子噼里啪啦落了一地，居沐儿的尖叫随着这老大的动静响了起来，瞬间又被龙二堵住。

一地残骸，一团混乱。桌上的蜡烛也被震倒熄灭。

绵长绵缠，凌乱迷乱。

待得一切平复下来，龙二发现了一个大问题——

今晚他们没床可睡了。

真是，这辈子都没这么糟心过。

第二日，龙二差人给居沐儿买了新床，他人没来，没脸来。而居沐儿的颜面真的被这床给丢尽了。新床可是大物件，居沐儿眼盲，只得让苏晴来帮忙。苏晴一人也装不上这床，木匠师傅、邻里婶婶、婆婆，很快不少人都知道了，居沐儿把床“睡塌了”。

居沐儿这晚睡在新床上，又是好笑又是生气。

她数着日子等龙二回来，他让她这么丢脸，她还要打他的屁股。

龙二走的第三日，天下起了雨。

雨一下，天便冷了起来，居沐儿畏寒，早早便睡了。

有人敲门的时候，她迷迷糊糊。后听得门外有人唤“居姑娘”，是林悦瑶的声音，她下意识地应了。然后她猛地反应过来，她的院子门是闩着的，这林悦瑶是如何进来的？

不待居沐儿细想，敲门声又响起。

居沐儿赶紧应了一声，匆匆起身裹了件外裳，拿起了手杖，站在门后问：“姑娘有何事？”

“居姑娘快开门，有要事相商。”

居沐儿心觉有异，但这门不得不开。好在龙府的护卫在暗中守着，这让她多少还有些安心，于是道了声“稍等”，摸了蜡烛出来点上了，这才磨磨蹭蹭地过去开门。

门才开了一点，林悦瑶便挤了进来。

居沐儿被迫退了两步，急忙问：“姑娘，这是怎么了？”

“我被监视了，我觉得有人要杀我。”林悦瑶的语气里充满恐慌，听得居沐儿一愣。

“有人要杀你？为何？”

林悦瑶把门关上，居沐儿听得门外有脚步踩在水洼里的细微声响。

还有别人。

门咔的一声响，似乎被闩上了。居沐儿心里一紧。

林悦瑶带了帮手。

“这段日子我总觉得有人在暗中监视我，我很害怕。”林悦瑶站在门后说话，无形中把门堵上了。

居沐儿冷静下来了。

邱大人派人监视林悦瑶，被她发现了啊，难怪一直没能看到她与什么人接触，没找出线索来。

如今她半夜三更上门兴师问罪，定是来者不善。此时装模作样刻意试探，又想做什么呢？

“姑娘可知对方是何人？”

“也许是官府的人。惜春堂报官了，想把我抓回去。”

“那为何只跟踪不抓人？”

林悦瑶道：“这我就不清楚了。居姑娘你觉得呢？”

“也许不是官府，也许一白兄的死不是意外。”

“怎么不是意外？天衣无缝，毫无破绽。”

天衣无缝，毫无破绽？所以她不打算再伪装下去了吗？

居沐儿握紧手杖，拉了拉衣襟，坐了下来。

“他并不是酒醉溺亡的，是吗？”

“他是。”林悦瑶也坐了下来，“我说的那个酒友确实存在。居姑娘应该是去查过了，不是吗？”

居沐儿没说话，她确实告诉了邱若明和龙二，让人去查了。

林悦瑶继续道：“那日一白离开惜春堂，确是那位酒友拉他去喝酒了。他们俩都醉了。酒醉的人很容易摔倒。尤其是雨天过后，河堤那儿的泥路湿滑。”她说到这里顿了一顿，“就算摔不倒，会武的人弹颗石子在他脚上，他也就摔了。反正那晚一白酒醉落水，绝对是毫无破绽。那酒友亲眼看到，是位人证。这事无论怎么查，结果都只会是意外身亡。”

居沐儿越听心越沉。她知道，这女人能与她说这些，就是不打算放过她了。她得争取时间，拖得越久，外面的护卫就越有机会察觉这屋里的不对劲。

“那位人证的证词也必将天衣无缝，因为他说的每一句都是真话，对不对？”居沐儿问。

“没错。”

“姑娘自一白兄去世开始便来接近我，是想打探我究竟知道多少、会做什么，是吗？”

“对。”

“你后来又改口说一白兄确是意外去世，是觉得时机合适了，想让我放弃，是吗？”

“没错。一直以来，只有你我二人在追查此事，但两年来毫无进展。而你面圣之后看到钱江义的下场，想来心中受到的打击不小。若是一直共进退的伙伴这时发现原来质疑的事根本就是子虚乌有，正常人都会放弃。”

居沐儿笑笑，想起龙二总说的那句话——学琴的都是疯魔的。她对林悦瑶道：“姑娘是想说我不正常？”

“你与常人确是不同。”

居沐儿又笑了笑：“其实姑娘可曾想过，一白兄离世，我又瞎了，原本不该再查。但是是你来托付于我，你想打探消息，其实给我带来了责任。我总觉得若我不帮助你，愧对一白兄，愧对你。我嫁给龙二爷之时，也曾对这事萌生退意。可是姑娘问我会不会继续帮忙，让我觉得不好推辞。所以，姑娘究竟是想让我查，还是不想让我查？”

林悦瑶道："你若想收手，又怎会嫁给龙二？你不过是想找个有钱有势的靠山。"

居沐儿苦笑："我真的打算过安稳日子，是因为你我才不得脱身。"

林悦瑶也笑："姑娘如今说这些，倒是把事情全怪罪到我头上了。"

"我不过是说了事实。"居沐儿道。

"事实就是，因为姑娘，我被人监视、跟踪。我对此很不高兴。"

居沐儿摇头："你来找我也无用。这两年我也被人监视着，我一直都有性命之忧，而我想不出什么好办法来。我帮不了你。"

"你多虑了。"林悦瑶冷冷一笑，"也许并无人想杀你。不然这两年多的时间，你怎可能安然无恙？"

"说得是。不过这倒是有些奇了。悦瑶姑娘，你说，为何没人杀我呢？"

林悦瑶没答，却是问："你如何察觉有人监视？对方哪里出了破绽？"

居沐儿也不答，反问："姑娘呢，又是如何知道有人盯梢？"

林悦瑶哈哈大笑："居姑娘，你真是有趣。老实说，我见过的男人女人都不少，却还没有哪个像你这般沉得住气的。你知道我是来做什么的，你眼睛看不见，你打不过我。过去是无人要杀你，但今晚不一样。我这么说，你会不会觉得紧张一些了？"

"我很紧张，我怕死。"居沐儿这般说着，脸上却是淡淡的表情。

"还真是看不出来。"

"我只是比较会装而已。"

林悦瑶笑了："原来得到这种时候，我们才能对彼此说实话。"

居沐儿笑不出来。林悦瑶这般自信，定是对龙府护卫做了什么，所以她不介意坐在这儿与自己慢慢叙话。她认为自己如今是瓮中之鳖，绝对逃不出她的手掌了。

居沐儿手心里全是汗，差点握不紧手杖。

这时候林悦瑶问了："你可知，我为何今日才来？"

"阴沉天，无月光。数日准备找帮手。还有，二爷离京。"

"聪明。"林悦瑶点点头，"他说你很聪明，其实我也是这般觉得。只不过，我也不笨。你想不想知道我是怎么知道你看穿我了？"

"请说。"居沐儿并不介意林悦瑶显摆炫耀，她需要时间来想对策，所以林悦瑶说得时间越长越好。

"你与龙二爷和离，孤身居家，本来没什么破绽。龙二爷脾性古怪，你也不是什么寻常女子，斗气闹僵了也算说得过去。可是后来我发现你的伤心悲痛只维持了几天，你病好之后，我再见你，你身上是掩不住的欢喜温柔。"

林悦瑶说到这里冷笑了一声："居沐儿，你确实很会装，但是你可知道，无论什么样的女人，当与真心喜爱的人在一起的时候，身上会有种无法抹灭的气息。女人的模样可以装扮，表情可以伪装，但是身上的爱恨感觉却无法改变。居沐儿，我见过的人太多了，你就算板上面孔，就算佯装若无其事，我也能够看出来，你根本还是一个被人疼爱的小妇人。"

居沐儿一愣，没想到会是这个原因。

林悦瑶又道："于是我就在想，你们为何要和离，后来我想明白了，这是一个阴谋，是你们想引蛇出洞的大阴谋。你久久查不出线索，就只好用此下策，对不对？"

居沐儿不说话，虽然她本意并非如此，但事情似乎真是朝着这个方向发展了。

引蛇出洞？蛇确实出洞了，来咬她了。

"你说，你为何如此执着？你好好地做你的龙二夫人，岂不是好？师伯音是你什么人，华一白是你什么人，你何苦如此？"

"我是想好好过日子，你们让吗？"居沐儿苦笑，"我不止一次做过那样的梦，我为二爷生了一男一女两个娃娃，我教他们弹琴，二爷很生气地吼，弹那破玩意不如学拨算盘。这本是甜蜜美好的事，可我醒过来，心里却觉得害怕，这种感受你又哪里会懂？"

"这两年多来，我们并没有伤害你，难道还不能让你安心？"

"没有伤害我？"居沐儿质问，"那劫持我的山匪又是怎么回事？他们可是惜春堂请来的。"

林悦瑶咒骂了一句，居沐儿听不真切，觉得她似是骂"一群没用的东西"。

"为何要劫持我？"居沐儿问。

"大概是你招人恨吧。"林悦瑶满不在乎地道。

居沐儿听得她的语气，心里一动："不是你？"

"我帮了点忙。当然，我也不喜欢你。我厌烦了听你说话，听你弹琴，我根本就不想看到你。"

居沐儿默了默："那为何要劫持丁二姑娘？"

"谁知道，我只是帮忙找人。"林悦瑶突然笑了笑，"女人狠毒起来真让人大开眼界。"

女人？

林悦瑶看了看居沐儿的表情，道："你也不用瞎猜，无论你今天听到什么，都不可能传出去了。"

"那你何不明确点，全告诉我？是谁劫了我和丁姑娘，是谁杀了师先生和一白兄？"

林悦瑶冷笑："哼，我不高兴告诉你。"

"是因为你也不知道？你不过是个小卒，对吗？身在青楼，探听各种消息，掌些三教九流的人脉，传传话，骗骗人。你说马六这群人是你找的？那为何没让你去灭口？你哄哄他们，下下毒，不难吧？难道是你未经同意私自干的？马六逃了，还暴露了曾辉，没给你带来麻烦吗？"

"你闭嘴。"林悦瑶大怒。

居沐儿知道，自己猜对了。

"我真的很讨厌你，居沐儿。"林悦瑶道，"我一点都不介意马六那伙人对你做什么，你死了，或者生不如死，都没关系。"

"让你帮忙找人的那人定也是同样的想法，你们一拍即合，是不是？可惜我逃出来了。你们生气吗？"居沐儿继续刺激她，"你们生气，为什么不继续对我动手？有人阻止你们吗？"

啪的重重一声响，打断了居沐儿的话。

居沐儿被吓得一震，她猜那是一把匕首或者刀，被拍在了桌子上。

"你继续说呀！"林悦瑶的语气里满是威胁。

居沐儿顿了顿，问："当时没杀我，为何现在要动手？"

"我不会给你们机会从我这儿找到他。"林悦瑶声音冰冷，"我离开之前，你必须死。"

所以她发现自己暴露了，决定潜逃。但逃走之前，她要杀了居沐儿。

她为什么这么恨自己？

居沐儿定了定神，再问："你打算怎么杀我？"

"用匕首。"

"杀了我，你如何逃得掉？"

"这你就不必替我担心了。只要能让你死，搭上我的命我也甘愿。"林悦瑶说着，站了起来。

"等等。"居沐儿跳了起来，她吓得脸色惨白，迅速退到屋角，握着手杖的手在发抖，"你难道不想知道我是怎么识破你的？"

林悦瑶看她被吓成这副模样，哈哈大笑："你害怕了？想拖延时间？拖延又有何用？我告诉你，那两个龙府护卫已经死了，没人会来救你。我会些武艺，对付你这个瞎眼的绰绰有余。还有，门外有我的帮手，你就算侥幸出了这屋子，也会被杀。居沐儿，我若没有万全准备，是不会来的。"

居沐儿心跳得厉害，她听到林悦瑶走了一步，她吓得大声道："他没让你杀我，你擅自动手，不怕他责怪你吗？"

林悦瑶听到这话停了下来。她道："我都是为了他。杀了你，莫说他责怪我，就算他要杀了我，我也毫无怨言。他是我的贵人，若不是他，我此生怕是都过着生不如死的日子。”

居沐儿闭了闭眼，紧紧握着手杖。答案呼之欲出，她觉得她猜到这个“他”是谁了。

林悦瑶盯着她看，看着看着，忽然说了一句：“女人这辈子最珍贵的事，便是能遇到这样一个贵人。若是那贵人能还你同等情意，那便是幸福了。居沐儿，我若是你，定不管其他人如何，什么冤屈、什么枉死，那些都与我有何干系？你真是身在福中不知福，不知珍惜，所以才会有今日的恶果。”

“我今日的恶果是因为我识破了你。”

林悦瑶道：“这么说也没错。”

“你小心翼翼地行事，却还是被我看穿了，你知道哪里出了破绽吗？”

“我看出你与龙二爷的假和离，为了求证这事，我趁你不在的时候偷偷潜进你屋子翻查，这被监视院子的龙府护卫看到了，是吧？”林悦瑶笑笑，“你的床换了新的，你的桌上有新蜡印，而且好几处地方都有。这表示晚上有人在这儿过夜，那人不瞎，他需要烛光照明。你这屋子有人监视，他们发现了我的举动，是不是？”

“不是。我识破你，是在更早之前，你破绽百出，你太蠢了。”

林悦瑶一愣，恼羞成怒：“你骂谁蠢？”

居沐儿暗地里松了口气，好奇心人人皆有，她得利用这一点，能多拖一会儿是一会儿。

“当初你来找我，我就想过，你要解一白兄的死亡之谜，为何会找一个盲眼的弱女子帮忙，只因为一白兄与你说过我在帮他写琴谱？这不太合情理。写琴谱和解命案，实在相差太远。若是有心要探查真相，该是会找真正有能力的人帮忙才对。但我又怪自己多想，我觉得不该怀疑一个失去了爱人的伤心女子。因为一白兄不时与我提到你，他的话里有对你的情意。我觉得能让他这般欢喜和满足，定不是单方面的感情。所以最后，我还是选择相信你。”

林悦瑶没说话，安静地听着。

“时间久了，我从你那儿得到的都是些无用杂乱的消息，我能提供的也很少，我很着急，我不知道哪天才能看到冤案昭雪。因为这不只关涉到师先生，不只关涉到一白兄，还关涉到我自己的性命。但你一直很沉稳。我得说，我能沉下心来坚持，多半也与你有关。”

这略带讽刺的话让林悦瑶冷笑。

居沐儿接着往下说：“最开始让我怀疑你的，是你的琴艺。为了多探消息，我教花娘弹琴。我们用这种方式秘密相会，交流消息，你也借此来试探和监视我。但也因为这个，我听到了你弹琴。你琴艺一般，我完全听不出来你有何才华能让一白兄如此欣赏。他曾说你是他的知音，可知音者的琴艺不过尔尔，我觉得奇怪。所以，多疑的我对这一点一直不能释怀。”

“琴艺？”林悦瑶的声音很尖，似是相当惊讶，又似恍然，“你们爱琴人的知音还真是难做。”

居沐儿等着她往下说，可林悦瑶说了这句又没话了。

居沐儿只得清清嗓子，接着道：“后来，我找了个机会试探你。我给了你两本琴谱，又要了回来。你以为这琴谱里头有玄机，所以你把它们调换了。而我正是因为你调换了，才肯定了对你的猜测。你以为我是瞎眼，换本同样大小厚薄的谱子回来，我便不知道了吗？”

“那不但同样大小厚薄，连纸张手感我都留心用了一样的。”

“你还真是有心了。只是你不知道，我摸上那谱册的一刹那，便知道它是假的。”

“怎么可能？”

“我在琴谱上用针刺了洞。我的每一本琴谱，都这样做了记号。所以我用摸的，就能知道哪本是什么谱子。姑娘，当时我多么希望是我错了，我多希望你是真正的朋友。”居沐儿道。

“朋友？”林悦瑶摇头，冷笑道，“我们不可能做朋友。”

居沐儿抿紧嘴。

“好了，你的故事说完了？”林悦瑶用匕首敲了敲桌子，“你还有什么能让我惊讶的事要说吗？要是没了，我该动手了。”

“我知道真正的林悦瑶在哪里！”

林悦瑶的笑容僵在脸上。

“你不是林悦瑶，你是假的！”

“我是假的？”林悦瑶把玩着匕首，皱了皱眉，“是龙二爷认人了吗？也对，惜春堂他没少去，能认出林悦瑶也不出奇。”

居沐儿摇了摇头：“我不需要他帮忙认人。游船那日，我听到了林悦瑶弹琴。”

“又是琴？”林悦瑶嗤笑，“看来琴这东西真不是什么好玩意。”

居沐儿不理她的讽刺，接着说：“我听过很多次你弹琴，你能弹成什么样我很清楚。可是游船那日林悦瑶弹的，却是高明不少。非但高明不少，还有些一白兄的手法和技艺，那才是真正受一白兄指点过的红颜知己。而你，只是在我瞎眼之后，一个自称是林悦瑶的女人。”

林悦瑶不说话，居沐儿又道：“我一待字闺中的女流，没去过花楼，没见过真正的林悦瑶，不知道她长什么样子，没听过她的声音，所以那个时候，你说你是林悦瑶，又与我谈的是一白兄，我便完全没怀疑。”

“只怪我学艺不精，是吗？我倒觉得自己弹得很不错。”

居沐儿没接话，算是默认。

林悦瑶又道：“游船那日我是有些担心，好在那林悦瑶一句话也没说，弹完琴就下去了。华一白死后，她便沉默寡言，少与人接触，这正好让我方便行事。那日你离席，我马上出去与你会面，这时机抓得如此好，任谁也不会想到不是一个人吧？”

“那的确让我很惊讶。但从琴音听来，弹琴的确实不是同一人。我虽没别的本事，但听琴辨音却不会出错。我迷惑了好一阵，后来我拿到了你调换的琴谱，确认你果然在中间捣鬼时，才终于想明白了。”

“想明白什么？”

“你是林悦瑶身边的人。所以你才会对一白兄与她的事这么清楚，所以我给惜春堂递消息你都能收到，所以游船时你能马上出现在我面前。你一直守在林悦瑶的身边。你非但监视了我，更是对她的一举一动了如指掌，所以你才敢冒充她。我眼不能视物，自然看不得模样，而花娘习琴戴着面纱，相互不称姓名，你只要避过这一关，再确保我没机会听到林悦瑶的声音，就能将我一直蒙骗下去。”

“可没料到你有机会听到她弹琴。”假林悦瑶恨恨地微眯了眼，“林悦瑶在哪里？”

“她的失踪让你害怕吗？你一直盯着她，你一开始就觉得她比我更危险是不是？一个痛失所爱的女人，什么事都能做得出来。”

“她在哪里？”

“在安全的地方。你杀了我就再也找不到她了。”

假林悦瑶哼道：“你以为这样便能活命？”

“林悦瑶的重要性，你自然是会衡量的。她如今逃脱出去，本已无事，可如若我死了，她便能预见她的下场，为求自保，她定然不能就此罢手。你知她若深，她也必是知道你的。你若是不杀我，我可以带你找到她，我们商量个办法，让这件事就此平息，谁也别再追究谁了，如何？”

“你当我是傻子吗？”

“你自然不傻的，可我也不想死。你说得对，师伯音和华一白与我没甚关系，二爷恼我多管闲事，这才闹了一场，我如今也想挽回一切。之前是我想得太简单，如今生死攸关，我自然分得清形势。”

“你这些话，我一个字都不信。”

居沐儿抿紧嘴，忽道：“你在惜春堂做嬷嬷，自然是见多识广的。”

假林悦瑶双目微睁，吃了一惊。

“你不是厅堂里的管事嬷嬷，不用抛头露面，但分管着各屋里的姑娘，所以你能监控着林悦瑶的一举一动，能截住我递过去的消息，能随意走出楼里，是不是？”居沐儿听见自己心脏乱跳的声响，她知道自己已经没有可以再拖延的筹码了。

假林悦瑶没有说话，居沐儿知道她又猜对了。

“若没人告诉，我是不会知道这些的。”居沐儿继续编。

“林悦瑶？”

“不然她怎会好端端地就失踪？”

“我还真是大意了。”假林悦瑶盯着居沐儿道，“说起来，我还是挺喜欢悦瑶的。那姑娘聪明伶俐，又听话乖巧，比你不知讨人欢喜多少倍。”她猛地一顿，厉声道，“你把她藏到哪儿去了？”

“你答应不杀我，我便告诉你。”

“不杀你？我一刀一刀剐了你，看你说不说！”

她边喝着边上前几步，正要过去抓住居沐儿，不料腹间猛地一痛，似有利物穿刺而入。

假林悦瑶惨叫一声，不敢置信地低头一看，身上的鲜血冒了出来，染红了她腹间的衣裳。这时候居沐儿猛地冲过来，狠狠地挥杖一扫，打在假林悦瑶的肩上。

假林悦瑶猝不及防，又是一声痛叫，栽倒在地。

第三十七章 生死一线间

居沐儿一击得手，却不恋战。她不知道刚才那镖击到了哪里，也不知道自己这一杖打在什么部位，她看不到假林悦瑶的状况，只能凭着声响判断她倒在了地上。

居沐儿停也未停，迅速冲到桌边一扫桌面，蜡烛倒下，火光灭了。居沐儿手忙脚乱，抢过那蜡烛闷不吭声蹲身一滚，躲进了床底。

屋子里很安静，一点声响都没有。

居沐儿大气都不敢喘，只听到自己如鼓的心跳。

她等了很久，屋子里还是一点声音都没有。居沐儿的冷汗下来了，虽然假林悦瑶很有可能被击倒不省人事，但她还是不敢动。她怕有假。

屋子里继续安静着，居沐儿躲在床底一动不动。安静将这屋里的恐怖气氛升至极点，居沐儿的心快跳出了嗓子眼。

如果假林悦瑶真的不能动弹了，如果她死了，那门外她的同伙会怎么办？他们有几个人？她自己该怎么逃出这个屋子？

她还能见到二爷吗？

居沐儿刚走神想到龙二，忽地听到了那个女人的笑声。

鬼魅一般，阴冷寒森的笑声飘在空中："你果然沉得住气，你果然狡猾。"

是假林悦瑶，她没事！

居沐儿闭了闭眼，汗湿透了衣裳，她觉得很冷。

“我倒是小看你了，你居然藏了暗器。”

居沐儿听着假林悦瑶如是说，听着地面摩擦的声响，像是她正在爬起来。

“你以为偷袭我就能脱身？你以为把蜡烛弄灭把我变成跟你一样的瞎子你就能逃了？我不是告诉过你吗，你根本插翅难飞。”

假林悦瑶很生气。她中招之后倒地，眼看居沐儿灭了烛光，眼前一下便黑了下来。她当然明白居沐儿的打算。阴沉天，无月光，是悄悄杀人的好天气，却没想到也给了居沐儿机会。

屋里伸手不见五指，假林悦瑶也使了计。她先不动，装死。这种状况下正常人会过去摸摸她，探探她的鼻息，看她有无反应。只要居沐儿一过来，她便能抓到她，杀了她。

可是她装了很久，居沐儿都没有过来，甚至这屋子里都没有任何声音，就好像是烛光灭掉的那一瞬间，她就凭空消失了。

可假林悦瑶知道居沐儿没消失，她躲在屋子里的某个角落，也许就在墙角，也许缩在柜子后面。她要把居沐儿逼出来，她会找到居沐儿的。

找到了居沐儿，就杀了她！

居沐儿听见她的声音在屋子里飘，又听见她碰撞到桌柜椅子的声响，似乎正在满屋子搜寻她。

居沐儿一动不动。

假林悦瑶满屋子转，说话恐吓，喝骂不休，可她没有找到居沐儿。她侧耳倾听，也没有听到任何动静。这时候她觉得自己很虚弱，似乎力气快要用尽。不只是伤口流血的问题，她还觉得四肢有些麻。

那个镖居然有毒。

假林悦瑶摸到了椅子，她坐了下来，喘着粗气。她知道居沐儿就在这屋里，屋子不大，她不可能躲到哪里去。只是自己现在受伤中毒，撑不了多久了，如果她死了，那狡猾的居沐儿是不是能骗过门外的人？那居沐儿总有些出人意料的举动，虽然不太可能，但万一她真有办法脱身呢，就如同现在她把自己击伤一样。

假林悦瑶坐在那儿，没浪费力气再说话。她脑子里只有一件事——在她死之前，她要把居沐儿杀掉。

一定要亲手杀掉居沐儿。

可是现在她找不到居沐儿了，她没有力气找了。

假林悦瑶忽然想到了什么，她摸了摸身上，露出了微笑。她掏出了火折子，点着了，借着那光扫了一眼屋里。

屋子里没有居沐儿。

假林悦瑶愣了，她脑子空空，有些反应不过来。她感觉身上越来越麻，她没有时间了。她看到桌上有些书册，于是咬牙撑着身子摸过去，用火折子将书册点着了。

她来之前曾经想过，如果事情出了什么意外，就算是同归于尽，她也要这居沐儿死！

她绝不能，让任何人有机会伤害他。

这世上的好男人不多，她有幸遇到一个，虽然不是她的，但她远远看着已是心满意足，能为他效力报恩，更是上天对她的恩赐。

居沐儿有一点说得对，她一开始便忌惮林悦瑶，那是因为林悦瑶对华一白有情。心中有情的女人是很可怕的，什么事情都能做得出来，所以她防着林悦瑶，比防着居沐儿更甚。

可原来她错了！

心中有义的女人同样可怕。

假林悦瑶点着了书册，用书册点着了桌上可以点着的所有东西。然后她借着火花打量了一下这屋里，还是看不到居沐儿在哪儿。可是无妨，这困室之中，火能烧尽一切。

她抄起一本吐着火舌的书册，将它丢到了床上。

床帐和被褥很快被烧着了。

在书册丢上床的那一刻，她忽然想到居沐儿藏身的地方——床底下。

她微眯眼，正想拼了力气冲过去，突然听到外头传来了呼喝打斗的声响。

假林悦瑶一愣，但很快就将这动静抛之脑后。没关系了，她不怕死，她要与居沐儿一起丧身在此。也许这样反而是好的，她从此便会深深地印在他的心里。他会知道，她为了他，连性命都可以不要。

假林悦瑶在自己腿上划了一刀，剧痛让她顿时精神一振，似乎行动又能敏捷起来。她扑向床铺，向床底摸去。

虽然火能烧尽一切，但她更希望能亲手结束居沐儿的生命。

床上的火越来越大，只片刻之间便真正烧了起来。假林悦瑶伏低身子要往床底看，却不料一根手杖猛地戳了过来，正戳到她的脸上。

假林悦瑶痛叫一声，但反应很快地抓住了那手杖用力往外一拖。居沐儿大叫一声，被拖出床底，手杖脱手，她翻滚着撞到椅子上。

假林悦瑶手持手杖，用力朝居沐儿身上猛击。这一下打在了居沐儿的背上，她痛叫一声，拿起椅子朝着假林悦瑶的方向砸去。

假林悦瑶微侧身便躲开了椅子。

门外打斗声响未停，她心里知道事不宜迟，于是一把丢开了手杖，从腰间拔出了匕首扑向居沐儿。

居沐儿连滚带爬地往前跑，手按到了一张飘落在地上的燃着的纸，剧痛由掌心瞬间传到身体里，可她顾不得理会，也不敢停，只是这小小的屋子让她的挣扎逃跑显得徒劳。

假林悦瑶三两步赶了上来，一把揪着居沐儿的头发将居沐儿从地上扯起来，又反手一摔将居沐儿甩在地上。居沐儿被摔得头晕眼花，头皮奇痛。下一瞬，居沐儿身上一沉，假林悦瑶压了上来。

此时的假林悦瑶双目赤红，动作僵硬，毒性游走全身，而她全凭着一股怨恼之气支撑着行动。她恶狠狠地按着居沐儿，大喝一声，高高举起了匕首。

匕首还没落下，她胸前却是一股剧痛。这剧痛飞快地蹿进全身，令她整个人都僵住了。她不敢置信，她不想理会，她想用手中的匕首刺进居沐儿的身体里，可她连匕首都要握不住了。

剧痛再次袭来，她听到一声闷响，感觉胸前有血液迸出，紧接着再一次剧痛，她终于握不住匕首。随着哐啷一声，匕首摔在地上，而她也身子一歪，倒了下去。

假林悦瑶最后看到的东西，是落在地上的居沐儿的手杖。那手杖顶上少了一小截，中间是空的。她无力地闭上了眼睛，她以为暗器是最后一招，原来不是……

居沐儿抖着手，将匕首从假林悦瑶的身体里拔了出来。火舌卷着焦味，再混着一屋子的血腥味道，让居沐儿又是咳又是想吐。她趴在地上，往门口爬去，手上身上黏着的血让她感到恶心，但她知道她不能泄气，她要活下去，她要见到二爷。

房门确实是从外面闩住了，居沐儿拉不开。屋子里全是烟，屋外头是激烈的打斗呼喝声，居沐儿靠在门框侧边墙上，她想喊救命，但一张嘴就被烟灌满了喉咙。于是她用力地咳着，蹲了下来。

忽然砰的一声巨响，门被拍开。一个男子声音大叫着：“夫人！”

居沐儿听过这个人的声音，他是龙府的护卫。她听到他跑进了屋子，她用力咳着，冲着他声音的方向挥手。

那护卫原本在屋外拼斗，见着屋里浓烟滚滚，当下顾不得多想，将敌手逼退两步，抢了空隙运掌拍开了屋门。门一开，浓烟涌出，他依稀见得有一女子倒在地上。他正要往里冲，却听得门边有人狂咳，并冲他招手。那护卫松了一口气，忙将居沐儿拉了出来。

刚出屋门，一柄利剑直朝着居沐儿的心口刺来。护卫架剑一挡，虎口震痛。他身上已然负伤，转眼一瞧，看到另一护卫已被砍倒在地。

今晚他们共六人留守，两人后院，两人前堂，还有两个在外围巡视。他们按龙二的吩咐特意隐了行踪，行事隐秘，之前守卫了多日也未见有任何异状，万没想到今夜里忽来横祸。

这护卫原本守着前堂，一直无事，可后院的护卫迟迟不来换岗，失了规矩。于是他来查探，竟发现居沐儿的房门被人从外头闩上了。这下他大惊失色，正要打开那闩，两把大刀却从背后砍来。

接下来便是一场恶战。其余的三位护卫陆续赶到。可对方来袭的竟有五人之多，三人守在后院，两人堵着后院门口。四名龙府护卫与他们打得难解难分。对方也不是什么普通宵小，武艺精湛，训练有素。四名龙府护卫竟也不是对手，加上心急查看屋里状况，频频出错，打了一会儿纷纷负伤，落了下风。

眼下这护卫将居沐儿救了出来，却也保她不住。

两名匪类杀将过来，一刀一刀直劈居沐儿。护卫以一敌二，拼死护着居沐儿，狼狈抵挡。眼看就是敌不过，他猛地将居沐儿一推，把她从刀锋下推开，大喝一声："夫人，快跑。"

居沐儿险些摔倒，她摸到了墙边的酒缸，这时护卫又推了她一把："快跑！"

居沐儿撒腿便跑，她听到护卫闷哼一声，似是受伤的声音。她听到另一边有人惨叫，重物倒地。她还听到木头噼噼啪啪燃烧的声响，闻到空气中飘散的焦味。她脑子里一片空白，只凭着本能摸着墙边往前急走。

周围的声音很乱，居沐儿并不知道护卫们退了过来，奋力挡住每一把要往她身上招呼的刀，她不知道他们身上哪里受了伤、哪一个人倒下了，她也不知道她的家被烧成了什么样子，不知道对方究竟来了多少人。

她只能跑。

形势不明，身无退路，她只能向前跑。她冲到了后院门口，门大开着，她沿着引路粗绳，向树林跑去。

酒铺后院里，火舌烧出了居沐儿的寝室，卷上了一旁的琴房，琴谱书册沾上火星便烧了起来，她钟爱但再也看不到的藏本、她喜爱的琴，全埋进了这场大火之中。

护卫们拼死堵在后院门口。一人倒在地上，用尽最后一点力气，掏出报急烟弹。一匪类急赶而至，一脚踢飞烟弹，又是一刀刺进龙府护卫的体内。护卫咽下最后一口气，烟弹远远地滚到了一边。

最后一名护卫也倒下了。匪类也只剩下两个受伤不轻的。他们喘着气，瞪着最后一个龙府护卫在他们面前咽气，咒骂一声："真难弄，虹姑娘还说这是再简单不过的事。"

另一人正想说话，忽听得身后嗖的一声，他急转头一看，一颗烟弹冲上天际，在乌黑的天空中炸出亮眼的光芒。

匪类大声叫骂，看到之前倒下的一名龙府护卫竟是没有咽气，他躺在烟弹滚落的地方，手上握着烟弹的残壳。

匪类气急败坏地过去补了一刀，泄恨似的又踢他一脚。另一个匪类捂着伤口忙唤他："人都死了，别闹了。我们还是赶紧把那娘们杀了，速离此处。"

那杀人的匪类转头看了一眼烧得差不多的寝屋，道："虹姑娘都死了，我们还办这事吗？恐怕龙府的人一会儿又该赶来了。"

"拿人钱财，替人消灾，今天怎么都得把事情办完了。那是个瞎子，跑不了多远，我们反正都是要出去的，顺路把她杀了便是。"

那匪类想了想，点点头，撕了袖子把伤口绑了绑，提了大刀跟那人走了。

居沐儿无处可逃，所以她还是采用老办法——她躲了起来。

才将将躲好，就听到了脚步声响，她吓得屏住呼吸，一动也不敢动。脚步声离她不远，然后渐渐远去，过了一会儿又回来。再然后，她听到有人喊："夫人，匪人都被擒住了，安全了，出来吧。"

居沐儿不确定自己有没有听过这声音，她犹豫了好一会儿，最后决定不信他。她不能出去，她要等到真正认识的人来。

可那声音又继续喊："夫人，安全了，快出来，此地不宜久留，我们送你回龙府。"

居沐儿紧张得咬紧唇，该信他吗？可她不认得他的声音，她不敢信。

树林里安静了一会儿，脚步声离得有些远了，这时候另一个声音大声说话："怎么办，找不到夫人，二爷该怪罪我们了。"

这话像是对刚才那人说的，可为何要说得这般大声？倒像是故意要说给她听。居沐儿一身冷汗，她更不信了，除非她真的认得声音，否则她谁都不信。

那两人似乎走远了，在别处说话喊话。居沐儿一边听着一边小心防备，她不敢动，可她觉得很冷。冷汗浸湿了她的衣裳，她瑟瑟发抖。

终于那两人又走到了附近，这次停在了另一边。想来他们真的不确定她在哪儿，所以一直在林子里乱转。

这次居沐儿终于听到了真话。他们压低了声音说："看来不在这林子里，可是她能跑到哪里去？"

"好了，别找了。我们不过是拿钱办事，现在给钱的也死了，我们钱已到手，没有后患，不是挺好？谁管那瞎子死不死啊，跟我们又没关系。我们也损失了几个弟兄，算是对得起那娘们了。老子这一身伤，痛死了，回去吧。"

居沐儿听得心头直跳，咬破嘴唇忍着没惊叫。幸好她多疑，幸好！

那两人又嘀咕了一阵，走了。

林子里安静了下来，但居沐儿依然不敢动。她不知道那两个人是真走了还是没走，她不知道他们会不会去而折返，她也不知道他们有没有同伙。

所以她只能继续等着。

她是瞎子，看不到周围的环境，所以她不能看到有人便躲起，没人就跑掉。她想她要再等一等，等得足够久，等到这里来了别人。一定会有别人来的，护卫会带人来救她，他们知道她在哪儿，会有她认识的人出现的。

就算……就算是没别人来，二爷也是会来的。他总是能找到她，她相信他。

四周很安静，她想周围一定也很黑。不过她不怕黑，很久之前，她的世界就只剩下黑暗了。所以没关系，她可以想一些美好的事情支撑她等下去。

她想到了龙二温暖的手掌，想到他的肩很宽，她趴在上面觉得很舒服，想着他身上好闻的气息，想着他喜欢捏她的耳朵、戳她的额头，想着他被迫爬窗的气急败坏，想着他踩坏了她的床……

一颗水珠滴在她的脸上。居沐儿有些愣，她回过神来，这才发现她很冷，冷得打战发抖，冷得骨头发僵。她不知道她等了多久，她也不知道自己有没有睡着，她觉得她没有哭，可为何会有水珠？

水珠一滴又一滴，她终于反应过来，下雨了！

真糟糕，这样就更冷了啊。更糟的是，她觉得她动不了了，她好想睡。她的眼睛睁不开了，她想着："二爷，你快些来吧，不然我真睡着了。"

当报急烟弹划过夜空时，龙府醒了。

龙府里的护卫急匆匆地敲开了铁总管的房门。龙府的当家主子爷都不在，是由铁总管来掌事。

二十来匹骏马很快冲出龙府侧门，提灯掌火地直往居家酒铺而去。他们风一般地赶到地方，却发现一切都已经晚了。

酒铺的大火惊动了左邻右舍，大家提着水桶水盆赶来救火，但前堂的酒铺尚好，后院却是被烧得不成样子。而且院中还有好几具尸体，吓得众人连喊报官。

铁总管带人赶到，正瞧见苏晴要往着火的房子里冲，旁边几位邻居拼了命地拉她，苏晴嗷嗷大哭："让我进去看一看，姐姐说不定还在里头……"

护卫们火速分成两拨儿。一拨儿搜寻四处，看看是否有可疑人物，清点尸首死者；另一拨儿拿桶拿盆，帮忙救火。

人多力量大，加上天公作美，下起了大雨，没过多久，火就被扑灭了。但灭掉的火却清楚地告诉众人一件惨事。

居沐儿的屋子里，有一具烧焦的女尸。尸体被烧得焦炭一般，面目全非。苏晴哀叫一声，晕了过去。

铁总管两腿打战，急令一人快骑，去向龙二报信。

一日之后，天色刚大亮。一脸铁青的龙二带着随侍在旁的李柯和报信的护卫风尘仆仆地赶到了居家酒铺。

这一整日，居家酒铺里人来人往。府尹邱若明亲自领了人过来，前前后后把居家酒铺审视了一遭，详详细细记录了每一个细节。仵作在居家后院旁搭个了尸棚，当场验了尸。因牵连数条人命，刑部的人也过来问了一二。但从表面看，这是一桩闯空门的盗匪案子，只是遇着了龙府护卫，打了起来，这才闹出多条人命来。

龙二赶到的时候，那刑部的小官正离开，看到龙二还施礼打了声招呼，可惜龙二正眼也不瞧他一下。龙二进了那被烧毁的院子，直接问铁总管："人呢？"

铁总管心一抖，指了指那边的尸棚。没等他开口，龙二猛地转身，大步朝尸棚冲了过去。

邱若明与铁总管赶紧跟在后头，一同去了。

尸棚里味道极臭，龙二眉头皱也不皱，脸上跟僵了似的，又冷又硬。他一眼便看到了放在最里头的那具被烧焦了的女尸。他走过去，站在女尸旁边，盯着她看。那眼神让在场的其他人背脊发凉。

龙二盯了半天，忽然问："都成这样了，如何断定是她？"

龙二的语气让屋里的人都不敢说话。他等了等，用很轻的声音又吐出一个字："说！"

铁总管一震，反应过来，赶紧道："这女尸是在夫人屋里发现的。"

"在她屋里就是她吗？"

"夫人的手杖也在。"铁总管言下之意很明显，若是居沐儿出去了，会拿着手杖。屋子里一人一手杖，自然就是她了。

"手杖拿来我看。"龙二的声音里没有一丝情绪。

铁总管急忙转身出去，很快就拿来了居沐儿的手杖。

那手杖被火熏得不成样子，龙二拿在手里仔细看，忽又道："匕首呢？"

"女尸的身边确实有把匕首。在这儿呢，在这儿呢。"仵作急急忙递给龙二一把匕首。

龙二接过来。仵作觉得他的手有些发抖，但又觉得是自己眼花。

龙二仔细看着匕首，问："那屋门开着吗？"

"开着的，许是护卫们打开了，但已经来不及救……"

铁总管的话还没说完，就被龙二打断了："她不是沐儿。这不是沐儿的匕首。"

众人一惊，龙二摸了摸手杖，又道："她身上定是还有伤口，打开。"

打开什么？众人又是一愣。龙二横眼一扫，扫得那仵作心惊胆战，顿时明白过来。他赶紧过来，扒开那具焦尸，认真仔细地查看半天，用了刀子切开，终于看到女尸腹部那处，有个小小的镖箭。

龙二见了那镖箭，转身就往外走。

铁总管愣了一下，急忙跟了上去。

龙二冲进院子，将前堂前院加后院的每间屋子都查看了一遍，确认没有尸体，没有可藏人之处。铁总管跟在他身边，急急禀报："酒铺里的每间房我们都看过的……"

"院门呢？"龙二不听他的，却是问，"院门开着吗？"

"夫人的屋门和后院门是开着的，其他门都闭着。"

龙二环视左右，这么说来，她只有一条路可走了。

龙二朝后院大门走去，那里有居沐儿的引路粗绳，他记得，这绳子一直连接到树林里。龙二跟着绳子走，虽是下过了一场大雨，但林子树根泥里还是依稀可见少许残留的血迹。铁总管在一旁报："已派人顺着血迹找去了，但雨水冲过，血迹被冲淡了，方位也乱，不好追踪了。林子里倒是还有些痕迹，还通到了大路边，但到了那儿就没有了。"

龙二没说话，他一边看着粗绳一边看着泥地上的痕迹，终是松了口气："他们没有找到沐儿。"

铁总管正想着这话的意思，龙二却又问："为何此处的绳子断了？"

铁总管皱起眉头，目光从粗绳的那头看到这头，这边两根连着的绳子确实被砍断了。

"也许是匪类怕夫人逃跑，预先砍了绳子，想让夫人找不到路。"

"他们好几条大汉，有备而来，还怕一个盲女逃到树林来找路？而且就算她逃了，留着绳子更容易找到她。"

铁总管不说话了，他也不明白这是怎么回事。他跟龙二一样，拿了两棵树之间的断绳看，那断痕齐整，明显是被利器切断。

龙二又喃喃地道："他们总以为沐儿眼盲无用，所以一定是轻视她的，绝不会大费周章地切断她的引路绳。"

铁总管皱紧眉头，四下里打量，那这些断掉的绳子到底是怎么回事？

"这是沐儿留给我的口信。"龙二一边说着，一边站了起来，他四下张望了一番，突然放声大叫："沐儿！"

他的声音在树林里回荡，可是没人应他。

龙二又喊了几声，声音既急且悲，听得铁总管的心直打战。可是林子里还是没人回龙二。

铁总管忙道："二爷，我唤人来搜林子，一定能找到的。"

龙二摇头："那些匪类搜过了，他们找不到。沐儿不会让他们找到的，她在等我，她从前也是这般，她就在这儿，她看不见，也没有脚力，她跑不远的。她只是在等着，等我找到她。"

他蹲下来，再看了看那些绳子："她想告诉我她在哪儿，她留了消息给我。"

铁总管张了张嘴，他老人家看见断绳只能想到"一刀两断"这个词，实在想不出这还能表示什么。

她到底告诉了二爷什么？

在铁总管困惑的这当口，龙二闭上了眼睛。

他退回了树林口，摸着粗绳闭眼一直走过来。他想象着居沐儿当时的行动，她抓着引路绳一直跑，她很熟悉这个地方，她肯定知道沿着绳子她能跑到哪儿去，于是到了这个地方，她砍断了绳子。

龙二睁开眼睛，她一共砍了两根树间的绳子，如果割断一根有偶然意外的可能，那两根就肯定是故意的。

她是想告诉他到了这里她就没再沿着绳子跑了吗？

龙二摸着那棵粗壮的树，想她定不会鲁莽地冲到没有绳子引路的地方去，她不会让自己迷路。况且这片树林不算大，没什么可藏身的地方，乱跑只会让她暴露自己。

她选择的地方，一定是别人看不到她，而她能在那儿静静地等到他来的地方。

龙二认真地看了看那三棵树，然后他停住了。他把头抬起，看向了高高的树梢。

一旁的铁总管惊讶地看着龙二猛一下跳上了树，转眼不见了踪影。铁总管举头仰望，可惜枝繁叶茂，他看不清什么。过了一会儿，龙二从旁边另一棵树上跳了下来，话也没留一句，拔腿便朝着停马的院门方向狂奔而去。

铁总管张大了嘴，他看到龙二怀里抱着一个人。他简直不敢相信，然后他反应过来了，忙迈腿也朝院子跑，抓住一名护卫唤道："快，即刻回府，让大夫准备。找到夫人了。"

年轻护卫得了令，上马急赶，比龙二快了一步回到龙府，传令做了安排。

此时的居沐儿身体僵硬，脸色铁青，气息微弱，早已不省人事。

龙二不敢放马狂奔，生怕把她颠没了气，可又怕时间来不及，耽误了诊治。她在那树上可是躲了一天两夜，没水没食，受了惊吓淋了雨，身上还一身的血迹，也不知具体伤到了哪里。

龙二越想越是怕，一路向她体内催发内力，护她心脉。可饶是如此，到了龙府时，居沐儿还是没有半点醒转的迹象。

大夫很快到了，把脉把了半天，越把脸色越是难看。

龙二急得如热锅上的蚂蚁，当着那大夫的面，连声大吼让下人把京城里的名医都找来。

那大夫也不敢托大，这病人病情极是危险，若有旁的大夫来一起诊也是好的。否则病人若是真有什么三长两短，他一人也不好背这责任。

没多会儿，龙家家仆又请来了三位大夫。四人逐一诊了脉看了伤，个个眉头紧锁。

居沐儿背后受了一击，内外皆伤，只是当时情况危急，她强撑下来，但极度惊吓，又受寒淋雨，不吃不喝地吹了一日的风，纵是铁打的汉子也挨不住。

四位大夫一合计，开了药，施了针，又开了些化瘀活血的外用膏药，再包扎了她手掌上的烧伤。

第一日，居沐儿的身体没那么僵了，虽仍未醒，但呼吸顺畅起来。可没等大家高兴完，她就开始发起高烧，喝什么吐什么，吐得甚是惨烈，俨然要断命一般。

大夫们忙道不能再硬灌了，便改用施针之法。

可熬到第三日，居沐儿的病情反反复复，退了烧，烧了退，牙关紧咬，药和水全喝不进去，病得没了人形。

大夫们没了法子，只期期艾艾地道“尽人事，听天命”。

龙二数日不眠不休，只守在居沐儿身边。他把她搂在怀里说话，他告诉她已经安全了，没人能再伤害她；他告诉她他回来了，这次谁叫他他都不走了；他说一切都是他的错，他不该以为他们若无其事，对方就还会与以前一样按兵不动。他求她快点醒过来，他说他再也不戏弄她了，再也不欺负她了。她想要什么他就给买什么，只要她好好的，他一定什么都顺着她。

龙二与居沐儿说了许多话，说得嗓子哑了，说得眼睛红了，可居沐儿还是一点苏醒的迹象都没有。

每天都有人来劝龙二，劝他吃点东西，劝他睡一会儿。

他吃了。他看着居沐儿陷下去的脸颊，想着自己绝不能倒下。他是沐儿的依靠，他错了这一回，不能再错了。于是他食不知味地把饭菜全咽了下去。

让他睡，他也睡了。他抱着居沐儿，跟她说：“我们一起休息一会儿，不过等我醒来的时候，你也要醒过来。”可惜他睡不沉，闭了眼一会儿便得瞧瞧她。而他瞧了这么多回，她一回都没有睁开过眼睛。

三天过去了，居沐儿的状况越来越糟。加上她在树上躲避的一天两夜，这总共是近五天的日子。五日里她完全没吃没喝，五日灌药呕吐，大家心里的希望越来越小。

大夫们又换了几个，没人敢说能救好，所有想到的办法都用了，可居沐儿没有任何起色。

龙三接到消息赶了回来，在龙二完全失控的时候接管了龙府上下的事宜。他整顿人手，监管生意，应付府衙官差，还厚礼安葬了为此事牺牲的护卫，安顿了他们的家里人。

而龙二状况再糟，也强撑着亲自给那些护卫立墓，重谢了家属。除了办这件事，他便再没有离开过居沐儿的屋子。

铁总管找了龙三请罪，说事情是发生在他管事的时候，他看到屋里有女尸便以为是二夫人，完全没张罗人往树林里去寻。如果他们早一点寻到，也许居沐儿还有一线生机，也不会拖到现在这般。

龙三听得事情经过，叹道："你派人去树林也搜不出来。二嫂的口信，只有二哥能猜明白。所谓心有灵犀，外人是完全插不进去的。"

龙二觉得自己确实与居沐儿心有灵犀。

"她不会丢下我的。"他总是这么说，"她知道如果她走了我会难过，她舍不得。"

这话说得凤舞的眼泪都掉了出来。她本是想劝二伯万事想开，如果真有万一也得坚强面对，可没想到她什么都还没说出口，就被龙二的话击溃了。

"你知道这世上有哪个瞎子能像我家沐儿这般厉害的？她不会武，她看不见，可她就是能杀了想取她性命的人，逃到树林里等我回来。她受了伤，受了惊吓，她还怕冷，后头还有追兵，但她还是能留下口信给我，还能拼尽力气爬上这么高的树。她很厉害，对不对？"

龙二絮絮叨叨地说着居沐儿的神勇。可没人敢应他，若是附和了他，给了他希望，最后却还是天人两隔，那他该有多失望难过？

可龙二不需要别人的附和。他对自己说："这么难的事沐儿都做到了，现在只是小病而已。她就是调皮，她最爱气我了，她是要让我着急几天，过几天就会好的。"

大家面面相觑，劝慰的话怎么都说不出口，只得再逼大夫们想想良策。

救回居沐儿的第五日，几个大夫一起来找龙二，坦言能用的法子他们都用过了，但病人确实没有起色。最糟糕的是，她没有办法喝水进食，所以他们几个人商议过后，只能来告诉龙二爷，病人应该再拖不过一两日了。

龙二一句话都没有说，只是冷冷地瞪着他们，好像完全没听懂他们说的是什么。他瞪够了，又转头看向居沐儿。他一直握着她的手没有放，似乎在跟自己说把她的手放在他的掌心，她就不会离开。

龙二没有再理会任何人。大夫们走了，仆人们立在一旁不敢说话。龙二就这般握着居沐儿的手坐着，坐到了夜幕降临。

余嬷嬷端了饭菜进来，想劝龙二吃两口。龙二却忽然开口：“她不会死的，她告诉我她不会离开我。”

余嬷嬷张了张嘴，又闭上了。她心道夫人何时说过话。

龙二俯身把居沐儿抱进怀里：“你臭死了。不过现在不能沐发，要等病好了才行。什么？我也臭？我都没嫌弃你，你就莫嫌弃我吧。”

余嬷嬷看他自说自话，傻里傻气，老泪差点要落下来。她想起当初二爷执意要娶这居沐儿，他说他要娶一个特别的，就是特别到你不会在意她的样貌、不会在意她的性子的那种特别，当时她一直不明白，可现在她忽然懂了。

屋子里的气氛很悲重。龙二抱着居沐儿，却听不到她的呼吸声响，他不敢放手，他无论如何都不愿相信她会离开他。

他觉得心里冰凉，很冷。

明明还不算入冬，为何会这般冷？

这时，一个急匆匆的脚步声闯了进来，而后听得凤舞大着嗓门喊着：“二伯，二伯，笑笑来了，笑笑到了，到大门口了！”

龙二一阵恍惚，笑笑是谁？

然后他猛然醒了过来。他跳起来，不敢置信。

韩笑！百桥城的韩笑！

凤舞叫道：“真是她，马车已经进门了。当初你让我们请她来看看二嫂的身子，记不记得？她迟迟没回信，我都快把这事忘了。她现在到了，她到了！”

龙二用力喘气，兴奋得脑袋有些晕。

所以他真的听到过沐儿与他说她不会走，她不离开他。那不是幻觉。

所以……

龙二直挺挺地站在房门处。他看见一位少妇打扮的女子提着一个大大的医药箱子由仆人领着朝此处急奔。在她身后，一个男人一脸不高兴地坐在轮椅上，由仆人推着紧跟而来。

看到这两人，龙二眼眶发热。他想，他这辈子，再不会像此刻这般欢喜见到聂承岩这张臭脸了。

第三十八章 神医施援手

百桥城里有百桥，但最出名的是城里的大夫。

那是一座举国闻名的医城。

聂承岩虽是百桥城主，但城内最有名的大夫不是他，而是他的妻子韩笑。

韩笑年纪虽轻，却颇有奇遇，一身超凡医术靠天赋靠勤奋，也全靠个人的顽强意志。就这一点来说，龙二觉得她与他家沐儿还是颇为相似的。

此时情况危急，龙二丝毫顾不上与故人寒暄。韩笑知道有人垂危，也没打算与他废话。于是两个人闷不吭声，一起闯进了屋。韩笑一眼便看到了床上的居沐儿，那面露死态的模样竟是比她想象的还要严重。她急奔过去，一把抓住了居沐儿的腕脉。

龙二在一旁把居沐儿的病情说了，包括她两年多前瞎了眼睛，平日里怕冷、贪眠，前一段还发过烧，这次病一连数日都是呈什么症状、吃了什么药、用过什么医法等等，一口气全说了。他还把大夫们开的方子、做过的诊断都拿了过来给韩笑看。

凤舞和余嬷嬷面面相觑，之前她们还觉得龙二疯魔了，该瞧大夫吃药了，现在一转眼他倒是神志清楚条理分明的。

韩笑把居沐儿两只手的腕脉都把过了，又翻看了她的舌和眼睛，拆了她手掌上的伤布看了她的烧伤状况，然后接过之前大夫们写的药方，又仔细想了一遍龙二所说的诊法。

“依症看，大夫们用的法子和药并无错处。”韩笑皱着眉头，有些不解，“她真的一点好转的迹象都没有过吗？”

龙二听得她此言，心直往下沉。他耐着性子，从带回居沐儿后大夫第一日诊治开始，到现在的每日状况又说了一遍。

“所以她第一日有了些好转，之后发起烧来便再没好了？”韩笑侧头认真地想着，又去把居沐儿的脉。

“她时常发烧吗？”

龙二努力回想：“她怕冷，便是暖和的天气里，也是手脚冰凉的。有时候有些风寒症状，但睡一觉或是过一日又无事了。”

韩笑点点头，放开了居沐儿的手，转身打开她的药箱子，从里面摸出一只白色的小瓷瓶，然后她刺破居沐儿的手指，用力挤了几滴血进小瓶里。过了一会儿，她拿那小瓶与龙二看。

龙二皱着眉头盯着瓶子里的小胖虫子，不知道韩笑是什么意思。

“这是白龙绵虫，它只有一个用处——试毒。”

龙二惊讶得张大了嘴。

“它原是雪白通透的，如今却呈淡淡的灰色。”

龙二瞪着那虫子。说实在的，于他来看，这虫现在还是挺白的，但他看不出异样没关系，他信韩笑。

“沐儿身上有毒？”

“不是最近中的，是旧毒。”韩笑开始从她的药箱子里翻出瓶瓶罐罐摆在桌上，“是从脉象上查不出来的旧毒，想必是有数年了。她如今脉极弱，更难察觉，如若不是那些大夫医术高明，把所有能用的药和法子都用了，我也不能这么快就排除其他。”

“那你能救沐儿，是不是？”

韩笑没应他，只挑了个小瓶，掰开了居沐儿的嘴，往居沐儿喉间滴了两滴药汁。

看得药汁滴了进去，而居沐儿也没甚反应。她这才回话：“你说喂什么她都吐，依她现在的状况，确实是不能再灌药了。望这两滴能保她不断气，我再想办法。”

龙二不知道她喂了什么，他又问了一遍：“你能把她救回来，对不对？”

韩笑又看了看居沐儿灰青的脸色，这才转向龙二：“目前我只能推测是内伤重病引发旧毒之症，毒性又阻了医药救治之术。但我并不知道具体是何毒，这解法还得琢磨，何况她眼下只剩下一口气在，经不起任何折腾。我来得晚了，做不得任何保证。”

一股寒意哽在龙二喉间，顶得他吐不出半个字来。

韩笑没理他，只拿了笔唰唰地列了个单子出来："请准备这些，她命悬一线，务必尽快。"

铁总管一把接过，火速向外奔。

韩笑转向龙二："二爷若是无事，请暂避可好？"

"不好。"龙二直挺挺地站着，硬邦邦地答。

"不好我们便走。"开口说话的是聂承岩，"笑笑，我们回去了，龙二爷架子大，不需要大夫。"他的语气比龙二的还硬。

龙二转头瞪他一眼，咬牙忍耐。

"二爷，尊夫人治伤疗毒需受不少苦楚，你在旁无益，她定也不想在你面前如此狼狈。"韩笑这话说得竟像是居沐儿仍有意识，这让龙二没来由地热了眼眶。

他知道韩笑说得有理，他知道他在这儿帮不上任何忙，而他也不想让居沐儿睁眼看到他如此狼狈的模样。他盯着居沐儿看，看着看着，他向韩笑认真地施了个礼，道："万事拜托！"

韩笑郑重地点头。

龙二再看了一眼居沐儿，然后转头走了出去。

屋子里很快被清空，韩笑列的东西也送来了。韩笑留下了几个伶俐丫头，加上凤舞和余嬷嬷，然后关上了屋门，开始为居沐儿治病。

屋里灯火通明，屋外也是灯笼盏盏。

龙二没走远，他就坐在院子里，盯着屋门看。

聂承岩坐在他对面，看着他那张死人脸很不满意："人还没死，你摆这个脸给谁看？"

龙二压根不想理他。

"笑笑手底下还没有死过人，你那夫人还没那么强，能破笑笑的福运。"

龙二转头看了他一眼，大晚上的，这家伙突然安慰起人来真是怪吓人的。要变天了吗？不过既是提到了"福星妙手"，龙二心里莫名地有些踏实了。韩笑经手无一死例，这个他是知道的，所以他家沐儿定会无事。

"其实你也该反省检讨，你为人刻薄，视财如命，许就是这些害了她也不一定。"

龙二本就对这事充满内疚，是他疏忽，错估了对手的举动。是他大意，才会让沐儿身陷险境命悬一线。他又悔又痛，如今聂承岩却拿这来讥他，龙二压着一肚子火正没处发，当下怒吼一声，直接掀了院里的小石桌。

聂承岩却是不惧，一抖手，一条黑色长鞭抽开桌面，卷向了龙二。龙二一跃而起，避开那鞭，翻掌就朝聂承岩拍了过去。

屋子里面在救人，屋子外头在打架，两边都忙得如火如荼。

龙二与聂承岩把院子毁得差不多时，龙三回来了。他看到这一幕大吃一惊，还没来得及说话，却听得屋子里居沐儿凄厉地惨叫一声。

龙二吓得不管不顾地便要往屋子里冲。聂承岩鞭子一卷，拦腰将他拉住。龙二红了眼翻掌一震，将聂承岩震开。聂承岩将轮椅向后一滑，冲龙三大叫一声："拦着他。"

龙三反应过来，上前将龙二从房门前架开。

屋子里又安静了下来，没人出来宣布死讯，也没人出来说居沐儿醒了。一切都如从前，似那声惨叫没发生过。

龙二死死地盯着房门，扶着龙三的手臂才不至于坐倒在地。聂承岩在一旁凉凉地道："她方才半死不活，如今有气力叫了，也算有好转了不是？"

龙二慢慢地转头瞪他，这是什么歪理？这家伙真的也是学医的？

龙三把自家二哥扶坐在石椅上，对聂承岩道："你好好说话，有这么安慰人的吗？"

"我可没想安慰他。"聂承岩趁机又白龙二一眼。他与龙三是过命的交情，与龙二却是水火不容。这人不但与他抢药材生意，当初还敢与笑笑说让笑笑嫁他，这怎么算都是夺财夺妻之恨，虽然未遂，虽是玩笑，但是也恨！若不是现在笑笑在那屋里，他想在外头等她，才不愿与这龙二待在一处。

三个大男人在屋外大眼瞪小眼，熬了大半个晚上。天将明时，屋门忽然开了，凤舞猫一样钻了出来又迅速把门关上，大声道："笑笑说了，能救活！"

龙二龙三都跳了起来。凤舞笑眯眯地又道："笑笑说半日内二嫂就能醒，让按她的方子煎药熬稀粥，只要喝下去不再吐了，二嫂便能慢慢好转了。"

龙二喜不自胜，待要进屋，凤舞却拦着："笑笑在给她擦药酒，说暂时还不能进去。别着急，我们先吃个早饭，回来该差不多了。"

吃早饭？

三个男人一起瞪她。

瞪归瞪，早饭却是很快就准备好了。龙二问了凤舞好些话，忽然又像是想通了什么，大口大口地吃了饭，然后竟然跑回屋认真地洗了个澡，再出来时已然变回那个光鲜亮丽的龙二爷。

凤舞傻眼了，小声问龙三："二伯是去见二嫂，不是去看别的女人吧？"

龙三拍她脑袋瓜子一下。

大家吃饱喝足，一起看着龙二仪表堂堂地站在居沐儿的屋子前，等待神医韩笑恩准他进入。

等了好半天，终于能进去了。龙二几个箭步雀跃奔入，来到居沐儿床边。

居沐儿此时脸色苍白，但已没了那灰白的颜色。龙二看着，差点落泪。他紧紧握住居沐儿的手，再不愿放开。

丫头们手脚麻利，很快将屋子收拾干净，开了窗净了空气，又依韩笑所言在屋角摆上了小炭炉为居沐儿取暖。

“她死不了啦，只是何时能好，还得慢慢调养。”韩笑刚才被聂承岩叫出去吃了东西，稍事休整，洗了把脸，换了身衣裳，这才过来与龙二叙话。

龙二盯着居沐儿，连连点头应好。慢慢调养没关系，他有钱，花多少银子给她补身子都没关系。她没事便好，她还在便好。

韩笑又道：“她果然是中毒，但时间太久，我无法确定是何种毒类。毒性不强，但毒根深种，她一定不止吃了一次。”

龙二转头看她，说道：“沐儿两年多前患了眼疾，找了大夫看，可最后还是瞎了。我原本托凤凤找你来，一是想让你看看沐儿的身子，二是想让你看看她的眼睛。这段时间又发生了不少事，我想确认，她的眼睛，是否也是因毒而盲？如你所言，这毒她不止吃了一次，能这样的，除了日常膳食，便是药了。”

“这个我可不好说。”韩笑摇头，“时间隔太久，我没有见过她当时的病症，也不知她服的是什么药。”

龙二又道：“我找过原本为她医病的大夫，可他已经离开京城，觅无所踪。就我看来，这显然是再心虚不过了。”

“我明白你的意思。可无论你怀疑什么，没有药方和药渣在，我们什么都验证不了。我如今只知道她体内存毒，但具体如何，我确实不敢妄言。”

龙二沉默下来。那个死在居沐儿屋里的，一定是那个监视着她的假林悦瑶。那人一死，这条人证线索便断了。居沐儿体内有毒这事本可以追查下去，但如今大夫失踪，他们什么证据都没有，难道这条线索也要断了？

龙二正苦思，忽觉掌心里微微一动。龙二转头一看，竟是居沐儿不知何时已经醒了。

“沐儿。”龙二惊喜地大叫。只几天工夫，竟是恍如隔世。

居沐儿非常虚弱，听到龙二的声音也面露欢喜，但她说的却是：“我有证据。”

她声如蚊蚋，又哑得不像话。龙二不得不把耳朵凑到她嘴边才听清了，她说她有证据。

龙二一愣：“证据？”这生离死别又重逢的感人时刻，她说什么“证据”？

“你知道那大夫给你吃了什么不对的药吗？”韩笑凑过来，对下毒之人究竟是用的什么毒很感兴趣。

居沐儿对韩笑的声音感到陌生，她想问这人是谁，但张了张嘴，却什么都没说成，又昏昏地睡过去了。

龙二猛地一惊。韩笑把了把居沐儿的脉："无妨，让她继续睡。"

龙二的心放了下来，却开始生气。这个没良心的女人，他为她担惊受怕，她可好，鬼门关前转了一圈回来，一点没关心他，没问他好，没跟他说上一句贴心话，就只会说"我有证据"。

谁要管她的证据？她好歹该说说她想他了，说说她不能没有他之类的话才对吧。

龙二越想越生气。亏得他细心打扮了一番才来等她苏醒。他就是想让她看到他体面的模样，不愿意给她机会嫌弃他臭、嫌弃他丑。

结果呢，他白忙了。

他还不如捧着"我缺证据"四个大字坐在床跟前，让她一睁眼就能显摆发挥更来得让她欢喜。好吧，写字她看不到，那他用说的"我缺证据"总行了吧。总而言之，这女人就是太不贴心了。

龙二尤在生气，韩笑却是好奇极了，究竟是用的什么毒，是什么手法呢？

居沐儿再一次醒来，是在第二天的半夜。

她先是觉得全身都疼，然后又觉得一点力气都没有。她累得不想睁眼睛，但她很快发现自己是抱着个胳膊睡的，是她喜欢的姿势。她偎着的那人有她熟悉的气息，很好闻，让她很安心。

"二爷。"她忍不住轻声唤了唤。现在也不知是什么时候，她蹭了蹭，将龙二偎得更紧，有很长的日子，龙二都没有陪她午睡了。

"你醒了？"龙二的话说得小心翼翼，他翻过身来抱她，动作很轻。居沐儿有些迷糊，她反抱回去，压到了掌心，顿时觉得一痛，这才想起来一切。

"二爷，二爷，那些护卫怎么样了？"

听不到龙二的回复，她又急道："二爷，我杀人了，我……我把那个假林悦瑶杀了……"

"莫慌，没事了。"

"二爷，是你找到我的吗？"

"不是我还有谁？"

"我本想等到有我认识的人来，二爷不在了，我想他们猜不到我的意思，我等他们来就招呼，可我睡着了。"

龙二将她抱紧："你睡了很久。"

睡了很久？居沐儿眨了眨眼，她不过做了几个噩梦而已，怎么就过了很久？她有一肚子的问题想问，她想问那些护卫，想问假林悦瑶和她带来的那些帮手。

龙二也有许多话要与她说。他告诉她他是怎么赶回来的，他告诉她大家以为她死了，可他看到了她留的口信。他夸她聪明，夸她总是会记得告诉他她要去哪里。他告诉她那几个治不好她的大夫很让人恼火，他还告诉她家里来了神医贵客，那个叫韩笑的女子是位特别了不起的大夫，但她的相公聂城主十分不讨人喜欢，让她不必理会。

两个人你一句我一句，有说不完的话。

居沐儿把从假林悦瑶那儿听到的事全说了，她猜到了幕后凶手是谁，但她还不清楚动机。龙二听了她的推测，皱紧眉头。

居沐儿听得护卫全部遇难，痛哭了一场。龙二趁着她抹眼泪的时候，起来唤了丫头把药粥端来。

粥熬得稀软绵烂，入口即化，虽是掺着药味道有些不好，但总归是比汤药好闻多了。居沐儿好几日未正经进食，龙二小心翼翼，生怕她再吐了。可居沐儿意外地喝下了小半碗。这让龙二喜出望外，若不是韩笑事前交代只让喝半碗，他只恨不得把锅端来。

喝完了粥，居沐儿已觉得耗掉了全身的气力，她躺在床上眼睛又快睁不开了。龙二抚她的头发，温柔地道："你好好睡，等到了时辰我唤你起来喝药。"

居沐儿闭上眼，抓着龙二的大手，觉得心安了。正准备睡，她又忽然道："我想起来要与你说什么了。当初祁大夫给我开的药方，还有最后几服药的药渣子，我都埋在了树林里最靠近院子的那棵大树下。虽然祁大夫对我一直不错，但那时我看什么都疑心，便把东西藏起来了。我想着，日后若有机会，遇着了贵人，也许这些东西便能派上用场。"

龙二应了声好，亲亲她的眉心，看着她睡去。

天未亮，李柯便带人去了趟居家酒铺后院。待清早韩笑起身后，两年多前的旧药方和药渣便摆到了她的面前。

这些东西是用纸包了一层又一层，而后装在干净的小酒罐子里，用泥封了口，埋在了很深的土里。虽然时间过去颇久，但保存尚好。

韩笑认真地看了药方，又把药渣洗净，一样样拣开细看，没看出什么不妥来。但其中两味药引起了她的注意。她坐在房里苦想了一天，又与聂承岩讨论半日，而后她出了龙府，走了好几家药铺子。待一切想明白，她来找了龙二。

其时龙二正在跟居沐儿说话，她刚吃过了药，喝了半碗粥，经龙二批准还见着了天天来看她却见不着面的苏晴。这心情一好，居沐儿的精神便好了许多，能靠在床头坐一会儿了。

龙二见得韩笑进来，手里还拿着那几张旧药方，心里已然明白她要说何事，于是遣了众人出去。

韩笑开门见山："我想，我已经推测出他是怎么办到的了。"

“推测？”

“对，只是推测。”韩笑把药方和药包放在桌上，“在我说明我的推测之前，我还有几个问题要问夫人。”

居沐儿点点头：“请说。”

“那位祁大夫何时开始为你治眼疾，治了多久？”

居沐儿想了想：“在我瞎眼之前，有近大半年时间。”

“大半年？”韩笑似乎有些惊讶，但她很快又问，“你的饮食与家里人是否一样？他们是否有什么病痛异常？”

居沐儿摇头：“家人身体都健朗，我们吃食饮水都是一样的。”

韩笑道：“那我想不到别的可能，只我推测的那种方法最是可行。二爷、夫人，我说过，夫人身上的毒几不可查，若非前几位大夫将所有医治之法都用尽，我也不会迅速排除其他可能，往毒症上去推想。此毒难查，只观相把脉并不能确定。而夫人中毒已久，自己及家人均未察觉，要这般成功下毒，必须做到五点。”

韩笑竖起手指：“第一，此毒毒性弱，行效缓慢，这样才能让人不知不觉。第二，正因为毒性弱且慢，所以必须是下在长期食饮的东西里。比如若长期服药，便放在药里。第三，此毒没有异常的味道引人怀疑。凭这一点，放在药里确实不容易让人察觉。第四，毒性发作时，若要中毒者不生疑，那就得碰巧在其生病之时，用病症掩盖毒症。第五，整个过程，还得确保没有大夫诊断出来。如果下毒者就是中毒者的大夫，那这件事就好办了。”

龙二与居沐儿均未插话，认真听着。

韩笑道：“这五点，夫人倒是全能中。但有一条我没想通。”

“是什么？”

“时间。”韩笑指了指药方，“这方子里确有蹊跷，但半年多的时间，夫人不该只是盲眼，这时间，足以取命。”

居沐儿闭了闭眼，她实在不愿相信那个和蔼的祁大夫会对她下毒。她有些喘，但仍清楚地道：“祁大夫的方子过一阵子便调整一次，我这留下的是最后几次的。在失明之前，我并未疑心，也就没太在意方子。”

韩笑点头：“用药时间不同，造成的伤害程度确实不同，但这个度很难把握。简单地说，就是依这方子里的毒性，并不能确定多长时间能致命，也许半年，也许一年，需依病者个体而定。”

“是什么毒？”沉默了半天的龙二终于开口了。

“严格来说，这似毒非毒。”韩笑拿起药方，指着其中两味药道，“十铃草与鱼目叶都是治眼睛的良方，但两者药效相近，所以通常开药只用两者其一便好，但这方子里，倒是全用上了。按常理，医者求好心切，多下一味良药也没错。但古方奇多，我印象中没有哪个方子推荐此种搭配。而我后来想起，毒经上有记载，十铃草、鱼目叶与另一常见草药相加，如若超过一定分量，便有毒性。但是毒性微弱，不常食便无害。”

龙二听得韩笑说的草药名，在那方子上一看，确实是有，便问韩笑道：“你是说，若是要治眼睛，十铃草、鱼目叶取其一便可，可两者相加，搭上方子上的另一味药，便是有毒？”

韩笑点头。

“那既是确定的事，为何说是推测？”

“我说推测，是因为从这药方上看，没有任何问题。方才我说了，这三味药相加，得超过一定分量才有毒性。药方上写的量，小得不可能产生任何问题。”韩笑一边说，一边打开她带来的药包，“这个是夫人留下的两年前的药渣，这个是我按方子新抓的药，这一份是我用新抓的药煮剩的药渣。二爷请看，这些便是鱼目叶，它其实全是碎粉，而煮完之后，药渣里根本看不出原先放过多少分量。”

龙二探身过去看，居沐儿的心怦怦直跳。

药渣里确实看不出鱼目叶粉，龙二仔细看了一遍，明白了韩笑的意思。

韩笑说道：“这新煮的药里，我其实是放了超过药方分量三倍的鱼目叶粉，但从药渣子里完全看不出来。我说的推测，便是这个。药渣和药方表面上都没问题，但是煎药时动动手脚，一年之内，确实可以取人性命。”

“所以我的眼盲是毒发的证明，而我没死，是因为祁大夫再没让我喝药了。”

韩笑点头：“这确有可能。毒物先致眼盲，若继续服用，性命难保。”

居沐儿默然，龙二捏了捏她的手。

居沐儿想到了华一白的死，凶手对她下毒的手法与对华一白下手一样——天衣无缝，毫无证据。

居沐儿在深思，龙二趁着这会儿又问了韩笑几个问题，然后送她出门。

韩笑行至门外，轻声道：“二爷是想问我夫人的眼睛能不能好？”

龙二一愣：“这许久不见，你倒是变聪明了。”

韩笑摇头笑笑：“不是我变聪明，而是二爷与我接触过的所有病者家属一样，一般送大夫到门外，便是想问这类问题的。”

龙二苦笑：“那沐儿的眼睛能不能好？你既查出了是何种毒，是不是就有办法治好她？”

“两年多的时间，有些迟了，我什么都保证不了。这次夫人大病，兼有内伤，一定得悉心调养，不然后患无穷。别的，我一定努力，二爷也切莫泄气。”

龙二有些黯然，但仍谢过韩笑。他在门外深呼吸了几口气，调整了情绪，这才走进屋去。

才进得屋，就见居沐儿笑道：“二爷是不是跟韩大夫说悄悄话去了？”

“瞎说。”

“二爷是不是问韩大夫我的眼睛还能不能好？”

二爷一噎。

居沐儿笑道：“韩大夫肯定没说能好，不然二爷不会装成若无其事地进来。”

“好了，好了。”龙二没好气，过去扶她躺下，捏捏她鼻子，“让你脑袋瓜子歇一会儿。”

居沐儿睡下了，任龙二用被子把她裹好，然后又笑：“其实我看不见也没关系，因为我想象中二爷最是高大威武俊俏潇洒的，要是看见了反而失望可怎么好？”

龙二瞪眼：“你可别说话了。”

居沐儿被他的语气逗得咯咯笑，笑完了，她握着他的手，正经道：“二爷，我们猜到了凶手，下一步要怎么办？”

第三十九章 皇太后赐婚

推测出凶手是谁，与证明这人就是凶手其实是两回事。

龙二很清楚这个道理。

虽然证据与推测之间是紧密关联，但没有证据的推测就只能是推测而已，什么用处都没有。这便是当初他泼居沐儿冷水的原因。

现在，这个难题落到了他自己头上。

龙二与居沐儿一般，没想出来作案动机。

要说陷害师伯音是为了掩盖自己的罪行，找个替死鬼，让这件灭门大案能了结，杀掉华一白和意图杀害居沐儿是为了防止有人继续追查下去，那么把史泽春一家灭门的目的呢？凶手为何要这么做？

居沐儿的病情在韩笑的医治下有了好转，龙二悬着的一颗心放了下来，他开始走动安排。

首先是夜袭居家酒铺的匪类被抓到了。在邱若明严审之下，匪类供述，是“虹姐”给他们钱银让他们做这事的。“虹姐”是个绰号，江湖探子，常在京城一带走动的道上兄弟都知道她。

“虹姐”自然就是假林悦瑶了。她究竟是什么身份？这个邱若明也查好了。

在真的林悦瑶失踪之后，惜春堂还有一个人离开。居沐儿在最后关头里并没有猜错，那个人是个嬷嬷，管着二十多位姑娘的生活起居、日常调教，二十九岁的年纪，人唤卓嬷嬷。

卓嬷嬷原名叫卓以书，外乡人。其夫君身亡后，她与母亲相依为命，两个寡妇的日子不好过，碰巧又遇家乡发了大水，她们不得已背井离乡，后又辗转到了京城。

五年前，卓以书母亲重病去世，她连葬母的钱银都没有，于是自愿卖身到惜春堂做姑娘。原本一切都定好了，可她忽然遇到了贵人，那人出面找了惜春堂的老板，让卓以书得以赎身。

但卓以书没什么生计本事，又不想太受人恩惠，于是还是决定留在惜春堂，改做了嬷嬷。只是在那位贵人的撑腰之下，她不用签卖身契，什么时候不想干了打声招呼便能走。而且她也不用抛头露脸地应付客人，只需要在后场管好姑娘们便好。

卓以书是个聪明人，又会看人看场面，说话能说到人心里去，做了嬷嬷后把她手底下那些姑娘打理得服服帖帖，懂事听话。她也不做坏人，有什么好事好处也都帮着姑娘们张罗，所以甚是得人缘，姑娘们有什么事都愿意与她说。

龙二听邱若明说了这些，便问："那位贵人是谁？"

"史泽春史大人。"

龙二有些惊讶。

这还真是出人意料了。

邱若明道："卓以书来自西边小城，楼里嬷嬷因为有史大人为卓以书撑腰，一直对她客客气气，所以她自己不说，她们便也没多问她的家中事。虹姐就是卓以书，她是刑部暗探。也许，她与云大人一般，都是史大人举荐到刑部的。"

龙二挑挑眉，有了个猜想："或者反过来，是云青贤向史大人举荐的？"

邱若明愣了愣："你是说，云大人向史大人相求，让他保卓以书？"

"西边的小城……那归山县，不就是在西边吗？"

邱若明算了算时间："史大人保卓以书时，云大人还只是史大人身边一个小吏。为花娘出头可不是什么体面事，就算史大人再赏识云大人，又怎会为他……"

他说到这里也反应过来，这般不体面的事，史泽春为什么要做？楼里嬷嬷也说，史大人并非卓以书的恩客。

所以，这便是玄机了吧？

"二爷，你派去归山县的人手，何时能有消息回来？"

"山高水远，急也没用。"龙二道，"我们还是先把手边的事处置好。"

龙二回了府，把卓以书的身份和她的贵人与居沐儿说了。

居沐儿皱起眉头琢磨半晌："暂时想不出这里头有什么来。卓以书对云青贤有情这是肯定的，所以她恨我，但她的琴瑟技巧可写不出这般好的琴曲来。我听得出来，她也不是太喜欢弹琴的。再有，若她与云青贤之间有感情纠葛，又关史大人何事？二爷，我又困了，我是不是病傻了，现在脑子一点都不好用。”

“笨一点好，爷就喜欢笨的。”

居沐儿撇嘴：“那能让爷喜欢真是挺不容易。”

话音刚落，她忽觉唇上一暖，被龙二吻了一记。

“你若是一直傻傻的便好了。”龙二戳她额头，“笨一点，便不会有这么些事了。”

如果她笨到听不懂师伯音的弦外之音，笨到华一白不会找她写琴谱，笨到不会察觉所有的这些事，这样就好了。置身事外，平安无事。

“那样的话，我便不会认识二爷了。”居沐儿露出一副遗憾的表情来，好像事情确实是如此发生的一般，“我会嫁给阿泽。”

龙二被她气到，嫁谁？

居沐儿还继续说：“就算不嫁给阿泽，那也许也嫁云大人了。”手指扳下来三个，很明显龙二是排在第三。

若不是发生这些事，还真轮不到他！

龙二盯着那三个指头生气，忽然道：“休妻的事闹得满城风雨，到现在还有人在碎嘴，所以我们再成亲，一定也要闹得大些，尽人皆知才好。”

居沐儿摇头，钻进被窝里继续安分地当病人。

“摇头是什么意思？”

“二爷，我们和离了便是和离了，莫要再走回头路。”

事情没有解决，她再嫁为龙家妇，所有问题又回来了。若是出了差错，连累龙家，她必是不会原谅自己。那几个为她丧命的护卫，她每每想到仍觉内疚心酸。

“莫走回头路？那你如今住在我龙府是怎么回事？”

“我家房子被烧了，二爷心善，念在旧日情分上收留了我。”居沐儿答得溜，说辞竟也和市坊间的传言一样。

“是吗？我收留你，还夜夜与你共枕同床，我的心还真是善。”

“那二爷是打算避嫌吗？”

“不，爷打算要回名分。”

“二爷，这事我们就不要再议了。我主意已定，绝不会改。”

龙二很不高兴：“你是铁定要与我耗到这案子了结？你明知道这案子要拖下去，三年五载都有可能，甚至也许我们根本就没有证据指证凶手，那你打算怎么办？跟我这般没名没分地耗一辈子？”

居沐儿听了呆了一呆，然后慢吞吞地又从被窝里爬坐了起来：“那我们，还是相议相议吧。二爷能不能再帮个忙，把我家院子屋子修一修？”

“不能。”龙二恶声恶气，“我在自己家里当情夫很方便，为何要帮你修房子？修好了我还得大老远地跑去看你。我又不是闲得慌。”

“要不，我们约定个时日，若到了时候这事还不能了结，形势也还能允许我们在一起，那我们再议婚事？”

龙二抱着胳膊，冷声问：“你觉得过多久合适？”

居沐儿颦眉思索好半天，小心翼翼地伸出手掌：“五年？”

“五年？”龙二扬高声音，“五年我家娃娃都会拨算盘了。”

居沐儿闻言咬了咬唇，小声道：“我问了韩大夫了，她说我身子不好，怕是日后也不好要孩子。”

龙二一噎，这事他知道，他还安慰过居沐儿。当时说的是老大老三都有娃了，不差他的。何况他一开始还不想娶妻，没妻就肯定没孩子云云。刚才他就是一时忘了，嘴快说错话。

龙二咳了咳：“我的意思是说，我龙家的娃娃，说不定大嫂和凤凤还会接着生呢。你要真是喜欢孩子呢，我就把老三的孩子抱来给你玩。喜欢牙牙学语的，就抱俏儿来；喜欢会说话懂些事的，就抱宝儿来；要是喜欢男娃，就让庆生来。你看，我们龙家不缺孩子，大大小小男男女女都有了。”

“那二爷这般说，就定五年吧。”

龙二又是一噎。这女人，又开始狡猾了！说点什么话都要跟他斗心眼。

龙二横眉竖眼地大声道：“这事就不必相议了。你既是变笨了些，就莫要再动脑子。这段时日你只管养病，其余的事我来办。”

不必议就好。居沐儿钻回被子里躺下。

龙二握着她的手，哄她：“你好好睡。”

他的手掌很大，很暖和。居沐儿把手窝在他的掌心，觉得再舒服不过。她闭上眼，听话地睡着了。

龙二看着她的睡颜，忍着想捏她脸的冲动。这个净会找麻烦的女人，怎么就这么固执呢？他可不想耗个五年，莫说情夫这个头衔他不欢喜，就是这五年会发生什么变数也不一定。

他不能，让她再遇到任何凶险。

他得先下手为强。但他的计谋对策能有效实施的前提，是她必须嫁给他。

他要她，轰轰烈烈、大张旗鼓地，再嫁他一次。

这日，龙三、凤舞夫妇要陪着聂承岩与韩笑去探望如意公主。

如意公主是当今皇上的姐姐，嫁给了穆府小将军穆远。夫妇俩与龙三、聂承岩都是旧识。聂承岩、韩笑许久才入京一趟，所以必是要去拜会探访。

这次拜访龙二也巴巴地跟着去了。

聂承岩对此很不满，觉得龙二总跟着他家笑笑。龙二皮笑肉不笑地回他：“跟笑笑无关，论感情，我与你之间更深厚些。”

“真可惜，怕是我要辜负你了。”聂承岩也皮笑肉不笑，“你一身铜臭，及不上我家天下第一神医笑笑，我看不上你。”

“哼！”龙二嗤之以鼻，“我家沐儿还天下第一琴仙呢。”

凤舞闻言轻轻踢了龙三一脚。龙三不解地抬眼看她。凤舞道：“这个时候，你不是应该说，你家那个是天下第一侠女吗？”

龙三张了张嘴，还未开口，龙二与聂承岩的目光已然唰唰地剐了过来。凤舞抬头挺胸，认真地指了指龙三道：“他家那个，是天下第一侠女。”

韩笑在一旁乐不可支，如意正走过来，将他们的对话听了大半，不禁哈哈大笑：“这么多天下第一都到我这儿来了，真是蓬荜生辉。”

凤舞嘻嘻笑道：“原也想赞赞驸马是天下第一威武将军的，但这样太不给我家大伯面子了。”

如意眨眨眼：“那可以夸公主嘛，威武这个词我挺喜欢的。”

韩笑在一旁竖起大拇指：“那就是天下第一威武公主。”

三个女人哈哈大笑，凤舞又道：“哎呀，那大伯一定会说，大嫂是天下第一贤妻。”她说罢还学着龙大的语气道，“你们多学学你大嫂。”

她学得惟妙惟肖，说完三个女人又哈哈大笑起来。

聂承岩等三个男人的脸都有些木，他们完全不明白这些话到底哪里好笑。聂承岩和龙二都给了龙三一个白眼，都是他媳妇闹的。龙三很用力地白了回去，就许他们这两个大男人斗嘴，还不许他家凤儿开心一下了？

三个男人瞪来瞪去，没有说话。那边三个女人久别重逢，倒是叽叽喳喳说个不停。最后龙二等得不耐烦了，将如意公主请到一边，与她私下叙话。

聂承岩远远看着龙二似有事拜托如意，冷冷地道：“龙二这人无事献殷勤……”

后半句他迟迟没说出来，凤舞忍不住帮他续了：“非奸即盗。”

龙三轻拍她脑袋，凤舞辩道：“不是我说的，是聂城主说的，我只是帮他补全了。我可没有说二伯的坏话。”

聂承岩冷笑：“这天下第一女侠敢做还不敢当，说龙二坏话怎么了……”这回是韩笑轻抚了抚聂承岩的肩膀，他这才勉强闭了嘴。

那边龙二与如意公主说了好一会儿话，也不知他说了什么，说得如意笑靥如花。之后两人走回来，龙二又道了句“万事拜托”，便告辞先回去了。

聂承岩大呼龙二利用完了人便跑了。凤舞眼巴巴地追问如意，龙二与她说了什么。如意只是笑，却没透露半分。

龙二骑了马准备回府，路过一家叫朗音阁的琴铺时却是停了下来。他记得这家琴铺，印象可太深刻了。龙二眯着眼瞪了那铺子招牌半天，终还是下了马，走了进去。

琴铺不大，打扫得极干净，布置得颇有禅意。龙二假模假样地四下看了看。那掌柜只看了他一眼，并不上前招呼。

龙二看够了，咳了咳，又装模作样地问："你这儿收银票吗？"

"收的。"掌柜终于慢吞吞地抬眼，反问，"龙二爷要买琴？"那语气摆明了不信。

龙二被他说得脸一臊，但还是问："那张八万八的琴，是哪一张？"

掌柜的手一指，指向了店铺最里头的角落。

那里单独摆了个供案，一张古朴的琴就放在上面。龙二瞪着那琴看，眉头皱成个川字，这块烂木头，竟敢叫价八万八千两，还是金子！

于龙二看来，那个供案的模样看上去都比这张破琴入眼些。他眼角偷瞄了那掌柜一眼，人家当真是没理他，自顾自地低头翻弄手上的琴谱。

龙二再看几眼那琴，然后闷不吭声地转身走了。好琴之人都是疯魔的，八万八千两黄金，真是太疯魔了。

龙二回家去并没有说他去找如意做了什么，也没有说他看见了那张所谓的"绝世好琴"。倒是居沐儿与他说，丁妍珊来看她了。

"她有没有说什么？"

居沐儿点点头："她与我说，对不起。"

龙二若有所思，而后舒了口气。

居沐儿道："二爷，其实她是位好姑娘，你莫要伤了她。"

龙二一叹："她那家子里，怕也只有她不算坏吧。"

居沐儿皱眉，不知道这事发展下去，丁妍珊又会如何。

日子在居沐儿的养病中过得飞快，转眼已近年末。韩笑确定居沐儿身子无碍，只需按时服药膳食调养便好，于是留下了方子，与聂承岩一起告辞了。

而这个时候，龙三用江湖上的人脉，挖出了不少刑部私立暗探、违律养势的证据。

龙二很满意，这些证据，加上邱若明那头的，足够他上报朝廷，把刑部搅乱了。

但这个时候，居安回来了。

居老爹欢欢喜喜地在年前赶了回来，怎料一回来便看到被烧毁的家。他目瞪口呆。

还没回过神来，却又听得左邻右舍与他道，他家女儿被龙二爷休弃了。他问女儿如今在何处，人家却又对他说龙二爷把她接回去养病了。

居老爹单纯的脑子有些转不过弯来——怎么休弃了又接回去了？

居老爹巴巴地往龙府赶，一路遇着熟人，听了不少传言。他越听越是茫然，最后满头大汗地赶到龙府。

龙府上下并不知晓居老爹回来。不过龙二老早吩咐过要给居老爹和他家小二哥准备好客房，省得他们突然返家没地方住。所以龙府在吃住安排上并不手忙脚乱，只是居老爹自己乱。

他抱着居沐儿嗷嗷地哭，觉得女儿再可怜不过了。小小年纪没了娘，而后又瞎了眼，好不容易嫁了个郎君以为从此能过好日子了，可怎么又被休了？被休便罢了，房子怎么被烧了？这最后落得无家可归，还得委曲求全地住回从前夫家。

居老爹自顾自地难过，难过到一半的时候，居沐儿吃药的时辰到了。丫头把药汁端上来，去苦的甜梅备着，擦嘴的巾子也拿着，喝完了药后面跟着是补汤，几个丫头围着好一通伺候。

居老爹傻傻地看着，有点哭不下去了。这弃妇待遇，会不会太好了一点？

居老爹的惊讶还没完全压下去，这天又发生了一件大事。

宫里两位公公领着几个小太监，到龙府来传太后懿旨。

太后的意思大略是说居沐儿琴艺非凡，是萧国荣耀，太后对她甚是欢喜。而龙二未善待发妻，以莫须有罪名休妻，大错特错。太后希望龙二能改正错误，与居沐儿再续良缘，重新结为夫妇。

居沐儿听得旨意呆若木鸡，龙二掩不住得意地接了旨，又给公公们打了赏钱，请到偏厅喝酒吃菜。

居老爹已经放弃惊讶了，干脆直接问龙二：“二爷，这是个什么意思？”

龙二欢喜地笑道：“就是你还是我岳父大人的意思。”

“哦。”有这一句明白话就行，居老爹满意了。

而龙二不只是满意，简直心花怒放。

又要有媳妇儿了，又可以摆婚宴了，又有礼钱收了！

这天夜里，居沐儿与龙二闹脾气了。

龙二表现得非常无辜：“这可不是我逼你嫁的。太后懿旨，我也实属被逼无奈。”

他不但被逼无奈，他还是理由正当、绝无敷衍的无奈。

龙二越想越得意，咧开嘴无声地大笑。

居沐儿撇嘴："太后如何知道我是谁？二爷休妻，又与她何干？"

"你名声在外，谁人不知？坊间传你我婚事传得多难听，兴许太后觉得不给我点教训不行，于是要逼我把休掉的妻子再娶回来，以示惩戒。"

居沐儿抿紧了唇，她才不信。

龙二挤过来，在她脸蛋上亲一记，软语道："别不欢喜，想来这事便是注定如此。你担心龙府被牵连，可如今有太后懿旨，你我若是抗旨不遵，龙府就真是得遭殃了。你不会想看着宝儿、俏儿没了家吧？还有庆生，他可是栋梁之材，你不能让他小小年纪就前途尽毁。"

居沐儿道："你给了如意公主什么好处？"上回他与凤凤、韩笑一起去拜访如意的事，她可是知道的。

"如意公主？"龙二晃晃脑袋，"我能给她什么好处？她贵为公主，又得良婿，什么都不缺，我可收买不了她。"他凑过去在居沐儿唇瓣上轻啄一记，"娘子，你太多疑了。"

居沐儿明知他有鬼，却也猜不出他究竟是如何办到的。

"好了，让你脑袋瓜子歇一歇。这成亲之事，要考虑的事还多着呢。好在办过一回，那些需要添置打点的单子我还留着一份，倒也省了不少事。就是喜冠喜服这些还得重做，得花些时日。"

居沐儿很惊讶："还跟上回似的再办一回？这不是拜拜堂便好了吗？"

"这可是奉旨成婚，天下皆知的事，哪能随便拜拜便好？"龙二理直气壮，"如若不好好操办一番，大办特办，太后的面子往哪儿搁？"

不好好操办，请足宾客，礼金就收不上来了。当然，这只是其中一个原因。别的缘由龙二现在还不能与她明说。

"可喜冠喜服那些就不必重做了，原来的那些都还在呢。"

"重做！哪有新人穿旧衣裳的？"

"可是那些很花银子的，你又不是另娶了一个，还是我，那喜冠衣裳都能穿的，不必浪费了。"

"浪费？"龙二的语调扬得老高，"你要买那八万八千两黄金的琴时，怎的不想着浪费？"

一句话堵死了居沐儿，她即刻闭嘴，再不发表意见了。

第四十章 与君再续缘

日子很快到了过年。

今年龙大镇守边关，回不来，其家眷自然是随他一起，也没有回来。宝儿因为许久没见着庆生哥哥，连过年都不能见了，哇哇哭了两回。

今年因为居家房子烧了，所以居老爹他们也都在龙家过年。居老爹许久没能跟小娃娃相处，见着宝儿和俏儿那叫一个喜欢，他又爱说话讲故事，宝儿倒是喜欢与他一块。他见得宝儿哭了，心疼得不行，哄了半天，比人家正经爹娘都着急。

龙二与居沐儿的婚期又定在了正月十八。这么巧，今年这又是个好日子。

居沐儿惊讶："怎么又是这日子？"

龙二凉凉地拖长声音："这日子怎么了？"

居沐儿闻言立马不说话了。婚期越近，她家二爷越嚣张，她还是学个乖，不敢送上门让他揶揄。

可龙二得巧抓了这话头，却是不愿放过她："你是想说这日子不好，是不是？你是想说上回我俩也是这日子里成的亲，最后却和离了，所以追究起来这不能算好日子，是不是？"

居沐儿低着脑袋不说话。其实她心里就是这么想的。

龙二一指头戳她脑门上："你想想，我俩最后和离，是谁干的好事？是谁脑子不好使了净自个儿瞎琢磨坏主意？"

居沐儿不敢言声，最后还是忍不住小声问了一句：“那二爷觉得这日子好在哪儿？”

“好在哪儿？好在它离得近！”年前太后下旨，按最快速度准备，这个日子恰恰好。而且他家沐儿也已休养了几个月，这新婚夜也该是没什么问题了，选最近的日子那是再好不过。

居沐儿再不言语了，反正她这段时日只负责养病，喝药吃补膳、睡觉养精神，旁的也轮不到她管。

正月十八，居沐儿嫁了。

嫁的依然是龙二爷。

花轿热热闹闹地在京城里打着转，排场弄得比第一次出嫁时还大。可居沐儿这次不太紧张了，嫁过一次便没了新鲜感，新郎还是同一人，真的让她紧张不起来。

花轿进了龙府，所有的规矩流程都与上回一般。这次居沐儿很从容。龙二牵着她的手，让她迈门槛她就迈，让她跳火盆她就跳，反正她知道她身边这个男人是不会让她摔着的。

两人拜了天地，太后派来的公公送上了贺礼，有这个做了样子，其余人等自然也不能手软。贺礼一个比一个好，龙二的嘴笑得快咧到脑后。

凤舞陪着居沐儿在喜房里等新郎。一个劲儿地说可怜居沐儿辛苦，成亲这般累人，她还得经历两回。两个女人还说起龙二也不知借婚礼敛了多少财。

正说得高兴，龙二进来了。

龙二一看这妯娌两人吃吃喝喝毫无顾忌就来气。虽是二嫁了，但好歹也该有点新娘新嫂子的模样吧。这便罢了，偏巧还让他一进门就听见她俩盘算他的礼金。

他冷冷地道：“也没能收上多少，定是不够八万八千两黄金的。”

这话一出，居沐儿马上老实了。而凤舞送上同情的一瞥，告辞离去。

这回成亲，龙二爷非常有气势。交杯酒依旧是一口气干的，洞房花烛夜也过得很卖力。但他如此辛劳，睡得正香甜时，却被他的夫人推醒了。

“相公，我忽然想到一个疑点。”

龙二十分郁闷，是什么天大的事要把你家相公弄醒？不对，为什么他这么累，而他娘子还有精神想疑点？

“这么绝妙的曲子，在传到史泽春手上之前，为何会默默无闻？但凡琴者，大多都有炫耀的毛病。绝世琴曲，无人知晓，实在不合常理。这曲子在传到史泽春手上之前，就该人人传颂，怎会最后由师伯音行刑前才传开？”

龙二回答不了这个问题。他也想找出史泽春从哪儿得到的琴谱，但是没找到。而现在半夜三更的，他不想琢磨这事，他想把他娘子抓过来打屁股。

当然最后他没舍得打，他抱着居沐儿，拍着她的背，哄孩子一般："放心，你相公我一定会查出来的。快睡吧。"然后，他先睡着了。

龙二新婚愉快，过了两天舒心的日子，然后开始办正事了。

龙二去见了皇上。

他拿着那些刑部私养江湖探子的卷宗去。他要告密，说刑部丁盛及其部属有谋反之意。

其实丁盛养私探也许并没有这个打算，从所有证据上看也判定不了他们有这个意图。但龙二必须要把皇上拉下水。

诬告，不过是达到目的的手段。

皇上不会因为看了卷宗就把丁盛或是刑部怎么样，而龙二自己不过平民，也不能借由这件事出面将丁盛和刑部怎么样。他要做的，不过是让皇上对刑部犯疑，起戒心。

然后，他想做的事才可以开始。

皇上看完了那些卷宗，什么话都没说，只让人摆开了棋盘，要与龙二对弈一番。

待两人下了一半，皇上屏退了左右，这才开口："这些事，怎会是你龙家查出来的？"

"我家老三为朝廷办事也不是一天两天了。"龙二按下一枚棋子，轻描淡写。这话说得无甚差错，许多朝廷官方不方便出面办的事，有不少确是借助了龙三的江湖势力暗地里办的，这个皇上很清楚，但他也不是这么好糊弄的。

"平白无故，为何去查？"

龙二一抬眼，似笑非笑："难道皇上事先就知道此事，是想怪我多此一举？皇上放心，我未打草惊蛇，那些人都好好地各就各位，以为什么事都没发生过。若皇上另有安排，我也定是未曾坏事。"

皇上盯着棋盘看，慢吞吞地道："这事朕倒是刚知道，只是你的个性为人朕太了解。结党营私，培养私军，这可是重罪。你很清楚，告了这一状便会得罪人。尤其是你给朕看的这些，并非铁证，说些不好听的，这有诬告之嫌。若无铁证能将他们一举治罪，来举报的人定会惹一身祸事。以你的精明，绝不会没事自找麻烦。"

"这些人对皇上不利，自然就是对我不利。我这怎算是没事自找麻烦？"

"那也不该由你来做这出头鸟。按常理，你会找个忠肝义胆、脑子不太灵的臣子，煽动几下，他便会义无反顾地冲到朕这儿来告状，而不是像你如今这般。"

龙二不慌不忙："像我这般才不会惹人猜忌。虽然这些只能佐证，但谁又知晓这是否只是冰山一角？让别人来揭穿确实能让我置身事外，可皇上这边却是要麻烦了。皇上你是给话还是不给话，是查还是不查？皇上要查，那一边派系全被牵连，一动则大动，皇上还能查出什么来？皇上若不查，忠肝义胆的臣子又如何安抚？那一派的人也必将大失所望，心灰意冷，皇威何在？”

这番话说得在理，皇上却是不高兴了。他把棋子一丢，冷声道：“当初让你为官助朕，你偏是不愿。就你这脑袋瓜子，若是在朝上，能助朕办成多少事了？”

“我在朝外不也一样能为皇上效力吗？”龙二把玩着棋子，“朝上臣子何其多，论忠心论精明的也不少。皇上缺的，是放在暗处的人手。这也是皇上当初未坚持让我为官的道理不是？”

皇上不说话，只盯着棋盘看。龙二知道那是皇上正在沉思。皇上自己布暗桩是一回事，臣子们偷偷摸摸地布置自己的势力又是另一回事。更何况，丁盛这人风头太甚，不知收敛，想来早触了皇帝的龙鳞。

“你的目的呢？”皇上忽然开口问。

龙二抬眼，对上皇上直视他的目光：“我只求我龙府上下老小平平安安。”

皇帝看着他，道：“所以你又迫不及待把那盲女娶回来了？”

龙二笑笑，倒不否认。

“难怪皇姐和太后要掺和这事，想来也是你动的手脚。你若是想娶个女人回来，哪用得着这么大阵仗？”

“我那夫人也不是个省心人，我若是与她好好说，也不知得拖到哪年哪月，那这事就办不成了。所以说起来，还是得多谢公主和太后成全。”

“刑部究竟做了什么，要让你如此？”

“我夫人差点死在了刑部暗养的江湖探子手上。那夜有人烧了她的房子，若非我家护卫碰巧路过，我夫人便没命了。这事在京城想必尽人皆知，只是人人都以为是宵小所为，而我由此追查，才查出刑部后头藏着这事。”

皇帝皱了眉头：“刑部暗探为何要杀你夫人？”

“这我也不明白。我夫人也不明就里。她眼不能视物，自然是不能招惹什么人的。我猜想也许她无意中撞见过刑部探子的某件丑事，对方以为她看到了什么才贸然下手。我夫人侥幸逃得一命，我追查凶手，方查出原有刑部私探。权衡其中利害关系，我是不敢与府衙那边追究此事，于是先来禀了皇上。”

龙二这话说得滴水不漏。皇上当初也听龙二提过居沐儿在客栈撞见杀人案，被凶手以为目击经过险遭灭口，所以如今再遇此事，他觉得也算合乎情理，只是这盲眼夫人也太倒霉了些。

“皇上圣明，定是能明白草民的一片赤胆忠心。”

皇上给他一个白眼：“你这拍马屁的本事，宫里朝上随便拎出一个来都比你强。”

“皇上自然不缺拍马溜须的。我便不凑那热闹，我只要献上我的忠心便好。”

龙二说得一本正经，惹来皇帝冷笑：“虽然朕有种被你下了套的感觉，但你说得没错。刑部势大，确是有些太大了些。那丁盛揽了许多朝臣站在他一边，有些事倒是让朕施展不开手脚了。这私养密探之事可大可小，可光凭卷宗所举之证无甚用处，他可以找出许多借口搪塞过去。最紧要的是，你并没有查出这些探子违法乱律之事，而谋反叛乱这罪名，可不是能随便安的，一旦群臣质疑，朕定要服众方可。”

龙二忙道：“皇上所言甚是。直接就这事深挖，必是诸多牵连，打草惊蛇。若然有始无终，皇上颜面难堪，自是不妥。何况此事重大，刑部派系根基深厚，眼跟前这事交给朝中谁人督办怕是都会有所顾虑。我是想，皇上对此事心里有数便好，暂不动它。倒是可以旁敲侧击，从别的事入手。旁边的土松了，根自然就露出来了。”

皇帝想了想，点点头：“刑部手上倒是压着些棘手案子没破，朕压一压，他们必是得有动作。”

“我去找府尹和各处聊聊，看有什么疑难大案的，报给朝廷求助，这样皇上也有由头给刑部施压。”

皇帝一哼：“你倒是聪明，把路都替朕铺好了。”

龙二笑笑：“一旦刑部有所动作，我这边便能探听得一二。届时再试探朝中各派，看其反应。我未在朝中为官，不偏帮任何一边，他们对我自然无甚戒心。到时皇上便可知能把这事交托给谁。若是确定刑部有谋反之意，皇上自然容他不得。若是没有，抓到他手下密探的把柄，揭了这事，遣他散了私营，施以惩戒，以儆效尤。”

皇帝微眯了眼，把事情想了一遍。这事办好了，确是能肃清朝中乱臣，助他皇威，若是有何差错，明面上也并非他授意，他不过是督促办案，乃圣贤明君，届时找几个人训斥挡一挡，把事情拖过去便好。于他而言，左右都是件好事。

皇上看了看龙二，这人他信得过。信得过的原因不只是龙二曾助他坐上这把龙椅，更因为龙二不爱权，爱的是钱。龙二办事周全，至今还未给他捅出过娄子。像这次暗探之事，龙二没有鲁莽地闹开了逼迫他表态，却是先为他安排好后路再做商议。

龙二聪明、冷静。

他曾不止一次地想，幸好龙二只爱钱。他虽觉得龙二入朝为官对自己大有助益，但其实他也会担心，龙二若为官，最后到底是敌是友。

所以，幸好龙二只爱钱。龙二是个商人，而他是个皇帝，这样的关系正好。龙二是站在自己这边的，皇帝觉得很满意。

龙二微笑，越是位高权重的人越是多疑，他对这点从来都深信不疑。他知道不管这人是谁、与你交情多好，都改不了这个事实。

皇上也好，丁盛也好，云青贤也好，甚至史泽春也罢，所有的人，都一样。

交情也许是真的，但利益很重要，距离也很重要。

龙二与皇上下了一个时辰的棋，这才打道回府。

出宫的时候正飘着小雪，龙二钻进软轿里，想着他家那怕冷的媳妇儿这会儿在做什么。轿子路过朗音阁，龙二从轿帘往外看了一眼，想到那八万八千两黄金，心里又哼了一声。刚哼完，他便看到云青贤和丁妍香夫妻二人从一家香店走出来。

丁妍香正冲着云青贤微笑，一脸温柔，也不知在说些什么。而云青贤为她撑着伞，表情也是温柔，耐心地听。

龙二看着这二人，心里忽然想，一个男人，究竟是怎么做到心里爱慕着另一个女人，却还能对着自己妻子露出这样的神情呢？

如果换了他，娶不到沐儿，娶了别人，他也能这样吗？

龙二认真地想了想从前与别的姑娘叙话的情景，觉得也许自己做不到。可话说回来，娶不到沐儿，他娶别的姑娘做甚？她们都是无趣的，他天天会被憋闷死吧。

丁妍香和云青贤与龙二的轿子擦身而过，龙二看到丁妍香正开心地笑，他忽然想到那日见到丁妍珊，她脸上没有开怀的神情，只有倔强。

其实周家公子倒也不错，文质彬彬，知书达礼，为人也算正派。他要不要做做好人，给那丁妍珊牵牵线？龙二想着这个，决定回去与沐儿自赞一番，要问问她家相公不但聪明，还很善良，而且风度翩翩仪表堂堂，她欢不欢喜。

待龙二回到府里，还没找居沐儿夸赞自己的优点，就见到了李柯。

李柯向龙二报了消息："卓以书是归山县梅林村人，嫁给了当地一个猎户。她父亲早亡，只与母亲相依为命，嫁人后也一直带着母亲过。后来猎户身亡，她们在村子里被人指指点点，过得很不好。之后村里发大水，她们就离开了。一路也没什么太特别的，就是做些活计，或是帮佣帮仆的，赚点生计钱。之后她们随着一户做烧饼的夫妇到了京城做小买卖。后来烧饼摊没撑下去，那对夫妇去了别处找活，而卓以书因为母亲重病，便没有走。"

"那她之前的日子是干净的，没牵扯什么特别的人与事？"

"确是没有她与江湖人往来的迹象。那些个，怕是从她入了青楼才开始的。"李柯喘了口气，接着说，"属下还查到一桩事。"

"说。"

“史泽春史尚书与那卓以书是同乡。他也是梅林村人，原名叫李东旺。”

“什么？”龙二大吃一惊，“他不是东阳城一个没落大户家的公子吗？”

“属下也是万没想到。只是在追查这村里还曾出去过什么人时，村里老人提到一位叫李东旺的，说是甚有才情，不但作得好文章，还弹得一手好琴。李东旺后赴京考功名，再没有回来。”

“这又如何证明李东旺就是史泽春？”

“那老人说，李东旺的肩头，有个麒麟状的胎记，那时村里人都说，这娃娃定是栋梁之材。属下之前认真翻阅过史尚书一案的卷宗，他的验尸记录当中，正写了他的肩头有麒麟状胎记。”

龙二恍然大悟。

原来如此，原来如此。

“居然是同乡？”居沐儿对这消息也很意外。

“不过史泽春与卓以书在此之前并无交集。按日子推算，那李东旺离开梅林村之时，卓以书才两岁。而且据村里老人言，李东旺心高气傲，少与村里人往来，与卓家更是半句话没有。他喜欢去县里的一座小庙借住，读书弹琴。他是村里有名的怪人，所以那些个老人家才把他记得这般清楚。”

“县里？归山县？”

“对。那是云青贤的故乡，他这来历倒是人人知道。”

居沐儿听得龙二如此说，长舒了一口气：“原来如此。”

龙二一笑，她与他的反应一模一样。他道：“按日子推算，李东旺离开梅林村时，云青贤还没有出生。”

“那云大人的爹娘呢？”

“李柯查了。却没人记得有姓云的人家。二十多年了，那地方毕竟是县城，不若梅林村那般家家户户都知根知底的。”

“相公，要不，你让我去一趟吧。”

“你说什么？”龙二毫不客气地敲她脑袋。

“李护卫他们能问的是故人往事，二十多年过去，确实物是人非了。可无论史尚书也好，云大人也罢，他们都是懂琴爱琴之人，所以，在那小小村落和近旁的县城之中，必有琴音相系。我听过云大人弹琴，也知道师先生临终琴曲，若我能到那归山县，与当地琴师聊聊，切磋琴技，也许能探出些李护卫探不出的消息来。”

“你还听过那云青贤弹琴？”龙二一下抓住了重点。

“那时云大人常来探望，他对琴也甚有兴趣，所以我们有切磋一二。”

“你居然跟别的男子弹琴作乐！”

“相公，浅薄男子上花楼，一边喝酒吃菜一边让花娘献艺助兴，那才叫弹琴作乐。我们切磋，是认真计较手法技艺的。”

龙二一噎，好吧，弹琴作乐的那个是他，切磋琴技的是她和云青贤。这真是让人恼火啊。

居沐儿像是生怕气不着他似的，竟还补上一句：“我倒是很想与二爷切磋呢，可惜没机会。”

没机会？竟然讽刺爷！

龙二一扬眉：“切磋就不必了，爷喜欢来取乐的。”

居沐儿笑笑：“我酒量不错的。”

“不错也没用。酒是爷喝的，你负责弹琴。”

“弹琴让相公乐了便能去归山县吗？”

“不能。”

“可我懂琴，也许能从琴音上查出什么来。”

“又不止你一人懂的。”

“龙府除了我，只有宝儿懂了。难道二爷打算让宝儿去？”

龙二白她一眼，说他不懂便罢了，还把他全家带上。虽是大实话，可也不带这么挤对夫家的。再说了，还敢说宝儿懂，就宝儿那水平，他打赌，他比宝儿强。

居沐儿不用龙二开口便能想象他的表情。她忍不住笑了。

那笑意落在了龙二的眼里，他一戳居沐儿的额头：“就会捣乱。”

“我不捣乱，我想快些找出真相来，让我们一家老小平平安安。”

这话他也说过。龙二心头一暖，握住了她的手：“正因如此，你便不能去。如今你一举一动定是有人盯着，去归山县的动静太大，打草惊蛇。你躲在龙府闭门不出，才是最好的应对之策。你说的道理我知道，有个懂琴的去查，确实有用。这点我想到了，所以我让林悦瑶去了。”

“悦瑶姑娘？”

“她知道此举是为师伯音翻案，是为华一白冤死昭雪，所以定会全力以赴的。你莫担心，她得华一白指点，听琴辨音不是问题。况且又与那雅黎丽相处了这么些时日，对你弹给雅黎丽听的曲子也略知一二。她失踪多时，没有人防备她，刑部那些探子不会察觉的。她去，比你去要有用得多。”

居沐儿想了想，点点头：“你说得有理。”

“自然有理。”龙二得了夸，立时嚣张起来，“爷运筹帷幄，成竹在胸。先前是我太大意，才让你遭遇如此凶险。你信我，我绝不会让他们再有机会伤你。”

“还有龙府。”

“那当然，无论你还是龙府，我都会守得好好的。”

居沐儿笑笑，说道：“既如此，那二爷让人把琴谱带去给悦瑶姑娘吧。有谱子在手，她也好打探些。”

“什么琴谱？”

“就是师先生临终所弹的绝世琴曲的谱子。”

“你有？”

“我有，我藏起来了。”

“在哪儿？”

“在相公手上。”

“我可没帮你藏着什么琴谱。”龙二说完这话猛地一顿。他想起来了，他手上是有琴谱，可是……

“你那时用来气我的琴谱，就是闹得天翻地覆的破谱子？”

“那可不是什么破谱子，我花了很多心力，将它简化了反着绕着重写一遍，夹在琴谱里。乍看之下定是看不出有什么不妥，但若是知晓的，琢磨琢磨，就能看出来了。你把琴谱交给悦瑶姑娘，让她反着看，隔着一两页便有一张是那谱子。她既是知道那琴曲，那这谱子她也能看出端倪。”

这下龙二是目瞪口呆了：“你居然在这么早之前就把物证送到我这儿来了？”

“因为相公不懂琴，与那案子完全不牵连。而且没人会查龙府，所以放在相公这儿似乎挺安全的。”

“安全？”龙二扬高了声音，“你那破谱子我差点就撕了。”

“相公偷了我的竹杖，又送了回来，没有丢弃。而后我给相公的琴，相公也没有砸。所以我想，我再给相公一本琴谱，也许相公也会好好收着。”

“也许？”龙二真想打开他家娘子的脑袋瓜看看里面到底都装了什么，“也许我就真撕了呢，那你该如何办？”

“狡兔三窟，这自然不是我唯一的一本。一白兄死后，我很害怕，于是趁眼盲之前，拼命存下了三本琴谱，把它们放在安全的地方，希望有朝一日，有贵人出现，这些琴谱能派上用场。所以如果相公真是不巧把它撕了，那我还有两本。如果相公没撕，而我莫名死了，若有人追查我的死因，定会寻找相关人等问话。那时相公与我斗气，闹得满城皆知，有心人也许会问到我是否给过相公什么，若老天注定这事该得昭雪，那琴谱兴许就会重见天日。”

“你的兴许倒是挺多。”龙二很不高兴，那琴谱于他是定情物呢，结果却是被她利用了。

“相公。”居沐儿软软地唤他，伸手想牵他的手。龙二把手递过去，让她牵住了。

“那时宝儿学琴，我跟相公确认了那琴谱去处，相公没丢。”

“那另两本呢，在何处？”

“一本在我的琴室里。我把它拆开了，在其他琴谱里按内容一本书夹了一页，再重新订好册子，前后勉强能顺得上。我把我琴室里的每一本谱子都做了记号，哪一本有，哪一本没有，在哪一页有，我都标上了，寻常人不好分辨。”

龙二听得有些呆，这得费多少心力去琢磨啊。

“所以别人来借书看书，你也不担心。”

“担心的，只是我若表现出不安，就怕被别人察觉。如今我的琴室被烧毁，那些书册琴谱俱不在了。”居沐儿言辞中透露出深深的惋惜。她的好多藏本，怕是再找不到了。

龙二的心思转啊转，不能再跟她谈琴室了，她相中一张琴就八万八千两黄金，要是想再找回她那些被烧毁的藏本，那得多少钱银？

龙二赶紧换话题：“那还有一本呢？你又埋地下去了？”

居沐儿摇头：“安全起见，一个地方只能藏一件东西。另一本我放在一位信得过的朋友那儿了。”

信得过的朋友？龙二脑子里立时飘过陈良泽的名字。

居沐儿却是笑：“不是阿泽。”

龙二有些讪讪的，有个心意相通的娘子虽然时时让他得趣，可有时候也是令人着恼的。

居沐儿说了一个人。龙二惊讶得挑了挑眉。

龙二想起当初要娶她回来时，一心想着要让她服气，让她见识见识他的才智，不承想却是相处越久，越发现她的聪慧。他不禁又恨起那个毒瞎她双眼的人，若她未盲，该是如何一番风景？

居沐儿终究没去归山县，她就在龙府好好待着，闭门不出，好吃好喝地养着。

而居老爹着手修缮酒铺，打算搬回去住了。

那夜袭的两个贼人被府衙判了罪，收监待斩。

一切似乎都平顺起来。只有刑部和龙二、龙三知道，他们之间的事情闹大了。

第四十一章 居沐儿下狱

三月，春暖花开，生机盎然。

当年师伯音就是在这样的时节被行刑问斩的。

而如今这个三月，皇上借着居家酒铺被夜袭之事作了文章，碰巧京城里又发生了些不太平的事，所以皇上上朝之时发了顿脾气，道他登基三年来，一直国泰民安，怎的近期行恶之事一桩接着一桩，定是官府松懈不勤，于是勒令府尹刑部严查严打，将过去没审明的案都要审办清楚，各府州县均要严办，所有重案大案，全部上报朝廷。

皇上发了龙威，那些个惰性不勤的大小官员着实是吓了一大跳，连忙打起了十二分精神应付。

府衙方面还好办，重案要案陈案积案，实在破不了的，可上报刑部。刑部却是忙乱了手脚。丁盛原本就是个看人办事的，之前许多事压着，人他护着，糊涂办过去的，自然是有他的利益所在。如今皇上忽然摆起龙威，弄得他一下措手不及。这平白添了许多事，让他不得不日日留在刑部，揪着他的那些部属派系人马，拆东墙补西墙。

其实当初他每一桩敢办下的事，自是想好了对策，有些埋得也相当干净。只是处置再周全也经不住同时间一口气全被翻出来问讯。这次朝上那些人似约好了，探究的竟都是他的短处软处。而他纵使再有能力，将手上单件事结得漂亮，全排出来连成串也不好办了。再加上刑部养的那些私营暗探接二连三地出事，这让他很是头疼。

丁盛很早之前就开始部署自己的暗探，算起来是违律养了私卒。但他此举不为谋反，只为保权。当今皇朝根基太深，他动不了，所以他只要安稳地做他的刑部尚书便好。一个尚书而已，他也同样能翻云覆雨。

他能知道江湖里、朝堂上的每一处动静，他要灭掉每一个对他不利的人和事。他的派系越来越稳，他的人马越来越多。这么多年来，他从未出过大差错。

他甚至提前为自己想好了许多对策。

其中一条是，他准备了许多私探为朝廷立下汗马功劳的记录，光卷宗就累了好几本，每一桩每一件都说明了如果这些私探不私，身份公开，这些事就不可能办成，朝廷必将蒙受许多损失。而他，是一人负起天下人责难，仍一心只为朝廷效忠。

而另一条对策是，如若事情揭开的方式不适宜自称英雄，那他就把云青贤推出去。自云青贤做了他女婿后，这些私探的事，都是他经手的。不只云青贤，替死鬼要好几个才有说服力。这些，他全想好了。

丁盛担心过暴露的一天，虽然他对这些探子很有信心，但他也知道这世上没有不透风的墙，他是有准备等着这一天的。

东窗事发的一天终于来了，可结果与丁盛想象的完全不一样。

他以为会有敌对朝臣在朝堂上揭发他，向皇上告状。

可是没有。所有的一切都很平静。

但是他的探子却一个一个地被悄悄干掉了。

这让丁盛很愤怒。这分明是挑衅，好像是在与他说：我知道你的丑事，但我不会遂你的意明着来，这样你难受吗？

丁盛很难受，因为对方如此手段让他非常被动。他不能动用明面上的势力来处理这个，被人揭发是一回事，不打自招又是另一回事。

丁盛觉得这不会是朝臣所为，因为这样做对他们并无益处。而且，他想了一圈，他那些朝中对手，还没有谁能在江湖里有这般势力。

就在丁盛拼命想摆脱眼前困境的时候，还有一个人也在琢磨。

那是丁妍香。

这段日子里，刑部忙乱，云青贤常常宿在刑部，回得家来也是一脸憔悴，眉头紧锁。她问他发生何事，他只称皇上严令加紧查办各案，他累了些。

可丁妍香是个机灵的，她知道严查刑案也不至于把她相公熬成这样，过去再难办再凶险的案子，他也没有这般过。细细追问之下，竟是听得刑部有私探，而这事居然被人知道了，也许不多日便会闹开。

云青贤没再往下说，丁妍香却是明白了。丁盛素来是把不光彩的事让云青贤去做的。这一次，如若东窗事发，那首当其冲出去顶罪的，怕就是云青贤了。

丁妍香急得像热锅上的蚂蚁，云青贤却是劝她，说丁盛向来不做没把握的事，他定是准备好了后招的。不到最后一步，自然不会用到替死鬼。

“后招？”

“就是他一定准备好了脱罪的证据，比如这些私探的用处是为忠心，这些私探做了哪些对朝廷对皇上来说了不得的大事等。但我在刑部找过了，没有那些卷宗。”

“这些他当然不会放在刑部，定是放在家里了。”丁妍香一咬牙，“我明日便回娘家，找一找去。”

第二日，趁着丁盛又到了刑部去忙，丁妍香回了娘家。

回到丁府，看到丁妍珊正在绣帕子，丁妍香好一顿笑话，直说这妹妹如今真是沉稳懂事，竟静得下心习女红了。两姐妹叙了会儿话，又一道吃了午膳，然后丁妍香道她累了，要回房睡一会儿。

丁妍珊也回房午歇去了，但她睡不着。她现在看到姐姐总觉得有些心慌，她总想起在云府里姐姐对她说的那些话。

丁妍珊心烦意乱，干脆起身去花园转转。在拐角正要转弯时，忽然看到丁妍香匆匆走过。丁妍珊下意识地跟在丁妍香身后，看见她鬼鬼祟祟地走进了丁盛的书房。

丁盛的书房在丁府是块禁地，除非丁盛招呼，否则谁也不能进。就连云青贤来了，都是在偏厅议事，少有进书房的机会。可丁妍香手中居然有钥匙，还趁午间大家偷懒打盹时闯了进去。

丁妍珊又惊又疑，姐姐要做什么，她要不要过去制止姐姐，喝问姐姐？可问了之后她要怎么办？丁妍珊想起曾辉对丁妍香的威胁，她犹豫了。万一爹爹知道了责罚姐姐怎么办？丁妍珊有些怕，她不想害了姐姐。她挣扎半晌，腿脚就是迈不出去。

这时忽见一年轻侍卫匆匆跑到书房门口。丁妍珊一惊，却见那侍卫轻声喊：“大小姐，巡逻的护卫换岗了，正往这边来。”

很快丁妍香出了来，塞给那护卫一锭银子。两个人飞快地散开，各走各路，书房门前恢复了静悄悄的模样。

丁妍珊有些呆愣，姐姐居然敢收买爹爹的侍卫。这要是被爹爹知道了，会打死姐姐的。

当日丁妍香很快离开了尚书府，从那日之后，她再没有回过娘家。

丁妍珊犹豫半晌，什么都没说，什么也没问。

过了一段日子，皇上在朝上明确表示了对刑部近期表现的不满。敌对派系趁乱踩低，翻出几件刑部旧时办案草率令人冤死的丑闻。一时间众臣对冤假错案激愤难平，纷纷上谏陈情，皆觉刑部办事令皇上蒙羞。皇上被无能的刑部蒙蔽欺骗，一时间仿若成了最大的苦主。

刑部焦头烂额，丁盛腹背受敌。

又过了一段日子，雅黎丽以私人身份来访京城，找了几位琴友切磋琴技，其中一位，便是龙府二夫人居沐儿。

六月初，丁盛私养密探的事终于被人揭开，却是云青贤大义灭亲，带着刑部十几位忠臣，将密探之事抖了出来。云青贤所报卷宗，详细记录了丁盛组织训练部署密探的过程，还有好几位探子人证。所有事情清清楚楚，丁盛百口莫辩。而所有云青贤经手之事，他都解释因为他是听令于丁盛，一开始并不知晓这些密探是私养违律，还带着探子们为朝廷做了许多事，后终于发现真相，可他屡劝无效，不得已才收集了证据向朝廷禀告。

丁盛在朝廷里素有恶名，而云青贤却是认真做事、规规矩矩的人。论名声，这女婿要比岳父强上不少。丁盛终是气数已尽，被免了官职，关进刑牢，待查究后再行定罪。

多事之秋，人心惶惶。云青贤于一片混乱中破了两件陈案，令刑部扬眉吐气。刑部尚书一职空缺，虽未定他为任，但刑部众人已以他马首是瞻了。

丁府的天塌了。

丁妍珊这时候突然醒悟了。过去的种种在她脑子里清明起来。她明白了，但也迟了。可是早一些明白又能如何？她的心冰冷，她沉默，连怒吼的力气都没有了。

云青贤带人来丁府抄了丁盛的书房居院各处，在丁夫人斥骂他的时候，他淡淡地说了一句："我不过，是先下手为强而已。"

丁妍珊在一旁把这话听得清楚。待过了段时日，风声不那么大的时候，她悄悄去了一趟龙府，她去警告居沐儿和龙二万事小心。虽然她不知道会发生什么，但显然云青贤已有计划。

日子过得很快，一转眼，七月了。

龙二很不喜欢七月，上次他被人算计，就是在七月。

云青贤每日忙碌，分不得身。丁妍香独守空房，心情倒也还不错。因为她知道最凶险的那一关已然过去。如今相公再是繁忙，也是仕途光明，前路看好。相公不能相陪，她就自己找乐子。于是这日她带了丫头上街选购脂粉新衣，却在歇脚饮茶时听得旁边有对年轻夫妇在拌嘴。

拌嘴的内容，居然是居沐儿。

丁妍香侧头看去，那夫妇中的男子她认得，正是居沐儿的青梅竹马陈良泽，而为了他关心居沐儿而压低声音在骂的，想来便是他的娘子柳瑜。

这骂的事很无趣，不过是陈良泽给居老爹送水果去，看望了一下。

丁妍香看着陈柳氏凶巴巴的样子，不禁冷笑，善妒女子的嘴脸，真是难看。

那柳瑜骂了几句不好听的，似乎怒火难消，甩袖走了。陈良泽巴巴地跟了上去。两人越行越远。

丁妍香看着两人的背影，默默地记下了他们。

丁妍香悠闲度日，丁妍珊却是正陪着母亲艰难支撑着父亲倒台、家仆四散的困境。如果说被劫匪劫持这桩祸事让她成熟起来，那父亲被罢官入狱则让她在一夜之间坚强起来。

她安慰母亲，喝止了姨娘们的呼天抢地，与外祖父那边相议此事后续，应付来探消息的各色人等，管理着家仆，振作着丁府。

她与管事一起，算明白了府里留下的财银。她遣了一半仆役，又召集了所有护卫，留下了对丁家最忠心耿耿的一批。

她还揪出了当初她亲眼所见被丁妍香收买的那个护卫，拷问之下，那护卫全都招了。但他也只是知道大小姐让他把风，确保别人不会发现她偷偷进了书房而已，其他的什么都不知了。

丁妍珊在自己屋里坐了一夜。第二日，她安排布置，托了关系，进了刑部大牢，见到了丁盛。有些事，过去她觉得对父亲难以启齿，今时今日，她却是一定要问了。

丁妍珊去刑部大牢的那一日，龙府出了件大事。

居沐儿刚刚午睡起来，小竹伺候她洗漱，为她梳好了头。龙二却偏偏要来凑热闹，他坚持要亲自给沐儿画眉。

居沐儿笑着躲。龙二爷每次给她画眉的结果都是一团糟。不是画一遍洗一遍，就是画着画着又要拆她的头发玩，说也要练练为她梳发式，最后弄得她人不人鬼不鬼的，有次还把小竹吓到。再不然，便是画着画着又回床上去了。

这次龙二信心满满，说一定会为居沐儿画得美美的。

关于这个，居沐儿是一点信心都没有。只是她家相公有这雅兴，她也得配合配合。但闲坐无事，龙二又画了那许久也没好，居沐儿便没话找话。

“相公这两日怎的不去巡铺子？”

“日头这般大，把你家相公晒坏了，你不心疼？”

“那生意这般放着行吗？要是相公赚得少了，相公不心疼？”

龙二一指头戳她脑门上：“你相公我是这么财迷的吗？”

居沐儿眨眨眼，没敢说“是”，却道：“相公，我知道为何你两边眉毛总画不齐了。”

龙二停下手，看着被他画得一高一矮的眉毛皱眉头，他还真是总对不齐。

“为何？”其实他不想知道，他就是随便问问。

“因为相公总看算盘，算盘珠起起伏伏，所以相公就对不齐了。”

龙二一丢画眉笔，哼了一声转身走开。

“相公不画了？”居沐儿摸摸眉毛，心道这就可以休息了吗？龙二却走了回来，手里拿了块湿巾子，用力把她那两道扭虫子似的眉擦干净，然后拿起笔继续画。

居沐儿心里叹气，她还跟小竹、宝儿她们约好了玩瞎子捉鱼的，这也不知要画到什么时候。

“画到它对齐了为止。”龙二似听得她心里所想，没好气地说。

“那对齐了，一粗一细又怎么办？”居沐儿乖乖地仰着脸任他画，却是很认真地泼他冷水。

龙二手一顿，停了下来。不只一粗一细，还画得平平的，怎么办？

龙二有些不开心，他明明拿了支笔比画着对齐的，哪知道要把眉画好竟这么难。他曾偷眼看过大哥给大嫂画眉，那唰唰两下便画妥了是如何办到的？

龙二把画糟的眉擦掉，重新再来。

居沐儿忽然笑：“相公，原来你不只不会弹琴，画画一定也不太好。”

龙二哼了一声：“我管教娘子的本事最好，你要不要试试？”

居沐儿赶紧闭了嘴。龙二心里不乐意，干脆也唰唰两下乱画，想着反正要再擦掉的，先练架势好了。

结果，居然画好了。

上下对齐，左右工整，有弧度，又细致。龙二大喜，叹道原来真的是得唰唰画才行。他在居沐儿唇上一印，大声宣布：“好了，画得很好。”

居沐儿动了动眉，实在没什么信心。不过，完了就好。她应该可以出去跟小竹、宝儿玩了。可龙二道：“反正闲着无事，不如我帮你抹抹胭脂。”

还抹胭脂？他怎么闲得这么可怕？生意都没了？

居沐儿吓得跳了起来：“相公！”

“做甚？”龙二当真在认真地翻胭脂盒了。

“那什么，如今归山县的消息也回来了，东阳城的消息也回来了。事情我们也能想通顺了，接下来该如何办？”

“不是说好了事情让我处理便好，你安心养身子吗？”

“那也得让我知道你是什么打算，每次问你你都不说。我知道如今情势微妙，丁大人入狱，云大人势如中天，而我们虽然想通一切，但实际无拿得出手能断案的证据，如果他像对付自己岳父一样斩断一切线索，我们又该如何应对？”

龙二蹲在居沐儿面前，握着她的手，轻声问：“沐儿，你信我吗？”

“信。”所以她才没掺和，只乖乖地每天喝药休养。

龙二满意地点头：“你要信我，一定能让所有伤害过你的人受到严惩。”

“还要还师先生一个清白。”

“好。”那个是顺带的，给他家沐儿报仇才是重点。

龙二抚了抚居沐儿的脸蛋，越看越觉得自己画的眉漂亮。他笑了笑，正要说话，外头却传来李柯火急火燎的禀报声：“二爷，府尹大人和刑部云大人带着官兵来了。”

龙二看了居沐儿一眼，问：“来做什么？”

“说是……”李柯顿了顿，磕磕巴巴地道，“说是，要带夫人回去审案。”

“审案？”居沐儿很惊讶，“审什么案？”

“审夫人在居家酒铺杀人一案。”

居家酒铺屋毁人亡之事，是去年九月的事了。如今过了近一年，却又被翻出来说事？

居沐儿惊讶又忐忑，她握着手杖，跟着龙二一起去见了云青贤和邱若明。

府尹邱若明脸色阴晴不定，但仍硬着声音对龙二道：“九月二十八，居家酒铺内烧死一女子，身份不明。而此案抓捕到的两名男子，经严审，近日终于招供，道是龙家二夫人龙居氏指使，让他们到树林小屋杀死一名叫林悦瑶的女子。不料林悦瑶察觉逃脱，冲进了居家酒铺。那两个匪类怕出变故，便唤来几位兄弟帮手，谁知竟遇到龙家护卫，大打出手。而林悦瑶躲入龙二夫人房中向她求救，怎料夫人便趁此机会，亲手将她杀死，这才出了那几条人命的大案。仵作查明，那林悦瑶先是被毒镖所伤，后被匕首连刺两刀毙命。凶器与龙二夫人当时所用手杖一致。而当日夫人为脱凶嫌，放火烧屋，毁尸灭迹。”

居沐儿听得大吃一惊，事情怎会颠倒至此？

龙二大怒：“一派胡言。江湖宵小，亡命之徒，为了保命胡说八道，颠倒黑白。分明是他们当日见酒铺无人，想入内劫财，却遇我龙家护卫经过，这才打了起来。那死在沐儿屋内的，是其同伙女贼。这些大人那时不是都审明白了吗？沐儿为求自保这才动手，当日九死一生，我找到她时，大人也是知道的，这会儿怎么反咬一口了？”

邱若明应道：“二爷，那两位匪人已判刑待斩，他们又何必多此一举，血口喷人？”

龙二冷笑：“你这多此一举倒是说对了。我家沐儿要让哪些人消失，犯得着花钱雇人？我龙府这里的人手护卫探子全死了吗？”

“相公莫要胡说。”居沐儿急急喝阻龙二的口不择言。近来举国严查刑案，龙二这胡说八道怕是得招来麻烦。

邱若明咳了两声，也是提醒龙二慎言。他接着道：“当日犯案之时，龙二夫人刚被二爷休弃，二爷可还记得？若认真计较起来，当时龙二夫人在居家酒铺无依无靠，精神也备受打击，一时冲动犯下事来，也是大有可能。何况若是林悦瑶雇凶，龙二夫人眼盲不能视物，又如何躲得过？这也说不通不是？”

“怎么说不通？事实便是如此。我家沐儿聪慧过人，大人也是见识过的。”

邱若明似听不到这个，又道：“本官相信，若龙二夫人想借用龙府人力办些不合律法之事，必会遭到二爷训斥。所以无论当时情形如何，龙二夫人若要杀人，怕也只能雇用外人。”

龙二冷笑：“大人还真是好心，把我龙二说得如此奉公守法，持家有道。敢问大人，只凭那两个小贼一面之词，便要定我家沐儿的罪吗？公理何在？若说我家沐儿要杀那林悦瑶，动机为何？”

邱若明道：“并非这就定罪，只是人证物证皆在，依律法，需请夫人到府衙审讯。至于动机，那两名匪人招供，受雇时也曾问过夫人，夫人含糊其词，并未言明。他俩怕惹祸上身，便偷偷观察了两日。似乎是因为林悦瑶姑娘发现龙二夫人身怀一本绝世琴谱，而这琴谱还牵扯了数年前的一桩惊天命案，但具体是什么他们不知晓。后来夫人似是着急，便加了价码。那二人见钱眼开，终是心一横接了这事。所以，按供词，龙二夫人是为了灭口才雇凶杀人的。”

“一派胡言。”龙二目光如刀子一般射向云青贤。

云青贤面若寒霜，一直不言不语。龙二一时看不透他在想什么。

“二爷。”邱若明虽身为府尹，又带着官兵而来，可对着龙二，还算得上客气，“请二爷放心，若是夫人蒙冤，我一定查出真相，还夫人清白。只是如今，还请夫人与我们走一趟。”

“若是不去呢？”龙二态度强硬，挡在了居沐儿身前。这哪是过去问问话聊聊天的事，命案凶嫌，到了府衙就得进大牢。要想出来，那得等事情查得清楚明白，定了无罪才行。

铁总管、余嬷嬷、凤舞、龙三全都在，护在了居沐儿的身旁。龙府的护卫家仆也全都围了过来。刑牢恶地，哪能让夫人去？

云青贤还是不说话，只静静地看着居沐儿那吓得有些泛白的脸。

邱若明叹道：“二爷，我也知道龙二夫人身份特殊，她的婚事是由太后亲点，所以出此状况，我不敢轻率妄为，故而报了刑部，将凶器、证词、案卷全都上禀，并有皇上口谕亲批，我们方才过来请人。”他顿了顿，上前两步，压低了声音与龙二道，“若是夫人不去，那只怕龙府全府难安。”

居沐儿闻得此言，倒抽一口冷气。

“相公。”她下意识地去找龙二的手。龙二转过身来，握着她的手。

“我……”居沐儿心跳得厉害，“我去便是了。只是与他们对质对质，我没做过的事，他们冤枉不了我的。”她话说得半点底气都没有。

这事说是入室劫盗原本就不太周密，哪有江湖赏金杀手集五人之众去一小破酒铺子劫财的？只不过当初靠着龙二的打点才将事情压了下来。如今被翻出来，把事由倒了个个儿，反倒更合情理了。

她要怎么对质？该如何辩驳？

除非她说出所有的一切，说那个人不是林悦瑶，而是假冒的。那她是如何得知的？真的林悦瑶在哪里？为何会有人假冒林悦瑶，她又是怎么知道的？为何假林悦瑶要杀她？绝世琴谱是什么？关乎几年前的案子是哪件？为何会发生这一切？

在没有找到确凿的证据之前，说出这些就是前功尽弃。尤其这案子还是云青贤在审。居沐儿咬紧牙关，她有完整的推测，她知道这一切是怎么回事，但她如何证明？

一旦把林悦瑶报了出来，把雅黎丽报了出来，把梅林村的老村民报了出来……那每一个知情人都会遭遇凶险。到时堂上没有物证，没有人证，她要如何证明？

烈日炎炎，居沐儿却觉得后脊梁发冷。

这时候一个熟悉的怀抱将她揽了过去，龙二附在她耳边轻声安慰：“沐儿，你信我，我定会让你平安无事。”

居沐儿有些无措地点点头。

邱若明看龙二似有软化，舒了口气，向捕快轻轻挥手。捕快上前，正要用拘具将居沐儿拘上，龙二却是一瞪眼，生生将那捕快吓退两步。

“谁敢碰她？！”

没人敢说话。捕快衙役看着邱若明，官兵们看着云青贤，可这二人皆是不语。反倒是龙二转头冲小仆喝：“备马车！”

真是太嚣张了！

邱若明偷眼看看云青贤，他铁青着脸，从头到尾都没说话。

龙二带着居沐儿坐上了龙府马车。马儿扬起四蹄，把他们往府衙送。

一路上居沐儿不知道说什么好，只紧紧握住龙二的手。她紧张得心儿乱跳，但脑子还是飞快地把事情过了一遍。

为何要诬告她？谁指使的？云青贤？

为何要扯上几年前的大案？说到琴谱，那分明指的就是史泽春的案子，他为何如此？

用假林悦瑶从她这里套不出什么来，他干脆用上刑部的权力吗？

她把人供出来，他便抢先杀了他们？他能做到？

居沐儿闭了闭眼，在没弄清情况前，她什么都不能说，她不能害了其他人。

“相公。”居沐儿捏了捏龙二的手。

“嗯。”龙二一路无语，该也是在想事。

“你与我想的一般，是不是？那两个匪类是被人指使了，所有的供词怕是会滴水不漏。他想知道那案子我们手里有什么线索证据，对不对？”

“沐儿，会有办法的。”龙二将她紧紧地抱在怀里。

一切都如居沐儿所料，到了衙内，提堂开审。那两个贼子的供词头头是道，竟连居沐儿怎么找到他们、在哪里谈的交易、他们怎么跟踪偷窥到她与那叫林悦瑶的姑娘吵架等等，全都说得清楚，一时间竟也让人找不着破绽。

居沐儿只是喊冤，否认了贼子对她的所有指控，只一口咬定那日睡下了，后听得有人夜袭的动静，无奈之下只得自保逃命。

邱若明审到了琴谱一事，果然提到数年前与琴谱相关的大案便是史泽春灭门案。而居沐儿与师伯音俱是琴者，当日西闵国琴使团的雅黎丽大人更是提过，师伯音对居沐儿赞誉有加。邱若明问居沐儿与师伯音是否认识。

居沐儿自然答不识。

两贼子这时却又道听得居沐儿与林悦瑶争吵时，林悦瑶曾骂居沐儿是帮凶、凶手等。居沐儿又说绝无此事。

双方僵持不下，一时间也无定论。可摆在明面上的是，居沐儿非但与居家酒铺的命案有关，更与数年前史泽春一案有牵扯。邱若明一脸为难，他看了看云青贤，宣布先将居沐儿暂押牢房，容后再审。 堂上没有人说话。龙二自始至终没有开口，辩驳全由居沐儿自己来，而他只是盯着云青贤看，云青贤却是盯着居沐儿看。

认真在办案的，好像只有邱若明一人。

待邱若明宣布将居沐儿收监后，龙二便嚷着说要先去牢房那处看看。

看看？牢房就长那样，有什么看的？

不过云青贤没反对，邱若明自然也不反对。一行人一起去了牢房“看看”。

邱若明照顾着居沐儿，给她安排了一间靠里的单人牢房，有窗户，透气，以牢房来说，这间还算干净。

可龙二不满意，他招招手，龙家家仆立马干起活来。他们忙前忙后地把屋子擦干净，铺上了新褥子，摆上了新被子，然后撑起了床杆，布起了床帐。屏风一挡，还放上了夜桶。旁边支了小架，有小水盆、布巾子等洗漱用品。

邱若明趁他们忙活的这阵，转头看了看云青贤。云青贤铁青着脸看着，还是不说话。他不言声，邱若明便也不阻拦，随了龙家去。

好一通忙活后，那小牢房收拾好了。虽然东西不多，但因为屋子小，所以显得满满当当的。龙二把居沐儿牵进去，带着她摸了一遍摆设位置，然后与邱若明道："沐儿身子不好，需喝药调养，我家家仆会定时给她把药送来。还有三餐饮水，我们也会自己准备，大人就好好专心查案，早日查明真相，不必为这些琐事费心了。"

邱若明张了张嘴，还没等他说话，龙二又道："我怕我家沐儿在这儿被毒死。"说这话时，他瞟了一眼云青贤。

云青贤理都不理他。

龙二也不管他，又转向居沐儿道："你莫怕，今夜我就在此陪着你。"

居沐儿咬着唇，有些慌乱地点点头。她是设想过各种遭遇，但确实没想到有一天会尝到牢狱滋味。她百口莫辩，不知所措，周围也不知都是些什么人，她确实是害怕的。

她坐在床边，紧紧握住了龙二的手。

这时云青贤终于开口："这是牢狱，关押人犯之所。龙二爷以为这是你家别院，想住就住了？"

龙二冷冷一笑，拍拍居沐儿的手背，放开了她的手。然后他转过身来，二话不说，一拳就照着云青贤的面门打了过去。

云青贤闪身一躲，龙二也不追击，却是反手一掌拍碎了一扇牢门。大家没料想他会有这般举动，全都吃惊地看着。龙二打完了，对邱若明道："我袭击朝廷命官，又大闹府衙牢房，怎么都得被判个收监惩戒吧？"

邱若明这回不再去看云青贤脸色了，只道："二爷早些歇着吧。"言罢，嘱咐狱卒认真看守，然后便带着属下出去了。

云青贤未走，他瞪着龙二，龙二也盯着他看。两人对视良久，最后是云青贤转身离去。

走到牢门口，他听得居沐儿小声问龙二："怎么了？"

龙二答："没怎么，方才就是云大人与我互望对视而已。他以为我看得他久了便会欢喜他，结果我没有。"

云青贤听得脚下一顿，差点没把牙咬碎。这般境地了，他龙二还有心思调笑？

云青贤回了刑部，拿了居沐儿这案的卷宗看，一夜未归家。

第四十二章 皇帝拆姻缘

龙二与居沐儿皆是头一回坐牢。

居沐儿深恐隔墙有耳，什么都不敢与龙二讨论。龙二只劝她安心，让她好好睡。他说他白日里会去张罗打点这事，换别人来陪她，但晚上他定会在这儿，总之绝不会让她落单，让她莫慌。

而这夜里，奔波张罗事件的另有其人。

李柯带人去了居家酒铺，把情况大致与居老爹说了。反正事情是瞒不住的，与其明日居老爹听到市井消息一惊一乍，不如直接告之清楚来得妥当。

李柯把事情说得轻松，居老爹虽是吃了一惊，但听得女婿陪在女儿身边，倒也放了一半的心。此时已是入夜了，李柯说不好再去探望，明日白日里再来接老爹去。

李柯把人手留在了居家酒铺照应，自己去了苏家，见了苏晴。他让苏晴去找丁妍珊，如此这般交代了一番。

苏晴很快就拿了些姑娘家喜欢的小玩意作为掩饰，踩着月光敲开了丁府大门。她说是丁二姑娘托她买东西送来，门房去报了，过了一会儿来领她去见了丁妍珊。

丁妍珊见得苏晴这般找上门，很是吃惊，她遣退左右，苏晴便直接说了：“沐儿姐姐被府衙拘走了，是刑部督办的，你可从你姐姐那处听过什么风声？”

丁妍珊心头一颤：“你说清楚，发生了何事？”

苏晴把从李柯那处听来的消息全说了，道：“你什么都不知道吗？那看来找你也是无用的。”

丁妍珊一脸震惊。待回过神来，她对苏晴道：“你先回去，我打探打探，若有消息会告诉你的。”

苏晴走了。丁妍珊思虑良久，而后唤仆役备轿，她要去一趟云府。

云府里，丁妍香正为云青贤这么晚没回来不高兴。他昨日里明明说好今日一定回家睡，她特意炖好了补身汤等他，结果这么晚了还未见他归返。

丁妍香没等回相公，却等来了妹妹丁妍珊。姐妹俩再不像从前似的亲热叙话，反而一人坐在桌子一头，安静无声。

丁妍珊再见姐姐，心里头有千言万语，也不知挑哪样先说，最后她道：“我今天去看了爹爹。”

丁妍香垂眼没吭声。

“我问他，当初劫匪劫我上山，是不是他指使的？”

丁妍香眉头一动，抬起头来。

“他说不是。”

丁妍香静静地看着妹妹，也没说话。

“我又问他，那时那些劫匪在狱中被毒杀，是不是他派人所为，他说不是。”

丁妍香还是看着妹妹不说话。

“我再问他，我被那劫匪头子抓住后，来了两名假捕头。那假捕头是不是他派的手下？”

丁妍香冷笑：“他又说不是？”

“对，他说不是。”丁妍珊转过头来，冷冷地看着姐姐，那眼神带着质问和控诉。

丁妍香只是冷笑。

“爹爹满嘴谎言，阴险歹毒，虚伪狡诈，他眼中只有权势利益，毫无亲情，你信他？你可知道，我十四岁时，父亲在家中宴客，一位他的派系官僚，喝了酒在后院里对我欲行不轨。我拼命挣扎大叫，可我只是一个手无缚鸡之力的弱女子，我被他殴打，只差一点便被他得逞。”

丁妍珊惊得瞪大了眼。

“我被救下了。”丁妍香笑道，“然后爹爹与其他人赶了过来。我冲到爹爹面前痛哭，我以为爹爹会为我做主，可他笑着说没事，他拉着那人继续去喝酒，宴毕后还派人护送那人回府。然后他回房呼呼大睡，甚至没有来探望过我。之后的日子里，他继续忙碌公事寻欢作乐，这件事，好像从来没有发生过。”

丁妍珊愣在那儿，说不出话来。

“我与你是一个爹娘生的，他能这般对我，你以为他便不能那般对你？”丁妍香脸色一狠，“你太天真了！我们的爹爹，根本就是六亲不认。你知道那次若不是相公出现，我现在会是什么样？是他救了我。那时他不过是个小小官差，跟班的，但他就是有胆子对抗权势救我，他甚至不认得我。后来爹爹替我选了门亲事，这个你是知道的，那老将军粗鄙恶心，年纪比爹还大些。这次又是相公救我，他来探望我，向爹爹提了婚事。那时候他已有些名声，前程看好，我有幸，才能嫁给了他。你只看到如今爹爹的结果，你可知他做了多少恶事，又有多少脏水是往相公身上泼的？如今这事，若不是相公揭穿他，这会儿在牢里当替死鬼的，便是相公与他那几个部属！”

丁妍珊头一回听说这些事，眼眶发热。而丁妍香还在骂：“爹爹有今日，完全是他咎由自取，他活该。亲生女儿在他眼里不过是个玩意儿，可以换利益，可以做买卖，若不是有娘在，你猜他会把我们怎么样？”

“你也知道还有娘。”丁妍珊忍不住大叫，“你们害爹爹入狱，他很有可能被判死罪，你们毁了丁家！那一屋子人，可都是你的血脉至亲。你说爹爹狠毒，你又好到哪里去？你比他还狠毒。”

“我狠毒？我就该狠毒些。”丁妍香一脸怒气，“我装够了。我在爹面前装卑微，在娘面前装乖巧，在你面前也要装出一副温柔贤淑的样子来。爹狠毒，娘自私，你就是个蠢货，成日就会在爹娘那儿争宠，爹娘什么好的都给了你，什么委屈都是我受。我告诉你，我装够了！我恨你们每一个人，你们丁家完了！”

“你们丁家？”丁妍珊不敢置信，“你们丁家？那你是从哪里冒出来的？”丁妍珊指着面前这个完全陌生的姐姐，气得手都在抖。

丁妍香笑道：“我住云府，我姓云。”

丁妍珊气得真想给她一个耳光：“丁妍香，你就好好得意吧。你以为那云青贤是良配？醒醒吧。他是怎么爬上刑部侍郎之位的？是爹爹提拔的！先不说他忘恩负义，心肠歹毒，便是花言巧语骗你嫁他，借着你博取爹爹的信任，爬上高位，又借你之手，窃取机密行暗算之事！这种骗女人谋权势的男人，你还视他如宝？他利用你，你好生欢喜吗？”

“相公对我的好，岂是你能明白的？”

“我明白着呢。”丁妍珊冷笑，“他对你真是好，家里摆着个如花似玉的娘子，心里头惦记着琴艺超凡的盲女。别犯蠢了，你不过是他的攀云梯，如今他攀上去了，你没价值了。现在局势不明，一团混乱，他趁机把居沐儿诬进府衙监牢，想找机会将她据为己有。他费这般心思，冒这样的风险，是为你吗？他对你好，就是利用你达成他的目的。他若真心待你，早该与居沐儿撇清关系，离她远远的，可一旦有什么状况，他花心思琢磨的，全是居沐儿，他为你这般过吗？”

丁妍香听得一愣：“相公把居沐儿关进牢里了？为何？”

“问你相公啊。”丁妍珊冷声道，“你去问问他，为何要用杀人罪名诬陷一个盲眼弱女子？是他现在太闲了没事做，要造些案子出来，还是他想趁着时局乱，把他喜欢的女人弄进牢里，然后再立名目让她顺从？你去问他啊。”

丁妍香瞪着妹妹，眼珠转着，显然心绪乱了。

丁妍珊看着她，再忍不住，眼泪落下：“你们真的是，蛇蝎心肠的一对。”

她再不想看到姐姐，转身走了。

丁妍香瞪着妹妹的背影，自言自语：“说得对，该问问他，该了断的，不能让他再这样。”

丁妍香当晚便去找了云青贤。她带着丫头，拿着自己炖好的补汤去了刑部。

云青贤看到她来，吃了一惊。丁妍香只道是见他不归家，想来定是公事缠身，但既炖好了补汤，还是觉得送过来妥当。

云青贤谢过，柔声道是今日有件急案，所以才不得不逼得他食言未归家。

“是什么案子？”丁妍香问，把补汤盛了出来往云青贤的案桌上放。

“也没什么。”云青贤随口应了，伸手把卷宗盖上。但盖上的那一刹，丁妍香看到了居沐儿的名字。她放了碗，给云青贤递了勺让他喝汤，然后伸手替他把卷宗往一旁挪了挪。

趁着云青贤低头喝汤，丁妍香飞快地把那本卷宗翻了一翻。速度太快，她没细看里面的具体内容，却清楚地看到好几处确有居沐儿的名字。

丁妍香不动声色，伺候完云青贤喝汤，收了碗勺，又嘱咐他多注意身体，空了便回家歇歇等话，然后带着在门外等候的丫头回去了。

她感觉如鲠在喉，如刺在心。

“居沐儿”那三个字，让丁妍香难受得一晚上睡不着。

空荡荡的床，她孤枕难眠，而她的相公，却坐在案前，看着居沐儿的名字，磨着她的心。

第二日，天刚蒙蒙亮，丁妍香便着素装悄悄到了府衙大牢门口，在路边一个早点摊上一边吃早点一边观察着。

不一会儿，她看到云青贤带着两个手下骑着马过来了。丁妍香心里一紧，忙低头喝粥，只用眼角偷偷瞄着那处的动静。

其实她并不知道自己为何如此。他是官，审案的，他来这大牢太正常不过了，她没道理为这事难过，可她还是难过了。她看着云青贤下了马，飞快地走进了牢狱大门。

云青贤在里面待了很久，久到丁妍香身边吃早饭的人都换过了好几拨，久到她碗里的粥都凉了，而她的心，也似那碗粥，凉透了。

这时忽听见一辆马车哒哒哒地驶了过来，丁妍香认出那是龙府的马车，旁边一位骑马的，正是龙二的护卫李柯。

车停了，车上跳下来几个人，一位是居老爹，一位是苏晴。这些丁妍香都认得。而随后跳下的两位，却是让丁妍香稍稍吃了一惊，竟是那陈良泽夫妇。

居老爹一脸憔悴，想来一夜没睡好。陈良泽看着也是有些着急，他小心地扶着老爹，苏晴跟着李柯在前面带路，那陈柳氏却是慢慢吞吞地挪着步子，脸上露着不情愿。

大家在大牢门口与狱卒说了几句，狱卒把他们放进去了。陈柳氏却是不愿进，最后自己留在了外头。

这个时辰日头已经起来了，陈柳氏似怕晒着，便往丁妍香这边走了过来，在树下阴凉处站定了。丁妍香看着她愤愤地盯着大牢看，心里一动，凑过去问：“这位夫人，你有亲人在里头吗？”

“没有。”陈柳氏看也没看她，只没好气地答，“那可不是我什么亲人。”

“我看夫人一脸不平，还以为是夫人的哪位亲人蒙了冤。我还想着能不能帮上什么忙。”

“帮忙？”陈柳氏这才回头看了丁妍香一眼，“不用帮忙，那女人是我相公的故人，一直不清不楚的，我可不想帮什么忙。”

丁妍香点点头，表示明白。她不说话，只站在了陈柳氏的身旁。那陈柳氏似乎觉得自己刚才那话不妥，忙又道：“我也不是那意思，只是……唉，我也是心里头憋屈，夫人莫见怪。”

“我明白的，谁不想夫君对自己一心一意，若是有旁的女人横插一脚，自己却无能为力，确实憋屈。”

陈柳氏听得这话，立时掏了帕子捂着眼，却是强笑道：“这几年，我一说憋屈便被说小气心窄，都说是我不对。从没有像夫人这般解人意的。我……我……”说着竟是再笑不出。

丁妍香觉得她要哭了，忙拍了拍她的背劝慰：“莫难过，有什么委屈，我愿意听你说说。”丁妍香转头看到近旁有一个小茶铺，道，“我们去那儿坐坐可好？”

陈柳氏看了看监牢大门，想那几个还得好一会儿才能出来，便点了点头。

两位妇人相逢恨晚，谈得甚是投机。相谈之下，陈柳氏才知道，原来跟前这位是云大人的夫人。她自然是听过不少云青贤与居沐儿的传言，顿时为丁妍香抱起不平，把对居沐儿的怨气全都发了出来。

而丁妍香却是心里暗喜，脑子里忽然有了一个想法。

她要让居沐儿消失。

丁府的人不能用，云府的人不能用，这段日子官府查得紧，江湖上的人也不能用。但是眼前这个女人，却是再好用不过了。

居沐儿并不知道牢笼外头有人在算计她的性命。

她到现在还有些云里雾里，但比刚进监牢那会儿镇定了许多。

她已在牢里待了八日。这八日里，龙二果然没有食言，白日里遣凤舞和小竹来陪着她，晚上龙二便自己过来。他没有让她落单过。

这八日，居沐儿共被提审了三次。虽然每次都有龙二相伴，但居沐儿仍是感觉到了巨大的压力。因为双方各执一词，所以如何证明所指控的动机就成了关键。

贼子入室劫财，这个动机相当简单，没什么可查的。而贼子说居沐儿为灭口而雇凶杀人，这事却值得细细查究。

为何灭口？灭什么口？什么琴谱？几年前的那桩案子究竟发生了什么事？

这般追究下去，终是把师伯音一案扯了出来。居沐儿被步步紧逼，最后说了与钱江义当初说的一样的话。

师伯音临终留曲申诉被冤，她听出了个中端倪，所以记下了琴曲。这琴曲是记录冤情，她没有理由要为此杀人，所以她雇凶这点根本说不通，何况她甚至不认得在她屋里的女子是谁。

她反问："贼子说那女子是林悦瑶，如何证明？"

如何证明，这是一个好问题。因为尸体被烧焦，面目全非，既不能证明她是林悦瑶，也不能证明她不是。

但此事与当年师伯音杀害史泽春一案扯上了关系确是事实。如今丁盛入狱，刑部的案子被翻出来的不是一件两件，所以再提师伯音诉冤，皇上和众臣的反应已不若钱江义提出当日的情形了。

刑部经手，案情不明的，重审！

这个消息让居沐儿精神一振。因怕隔墙有耳，所以她与龙二在牢内不议案情半句。但龙二与她心意相通，只一句"有所诉，有所不诉"便让居沐儿明白，他赞同自己趁此机会揪出这案的想法。

为了保护其他人，也为了防止被人捷足先登，居沐儿只谈琴曲，未谈其他。她把曲子当众弹了一遍，并细细解释了其中蕴含的深意。这是一首表达女子爱意和期盼情郎归来的情曲。

"师先生特意用前半部繁杂的曲子来解释强调曲意，这杀人动机，应该便是藏在这琴曲里。"居沐儿如是说，可惜没什么人认同。

“这曲子之前便有传言暗藏绝世神功秘籍，至今江湖上还在寻觅争抢，如今倒是被说成情曲了。”

“所谓曲意，若非作曲者说明，旁人有不同理解，杜撰其意也是常有的事。”

“当年就查过了，史尚书为人清廉，家世清白，没什么见不得人的事。所以就算不是为了夺谱杀人，是为情曲，那也怕是史尚书知晓了什么秘密这才被灭口。若为灭口，杀一人足矣，为何灭杀全家？这徒增风险，增加难度。说不通，说不通啊。”

云青贤与刑部、府衙众人把当年的卷宗细细再研，讨论来讨论去，都没有更好的想法，反而居沐儿记下了琴曲，却成了整件事里最大的疑点。

因为没人能记下那首曲子。

除了远在外地的钱江义，官差衙役拜访了当年所有参加过师伯音行刑琴会的琴师，有几个终于说出了当年一起努力研记琴谱，想为师先生平冤之事。但他们也都说，只记下了前半部分，后半部分的曲子没人知道。

既没人知道，为何居沐儿会知道？

师伯音赞赏过居沐儿的琴技，惹得西闵国的琴使特意来见，要说他不认识居沐儿，实在是难以取信于人。可如果是认识，为何又要谎称不识？

所以师伯音一人灭杀史家，是背后另有隐情，还是他身后另有帮手？

十日后，事情终于再次闹到了皇上那里。

那时候云青贤与府尹邱若明及其他几位重臣正在向皇上禀告近来办妥及还在办的几桩大案。龙二却在宫外求见皇上，说是要告御状。

皇帝允了他来。龙二一看众臣都在，直嚷嚷正好。他说他夫人无凭无据已被关押半月有余，事情清楚明白，那两个贼子血口喷人，并无具体证据指证他家沐儿。而师伯音一案，他家沐儿又提供了重要线索。她身子不好，需服药静养，如今长期在狱中生活已染不适。他向府尹提过让沐儿回家，若有需要再上堂问话，可邱若明却以种种理由押着人不放。他被逼无奈，只得来向皇上讨个说法。

龙二脸色铁青，看来之前是积了一肚子气。

可皇上的心情也不好，刚才还把眼跟前的这群官员骂了个狗血淋头。师伯音一案是他登基后的第一桩大案，如今事隔三年，他们又翻出些乱七八糟的说法来。当初钱江义当众诉冤已让他面子不好看，如今他已经同意重审，这些官员却毫无进展，简直是废物。

此时龙二来得正好。皇上让他进来可不是想听他诉什么冤，他根本就是有气发不完，正想找人继续骂。况且依刑部所言，那居沐儿与师伯音一案有千丝万缕的联系，嫌疑重大。龙二还敢跑来叫嚣着放人？

皇上冷笑，对龙二的自以为是一顿臭骂，连带着将这些无用的官一并再骂一次，最后道：“别再跟朕说什么没进展，那居沐儿既是重要知情人，就务必从她嘴里把事实真相问出来。她不说，你们还不会用刑吗？”

用刑？龙二脸色一黑，刚要开口，府尹邱若明一把拉着他，冲他摆眼神：皇上正在气头上，别顶撞。

可皇上非嫌龙二脾气好似的，又说：“明日就将那居沐儿转到刑部大牢去，既是与朝廷命官的灭门案有关，那还是由刑部来审。”

龙二咬紧牙关，低头不语。

云青贤看了龙二一眼，大声应了皇上的令。

“龙二，你还有什么话说？”皇上冷声问着。

龙二头也不抬，闷不吭声。

皇上冷冷地哼了一声，但也未再斥责。

这时云青贤道：“皇上，既然龙二在此，有些话臣不得不提。”

“说。”

“皇上，师伯音一案发生已有三年，居沐儿若是知情人，这三年想来也做了不少事。她两次嫁入龙府，也不知龙府上下对师伯音一案是否知情。龙府身份特殊，今日大家既是都当着皇上的面，还请皇上做主，容臣禀公审办。”

皇上听了，点了点头：“你说得有理。但龙府乃开国功臣，三代为将，护国有功。龙二、龙三虽不在朝为官，却也为朝廷办了不少事。何况他们龙府上下皆不懂琴，也是众所周知。要说龙府为了琴谱做出些什么事来，这倒是不好服众了。只是居沐儿嫁进龙家，也不知带去些什么物证没有。”

皇上转向龙二问道：“龙二，居沐儿身涉此案一事，你事先可知情？”

“草民不知。”龙二答了，又急急地道，“沐儿天赋过人，听一遍便能背下琴曲也是正常，她绝无涉案可能。”

龙二这种辩驳并没什么说服力，皇帝略略一想道：“这样吧，刑部派两个人去龙府走一趟，找人问问话，在周围看一看，看是否能找出可疑之处来。现在那居沐儿未曾定罪，也莫搅了龙府落人口舌。待日后有了真凭实据，再做搜查。”

云青贤听得此言，皱了眉头，这般去龙府又能查出什么来？

这时皇上又道：“龙府三代忠良，还是早早与凶嫌撇清了关系为好。谋害朝廷命官，灭门大案，这可是能诛九族的重罪。”他又唤了一声：“陈公公。”

一旁侍立的公公应了。

“传朕的意，剥去居沐儿于龙府之籍，从今往后，男婚女嫁各不相关……”他话未说完，龙二已经吃惊地猛地抬头瞪他。

皇上看了龙二一眼，继续与陈公公道：“你去籍簿司，把话带到了，看着他们把居沐儿的名字从龙家籍簿上划掉。”

“草民不服。”龙二怒气冲天，急得要往皇上跟前冲，旁边两位官员赶紧将他拉住。

皇上冲他厉声喝：“龙跃，你想死吗？！”

龙二一愣，已被旁边人紧紧按住，再不说话。

皇上不理他，又对云青贤道：“云爱卿，你也听清楚了。师伯音一案拖到今天，朕一定要让它清清楚楚、明明白白。朕不想再听任何借口，无论你们用什么手段，一定要把真相查出来。若是当年未曾办错便罢了，若是有错，定要纠错。居沐儿交由你们刑部严查，可不能像府衙这般温暾，五日之内，朕要见到此案了结。”

云青贤领着刑部众人大声应了。

皇上环视众人一圈，再看了龙二一眼，哼了一声，拂袖而去。

龙二似不敢置信，有些呆愣。旁边一官员劝慰：“二爷，皇上是帮着你呢。无论今后如何，龙家算是从这事里脱出身来了。”

“谁要他这般帮忙？”龙二不识好歹，口出恶言。众官员听得，立时离他远远的，免得让人听了，还以为是他们一起骂皇上呢。

龙二左右扫了一圈，听得云青贤与邱若明商议何时将居沐儿转狱一事，邱若明道手上案宗还要再整理，不如定在明日一早……

龙二再也听不下去，转身急走，朝着府衙大牢而去。

居沐儿正坐在牢房里，听小竹碎碎念着龙府里发生的事。龙二进得来，把小竹遣走了。这让居沐儿有些吃惊。龙二将她紧紧抱住，小声与她道：“沐儿，事情有变，你不能再在牢里待着。我安排安排，今夜丑时，我接你出去。”

劫狱？

居沐儿惊得瞪大了眼，却控制着自己没嚷出声来。

“二爷？”难道事情真糟到了这一步？居沐儿抓住龙二的衣襟，想问又不敢开口。

“你莫怕，一切有我。”龙二说得又快又急，“只是一会儿府尹回来，怕是龙府的人都不好再进来，你得自己待一会儿，我出去打点安排，今夜里一定接你走。你莫慌，只需自己一人待到丑时便好。”

居沐儿点点头，心里乱得很。

龙二看着她，忽在她唇上啄了一啄。

居沐儿一愣，又听得龙二道：“我走了，别忘了今夜丑时。”

居沐儿点点头，坐回了床沿。她听得牢门关上，龙二的脚步渐渐远去。她心中充满疑惑，她很不安。

之后的时间里，居沐儿终于从狱卒处知晓，今日是她在这牢里的最后一天，明日一大早，她便要被转到刑部大牢去了。

居沐儿终于明白了是怎么回事。她闭上眼静静地坐了一会儿，然后拿起凤舞之前为她带来解闷的琴，扬指弹了起来。

琴声激昂，绵绵不绝。

狱卒一开始有琴可听，还挺开心，可没承想居沐儿竟是弹个没完。他们劝止了两次，可居沐儿充耳不闻，只一直弹。狱卒们不敢对她如何，只好任她去了。

居沐儿这琴一直弹到该用晚饭时才停下。而这时候，有一个人来探望了她——陈柳氏，柳瑜。

话说柳瑜与丁妍香一见如故，甚是投机，只结交了半个月便无话不谈。两个人对居沐儿俱是颇多恨意，那日柳瑜恨恨地说了句“真希望这世上没有这个女人”，丁妍香便趁机给她出了个主意。

那主意便是：用毒。

慢性的毒药，不是立时猝死，而是隔了几个时辰后莫名死去，无法追查，天衣无缝。

柳瑜不相信有这等好药，丁妍香却说她有。丁妍香不但有，她还试过。当初她曾用这药毒死了牢狱中的八条壮汉，至今仍无人查得出来。

柳瑜心动，丁妍香又劝她：“你有办法接近她，又不令人起疑，只需要把药粉融在水里，洒在她饭菜之中，无色无味。她吃了，不会立时发作，几个时辰之后才见效，那时候你早已离开，不会有人怀疑你。饭菜又不是你送过去的，对不对？你只需要挑她进食的时候，进去探望她一下便好。”

柳瑜被她游说几次，终是被打动：“这样吧，你我见面的事本就没张扬，今后也不要再见了，省得惹人怀疑。你相公在刑部，你探得好时机后，让人把药送给我。写清楚我得怎么做、药怎么用，我都听你的。就算到时官差找我问话，我一农妇，又哪里知道什么毒药。你也在后头帮我遮掩着些，我们俩互不相识，自然没人好怀疑了。”

丁妍香连称她想得周到，便依此行事。

丁妍香时时关注刑部的动静，这日终于探得居沐儿要转牢狱。这可正是再好不过的机会。皇上下旨解了居沐儿与龙二的婚亲，那龙府再无身份赖在牢中相伴，居沐儿身边无人，待她服了毒，在转狱之前突然暴毙，这一团混乱，根本就无从查起。

丁妍香越想越是高兴，急忙给柳瑜写了一封信，并在信里夹了药粉包，让丫头芷玉偷偷去陈家送了一趟。

于是这日晚饭时分，柳瑜去牢里探望了居沐儿。她在那里待的时间不长，约莫一盏茶工夫便出来了。

出来后，柳瑜看到远远守在大牢外头等消息的芷玉，冲她点点头，微微一笑，然后从容离去。

芷玉得了信，赶紧回去报了丁妍香。

这一夜，很长。

居沐儿第一次自己一人待在牢里，害怕自是不用说的，更何况她还准备越狱。尽管眼皮子直打架，她还是强撑着不敢睡。

她牢牢记着龙二说的话，他说今夜丑时，他来接她。

可等着等着，她终是撑不住，靠着墙睡着了。

也不知道过了多久，她突然被惊醒。

一开始她还不知道发生了什么，而后牢门几不可闻的响动声让她恍过神来。

有人来了！

是二爷，他来接她了。

居沐儿想开口唤，突然想到这是越狱，可别弄出什么声响来。

来人也不说话，靠了过来，极轻微地嘘了一声，示意她噤声。居沐儿点点头，向他伸出了手。他一手牵过她，一手拿了她的手杖，带着她往外走。

出了牢房门，没听到别的动静，只有狱卒打鼾声呼呼作响。

走了没几步，那人停住了。他拉着居沐儿蹲下，拉过她的手让她摸面前的一个大箱子。居沐儿摸完了，只觉身上一轻，她被抱起，被放进了那个大箱子里。

他抚了抚她的发，示意她莫怕，然后轻轻地，把箱子盖上了。

居沐儿不怕黑，她习惯了黑暗，只是狭小的空间对她来说并不舒服。她伸手摸了摸，摸到了箱顶上的几个洞，想来是留给她喘气用的。

很快，她感觉箱子被抬了起来，并飞快地往外移动。

一路上没有别的动静。没有人呼喝阻拦，也没有任何障碍，居沐儿顺利地被带到了牢狱门外。

她感觉箱子又走了许久，绕了好几个弯，最后终于停了下来。

过了好一会儿，箱子被打开了。

有人将居沐儿抱了出来，直接抱到了一辆马车上。没有人说话，居沐儿也不说话。她老老实实地坐着，没有发出声响。

然后她听到有个人坐在了她的对面，接着马车哒哒哒地飞快往前奔着。

居沐儿听着马车的动静，等着对面的那个人说话，可是他一直没吭气，居沐儿终于开口："我的手杖呢？"

那人递过来一根手杖，居沐儿接过，摸了摸，这不是她原来那根手杖。但她没说什么，只将那手杖握在了手里。

然后她再问："要带我去哪儿？"

这次她对面那人答了："去安全的地方，你莫怕。"

居沐儿听了，点点头，没再说话。

可对面那人却是忍不住了："你不惊讶？"

"惊讶的。相公没来，来的是云大人，我自然惊讶。"

惊讶可不会是她这般表情。云青贤愣了愣，而后笑了："是因为时辰的关系吗？"

居沐儿微歪了歪头，恍然道："原来如此。我正想云大人是怎么躲过相公来劫我的，原来是时辰。云大人将时辰提前了，是吗？"

"是的。"云青贤靠在车厢上，他真的喜欢与她叙话，她的聪明机智确是让人心悦，"龙二忙了一下午，打点了府衙狱卒，箱、轿、马车，以及接应人手、路线、龙府的行动等等。费了那么多工夫，花了那么多脑筋，而我只需要按照他的安排，比他提前一个时辰就能把你带走。"

居沐儿低下头，云青贤却是问："我的计策这般巧，你有什么想说的？"

居沐儿不说话。

云青贤讨了个没趣，却接着问："你既是不知道时辰，那又是如何知道不是龙二来接的？"

"相公说他来接我，就一定会亲自来的。你握着我的手时，我便知道不是他。"

"那你为何跟着走？"

"我不想死。"

来者既能躲过狱卒和其他看守进来掳人，自然是做好了准备。如果她挣扎、喊叫，只会引来伤害。

云青贤看着居沐儿的脸，又是恨又是爱，这般聪明，这般有勇气，但她不属于他。

"我想好好活着，等相公来救我。"居沐儿继续说。

"他不再是你相公了。"云青贤冷声道，"皇上口谕，剥了你的龙家籍，你已经不再是龙二夫人。从今日起，你与龙家再无关系。"

居沐儿非常惊讶："为何？"

"你身上背着灭门大案的重大嫌疑，又是龙府夫人，依理依法，刑部都该对龙府上下严查，到府中搜证。若是最后查出你便是凶嫌，龙府自然要跟着你遭殃。"

居沐儿紧紧咬住唇，这就是她害怕的事。

云青贤冷笑着又道："可皇上偏袒龙家，不但没允对龙府的搜证，还当众宣布要去除你的龙府之籍。如此一来，无论最后你是什么罪名，龙府都能从这事里脱身出来。"

居沐儿暗暗松了一口气，可云青贤仍在说："龙府本该大难临头，只因为他们所谓的三代忠良便能蒙混过去。子孙承荫，龙家人也不过如此。"

这话没甚道理，充满私愤，居沐儿完全不想理会，于是闭口不语。

云青贤似乎也觉得失言，在居沐儿面前显得没了气度，于是也不再说话。两个人就这样静默着坐了好一段路。

再行下去，也不知道要去哪里。居沐儿忍不住问了。

可云青贤只说："带你去一个安全的地方。"

"那是哪里？"

云青贤不答，却道："皇上今日震怒，勒令五日内必须将师伯音一案重审明白。原本明日一早，你便要从府衙大牢被转至刑部监牢。在那里，可就没那般舒服了。况且你有证不供，是要受刑的。如果不把你弄出来，明日起，你怕是再无好日子过了。"云青贤看了看居沐儿，"你身子不好，怕是挨不得那些苦。"

居沐儿笑笑："挨苦倒是不怕，就怕与师先生一般，在刑部大牢里被弄成哑巴，最后又被栽了罪名。我都瞎了，若是再成哑巴，便真是个废人了。我没有师先生名声大，不知道皇上会不会也想听我临终琴曲。若是那般，只怕我也只能是将师先生那些诉冤曲子再弹一遍了。"

云青贤听得她用这种语气讽刺，顿时面色如铁。他忍了半天，终是没再说话。

马车又行了许久，终于停了下来。

云青贤下了马车，转身将居沐儿揽腰抱了下来。居沐儿一惊，落地后迅速往后退了两步，拉开与他的距离。云青贤也不说话，拉过她的腕带她往前走。

走了好一会儿，他们进了一间小屋。

"这里很安全，不会有人来。"云青贤如是说，将居沐儿安顿在一把椅子上。

"你累吗？里屋有床，这里也有水，饿了可以先吃点点心。"

居沐儿摇摇头，只问："你欲将我如何处置？"

"暂时还没想好。"

这答案让居沐儿紧张，她下意识地握紧了手中的竹杖。

云青贤弯弯嘴角，又道："我费了这般工夫将你救出来，自然不是为了杀你。"

"若真心救我，就该让相公带我走。"

"他不是你相公了。而且他又能把你带到哪里去？若是你失踪，龙二定有重大嫌疑，刑部府衙全都盯紧了他，皇上也不会放过他。你定是逃脱不了，龙府还会因此而遭殃，难道你想这样？"

"既是如此，那你就该警告相公，让他莫轻举妄动。这样我逃不成，龙家自然无事。你借着他的计，提前将我劫了出来，最后追查起来，所有的线索证据都会指向相公。你这般诡计，居心不良，又怎么好意思义正词严？”

云青贤笑了：“你的脑子果然转得快，我确是这么打算的。龙二找不到你在何处，还会背上这劫囚的罪名，这回，就是皇上也保他不住。”

“所以，你必是要杀掉我了？”居沐儿道，“你不杀我，相公终有一日会找到我。那时，你的诡计就会被揭穿。这劫囚嫁祸之罪不小，再追究动机缘由，到那时，云大人你的麻烦就大了，你如何能让我活下去？”

云青贤看了居沐儿半晌：“你说得一点没错，所以我才不知如何是好。我并不想杀你，可如若你不死，对我确实是个威胁。沐儿，你这般聪明，不如替我想个办法？”

居沐儿咬紧唇，没说话。

云青贤坐在她跟前，看着她略显疲惫的脸，也不说话。

命运总是要这般对他。梦寐以求，求之不得；不得不得，摧心毁之。云青贤正看得有些愣，居沐儿突然问了一句话：“我的眼睛，是你让祁大夫弄瞎的吗？”

云青贤脸一僵，没应声。饶是他冷静心狠，可上一刻心里正在想他是如此喜欢这位女子，下一刻便被揭穿他对她做下的恶事，这确实是难堪难言。

云青贤没回话，居沐儿却是肯定了。若不是他干的，他肯定会开口辩驳。

“你原先是想杀死我的，让我像是死于久病暴毙，查无可查，对吗？”

云青贤咬咬牙：“我终究，没舍得。”

屋里一片沉静。

云青贤叹口气：“我让他停了那药，可你已经瞎了。于是我想，这样也好，你还活着，而我可以照顾你。”

居沐儿没接这话，却道：“想来云大人已经做好决定了。”

“是的。”

“云大人肯把这事告诉我，自然是留我不得。”

“你既是知道，为何要问？”她若不问，他便不会说了。

“我也想做个明白鬼。”

云青贤一叹：“其实三年前就不该留你，我一时心软，如今后患无穷。”

“大人每一步都没留下破绽，若不是尊夫人来逼婚，那我也不会嫁给相公。如若我未进龙府门，也许今时今日，也到不了这步。”

“香儿也是想让我开心，虽做得不聪明，但我不怪她。她只是个想让我多注意她、需要我照顾的可怜女人。”

“那卓以书呢？”

“以书？”云青贤问，“你知道多少？”

“她对你必是有情的。”

“我知道你是怎么想的。你必是认为她对我有情，我便利用了她，是不是？其实我没有你想得那般坏。她是我小时旧识，多年未见，她落魄潦倒，卖身青楼，我想了办法帮她。而当我遇到麻烦时，她也帮了我。”

他说到这里，停了停，然后问：“以书是如何死的？她带了帮手，还会些武艺。我一直没想通，你是如何办到的？”

“我识破了她的身份，对她有了提防。”

云青贤久久没有说话，而后再问：“你是如何认出她不是林悦瑶的？”

居沐儿摇摇头，实在没有心情与他一条条地慢慢解释，只道：“纸终究是包不住火的。西闵国琴使来访，让我有机会听到了真正的林悦瑶弹琴。”

“原来如此。”云青贤沉默了一会儿，忽然柔声道，“她要去杀你，并非我授意。我并不知道她找了那些人夜袭酒铺。”

“不是你授意又如何？你如今，不也是要杀我？”

云青贤一愣，叹了口气：“到了如今这局面，也非我所愿。”

居沐儿忍不住冷笑：“非你所愿，难不成还有人逼迫你陷害我入狱，栽赃我与师先生勾结，谋害龙家？”

云青贤道：“这事确实与我无关。不是我害你入狱，而你入狱后的种种，也非我操控。”

云青贤看居沐儿一脸不信，又道：“到了这一步，我又何必骗你。我审了那两个贼子，他们一口咬定供词，无论如何也不愿供出幕后指使之人，便是用了刑，他们仍旧守口如瓶。我怀疑是丁盛，毕竟我把他送进了大牢，他自然是要想尽办法报复。而且收买人犯给假供之事，是他常用的手段。把你牵扯进来，又翻回原来的大案，确实给我添了不少麻烦。”

居沐儿皱起眉头，觉得这说不通。

云青贤道：“我在对付他之前，已经把他可能采取的手段和用到的人与事都想了一遍，所有的事情都打点好了，这才对他下了手。他对我知之甚深，用对付你的这招来对付我不是不可能，但他如今自身难保，且人又在牢里，要操纵此事确有难度，所以，我还怀疑龙二。”

“相公？”

“我确实怀疑他。但我始终想不明白陷害你对他有什么好处，就算他不服太后的指婚想把你休了，也不必用这样的手段。要说他想对付我，用这计却是半分益处也捞不着。你若是把知道的都招了，我就能先行一步，将所有可疑之处都铲除；你若是不招，那便是现在的结果。况且，我相信，你招不招都是无用，因为你们手上一定没有确凿的证据。若真有真凭实据，你早就去朝廷告发我了不是？”

居沐儿哑口无言。

云青贤接着道：“你入了狱，龙二慌了神，至少面上是如此。而你紧张茫然，对翻案又有何好处？龙家也被拖累，施展不开手脚。算起来，这事里谁也不能受益。所以我一时也不敢肯定是谁干的。”

居沐儿咬咬牙。如今这般，是谁干的都无妨了，她若真遇害身亡，龙二一定会为她查清真相，定不会任她死后含冤的。

“云大人打算让我怎么死？”

“我不喜欢手上沾血。”

“所以会用毒吗？”居沐儿问，“就像当初毒死了史大人全家一般？”

云青贤没有说话。

居沐儿又问：“云大人身上备好了毒吗？”

云青贤没答。

居沐儿叹气：“我这问题不好。云大人自然是有备而来的。”她顿了顿，又问，“是与毒杀史大人家一样的毒吗？”

这次不待云青贤答，她自己接着说道：“我又问错了，自然是不一样的毒。云大人不会留下任何线索的。”

云青贤无话可说。

她都说对了。

他确实是有备而来，他当然是要用不一样的毒，他定不会留下蛛丝马迹让别人把他与这些案子联系在一起。他甚至已经在烦恼要该如何处理她的尸首才好。

像处理那两个逃脱的劫人山贼一样？像处理那两个假冒的捕快一样？

他觉得对她，他下不了手。但他不能冒险把这事交给别的人来做，他不能冒任何一丝风险让她的尸体被找到。没有尸首的案子便不是案子，这个道理他知道，他处理过许多次这样的事，从未出错。

这时居沐儿道：“云大人，我有一事相求。”

这回云青贤应了：“你说。”

“大人在动手之前，请先告知我一声。这样起码在那一刻发生前，我不必总是提心吊胆。”

云青贤闭了闭眼，觉得心里很是不好受。他回了一声：“好。”

居沐儿舒口气，在椅子上动了一动，似是放松了一些。

“如此我就放心了。”她笑了，看上去像是他给了她多大的好处似的。

这让云青贤心里更是苦楚。他忍不住道：“如果我带你去一个地方，有人伺候，衣食无忧，你可以弹琴，可以做你喜欢做的事，但你不能离开那里，也不会再有人认得你，这世上，不再有居沐儿此人，你可愿意？”

“大人是说，如果我乖乖听话隐姓埋名地苟活，便可以不用死了，是吗？”居沐儿笑笑，“我要说愿意，大人信吗？”

云青贤被她的笑容和语气刺了眼，他劈手拿过桌上的水壶杯子，灌了自己两杯水，这才冷静了下来。

他自然不信。所以这个念头，虽然劫狱之前在他脑海里出现了不止一次，但每次都被他否定掉了。

居沐儿不是那种任人摆布的女子，他控制不了她。当年他以为她瞎了之后便什么都做不成，会依赖他，会爱上他，但是并没有。

她不死，便是个祸害。

她甚至在明知他要杀她的情况下也没提出会守口如瓶以保命的哀求来。因为她知道，就算她说了，他也不会相信。

云青贤很烦躁，他多希望居沐儿不是这样的女子。若她不是这般聪慧，不是这般特别，不是这么琴艺出众……

她是他见过的琴弹得最好的女子。她弹琴的神态、弹琴时的欢喜，简直与他娘一模一样。

云青贤久久不说话，居沐儿却还有一肚子的问题想问。

第四十三章 龙二救贤妻

“云大人，我消失之后，师先生一案你该如何了结？”

“这个不难。上回西闵国琴使雅黎丽来访，为我们提供了一条重要线索。原先有人对师伯音堂堂琴圣，为何要夺谱杀人存了疑虑。而雅黎丽说，原来师伯音打算与她成亲。那这便说得通了。雅黎丽是西闵国的琴苑司长，对琴及琴曲要求极高，师伯音想用那绝世琴谱，献给雅黎丽做聘礼之用。史大人自是不愿割爱，所以师伯音一怒之下，便使毒杀人。至于你们这些琴师所说的刑场上诉冤，不过是他临终向雅黎丽诉情而已。”

居沐儿想了想，点点头：“这编得确实不错，还把雅黎丽大人给用上了，挡了她再诉冤的路。琴师们的嘴也能被堵上。维持了案子的原判，给刑部留了面子，皇上那里也好交代。”

“所以，只剩下龙二和龙府是个麻烦。”

居沐儿笑笑，又点点头，道：“相公会好好教训你的！”那语气像是说二爷会跟你好好聊聊一样。

云青贤冷笑：“今夜过后，龙家就要大祸临头了。劫囚抗旨，拒不交人、扰乱刑律，干涉刑案……再追究下去，龙三在江湖上沾惹的命案、龙二生意场的不干不净，以及龙大在前线也定是有不少把柄。”他顿了一顿，放轻了声音道，“你说，龙二还有闲暇工夫对付我吗？”

居沐儿用力点头：“虽然到时我是看不到了，不过相公还是会好好教训你的。”

“你倒是对他很有信心。”云青贤微眯着眼，“真想留你到那一天，让你看看龙二怎么在我手底下求饶。”

“大人若是愿意留我一命，我当然也不会反对。”

云青贤哈哈大笑：“都这会儿了，你还会说俏皮话。你是觉得时间拖得久了，龙二会来救你？”

“人总要留些希望不是？”

希望？

云青贤的笑容僵在脸上。他也曾经充满希望，就算经历了失望，他还是告诉自己会有希望。于是希望复失望，直到绝望。

“沐儿，我在你心里是不是个恶人？”

居沐儿抿紧唇不说话。

云青贤看着她，忽笑道：“其实你一定知道了不少事。你不敢说出来，不敢问我，是怕让我知道龙二都了解了什么。你怕我知道了一切，回头去对付龙二，是不是？无妨的，我不怕拖时间，龙二就算到了牢狱接不到你马上怀疑到我头上，也不会这么快找到这里来。他措手不及，而我的时间充裕。我想与你说说我的事。这是此生最后一次，我能与你这般坐着说话了，这也是此生我唯一一次与人说起这事。你愿意听吗？”

“愿意的，你慢慢说。”

说得越久越好。

居沐儿始终相信，龙二会来的。

他对她说了三次“丑时来接”，为何强调时辰？她是盲的，牢房里也不会有人报更，跟她说时辰有何用？他们明明一直担心隔墙有耳，他还说了三次。

所以，他一定会来救她的。只要她撑下去，他能找到她的。

云青贤开始说了。

云青贤是在归山县长大的，从小与母亲相依为命。

他母亲来自西闵国，因家中遭人迫害，所以他母亲就随家人跑到了归山县。又因害怕被仇家找到，所以他母亲隐姓埋名，改名云香，住在县城边上，少与人接触。

云香极爱琴，虽弹得不算太好，却日日都要弹上几曲方可。

一日，她在家附近的庙外桃林中遇到了一个男人。那男人名叫李东旺。

居沐儿点点头，跟她猜想的差不多。想来就像说书先生说的故事一般，男女相恋，然男子远走他乡求功名，之后再没有回来。

果然云青贤后面说的那段跟这类故事一样。只不过通常守在家乡苦苦等待情郎归来的女人悲悲切切，遭遇凄惨，偏云青贤的母亲不是这般。

云香生活得很充实，她把云青贤教导得很好。她每日弹琴，琴艺精进不少。她确是非常想念李东旺，而这份想念，让她写出了一首绝妙动听的琴曲。她将所有的感情都写进了曲子里，层层叠叠，绵绵不绝。

这首曲子，听过的人都夸好，就连城里最有名气的教琴先生听了都大赞绝妙，只不信是她这无名琴者所作。

云青贤极爱他的母亲。她善良、坚强、谦逊，还极有才华。她面对流言蜚语不争不辩，泰然自若，极具胸怀。

云香告诉云青贤，他的父亲是一位很了不起的男人，他重情重义，胸怀大志，自信必能为官，造福百姓。对于这位了不起的父亲为何从来没有回来过，云香告诉云青贤，要当官不容易，何况是一位来自穷乡僻壤、没钱银没家世的普通汉子，要想在京城站稳脚，更是难上加难。更何况，他还不知道有云青贤的存在。

原来李东旺与云香的婚事办得草草，根本就是私订终身。两个人在庙里拜了佛祖天地，连杯水酒都没喝上。当时两家均已没了长辈，又没钱，所以云香什么都没要求，还把自己所有的积蓄都给了李东旺，供他上京赶考。

而李东旺走后不久，云香发现自己有孕，生下了云青贤。

云青贤原叫李青贤。云香日日与他说李东旺的事，她不希望儿子对自己父亲不了解，也不希望儿子对自己父亲心生埋怨。

所以云青贤是在母亲对父亲的赞美和那首绝妙琴曲声中长大的。

云青贤十四岁那年，云香重病去世。临终时她拉着云青贤的手，让他去京城找他父亲。她说李东旺在京城一定志向难酬，很不容易。她让云青贤不要怪他，她还让云青贤转告李东旺，说她一直等他回来抬轿娶她，只是她身子不好，这个诺言是守不住了，让他千万别怪她。

云青贤伤心欲绝，他把名字从李青贤改成了云青贤，以纪念母亲。反正李这个姓，从来没人唤过。

云香有一件事说对了，就是没钱银没家世的穷小子在京城是不好混的。云青贤吃了很多苦，受了很多罪，甚至经了许多侮辱，但他都隐忍下来。他到处寻找一个叫李东旺的中年男子，可一直都没有找到。

直到有一天，他遇到了一个贵人，那人名叫史泽春。

史泽春对这个年纪轻轻就只身千里闯京城寻父的小伙子表示了极大的好感，也非常欣赏他的刻苦努力，于是给他安排了一些差事，让他有工钱可拿，不再为温饱发愁。

云青贤自幼跟着庙里的一位和尚习武，武艺了得。他为人聪慧，对事情有看法，正派而认真，很快便在办差的新人中崭露头角。

史泽春对他非常好，不但请人继续教他习武、念书，还亲自传授他官场中的进退应对之道。

云青贤十分感激史泽春，他请求史泽春帮他寻找他的生父。他拿出了母亲的遗物，那是当初为了与李东旺私订终身而做的红衣裳。布是粗布，款式也老旧，但保存得干净齐整。因为云香说过，她穿这衣裳时，李东旺夸她好看。

史泽春答应了，但寻找李东旺的事情迟迟没有结果。

云青贤当时失望迷茫之极。父亲到底去了哪里，为何连京城的高官都寻他不到？

这个时候，云青贤遇到了丁妍香。

那时丁妍香正在自家花园被个老男人欺侮。云青贤什么都没想，冲上去救了她。之后他才知道，那位官小姐的名字里有个香字，与他母亲一样。

但那时云青贤并未将丁妍香放在心上，他很快把这事忘了。当时她于他，只是生命中的一个过客而已。

之后的某天，一个偶然的机会，云青贤见到了正在泡温泉的史泽春，他肩上的麒麟胎记让他猛然间明白了所有事——为何一个高官会对一个穷小子这么好，为何他的父亲李东旺永远也找不到。

原来远在天边，近在眼前。

而最让他愤怒的是，这个史泽春早已有妻有子，娶的还是位官小姐。

在京城站稳脚跟不易，但有捷径。

那个时候云青贤经过了数年摸爬滚打，已经不再是当年青涩天真的少年了。他很冷静地向史泽春说明了一切。他说他知道他便是自己的生父。

当时的史泽春有些慌，他说他如果不重新编造一个身份就不可能走上仕途，他说如果他不娶那位妻子就不可能达成理想。他说他一直在想办法，在找合适的机会，为云香和云青贤正名，让他俩的名字进他家的籍簿。

云青贤信了。与其说是信了，不如说是他希望能够相信。

史泽春说因为云青贤的身份有些麻烦，如果突然承认云青贤是他的儿子，那他之前编造的那个身份就会被识破，仕途会大受影响，所以他希望云青贤能够多给他一些时间。

身份——那时候的云青贤自然也是知道在京城里有身份地位的重要性。于是他便想，如果他的身份能够高贵一些呢？那他是不是就能带着母亲入籍史家，圆了母亲的遗愿？

他又遇到了丁妍香。那是一个可怜的、无助的，却又有家世背景的官小姐。于是云青贤想成为她的丈夫。

他如愿了，但史泽春并没有松口。云香依旧没名没分，云青贤很愤怒。

云青贤等了又等，耐心快要用尽。这时候他遇到了一个难题，需要史泽春帮忙。

那就是卓以书。

卓以书是云青贤小时候的玩伴。

云青贤小时的日子并不好过，因为他没有父亲。在外人看来，云香是个未嫁的姑娘，这样不清不白地生了个娃娃，闲言碎语自是不少。所以年幼的云青贤没有朋友，常被欺负。但是卓以书一直护着他，像他的亲姐姐那样，陪他读书，伴他习武。她打跑那些欺负他的坏孩子，她鼓励他不要哭，要像个汉子。

卓以书甚至说过，她要等云青贤长大了，嫁给他当娘子。

可她终究没等到他成人便在家里的安排下嫁了别人，丈夫对她不错，云青贤很是替她高兴。于他而言，卓以书便是他的亲姐姐。

可没想到多年过去，物是人非，他的好姐姐居然掉进了火坑，卖身青楼。云青贤没有那么多钱银，也没有那么大的权势。更何况，那个时候他已经学聪明了，他不能给自己身上留下污点。

于是他硬着头皮去找史泽春。

很意外的是，史泽春爽快地答应了帮他这个忙。但史泽春也与他说，与青楼女子沾上关系是丑闻，他得小心处理，做些安排，而且他最近事务繁忙，认亲的事还得往后搁搁。

云青贤虽然觉得他在找借口，但以史泽春的身份，愿意帮他处理一个青楼女子的事确实是太不容易，所以他也就听从了，没再提认亲之事。

于是这事再度被拖延，一拖再拖。云青贤心里惦记着，念念不忘。

史泽春爱琴，云青贤也是。

某天云青贤忽然想到，他应该把母亲为史泽春所作的那首琴曲弹给他听，那里面有母亲的深情，有母亲想对父亲说的话，他希望这曲子能打动史泽春。

云青贤找了机会，为史泽春献上了这首曲子，效果出乎意料的好。史泽春听罢，热泪盈眶，深受感动，父子俩抱头痛哭，一起说了许多的体己话。

事情发展到这儿，云青贤又相信了父亲是真心对母亲和自己的，他仍然在等。

然而过不了多久，史泽春忽然问他那琴曲叫什么名字，有没有琴谱。云青贤直言相告，琴谱是有，是母亲细细精研撰写的，但琴曲无名，因为母亲说，要等父亲回来后一起命名。

史泽春把琴谱拿走了。

很快，云青贤听到了风声，说爱琴如痴的史尚书得了一本绝世琴谱。云青贤开玩笑似的与那说漏嘴的人打听那琴谱从何而来。那人道，史尚书说是从一不识货的小贩那儿淘来的。

云青贤强颜欢笑，心中出奇愤怒。

那是母亲满满的情意，那是她对这个负心男人的全心信任和等待，可这所有一切，却换来欺骗、敷衍和掠夺。

云青贤又去找了史泽春，问他认亲一事如何办。他对史泽春说母亲临终时还想着不能遵守承诺继续等他，想着对史泽春不住。这般深情厚谊，任谁都该受感动。无论如何，史泽春该承认母亲是他妻子。

而史泽春当时的回答是，他现在有家有口，一宅子的人，得安排、得安抚、得处置，不是一时半会能说清的，他让云青贤继续等。

云青贤微笑着离开了尚书府。他想他必须要给母亲一个交代。

他是要等，不过等的是一个惩罚这个负心男人的机会。

那男人说他有家室，有一宅子的人，他因为这个不能承认母亲。那么，这一家子的人都该死。

云青贤觉得他必须这样做。

他等到了机会。

灭门大案发生，死的又是朝廷命官，朝廷届时不可能不追查到底，所以他需要一个替死鬼。有凶手才能结案。

这时，师伯音出现了。

云青贤安排好了一切：目击者、物证、合理的动机，以及当场被捕的凶手。

一切都很顺利，只是在师伯音那处出现了一些麻烦。因为他与史泽春品酒弹琴时，史泽春说出了琴谱的秘密。他说那是一名女子为他写的曲子，绝妙的情曲，感人至深。他说是他儿子亲手交到他手上的，他说他有个儿子也在朝为官。

史泽春没有说出这人是谁，他喝醉了喜欢胡说八道，所以起初师伯音并没放在心上。师伯音关注那首好曲，却不太在意别人的家务事。直到命案发生，师伯音被当成凶手遭捕，他才把这一切联想起来，向审案的云青贤说明了一切。然后，某一天，他就再也不能说出话来。

这事情里还有一个意外，那便是皇上。

原本师伯音问斩了也就罢了，偏偏皇上这辈子没听过师伯音弹琴，他觉得亏得慌。而师伯音也是个傲骨，无知音人不弹。这是他的怪脾气，也是他孤注一掷的计划。他不服，他要申冤。

官方已无他诉冤之处，于是他寄希望于与他一般的琴师们。

他期盼真能有“知音”人。

于是便有了行刑琴会这档子事，便有了后来这所有的事。

云青贤追查琴谱，其实并不是想要那谱子。事实上，那曲子在他心里萦绕不去，他闭着眼睛都能弹。他担心的，是有人能听懂师伯音的意思，能根据琴曲的内容，知道他与史泽春的关系，进而联想到事情的真相。他放了一些假消息，比如武林秘籍等，这样能扰乱大家的关注点。

只是这事又遇上了居沐儿，她不懂武，不懂别的，只懂琴。所以她执着地相信这事跟琴谱大有关系，她坚信师伯音临终不是炫技，而是有话要说。

云青贤终于讲完了。

居沐儿听得有些打瞌睡，主要是这故事与她和龙二猜得八九不离十，而这半夜里，她真的是太累了。还有，她听得不太起劲的其中一个原因是，她对云青贤半点同情不起来。负心人是惹人怨恨，而为这屠杀别人全家，她觉得更令人齿寒。她完全没法理解云青贤怎么能以一个可怜凄惨的受害人的口吻来述说这一切。

居沐儿认为不是她没同情心，而是要对一个讲完故事就要杀她的人起同情心，实在难上加难。

此时故事讲完了，居沐儿精神一振，警惕起来。

他快要杀她了。

因为他还得赶回去伪装接到线报说囚犯逃跑了，他的时间不多了。

“我并不是你想的那么坏。”云青贤还在说，“我虽然并非因为欢喜香儿而娶她，但我一直对她不错。就算她做了些傻事，我也没有对她置之不理，我是护着她的。而以书，她不愿欠我太多，所以做了嬷嬷。而后她在楼里听到不少消息，便会主动告诉我。久而久之，我干脆让她做了探子，她干得很不错。冒充林悦瑶，是因为正好她就在林悦瑶身边，各方面条件都合适。我并没有利用她的感情。”

居沐儿没应声，只胡乱点了点头。

龙二还没有到，救兵也还没有到，一点有人来的迹象都没有。居沐儿很紧张。

这时候云青贤从怀里掏出一包药粉，放在了桌上。然后他拿了个杯子，倒了一杯水。居沐儿听得他的动静，紧张得屏住了呼吸。

忽然，她啊地惨叫一声，抱着肚子倒在了桌上。

云青贤吓了一跳，赶紧过去扶她：“你怎么了？”

他刚握住她的胳膊，她就抓住了他的手，同时右手一扬，拍在了他的脸上，手一滑，从他脸上摸到他的颈。

云青贤吃了一惊，下意识地一把将她推开。居沐儿大叫一声，摔在了地上。

云青贤感觉手上脸上颈上都有些湿意，低头一看，他手掌被染成了暗红色。他摸了摸脸，脸上也被染了这色。

这时候居沐儿从地上爬了起来，大声道：“你说劫囚重罪，人人都会怀疑是相公，没人会猜到是你。你错了！这染料半个月内无法洗褪，而我在囚牢床边墙上也抹了这染料，在你运送我的箱角也染上了，在你的马车座下也染上了。如今，你的手上脸上也有印记，你要如何解释？若你没有从囚牢劫我，为何身上会有与牢房内一样的染料？”

云青贤大吃一惊。

居沐儿继续大声道：“你以为杀了我就没事了吗？你以为一切都能销毁得干干净净？你错了！我不会让你陷害相公和龙府的！皇上限你五日内了结此案，你不可能五日内都不现身。你若现身，你手上脸上的颜色必会让人看到，你无法解释。就算我失踪了，就算找不到我的尸体，大家也会知道是你干的。你才是劫囚的真凶，这便是证据！”

云青贤面色铁青，他终于知道为何卓以书会斗不过居沐儿了，他终于知道了。

云青贤一咬牙，探掌便向居沐儿抓去。

一念之差。只因他爱过一个女人，一个与他为敌、他不得不杀的女人。

云青贤朝着居沐儿的颈间抓去，可万没料到，这时突然从屋顶梁上跃下一人。那人手持利剑，唰的一下朝云青贤刺了过来。

两人瞬间打在了一起。居沐儿开心地大叫：“相公！”

“二嫂，是我。”应声的却是龙三，“二哥他们在外头。云青贤这厮武艺不弱，怕他听得大家伙儿的动静，所以只我一人藏身屋内。”

居沐儿脸一红，为自己叫错相公感到不好意思。这时候外头已经听得屋内打斗的声响，于是都往屋子里冲。

龙二一马当先，火急火燎地奔了进来。关键时候不是他英雄救美让他觉得很没面子，所以出场气势一定要足才行。

他大叫一声：“沐儿！”

他正想冲过去抱居沐儿，却一眼看到了居沐儿两只手掌上都有暗红色的染料颜色。他一愣，正想问她的手怎么了，却见云青贤半边脸上也有这颜色。

龙二一下怒了：“他的脸摸你了？”

反正不管，肯定是云青贤先动手的。

一屋子的人被龙二弄得哭笑不得。可龙二爷已经被气得七窍生烟，当下也顾不上抱娘子了，直接往云青贤那边冲，还大声冲着龙三嚷：“闪开，让老子揍这厮！老子想揍他很久了！”

凤舞蹦跳着跑到居沐儿身边，把她扶到椅子上坐好，与她道：“二伯说话真粗鲁。”

居沐儿开心得直想哭，她以为定是逃不过去了。但是他来了，相公真的来了。

“你要不要吃？”凤舞掏出一包点心，拿出一块递到居沐儿手里。

居沐儿的眼泪硬生生收了回去，这种情况还吃点心啊。

“我怕在外面等着的时候无聊嘛，就准备了。好吃的，你尝尝。”凤舞一边吃，一边还给居沐儿讲解点评现场情况，“二伯被打了一拳，哎呀，差点又被打中，看来二伯不是云青贤的对手。”

凤舞的声音不小，龙二自然也听到了。他的武艺是不及云青贤，但这是爷们的面子问题！是面子！

何况这次为了人证物证俱在，他还特意带上了康王、吏部尚书和另外两位官员及刑部的人。

现在当着他们的面，云青贤自是知道死路一条，再诡辩不了。所以他干脆豁了出去，内心毫无顾忌，对付龙二那是拼尽了全力。

龙二落了下风，打得吃力，又听到凤舞在那儿拖后腿地吆喝着，气得他大喊一声：“老三，管管你家那个。”

凤舞凉凉地道：“先别管我，先管管二伯，打赢了回来再管我不迟。”

龙三一看形势确实不妙，不能再让龙二任性下去，赶紧上前帮手，击退云青贤。

几个护卫也一拥而上，阵前顿时没了龙二的位置。他讪讪地退下来，还抱怨那几人：“挤什么挤，眼看着我就要赢了。”

他一边嘀咕一边退回到居沐儿身边。居沐儿冲他甜甜一笑：“就算相公没打赢，我也是欢喜相公的。”

龙二轻轻地咳了两声，想抱抱她又嫌弃她手上的染料：“你这手是怎么弄的？”

“我怕在牢里有人暗杀我，而你们不知道凶手是谁，于是便让朋友弄了她家染布坊的染料给我，想着在牢里留下了颜色，然后若有人闯进牢里行凶，我就把颜料弄他身上，这样二爷看到一琢磨，便能知道凶手是谁了。没想到没人在牢里找我麻烦，却是在这里派上了用场。”

“那现在还会染衣服上吗？”

“不知道。”居沐儿摇头，伸手要抱龙二。

龙二却道：“爷这身衣裳很贵的。”

居沐儿眨眨眼：“那我穿的这身呢？”

“也是花了不少银子的。”

居沐儿很干脆地反手往自己身上擦了擦。

龙二一时噎住。

居沐儿擦完了手，也不言声，端庄地坐着。

龙二见她不高兴，叹道：“罢了罢了。你这妇人当真不讨人欢心。”话是这般说，却把居沐儿抱进了怀里。

这边两口子斗嘴，那边战局却是结束了。云青贤被押着跪在了地上。他的毒粉还摆在桌上，先不论师伯音一案，光是劫囚杀人，便够定他的罪了。

龙二看到他这副狼狈模样非常满意。他把居沐儿抱够了，放她回椅子上，随手抢了凤舞的点心袋子放到居沐儿手里："你先吃点东西，待我去教训教训那厮。"

龙二慢悠悠地走过去冲云青贤一笑，得意万分："你以为我没法对付你？你以为我们不可能找到证据？我告诉你，我的法子多着呢。弄垮丁盛不过是第一步。你以为真这么走运天助你也？那是我的作为！你们狗咬狗，无论最后是你占上风还是丁盛那老家伙占上风，我都不亏。只要你们伤了其一，我就能再诱着你们行下一步。不过你确实够狠毒，居然赢了丁盛这一局。所以你得意了吧，得意就容易忘形。一忘形，我后头的连环计中计，你压根就不可能躲得掉。"

"得意忘形这一条，二伯如今也在犯呢。"凤舞这话又被龙二听到了。他转头瞪了龙三一眼。龙三转头瞅了自家媳妇儿一眼。于是凤舞拿了块点心塞进嘴里，不说话了。

龙二这才满意了，转过头来，又对云青贤道："如今人证物证俱在，先将你押了回去，让你看看你家夫人受审。你放心，你们犯下的每一桩每一件事情全都清清楚楚，谁也逃不掉。敢欺负我家龙居氏，你也不看看她冠的夫姓，我们龙家人，岂是任人欺负的？"

云青贤皱眉，就算最后事情败露，那山匪劫人一案他也会扛下来，怎么会扯上了丁妍香？

那边康王用力咳嗽，提醒了龙二一声："二爷，籍簿司的告示都贴出来了。"

告示上写着的，正是居沐儿被剥除龙家籍一事。因为她是太后指婚，所以这离了龙家，也得籍簿司告示说明。

提起这个龙二就气极。他出钱出人出力，为朝廷肃清这些恶臣贼子，皇上居然还要趁机恶整他。皇上便罢了，他惹不起，但此时他不过是要个威风，怎么这么多扯后腿的？

龙二看了居沐儿一眼，她听到"皇榜"一词没什么反应。也许她还不知道。反正今夜里他要把她领回家的，谁要理会那什么皇榜。

龙二端正了脸色，硬邦邦地对云青贤道："你知道为何府尹大人没来捕你吗？因为他得在府衙等着。有人击鼓告状，告你家夫人云丁氏指使他人谋杀。"

有人要告状？还有热闹可看？

凤舞火速把点心袋子收拾好，招呼大家赶紧回去。

马车和马都停得老远，几个手下人奔去牵马赶车过来。龙家人站在一边，龙二开始埋怨龙三："让你看机会救下沐儿，你怎么让我们等了这许久？"

“那云青贤还没动手呢，又在说话，听听他的罪证也是好的嘛。他还讲了个故事，说得比说书先生好，我就等他讲完。”

龙二瞪他，这是来救人的还是来听说书的？

“早知道我亲自来。”

“你亲自来我们还得再费心救你，人质由一个变成两个，还是不要吧。”凤舞是绝对站在龙三这边的。

龙二继续瞪龙三：“你究竟看上你家媳妇什么？”这凤舞真是成天叽叽喳喳尽扯后腿。

龙三对着凤舞温柔一笑：“喜欢她的特别啊。就是那种特别到不会在意她容貌不会在意她性子的特别。”

龙二十分无语，居然挤对嘲笑他。

龙三夫妻对视一眼甜蜜微笑。

龙二没好气，凤舞是特别——特别能吃，特别能惹事，特别能打架，半点都比不上他的龙居氏。

龙二把居沐儿拉到身边，让龙三好好看看什么才叫“特别讨人喜欢”。

居沐儿在一旁听得他们拌嘴真是乐得不行，她问龙二：“相公是如何找到我的？”

说起这个龙二又得意了：“我当着云青贤和众位官员的面被皇上臭骂，他下旨让刑部把你从府衙大牢换到刑部大牢去，还要求他们对你用刑。于是我要劫狱这件事，理由充分，府衙大牢里云青贤安排的内应把偷听到的消息报上去，云青贤便不会怀疑有假。而云青贤自己心里亦有鬼，他不确定你究竟知道多少，他也恐怕你被动刑严审后说出什么对他不利的供词来。所以，我说丑时来劫狱，给他时间提前安排。”

居沐儿点点头。龙二接着道：“他派了人盯着我，我到处张罗打点，于是他也开始做准备，欲抢在我前头。只是他没料到，我也派了人盯着他。”

“所以我们知道他安排了此处，打算先把你劫来。为了不让他生疑，我先行一步到这里埋伏。他为人小心谨慎，自然会留心有无人跟踪尾随，但他没料到，我早了一步先到。”龙三说道。

居沐儿终于明白过来。她紧紧握着龙二的手，幸而有他。

这时马车驶到，一行人赶紧往府衙赶。

路上龙二对居沐儿那双暗红色的手很不满意，但对居沐儿的这招数很是欣赏：“果然是我龙二的夫人，与我一般聪明。”

居沐儿被他逗笑，解释道：“我那朋友，是染布坊的女儿，她就是……”

“我知道是谁。”

那人名叫柳瑜，嫁给了陈良泽。

此时，柳瑜正在府衙大堂，由铁总管带人护着，状告云府夫人丁妍香。

丁妍香自然也不是这么好摆布的，她也带着护卫。两边人马在大堂里各占一边，僵持不下。

陈良泽和其母亲，还有居老爹都来了，几个人不明所以，一脸着急。

丁妍香心里其实十分慌张，万没想到事情居然这么快就败露了。定是这柳瑜太蠢，下手时被龙家人发现了，这才被铁总管押了过来。

但看那柳瑜一派坦然，不慌不忙，丁妍香又觉得疑虑。

丁妍香抿紧唇，盯着柳瑜，打定主意什么都不说。她要等云青贤。她还惦记着云青贤，不知道他去了哪儿，不知道他是否平安。刚刚府尹邱若明说居沐儿失踪了，丁妍香打心底里期盼这个女人快点死。

柳瑜在堂上细细交代了丁妍香指使她下毒的始末，她手上有丁妍香写的信，还有丁妍香差人交给她的毒药。她当场指证丁妍香身边的丫头芷玉就是中间递信传话的人。

芷玉吓得脸都白了，被衙差拖到了衙堂中间。邱若明一拍惊堂木，芷玉不用人按，便自行跪了下来。但她看了看丁妍香，眼一闭，大声嚷道："我从未见过这位姑娘，她在撒谎。"

柳瑜便笑，她拿出一方布："大人，我在家中正为染布研调新色，不小心洒了些在地上，大人看看这位芷玉姑娘的鞋底，是否有与此布一般的颜色，便知她是否来过我家。"

芷玉和丁妍香听得此言，均是脸色一沉。

芷玉慌忙回忆当时的情景，柳瑜将她引到屋角说话，神秘紧张，她丝毫没留意到脚下。

衙差已领命过来扒芷玉的鞋子。芷玉扫了一眼自己的鞋底，再看看柳瑜呈上的那块布，顿时脸色惨白，慌忙磕头大叫："大人饶命，大人饶命。"

邱若明喝道："芷玉，你且从实招来，你是否受你家夫人之命，指使柳瑜到狱中下毒？若再撒谎，休怪本官用刑。"

芷玉不敢说，也不敢再撒谎，她哭了出来，伏地一个劲地喊："大人饶命，大人饶命。"

丁妍香看着芷玉崩溃，心跳得也快，但她一句话都没有说。

邱若明命人将芷玉拖下去打板子，这时候仵作上堂，言称已经验了柳瑜交出的药粉，与杀死马六那一伙山匪的是同一种毒。

丁妍香心里一紧。

邱若明当场呵斥："云丁氏，你可有话要说？！"

丁妍香紧咬牙关，默不作声。邱若明怒拍惊堂木，可还未开口，堂外衙役来报，说康王等人带着龙二、居沐儿和云大人回来了。

邱若明大喜，这些人回来，就意味着案件有了进展。而丁妍香也是精神一振，顿时觉得心里有了依靠。

龙二一行走了进来。大家看座的看座，讨水喝的讨水喝，认亲的认亲，热闹了一小会儿。

居老爹看到女儿平安回来，激动得过去一把抱住，呜呜地哭了起来。他年纪大了，这一天天还总是受惊吓，是他命不好还是女儿的命不好？

丁妍香看到云青贤便扑了过去，看他脸上手上染了红色，还以为是受了伤，急急忙问。夫妻二人快速低语了几句。

邱若明大声喝着，把大家的注意力转回来了。如今要审的，除了云丁氏雇凶杀人外，还有云青贤劫囚一案。

因云青贤乃朝廷命官，所以康王及其他几位大人都在场同审。几个人互相客气了一番，审案重新开始。

首先是龙二跳出来指控云青贤夫妇欲谋害居沐儿。女的雇凶杀人不成，男的便劫人害命。他把这两件事的过程细细地说了一遍，最后请求康王及众大人为民做主。

众人还未说话，云青贤却道："据云某所知，白日里皇上亲口断了居沐儿与龙府的关系，也不知二爷现在是做了状师还是怎的，能代人告状了？"

龙二最恨别人提这个，结果这小半日就被人调侃讽刺了几回。他恶狠狠地扭头瞪着云青贤，道："云大人还是担心自己吧，管别人家的事做甚？沐儿虽然暂时不是我夫人了，不过我是她未婚夫婿，关系还是有的。再者说，沐儿如今便在堂上，只是她受了惊吓，不好说话。她爹爹年纪大了，也不好说话，由我这前任夫婿兼未婚夫婿代劳，有何不妥？"

"暂时不是我夫人了"，这话说得，前任夫婿便罢了，这弄个未婚夫婿又是闹哪样？说来说去，反正他就是要占着"夫婿"二字。

只是这和离不到半日，这么快又变成未婚夫婿了，他还真是说得出口。

旁边有人偷偷喷笑。龙二很不高兴。

而居沐儿却是恍然明白了龙二为何着急第二次娶她，而且还请了太后的旨。因为所有的计划里，他必须是她的夫，他必须要有这个身份，才能正正当当地介入到每一件事里来。

所以，这意味着，她入狱一事，是她家龙二爷干的。

居沐儿这边正思量，那边邱若明拍了拍惊堂木，把气氛扳正回来。

先前丁妍香雇凶杀人一事审了一半，邱若明继续审问："云丁氏，你可认罪？"

丁妍香见得云青贤在一旁，腰板也硬了，回道："那纯是陈柳氏栽赃，我并不认得她。芷玉做了什么，我也并不知晓。笔迹可以模仿，毒药亦不是我拿出来的。大人明察，此事与我无关。"

柳瑜忙道："大人，关于与云夫人相识一事，我有人证。我们初次见面，便是在府衙大牢外早点摊子旁的大树下。早点摊的大娘可作证。而后我们去了近旁的茶水铺子聊天，那里的大叔可作证……"

她话还没说完，云青贤冷笑道："早点摊子生意兴隆，食客不断，茶水铺子里同样人来人往，只不知这位夫人如何确定你说的这些人确实见到你们了，并且没有忘？云某审案不少，见过的人证也不少，要说只一面之缘就能把人脸牢牢记住，确不容易。这位夫人在举人证时，还请慎言。"

柳瑜没被云青贤吓唬住，她笑笑："云大人说得是。正因为怕别人记不住我与尊夫人见过面，所以见面时我都找了机会让证人好好瞧瞧我们，帮我记一记。我悄悄问他们，我有眼不识泰山，方才与我说话的那位夫人，是否便是大名鼎鼎的云大人的夫人？于是原本不太留意尊夫人的人也会认真地多看她几眼，这便把我们记下了。"

云青贤眉头一皱，转头看了丁妍香一眼。他明白，这是有人给她下套了，这套下得这般深，连识人辨脸的人证都给准备了，而且用的不是收买，不是唆使，竟是再自然不过的路子。

天衣无缝。

如果连这都准备好了，他相信方才龙二说的每一条指控都不会是虚晃一枪。

丁妍香也是一脸震惊。明明就是不想惹人注意，所以才都是挑的人多眼杂的小地方小角落，而且每次会面她都是素衣素妆。之前这陈柳氏也说不会有人知道她们见过面认识的，如今却是整个翻天逆转。

柳瑜微微一笑，对丁妍香道："夫人觉得意外？其实是夫人没弄清状况，听得坊间几句谣言便信以为真。夫人以为我善妒，以为我恨沐儿？夫人行事前该认真打听打听，与沐儿青梅竹马的，不只我相公……"她顿了顿，清清楚楚地说道，"还有我。"

不但青梅竹马，还情谊深厚。

于是才会有了龙二的这一出安排。

原来龙二找上柳瑜，始于居沐儿告诉他那第三份琴谱的下落。

那琴谱，藏在了柳瑜那处。

光凭这一点，龙二就觉得这个妇人可以信任。

但龙二万事小心，还是对柳瑜做了一番调查。调查的结果令他非常满意。

低调，不引人注目，聪明伶俐，还敢担当，这是龙二相中柳瑜行事的原因。

还有一个重要的原因，也是很关键的一条，便是她的身份——陈良泽的妻子。

当年居沐儿的不识好歹无情悔婚在市井被传得沸沸扬扬。陈良泽与居沐儿青梅竹马情深一片也是众所周知。而正是这喧嚣传言与众所周知恰好淡化了一件事，或者说，容易让人忽略一件事，那便是，陈良泽最后娶的妻子柳瑜与居沐儿也是至交好友。用爷们之间的话来说，她们之间那叫铁杆交情。

可大家关注更多的是流言，是蜚语，他们并不在意这两个女人间的情谊。

于外人看来，中间卡着个陈良泽，一旧爱一新妻，两个女人间自然是无甚好话。坊间传言里也是将这两位女子放在对立面来说。

而柳瑜是染布坊的女儿，素来只在后院干活，鲜在外人面前露脸，为人低调，又因受了居沐儿的托付藏了琴谱，所以干脆渐渐在面上与居沐儿并无往来，更坐实了她与居沐儿间有嫌隙的传言。

这一点，正好能让龙二用上。

在计划展开之前，柳瑜要做的事，便是给丁妍香留下怨妇的印象。那日丁妍香上街闲逛，龙府探子报得她的行踪，柳瑜便拉着陈良泽也去了。她寻了时机，先在那茶水铺子上坐好聊天，待得丁妍香过来，柳瑜便演了一出妒妇训夫的戏。

柳瑜平日里常拿居沐儿或别的什么事向陈良泽使使小性子撒娇，摆出一副醋样，这是夫妻间的小情趣，所以陈良泽不以为然。只那次柳瑜像是真发了脾气，陈良泽丈二和尚摸不着头脑，只得追上去一个劲儿地哄。

柳瑜演了那一场，却不知效果如何。她曾向龙二建议再演一场。但龙二却说多而不益，易惹疑心，一次足矣。

龙二的判断是对的。

打那以后丁妍香再没有见过柳瑜，但她对这个女人留下了极深的印象。因为没有交集，所以她并没有将这件事放在心上。

居沐儿被捕是龙二下的很重要的一步棋。

这当中要对丁妍香做的事，就是让她知道居沐儿被捕，而云青贤为此费尽心思。当然了，光知道还不够，这里头还需要有人挑拨刺激一番。

于是苏晴上场了。苏晴跑去与丁妍珊义愤填膺地一顿好说，暗示这是云青贤做出的好事。丁妍珊原本就知道云青贤对居沐儿的情意，当初还为这个要替姐姐教训居沐儿，所以一旦得了这消息，不必别人明说，便会往云青贤是为了纠缠居沐儿这方向假想。

接着，丁妍珊去找了丁妍香。

龙二想要的效果，就是要让丁妍香从别人嘴里知道居沐儿被云青贤拘了。这个消息，由知道丁妍香心中怨忌的丁妍珊去说，当然是最好。如果丁妍珊没去也没关系，丁妍香总会听说的，只要她知道了便好。

女人的妒意就像一条河，总会朝着它既定的方向奔流。

所以只要居沐儿的名字与云青贤沾了边，丁妍香就会往坏处想，这样就够了。

只是整件事的效果比龙二一开始设想的还要好。丁妍珊也不知说了些什么，把丁妍香刺激大了。龙二派出的暗探在云府门外盯梢，看得丁妍香连夜去了刑部，接着天未亮又到了府衙大牢外守着。

这便是再好没有的偶遇机会。

接到了李柯通知的柳瑜，便与陈良泽说听说居沐儿被捕，居老爹正焦急不安。陈良泽对居老爹很是照顾，听得这话赶紧去探望，恰巧就赶上李柯要带居老爹去探监。于是陈良泽夫妇便一同前往。

在府衙大牢门外，柳瑜借故说自己不舒服，未进大门，反而朝着丁妍香的藏身处过去了。

两个怨妇相遇，一拍即合。

柳瑜要做的事有两件。一是从丁妍香那里收集些有关云青贤对这案子的消息。探听的手法当然是讨论居沐儿到底是如何迷了云青贤的心，云青贤都为她做了什么。柳瑜很会套话，因为她自己就有很多事可谈。她从小便与居沐儿和陈良泽相交，对他俩的事再清楚不过，她都不需要编谎，一件件一桩桩她数落得麻溜。

她开了口，丁妍香这个倾听者也禁不住要向她吐苦水。一来二往，怨妇的知心，就这样交上了。

柳瑜的第二个任务很重要，是找出丁妍香谋害居沐儿的把柄。具体来说，就是当初丁妍香指使山匪劫持居沐儿的证据。这事对柳瑜来说有难度，这种作奸犯科的事，丁妍香当然不会这么轻易拿出来炫耀，更不会把证据交出来。而柳瑜要让她继续信任自己，不能太明显地诱导逼迫。

最后这件事龙二帮她解决了。

龙二告诉她，别管过去丁妍香做过什么，翻陈年老底的证据太难，不如诱她现在作恶。

龙二之所以觉得丁妍香会对居沐儿出手，基于三点。

一是他觉得这个女人很蠢。要说当初向居沐儿逼婚是为了讨好云青贤而犯傻，那么之后让媒婆子上门抢亲就当真是愚不可及。不但不可能达到自己的目的，还令云青贤颜面扫地。龙二觉得要换了他，铁定会将这蠢女人丢到山里去，眼不见心不烦。而丁妍香的蠢，还表现在那个山匪劫案上。

龙二觉得那个劫案是丁妍香做的，因为劫了丁妍珊以撇清嫌疑这种事，只有蠢货才做得出来。而云青贤不是。云青贤做事，条理清楚，稳健周密。后来他发现云青贤对居沐儿真有情意，便更加肯定此事非他所为。他相信云青贤与他一般，绝不会容忍那些山匪碰居沐儿一下。再加上卓以书欲杀居沐儿时说的那些只言片语，都暗示了这个劫案是女人指使的。居沐儿一说猜疑，龙二便想到了丁妍香。

这个劫案让龙二对丁妍香有了第二个判断，那就是她不但妒，而且毒。

她想让居沐儿进云家门，绝不是纯为讨好相公这么简单，龙二敢肯定，居沐儿若真进了云家门，别说没好日子过，怕是哪天莫名地就丢了性命。而丁妍香没达到这个目的，便很快起了报复心理，为了实现报复避开嫌疑，她甚至对自己的亲妹妹下了手。这得是怎样的心肠，才能做出这样的事?

龙二对丁妍香的第三个判断便是——胆大。以上种种蠢事毒事，都得胆子够大才能干得出来。

一个既蠢又毒还胆大的恶女人，在深受刺激、条件充分的情况下，做出的事当然不会让人感到意外。

刺激有了——云青贤对居沐儿念念不忘，费尽心思。

条件也有了——居沐儿身陷牢狱，适合下手。

在如何下手这件事上，龙二也帮了丁妍香一把。

当日山匪劫案丁妍香是找了卓以书帮忙请了山匪。现在她没人帮忙，不好找江湖混混了，娘家又与她决裂，夫家的人又用不得，这时候一个怨恨居沐儿又不引人注意的妇人，是丁妍香最好的选择。柳瑜这个适时出现的帮凶，便是龙二送到丁妍香面前的机会。

整个计划里龙二唯一担心的就是丁妍香不动手，也许她被云青贤调教得乖了，也许她能把这口气咽下去。但所幸，这个妇人比龙二想象的更蠢更毒更胆大。

计划顺利得不可思议。这让龙二觉得他的才智谋略还未能完全使出来，颇为遗憾。

而另一方面，柳瑜的表现也确实超出了龙二想象的好。她不但把丁妍香骗得团团转，按龙二教的方法索取到了物证，还让陈良泽完全被蒙在鼓里，周围人都无所觉，让整件事表现得滴水不漏。所以当丁妍香在动手之前，稍稍查了柳瑜近期行踪，并没有发现不妥后，这才放心地写了信交代如何动手，把毒药交给了柳瑜。

整件事说得清楚明白。邱若明把细节一条条言明。此时丁妍香终于明白过来，但为时已晚。

当初她雇了山匪劫人，事后被云青贤知道了。那时山匪被抓，她很有可能被牵扯其中。云青贤将她痛骂一顿，但也为她收拾了残局。他下毒，毒死了那些人，还派了曾辉收拾首尾。

那时候用的便是这药。他告诉她，这毒少见，便是江湖中人知道的都不多，不易查出。云青贤有不少药品收藏，但丁妍香只识得这一种，所以这次她拿了这一种来用。

只是丁妍香不知道，这府尹邱若明怎么会拿到那药粉便能知道这和当初毒死山匪的是同一种？

龙二得意扬扬地为她解惑："你见识少，待我告诉你。百桥城里有一位神医，名叫韩笑，她对毒精通，著的解毒书作被天下医者奉为宝典。这么不巧，这个人物是我龙家好友，我请她来为沐儿瞧病。顺带手地，也请她到府衙辨了那些尸骸所中之毒。她把毒性和毒药都细细与府衙大人说了，验毒之法也悉数交代。所以现在你明白了，不但你谋害沐儿的证据确凿，便是那些山匪命案，你也是重大凶嫌。"

丁妍香面色惨白，话都说不出来。

云青贤冷眼看着龙二。韩笑的大名他当然听过，他也知道韩笑到了京城，住进了龙府，也是韩笑将居沐儿从鬼门关救了回来。他还知道韩笑与如意公主是旧识，两人还曾会面。但他却不知道韩笑到了府衙为邱若明辨毒。现在想来，当时韩笑的举止行踪，有些是张扬大方得生怕别人不知道，有些却隐秘得没留一点痕迹。

云青贤盯着龙二看，对上了龙二的双眼。这个小气贪财、自以为是的奸商，到底是从多久之前开始谋划这一切的？

衙堂里忽然之间寂静无声，没有人再说话。大家不约而同地，在等那两个对视的男人开口。

先开口的是云青贤，他慢吞吞地道："与她无关，是我做的。"

众人一愣，但马上明白过来他在说什么。

"相公！"丁妍香惊声大叫。

云青贤没看她，只对着康王和邱若明道："是我要杀居沐儿。动机很简单，人人都知道我对她有意，可她嫁给了龙二。她第一次嫁，我便找了山匪劫她。后来的种种事都是我为了掩饰这事而起。而她第二次又嫁龙二，我心中更恨，她这次坐牢，是个毒死她的好机会。只是这次我没人可用，全国更是严查要案，连山匪都不好找了，我听夫人说她结交了一位好友，是居沐儿的朋友，于是我便想利用她。但我不好出面，便威胁我夫人替我办了这事。可恰逢龙二要劫狱，我知道那毒在牢里没下成，于是我便将居沐儿劫走，想亲自毒死她。因劫狱之事由龙二打点安排，我以为居沐儿失踪了，大家便会怀疑到龙二身上，没想到最后计划失败。这便是全部的事实经过。”

云青贤平静地说完这些，丁妍香失声痛哭。

他亲口认罪。不算不见尸体寻不到踪迹的人，光是山匪的数条人命，还有无辜被劫惨死的两位村姑，再加上劫人劫囚，以及一而再再而三的意图杀人，这些加起来，云青贤定是死罪难逃。

一时间大家又沉默了，有些是在想这后续之事的麻烦，有些是吃惊云青贤居然将丁妍香的罪给顶了。

龙二忽地笑了：“云青贤啊，云青贤，这便是结果了。”

他一时找不到云青贤的痛处，便从他身边人开始挖，让丁盛对付他，让他的夫人惹麻烦。

若是丁盛赢，云青贤便死；待他夫人闯下大祸，云青贤还是死；云青贤自己不小心露出马脚破绽，还是死。

大树根深，拔扯不动，但若是把旁边的土都挖去，树自然就倒了。

现如今便是没有师伯音一案，云青贤也是气数已尽。可龙二答应过居沐儿，一定要让师伯音的冤情大白于天下。

“沐儿。”龙二唤她。

居沐儿与他心意相通，明白他要说什么。于是她上前一步，朗声道：“众位大人，民女还有一奇冤大案要报。”

云青贤的眼皮动了动，但他木着脸，没去看居沐儿。

居沐儿开始说了。

第四十四章 冤案的真相

那是一个由负心人引发的故事，那是一本琴谱留下的爱与恨。

太多的人为此蒙冤受苦。史泽春一家子百口人被毒死；师伯音被冤判有罪当众斩首；华一白莫名失足落河溺水身亡；居沐儿自己盲了双眼，惶然度日。这过程中的祈大夫及命案里的家仆证人，说是远走他乡，却都是再无踪迹，生不见人，死不见尸，无从追究。

再有那冒名顶替、谎话连篇的青楼女子卓以书，最后带匪夜袭，送了性命。

居沐儿从三年前的琴音讲起，每一桩每一件、每个疑点每条线索，从推测到证实，到最后亲耳听到云青贤的所述，细细讲来。

整件事将那些不知情的人听得是目瞪口呆。

云青贤不说话。

康王冲他大喝：“云青贤，居沐儿所说是否属实？”

云青贤面无表情地答：“但凡嫌案，皆要有真凭实据方可定论，而非仅凭推测、凭人言便可妄断。”

他扭头看了一眼龙二，便不再说话。

其实于云青贤而言，认不认这桩罪都没有差别，但他不愿让龙二得意。有本事，他们就自己举证判案，他一点都不介意给他们增加麻烦。

柳瑜与居沐儿耳语了一番，居沐儿点点头，柳瑜便从怀里摸出一本书册给她。

居沐儿摸了摸册子，感慨万千。她曾经以为，在她有生之年，这琴谱都不可能公之于世。

“诸位大人！”居沐儿往前走，龙二忙过去扶她。

居沐儿高举那本书册：“这便是民女眼盲之前默写下的琴谱。还有一本，在林悦瑶姑娘手上。她为避杀身之祸暂居西闵国，待她回来，大人们可对照两本琴谱内容，那上面确是我从前的笔迹。”

龙二也道：“梅林村有三位老者都能证实李东旺的肩上确有那麒麟胎记。归山县里最有名望的教琴先生至今还记得这首由一位普通妇人弹奏的绝世琴音。林悦瑶拜访探望，那琴师一下便听出这首曲子，他也能弹出一段。他已不记得最初弹出这首琴曲的那位妇人的样貌姓名，但这曲子他永远忘不了。他记得那妇人有位儿子，名唤青贤。因他当初不认为那妇人能写出如此妙曲，她儿子便在他琴馆闹过脾气，妇人慌忙阻止，一直唤他，青贤。”

云青贤听得这些，脑子里一下涌出往事。他眼眶发热，禁不住闭上了双眼。

青贤，青贤……他听得母亲一声声的唤。她告诉他父亲是位了不起的人物，她让他去找父亲。她让他转告父亲，她身子不好，再等不了了，她没守住待父亲回来的承诺，她说对不起父亲。

他曾经回过家乡，但是那里物是人非，以前认得的人都不在了，很多去了异乡谋生，还有些，早忘了他们母子，忘了他的母亲。就如同那个黑心肠的李东旺，如同那个虚伪的史泽春。

他们都不记得母亲了，只有他记得。只有他永远记得。

泪水终于涌出眼眶，丁妍香在一旁看着，禁不住也泪流满面。她扑过去将云青贤紧紧抱住：“相公，相公……”

云青贤将她搂在怀里，话都说不出来。他为了认父、为了抬高身份才娶的这个女人，但他发过誓一定会好好照顾她，绝不会像史泽春那混蛋这般。所以他遇到了真心欢喜的姑娘也不会将她抛弃，她捅下多大的娄子他都会替她善后。没想到，最后能陪在他身边的，也只有她。

这堂上闹成这样，话也不必审了。龙二与康王等人细细一说，他的人已暗中保护着诸位人证来京，待得他们到达，所有事情都能得到证实。

原本是还差物证，若遭强辩也难定罪。可如今众罪相加，再容易定案不过。众人心里早没了疑虑，看云青贤的反应也知这事真伪。于是折腾了一夜的众人散去，云青贤夫妇被押进刑部大牢。

居沐儿临走时，与丁妍香说了一句话：“云夫人，你怨我恨我，必是深爱云大人。但我想告诉你一件事，若不是你，这件事不会有今日的结果。”

丁妍香愣了许久，看着龙二小心地扶着居沐儿离开。

丁妍珊到牢里去探望了丁妍香。与其说是探望，不如说是去见她一面。

丁妍珊如今说不出对姐姐是如何的感觉，她觉得过去时光岁月中所留下的那个姐姐已经死了。

她来见姐姐，竟然不知道说什么好。

姐妹二人对视半晌。

原先扳倒娘家的姐姐如今囚服在身，狼狈不堪。而任性跋扈的妹妹素净沉稳，如玉如石。

过了许久，丁妍珊终于开口，她说："那日争吵，有些我想说的话没说完。"

丁妍香看着她。

"我知道是你做的。"

丁妍香一震，她知道妹妹说的是什么事。

"所以你当日还义正词严地往爹爹身上泼脏水，让我觉得很恶心。然后你告诉我的那些事，我也去问爹爹了。"

丁妍香咬紧牙。

"我还问他，知不知道你这样对我？我问他堂堂刑部尚书为何连这样简单的案子都查不出来？"

丁妍香撇过头去。

丁妍珊可不管她想不想听，继续道："爹回答我了。他查出来了，但因为是你干的，所以他什么都没做。他说，他曾经亏欠过你，所以他当这事没发生。他只敲打敲打了云青贤，让他好好管教你。"

丁妍香冷笑："多可笑啊，说得还有点亲情似的，亏欠？"

丁妍珊不理她的嘲讽，继续说："其实我还有话想问你，又觉得不必问了。我想问你，你让山匪劫我，是因为想掩人耳目让人猜想不到丁家和姐夫身上，还是因为你恨我？"

丁妍香僵住了。

丁妍珊平静地道："你说过你恨我，我想很久想不明白。难道是同为尚书千金，你经历过那些惨事而我没有，所以你想让我也试试？但后来我觉得答案不重要了。你是蠢也罢，毒也罢，你现在在牢里了。而你心爱的相公，也因为你，在牢里了。"

丁妍珊说完转身走了。而丁妍香听得她最后那句，有些愣。她呆呆地立在那处，想到了居沐儿说的——"若不是你，这件事不会有今天的结果。"

丁妍香放声尖叫，用头用力撞那牢房栅栏。

不是她，不是她，不是因为她！不是因为她！

龙二问居沐儿，为何要对丁妍香说那句话。居沐儿答："明明是心肠歹毒之人，偏偏要把自己想得悲情凄楚。我是真不欢喜，不让他们难过我心里不痛快。”

龙二哈哈大笑。这小气巴拉的做派，他真喜欢。他对居沐儿道：“你不用欢喜他们，欢喜我便好。”

居沐儿却是一笑：“我欢喜二爷也没用，我又被休了呢。”

龙二的笑顿时僵在脸上。

居老爹遇到了一个难题。按说女儿已被休离龙家，那他该把女儿接回家里住的。可是他每次去龙府领人都没领上。

龙二爷严防死守，就是不让他把人带走。

这实在是于礼不合啊。

居老爹原本也不是这么讲究，但这和离是皇上亲自说的，籍簿司那里还贴过公示皇榜。科举中第才有皇榜，而他家沐儿可算好，这种事都能惹来张皇榜。

居老爹虽然莫名地觉得人生中经历过一次上皇榜的机会也不错，可又实在觉得这事不光彩。

反正呢，居老爹得了龙二爷的保证，说他肯定会再把沐儿娶过门的，且又说了好多凄楚之言，让他不要狠心拆散他们这对苦命鸳鸯。居老爹其实也嫌接来送去的麻烦，可是皇上亲口说离，如果他不接，这算不算违抗皇命呢？这违抗了皇命，后果严重吗？

居老爹相当苦恼。

龙二也很苦恼。

龙二去见了皇上，先是就皇上强拆他们这对全天下最般配的有情人的恶劣行径进行了些许抱怨，然后他使劲拍皇上马屁，请求皇上收回成命，让他俩再结为夫妻。

皇上压根没搭理他，只埋头看棋盘。

龙二摆事实讲道理，说什么宁拆十座庙，不毁一桩婚云云。说了好半天，皇上终于抬眼看他：“你小子把朕也算计了进去，一桩冤案你不能好好跟朕说，非得把朝廷内外整得个天翻地覆？敢利用朕，没治你大罪便是大恩了。再者说，那日情形你也是见着了，云青贤要查抄你龙家虽说过了些，但那也算是有凭有据的，朕若不将你那夫人与你龙家剥清楚关系，怕是你到现在还在焦头烂额。你没谢恩便罢，还在这叽叽歪歪，想来是朕平日里对你太客气。”

“皇上想要草民谢恩，就再赏个大的吧，再给指个婚如何？”

“不如何。君无戏言，朕让你们和离，现在再指回去，朕的颜面何存？”

听那意思，这事不可能帮他办了。龙二装可怜：“皇上，你毁我姻缘。”

“朕如何毁了？朕只说剥了她的龙府籍，又没说她不得再入籍。你不是本事挺大的吗，你不是小小草民把百官都摆布得妥妥帖帖的吗？再娶就是了，难道她不愿意？她为何不愿？呵呵。”

皇上那幸灾乐祸的语气，真是把龙二噎住了。

居沐儿还真是不愿了。因为他布局良久，却什么都没告诉她，而且他还设计让她被诬告坐牢。她说他居然忍心让一个瞎子去坐牢，这心肠太狠。

她说她坐牢受了苦，还天天受惊吓，吃不好睡不香，她还为他担惊受怕，她还这样那样。总之，他在她心里的罪状一件件一桩桩，多了去了。

她是还住在龙府，是还跟他一屋一床睡，是还时不时让他得逞亲热，但她就是不松口再嫁他。

“她若不愿，那是你没本事，与朕无关。”皇上再给龙二补一刀，哼，娶不回来了吗？活该。他确实是恼了龙二，这设的局一套接一套，把他逼得不得不跟着一起演。

真是亏得没让龙二做官，这家伙要是做了官，不得把大家伙儿玩得人仰马翻？这口气皇上可是没那么痛快咽下去，所以当日顺着情势教训了龙二一把，气死他！

看皇上那小气巴拉的样！龙二心里腹诽着，但他不敢再抱怨，生怕皇上补一道口谕，不让居沐儿再入龙家籍簿。

龙二很烦，也觉得委屈。他怎么就心狠呢？让她吃苦，他比谁都心痛，但这事情必须得万无一失，他不敢让居沐儿提早知道，就是担心露馅。结果现在被她拿了把柄，日日整治他呢。

唉，一天不让这女人的名字再写到龙家籍簿上，他的心里就一天不能舒坦。

好吧，他必须再想办法。

龙二把身边的人都找了一个遍。可龙三拒绝帮他说话，凤舞压根没想过要帮他，宝儿不知道该怎么帮。龙大和安若晨远在边关。余嬷嬷和铁总管都说二夫人确实是受苦了，她高兴怎样，你就顺着她吧。

顺着她？他们怎么不来顺着他呢？

龙二心里不痛快。他左思右想，硬的不行，软的不行，他利诱还不行吗？

那日龙二听得居沐儿与凤舞聊天，两人说到梦中所求、求之不得的好物。凤舞说是江湖中的一把神器利剑，而居沐儿说的是朗音阁里的那张“龙凤合鸣”——那张她从学琴伊始便仰慕已久的绝世好琴。

龙二知道那张琴，就是价值八万八千两黄金的那张。

龙二挣扎犹豫数日，终于忍着心痛走进了朗音阁。

“掌柜的，那破琴，不，那张绝世好琴是怎么卖的？”

“不卖。”掌柜的连眼皮都没有抬。

不卖？龙二脸黑了一半：“不是八万八千两黄金吗？”这数字他记得牢牢的，再问只不过是想砍砍价而已。

“八万八千两黄金是卖给居沐儿姑娘的。”掌柜慢吞吞地道，“我这琴乃无价之宝，从未想过要卖。只居姑娘妙语妙琴，起手仙音，我输得心服口服，这才勉强开了八万八千两黄金的价，但当时龙家不要这琴，遣了我回来，我心里实在欣慰。如今再有人问，自然是不卖。”

勉强？欣慰？

一个卖琴的要不要这么嚣张？

龙二咬着牙道：“买卖人讲一个信字，既是当初说好了价，怎能出尔反尔不卖了？”

掌柜的抬头，终于正眼看向龙二：“龙二爷，我卖琴，只卖给知音人。无论是几两银的普通俗物，还是万两金的传世之宝，只有知音人才会弹。更何况那张‘龙凤合鸣’天下独一无二，非懂琴惜琴之人又如何能用得起它？金银有价，琴却无价。龙二爷，莫要用你的金子糟蹋了这琴。”

这下龙二的脸全黑了。

金子糟蹋了琴？

到底是什么糟蹋什么啊？

那块破木头，用金子换还敢说是被糟蹋？

龙二怒气冲冲拂袖而去。

果然这些迷琴的都是疯魔的。这琴掌柜简直就是被师伯音附身了，还道什么卖琴只卖给知音人，什么破规矩歪道理？

龙二积着一肚子气回了家。还未进屋，就听得居沐儿的笑声。龙二大踏步走进去，只见居沐儿靠在软榻上，一旁小竹正捧着一本书在给她念。

见得龙二进来，小竹忙起身施礼：“二爷回来了。”

居沐儿满脸笑容，站起来向龙二伸出手，被他握住了手掌，她笑道：“小竹送了我一本书。”

龙二扫眼一看，是本坊间流行的闲书，讲些野史故事、狐妖书生之类的。龙二当下更不高兴，这破书值多少钱银，小竹这个偷奸耍滑的，这般便将他家龙居氏逗得如此开心，而他想花钱银买些好的却买不到。

龙二瞪了小竹一眼，小竹莫名遭殃，不敢久留，慌忙告退。

龙二抢了那书，拉着居沐儿坐下了：“爷比小竹识字多，爷给你念，定是比她念得有趣。”

他清清嗓子，真的开始念了。

居沐儿不好扰了他的兴致，也没好告诉他他念的这篇小竹已经念过了，于是便由他去。龙二念着念着，居沐儿笑了起来，不是故事有趣，实在是她家二爷用那种板板的腔调，把个好端端的才子佳人的故事弄得苦大仇深，她真的是忍不住，太好笑了。

龙二见她笑得开心，趁机哄道："沐儿，你与我一起欢不欢喜？"

居沐儿点头，还在笑。

"那我们更欢喜一点，挑个日子成亲如何？"

居沐儿摇头。

龙二把书册一丢："你莫要拿乔，当初明明说好了，待师伯音一案解决，你便嫁我的。"

"那回的已经嫁过了。"居沐儿不慌不忙地答，"这回是因为你诬我入狱，皇上为保龙家才将我休弃的，与上回说的无关。"

龙二一噎，她道交货呢，还分上回这回？

但其实说起这事他心里是有愧疚，确是让沐儿受了许多苦楚，虽然这法子最终将让云青贤伏法，但他狠心对她也是事实。

如今报应来了。他对她心疼心痛，自然得把这口气咽了。

"那你究竟如何才能允？"

"如今这般也挺好，不着急想呢。"

报复，这绝对是在报复。龙二心里郁结，为何他偏偏就瞧上了这么一个小气巴拉的妇人？她要是有他一半的胸怀，他们俩早就能和和美美，相亲相爱的了。

不对，他们现在也是和和美美，相亲相爱的，只是缺个名分。

名分！他要名分！

龙二忍了两日，又去了朗音阁。

"掌柜的，那张琴你如何才肯卖？"

掌柜抬眼看他："龙二爷为何想买此琴？"

"既是琴中圣品，自然值得好好收藏。"龙二觉得自己的语气相当诚恳。

"不卖。"掌柜答得干脆利索。

过了一日，龙二又去了。

"我能凑齐八万八千两黄金，这世上怕是再没人能出得起这价了。掌柜的你再考虑考虑，有了这钱，你后半辈子荣华富贵，享用不尽。"

"不卖。"

五天后，龙二又去了。

"那个，掌柜的，我虽不识琴，算不得知音人，但我家沐儿却是懂琴的。你当初不也是服气她，才愿意卖给她的吗？我买琴，便是要给她的。"虽然丢脸，但为了把琴弄到手，龙二厚着脸皮说了。

“我服气她，却不服气你。”这回掌柜的终是没再说“不卖”二字，但话也相当不中听。

龙二忍着气，硬着头皮问：“那要如何才能让掌柜的服气？”

那掌柜的看着龙二，道：“龙二爷为师先生的冤案平反，这事我是听说了。就为这个，我才乐意与龙二爷说上几句。如若不然，我这小店，是不招待琴盲的。”

龙二更气了，这简直，太欺负人了。

掌柜的接着说：“龙二爷既是为师先生平了冤，那也一定知道，师先生说过，非知音人面前不弹琴。我对师先生极是仰慕，所以我的琴，非知音人不卖。二爷可知何为知音人？”

龙二咬牙不语。何为知音人他不知道，他只知道反正不会是琴盲。这掌柜的说了半天废话，是想羞辱他吗？

“当初史大人在师先生门前弹琴，终得师先生肯定。我的要求也不高，若是龙二爷也能把琴弹得令人动容，我便算服气了。”

动容？魔音入耳，让人想死算不算？

龙二不想说话了。这种时候真该请出宝儿，让她好好传授如何才能摆弄出拨弦就是弹琴的气势。

掌柜的完全无视龙二的脸色，又道：“若是龙二爷并非此琴的知音人，便不用再来了。”

龙二灰头土脸地回了龙府。

其实龙二心里明白，沐儿此生，非他不可，就如同他对她一般。他们共同经历了这许多，彼此之间不会再有嫌隙。她再嫁他也是必然，总不可能没名没分一辈子。

但龙二如今就是咽不下这口气，越得不到的越想要。他想要这张琴，他想让他的龙居氏欢喜开怀，他期待着她摸到那张琴的惊喜表情。

他就是想要那琴，非要不可。

不就是拨拨弦弹个琴吗，就像是有节奏地拨个算盘罢了，算盘他闭眼都能打得好，拨个琴算什么？连宝儿都能斗琴去，他乃龙府当家人，难道还比不上个娃娃？

龙二决定要拼上一拼。

首先，他得找个弹琴的先生。沐儿是不能找的，被她知道了他的秘密便没有惊喜了。坊间的那些琴师也是不能找的，他们那些碎嘴的，不多时全京城都知道他龙二爷在学琴，那他的面子往哪儿搁。

龙二想了半天，终是想到了一个人选——陈良泽。

自打发现陈良泽与柳瑜感情和睦，龙二心里头勉勉强强对陈良泽改观了少许。加上这人颇为老实，不张扬不碎嘴，又算是熟人，龙二觉得找他学琴应该隐秘又安全。

陈良泽一听龙二要学琴，虽然意外，但也还是认真地教了他，并守口如瓶。

可龙二稳住了陈良泽，却忘了还有一个柳瑜。他忘了柳瑜与他家沐儿那是无话不谈的闺中密友。他到陈家偷偷学琴的事，经柳瑜的嘴，传到了居沐儿的耳里。

“我从来没有见过弹琴姿势这么难看的。”这是柳瑜对龙二爷弹琴的评价。

“我也从来没有听过谁人学琴，能把每一下节律都弹不到点子上的。”这是柳瑜对龙二爷琴艺的总结。

于是这天居沐儿跟着柳瑜悄悄地去了，她站在门外，听着龙二那“惨不忍听”的琴音，湿了眼眶。

居沐儿没惊动龙二，她悄悄回了趟娘家，找了居老爹，写好了庚帖，立了份婚契，然后带回了龙家。

这日龙二学完了琴，巡完了铺子，晚上还在外头应酬了顿晚饭。夜深了，他才拖着一身疲惫回到家里。

他进得屋来，却是见居沐儿躺床上睡了。龙二有些奇怪，过去看了看她，又摸了摸她的额头，担心她是否身体不适。

龙二出了屋子，问了小竹夫人今日做了什么，听闻无甚异常，他又回了房。

这一次，他终于看到了桌上摆着的帖子。

红纸包着的封帖，喜气洋洋。

龙二心头狂跳，两个箭步冲过去，打开一看，竟是居沐儿的庚帖婚契。龙二大喜过望，扑至床上，对着居沐儿一阵狂亲。

居沐儿本就是装睡，被他这么一闹，装不下去了。

龙二主动自觉地扯开衣裳：“来来，我们要好好庆贺。”

居沐儿抚着他的脸庞笑：“都依了你了。日后别再辛苦操劳，早些回家。”

龙二没想其他，欢天喜地地应了。

这一夜龙二爷分外生龙活虎。第二日他歇了一日未出门，只与居沐儿腻在家里。居沐儿松了口气，拨算盘的手非要学琴，她心里委实心疼。如今订了婚约，让他踏实了便好。

怎知过了几日，龙二又开始了早出晚归的日子。居沐儿闹不明白，她打听了一下，那婚书龙二搁在手里，还未去籍簿司办入籍之事，可他之前左磨右求，如今婚书到手，他怎么反倒不着急了？

居沐儿问了龙二。龙二道：“待办了婚礼之后再去入籍。”

居沐儿惊得张大嘴：“办婚礼？还办？”

龙二理直气壮：“爷堂堂龙府当家人，怎么能做贼似的悄无声息地入籍了事，自然是要好好操办一番。”

居沐儿涨红了脸：“二爷，三次了呢！”

“三次怎么了？三次就不能办了？哪条律法定的，还是皇上下旨了？”

居沐儿闭了闭嘴，最终还是没忍住，道：“二爷，人家送礼的心里肯定抱怨了。”

“他抱怨他的，礼到就成。”

居沐儿终于不说话了，她能说这样她也会觉得丢脸吗？

龙二将居沐儿抱在怀里，誓言旦旦：“这第三次婚礼，定是我俩的最后一次了。我一定要将它办得无比热闹，更胜从前。”

更胜从前？这听着还真是让人心惊。

“我一定要为你挣足颜面，让你风风光光地再嫁进来。”

还挣足颜面？居沐儿欲哭无泪。早知如此，她就不该心软的，应该再拖他一拖，拖得他再没心思想什么婚礼才好。

可如今婚契在他手里，后悔已是来不及。

居沐儿越想越亏，觉得自己中计了。不然龙二怎么突然失心疯似的去学琴，还偏偏找上陈良泽？定是故意让她得到消息，被他感动。

亏了，亏了，她上当了。

那一日，龙二又去了朗音阁。

掌柜的见得他来，微微一笑。

龙二还没说话，便觉脸有些臊。他咳了几声，终是道：“我会弹琴了。”

掌柜点点头：“若是二爷有天赋，学个三年五载的，该是会有所成。”

天赋？龙二假装没听到这词。

“我等不了这许久。这琴，我要用来做聘礼的。”

“龙二爷又要成亲了？”“又要”这两个字咬得重。

龙二生气了。

“不知这回要娶哪家姑娘？”

龙二头顶冒烟，这掌柜的定是故意的。

“你说知音人便能买琴，我会琴了，算知音了吧？我出得起八万八千两黄金。沐儿喜欢这琴，你也曾愿意卖琴给她，如今我买了赠她，也不算坏了你规矩。”龙二一口气说完，盯着掌柜的看。

那掌柜的也看着龙二，两人大眼瞪小眼。过了一会儿，掌柜的道：“二爷，会弹琴了并不叫知音人。”

龙二咬牙。

掌柜又道："我当初说了，你若能弹出动人琴声，便将琴卖给你。"

龙二继续咬牙。

掌柜看着他的神情，笑道："这世上好物千千万，能做聘礼的也不止这一件。二爷何必执着？"

"可只这一件，在沐儿心中独一无二。"龙二还记得当初沐儿抱着他哭喊，说她很喜欢，这琴是世上仅有的，独一无二。

"独一无二却并非非有不可。居姑娘虽对这琴爱不释手，但未曾听说没它不行。"

确实并非没它不行，但他就是想给她买。

是他疏忽没顾及好她的安全，使得酒铺被烧，害得她从前的琴谱藏本和收藏的琴全被毁于一旦。又是他害得她尝了牢狱之苦，提心吊胆地过了这么些日子。他不懂琴，不能陪她享这琴之趣。他从前行径恶劣，捉弄她，让坊间传了她不中听的话。他害得她明明品行端庄却得三嫁，落下了不好的名声。他希望能补偿她，他希望她开心。

虽然她那么容易满足，念个小故事便能让她笑，可他还是想买这张琴。

这世上仅有的、独一无二的琴——那便是他的沐儿该有的东西。

龙二僵直地站着，不说话，却也赖着不走。他不知道该说什么，因为掌柜的这个要求他办不到。穷极一生，怕是他也弹不出什么动人的琴音来。

掌柜的见龙二就这般站了许久，忽叹口气，道："二爷可知道仙音谷？"

"知道。"仙音谷是北郊的一处山谷，谷中有一自然形成的平整高台，三面环山，面朝低谷，在那台上抚琴，整片山谷都能听到回响，故名仙音谷。那正是当初师伯音行刑的地方。

掌柜道："若二爷真有诚心，敢在仙音谷里抚上一曲，我便把这琴给你。"

龙二的脸瞬间绿了。

他再不识琴，也知道仙音谷是琴者圣地。师伯音在那里留下绝世一曲之后，那里更是成为琴者竞技之所。让他去那里抚琴，无异于当众羞辱他。

"十日后，我会广邀琴者赏琴，这张'龙凤合鸣'我也会拿去给大家开开眼界。如果二爷想要琴，便来吧。"

龙二不知道自己是怎么回到府里的。

他愁眉不展，茶饭不思，他真的很想要那张琴，他想送给他的沐儿。若是他的沐儿有了那张琴，在京城里该得多神气！

婚礼上把那琴一摆，可是都把那些富家显贵的宝贝比了下去，想想就让人欢喜。

可他真要去仙音谷自取其辱吗？

仙音谷赏琴会的事传得很快。居沐儿也收到了消息。她兴高采烈地与龙二说了这事，她说她想去看一看，听一听“龙凤和鸣”的声音。

“你没听过吗？”

“听过，但这等好琴，多听一次便是多一次福气。”居沐儿一脸向往，向龙二撒娇，“二爷，你陪我去嘛。”

“不陪。”龙二越发堵心。

“那我自己去了。”

“不许。”她要是去了，那他还怎么去？要他在他的龙居氏面前丢这个脸，他可丢不起。

居沐儿不高兴，这是多么难得的机会，为何不让去？

“反正你不许去。”龙二丢下这话，扭头走了。

第四十五章 难得有情郎

仙音谷赏琴会，这一日终于还是来了。

龙二确定了居沐儿会乖乖待在家里，这才放心地出了门。

他先去铺子里坐了会儿，犹豫挣扎了半天，最后还是独自骑马，去了仙音谷。

仙音谷这天热闹非凡，许多琴铺琴师都携琴前往，参加这赏琴大会。“龙凤和鸣”的琴音，可不是随随便便能听到的。

龙二到了那儿，看着琴师一个接一个地炫技，想着自己的目的，对比自己的琴技，觉得非常尴尬。而他两手空空，又是全城知名的琴盲，只是在人群中站着，就惹来不少目光。

朗音阁的掌柜的也看到了龙二，他笑着过来招呼：“龙二爷，弹琴吗？”

龙二咬着牙反问他：“十万两黄金，卖吗？”

那掌柜的摇摇头，走开了。

龙二又站了许久，终是忍不住走到那掌柜的身边，问他：“你一言九鼎，言而有信？”

掌柜的点点头。

“只要我上去弹了，这‘龙凤和鸣’琴便归我？”

“弹完一首完整曲子便行。”

龙二黑着脸，凶巴巴地道：“借我一张琴。”

掌柜很爽快地借给龙二一张琴——龙凤和鸣。

龙二傻乎乎地站在台上，瞪着那块烂木头看。

底下或站或坐着黑压压一片人，安静无声。

“龙凤和鸣”终于出场了，可为何是龙二爷站在台上？

龙二觉得头皮一阵发麻，他终于坐了下来。他眼睛瞪着琴看，完全不敢瞄向别的地方。他的手抚上了琴，却没有开始弹。他竟然不知道怎么开始好。他只学了两个月，虽然每日偷偷苦练，但他如今确实不知该如何是好。

咚的一声，他开始弹了。他的脑子也跟琴弦一般，嗡嗡作响。

不是说这是一张好琴吗，为何声音这般难听？

咚的一下，龙二又拨响了琴。

台下面没有声音，龙二心想大家应该都是目瞪口呆吧。龙二又拨了弦，他要弹的是《凤求凰》，他只学了这一首，可他现在不知道自己弹的是什么。

龙二想着，他这辈子最难堪最出丑的，应该便是这一回吧。他有些后悔，但已骑虎难下。他拨着弦，心一横，管他三七二十一，反正就是弹琴而已。

这全是为了那个不会讨他欢心的女人，那个狡猾的、聪明的、会撒娇、爱闹他的女人——他的龙居氏。

龙二把琴弦拨啊拨，已经不管不顾了。

他决定回去后就把那女人按在膝上狠揍一顿，她要是问为什么，他就答“爷就是想揍你”。然后他要把这琴送给她，他想看到她惊喜地笑，也许她还会欢喜得落泪，也许她会抱着他给他一个吻。

龙二不知道自己弹的是什么，他听不出来好坏，他就按着陈良泽教他的，死记硬背地弹着。

这张琴是他给那女人的聘礼，这是他们的最后一次婚礼，他发誓，他们绝不会再和离分开。他要给她一个最风光的婚礼，他要让她做最开心的新娘。

龙二的脑子里似乎塞满了东西，又似乎空空如也。他觉得他听到了琴声，却不是他的。他心里一动，抬眼一看。

是沐儿。

她还是来了。

他就知道，她从来都不会听话，“乖”这个字眼跟她一点关系都没有。她这么爱琴，怎会甘心错过这个赏琴大会？

她来了，听到了他的琴音。

可她没有笑话他，她哭了。

此刻她席地而坐，就坐在他不远处。她膝上摆着也不知打哪儿来的琴，她正在弹，一边落泪一边陪着他弹。

龙二有一瞬间的愣神，但他很快回过神来继续弹。他不能停，说好了是要弹完一整首曲子这琴才能归他，此刻若是停了，前功尽弃。

居沐儿也在弹，她跟着龙二的节奏，配合着他乱七八糟的琴音。龙二的眼眶有些热，他这个“妙手仙音”的媳妇啊，这怕是她弹得最丢人的一次琴吧。

下面的人开始窃窃私语，大家似乎在传发生了什么事。紧接着，一位琴师坐下，开始抚琴，跟着龙二的琴音，弹起了《凤求凰》。

另一位琴师也坐下了，再一位，紧接着再一位……

满谷的琴师都坐了下来，大家一起在弹《凤求凰》。

龙二的琴音早被压了下去，但他不在乎。他一边看着居沐儿一边起劲地弹着琴，这曲子弹完了，琴便是他的。

此时此刻，什么羞辱什么难堪什么尴尬统统都被抛到了九霄云外，龙二很开心，非常开心。

八万八千两呢，白得了，还是金子！

保值保价，还能哄媳妇开心！

这块烂木头，他太喜欢了！

那一日，《凤求凰》的曲音，响彻了整个仙音谷。

师伯音曾经说过，弹琴只弹给知音人听。

朗音阁的掌柜也曾经说过，好琴只卖给知音人。

什么是知音人？

龙二不懂琴，但他懂情。

自某日一个盲眼姑娘拄着杖走进他的茶铺，提了无礼要求还泼了他一身茶后，他就开始与情有缘了。

拨算盘的手，也能握紧弹琴的手。

正月十八是个好日子，但龙二爷再不愿于这日成亲了。

他选了正月十六。只因这日子比十八早了两日，他便高兴了许久。

居沐儿第三次嫁给了龙跃，成为龙二夫人。

婚礼极其盛大，那张“龙凤和鸣”被摆在了喜堂正中。

宾客络绎不绝，贺礼收到手软，龙二爷喜笑颜开。

朗音阁的掌柜的也来了。他与众宾客说，这琴，他从不想卖。当日师伯音回萧国，曾与他说，他为史大人解开琴谱后，就要回西闵国成亲去。掌柜的当时想着，要把这琴送给师先生做新婚贺礼。在他心里，唯有师先生才配得此琴。

但师先生枉死，这琴也就继续摆在了他的店里。

掌柜的说，他愿与龙二爷赌琴，是因为看出他有情。他不但有情，他还有义。他解开了师先生的冤案。

正所谓易求无价宝，难得有情郎。

琴悦耳，情悦心，缺一不可。

自那天起，从京城开始卷起以琴为礼的风潮。而男女示情，都要弹上一曲《凤求凰》。这曲子不能好好弹，要弹得别别扭扭、乱七八糟方能显出诚意。

而龙家除了居沐儿，依然是一家子琴盲，无甚改变。

但也有一桩变化。这变化是在很久很久之后。

某日龙二夫人醒来，忽对枕边的龙二爷道："相公，虽然看不清，但你比我想象的要俊些。"

龙二爷的反应是愣了好一会儿，然后突然叫道："你看见我了？"再然后，他继续叫，"龙居氏，在你心里究竟是如何糟蹋爷的相貌的？"

坊间传，龙二夫人的复明是因其侠义心肠，感动天地，是以赐下神迹。

也有人说，那是因为龙二爷痴心以待，神明垂怜，是以降下奇恩。

但无论如何，盲女三嫁，只嫁一人，这个故事流传了下去，成为一段佳话。

番外一 护卫

李柯觉得自己是一个认真负责又正经的好护卫。所以他在龙府当差的时间不算最久，却是龙二爷身边颇受器重的护卫之一。

可是作为一个受器重又认真的好护卫，李柯的烦恼还是挺多的。

比如对于主子爷合理的命令怎么办，对于不合理的命令又怎么办；比如主子爷高兴的时候怎么办，不高兴的时候又怎么办；再比如分内的差事该怎么办，不是分内的差事又该怎么办。

总之，作为一名护卫，李柯要考虑要办的事很多。

但最近让李柯最烦心的都不是这些，却是一个小姑娘。

这小姑娘是他家二爷夫人未嫁时的邻家小妹妹，情谊好得如亲姐妹一般。

这小姑娘还有另一个身份，便是他的徒弟。

这姑娘叫苏晴。

他教她武艺，而她……分文未给，还占他便宜。

占他便宜非指男女之间不合宜的举动，而是指真金白银的那种占便宜。比方说她想要把匕首防身，没钱买，便来找他；比方说她鞋破了，他看到后随口说了一句，她又装可怜让他帮着买；又比方说他若是在饭点前后于街上遇到卖花的她，她会央他为她买个烧饼果腹。

反正，她就是个占他便宜的穷丫头。

那些零零碎碎的小事，让他不好推拒，他也没想过让她还。他知道她一个小姑娘靠卖花挣不了多少，何况家里还有一个重病母亲要照顾，所以罢了罢了，他就权当做好事了。

但苏晴非说这些钱银她以后会还。他问什么时候，她答给他养老的时候。

养老？这赊账期还真是太长了些。

李柯最近烦心苏晴的事，不为别的，只为这丫头很不对劲。

李柯前阵子出了趟远门，为主子龙二爷办了趟差。这趟差去的地方比较远，走的时间比较长。临行前苏晴特意来送他，还给了他一个护身符。

李柯挺高兴，心想这徒弟还挺有心的。

可苏晴突然掉了眼泪。李柯没明白过来怎么回事，那丫头又说李家嫂子要给她说亲。李柯觉得是好事，可苏晴瞪了他，然后跑掉了。

李柯丈二和尚摸不着头脑，他想也许是因为她小小年纪却遇着说亲的，有些慌神。

身为一个认真负责又正经的护卫，李柯专心去给主子爷办差去了。

原以为回来后，他的徒弟丫头喜事定下，该开怀舒心了，可他万没想到，她不理他了。

她不再来龙府向他学武，来龙府送花和探望二夫人时也会故意避开他。这个“故意”，是别的护卫告诉他的。他不信，心道他又没得罪她，她做什么故意不理他呢，没理由嘛。

她一定是太忙了，又也许是真定了亲，觉得再跑来与他混在一起不合适了。

李柯虽这般想，但也觉得心里颇不好受。

某日，李柯在街上肚子饿，正买烧饼，转头看到了那丫头。她挽着花篮子，站在对街看着他。他正想招呼她过来一起吃，她却瞪他一眼，转身跑了。

李柯糊涂了，这丫头得了瞪人就跑的毛病吗?

之后没多久，李柯又与苏晴偶遇过一回。这回她连瞪他都不瞪了，直接装没看见，走过去了。李柯举着要打招呼的手，僵立在那儿。

李柯终于确定苏晴是故意的了。

他百思不得其解，烦心烦恼。

一日他与别的护卫聊天提到此事，那护卫道：“李哥你平素也是个机灵人，怎么这般不开窍？”

李柯奇了：“怎的不开窍？”

那护卫笑笑，拍拍他的肩走了。

李柯皱眉，心道这人话说一半真的很让人生厌。

过不多日，龙府的车夫偶遇李柯，与他道：“李爷，你的事我听说了。”

“何事？”

车夫嘿嘿笑，一脸神秘。

李柯的眉头又皱了起来。

车夫道：“李爷，按说你得二爷如此宠信，该是个明白人，怎的这般糊涂？”

宠信？

李柯的脸黑了。

“信”字可以保留，可是说二爷“宠”他，那可是天下奇冤。

而他又是什么事犯了糊涂，可否明说？

车夫又嘿嘿笑，走了。

这群混蛋崽子，着实可恶！

李柯被他们说得心里发毛，可又拉不下脸来再去问，于是憋在心里，差点憋出了内伤。思前想后，他决定还是去找找这个祸端的根源——苏晴。

苏晴每日清早天未亮时就要到山上去采花。采好的花扎好分好，哪几家送成束的，哪几家送带根茎可栽的，还有哪些可以在街上卖给姑娘们戴俏的，都得在日头上来之前全弄好。不然太阳一大，花儿便没了精神，卖不上价了。

这日苏晴早早地又去山上，却在山口那儿见到了李柯。

“怎的这般巧，在这里遇上了？”李柯上前搭话，“我刚从城外办事回来，没想到走到这儿便遇上你了。”

苏晴一愣，然后回了话：“师父装得一点都不像。”

不像？李柯呆了呆。苏晴已经迈开大步往山上去，他赶紧跟了上去。

“什么不像？”

“师父不是从城外办事回来的。这天气湿寒露重，若是师父走了夜路，衣上发上都该染上湿气，可师父干干净净的，像是从被窝里刚起来着了新衣的，哪有赶夜路的样子？再者说若是办事归程，该是骑着马一口气骑到城门进了城，可你现在倒是将马儿拴在一旁，悠闲得很。还有，若是真偶遇，该是说真巧，可师父还特意解释一下自己为何在此，有些此地无银三百两了。”

李柯头顶冒烟，这丫头是人精吗？

果然是二夫人的义妹啊，跟二夫人一个德行，贼精贼精的。

苏晴说完这些也不看他，只快步上了山，开始干活。

李柯不知道该怎么开口好，他就是想问问她最近是怎么了，是不是遇上了什么不如意，又或者是不是对他有什么误解或是不满。

好歹师徒一场，虽然不是那么正式，但他确是认真教导她武艺的，他可不想不明不白地就成了路人。

他这边还没想好怎么说，苏晴却是问了：“师父来寻我有何事？”

李柯挠头，蹲在她身边，想了想，挑了个他自认安全的问题："你上回说有人要给你提亲，事情怎么样了？"

苏晴手上一顿，转头看了看他，问："师父问这个做什么？"

做什么？李柯有些糊涂，这有什么做什么的，问问自家徒儿的婚事不是挺正常的嘛，况且又是她主动告诉他这事的，那他问问结果，有什么不对？

"这……不是你说有人帮你说亲的吗，我自然要关心关心。"

苏晴盯着李柯的脸看，盯得他心里有些发毛。她盯了许久，忽然道："师父你回去吧，你这么早过来，定是白日里二爷还有差事让你办。你回去办差吧，别耽误了。我挺好的，谢师父关心。我明白师父的意思了。"

明白什么了？李柯更不解了，他有什么意思，怎的他自己都不知道？

他想张口问问，可看苏晴已然转脸过去自顾自地采花干活，那神情忽然给了他很大压力，他有些不敢问了。

这当真是莫名其妙。

李柯傻傻地站了好一会儿，然后觉得这样站下去真不是办法，有些尴尬。反正苏晴今日又理他了，那他就先回去，改日再说？

他清了清嗓子："今日确是有差事要办的，那我先走了。你自己一人在山上干活，要当心些。"

苏晴点了点头。

李柯等了一会儿，没见苏晴回头看他，他又觉得有些尴尬了，再咳了咳，说道："那我回去了。"

"师父慢走。"苏晴依然没回头。

"你自己当心些。"

"好。"她低着头就是不回头看他。

李柯挠挠头，一步三回头地下山去了。

他并不知道，他走了之后，苏晴扭脸过来盯着他下山的方向一直看，眼睛湿湿的。

李柯忙了好几天。这几天苏晴一次都没来找他。

李柯说不清自己心里是什么感受。

一日，李柯出去办完事回来，门房小仆与他道："李爷，今天苏姑娘来了。"

"来找我吗？"李柯没来由地心里一跳。

"不是，是来找二夫人的。"

"哦。"李柯觉得心里怪怪的，难过吧说不上，可确是觉得有些不舒坦。

"她还没走，估计还在二夫人那儿。"门房小仆挤眉弄眼。李柯额角一抽，又来了，近来大家怎么都有些怪？

李柯装作没瞧见门房小仆的表情，板着脸进了大门。只是本该直接去书楼向二爷报事的，他的脚却不听使唤地向二爷的居院拐了过去。他在门口转了一圈，没遇见什么人，他咳了咳，又转了一圈。

正想着原来自己也有些怪，一抬头，看到苏晴站在面前。

李柯一愣，惊觉自己正站在二爷居院门口，而苏晴该是刚从里面走出来。李柯脸一臊，他想说“真是巧”，又怕苏晴奚落他。

但这次是真的偶遇。

他认为确是这样。

他咳了一咳，想着开场白。但在苏晴直勾勾盯着他的目光下，他竟不知该说什么好。

这时候苏晴忽然迈前两步，站到了他的面前。她说：“师父，我想问你一件事。”

“你说。”李柯松了一口气，她先开口就好了。

“你愿意娶我吗？”

轰的一下，李柯脑子里嗡嗡响。

他错了，她先开口也不是这么好的，真是吓死人。

“我……我……”他该说什么好，他能说什么？

“我是你师父。”这个回答还可以吧？

苏晴没什么表情，只问：“所以你是不愿意吗？”

李柯目瞪口呆，这丫头，学什么不好，学二夫人出奇制胜做什么？当初二夫人是跟二爷求亲来着，所以这小丫头有样学样吗？

就在李柯期期艾艾不知该怎么答的时候，苏晴却是一扭头：“这次先问这个，下次再问别的。我走了。”

她真走了。

李柯看看她的背影，又看看二爷居院大门，心怦怦乱跳。

莫不是二夫人教了这丫头什么整人的招数？可她的表情这般认真，弄得他心如鹿撞。哎呀，这真不是什么好兆头。

李柯思来想去，没想明白到底发生了什么事。最后他还是先去了书楼向二爷报事，报完了，他忽然想到，若是二夫人出的招，那问二爷定是能知道怎么解。

于是他大着胆子问了：“二爷，当初是夫人向二爷求亲的？”

“那是。”龙二对这事是得意的。

“她是如何求的？”李柯问得有些小心。

龙二白他一眼：“怎么，爷的事需得向你报？”

李柯低头，忙道“不敢”。龙二却是得意扬扬地说了：“她说她欢喜我，就是想嫁给我。”

真是豪迈啊！

李柯心里飞快地把刚才苏晴与他说亲的对话情景过了一遍，虽然没那么壮烈，但也是非常直截了当地问他是否愿意娶她。这路数，看来确是向夫人讨教过的。

李柯咬咬牙，也向龙二讨教：“二爷，你当初是如何应对的？”

“我说好，我娶你。”

龙二答得干脆，李柯心里直抽抽。

也够豪迈的。难怪般配呢。

他苦着脸告退了。愁啊愁，他总不能也对苏晴说“好，我娶你”吧。

那还是个小丫头片子啊，他们差的年岁确是有些大了。他刚才是怎么答的来着，哦，对了，他说他是她师父。

对，对，师徒岂能婚配？

但是那个丫头为何突然要这么问他？难道也跟夫人当年似的，被人欺负逼婚了？

不对不对。李柯摇头。

那丫头虽穷虽苦，却是有龙府在背后撑腰的，寻常人家不敢欺她。那她到底怎么了？而且问完也不待他好好回话就转头走了，这般不重视，又是搞的哪一出？

再有，她说下回再问别的，是要问什么？

这下回是要等到什么时候？

李柯忽然有些心焦了。

李柯再见到苏晴，是在五日后。

苏晴来找他了。

李柯觉得这等的日子有点长，且太长了些。

这次他被吊得高高的好奇心终于得到了满足，他知道了苏晴说的下次再问别的是要问什么了。

她问的是：“师父，你欢喜我吗？”

这招出的，正中心口。

李柯又傻眼了。

他张大了嘴，不知道该怎么答。

等一下，这顺序是不是有些乱了，不是应该先问这个问题，然后再问上回那个的吗？

不对不对，两个都不该问。

他们的年岁是差得太大了些。

他是她师父。

李柯觉得脸发热，但他硬撑着板着脸庞，打算好好与她讲讲道理。

“晴儿啊，你今年多大了？”

“马上就十五了。”

“那你知道我多大了？”

“二十过五了。”

“对呢，我是你师父，还比你大了这么些年岁，所以……”

可他的话还没说完，苏晴又问了：“那与你是否欢喜我有何关系？”

李柯被噎住了。

苏晴又道：“你若是讨厌我，会想着我是你徒弟，所以不能讨厌吗？”

这个问题好像……李柯当真认真思索起来。

“你若是讨厌我，会想着你年岁比我大，所以不能讨厌吗？”

好像是不会。

“为何讨厌就可以随便讨厌，欢喜却是不行呢？讨厌和欢喜，不是同样的东西吗？”苏晴振振有词，“师父你说，这是何道理？”

李柯彻底被噎住了。他是很想与她说说道理的，但她摆出的这个道理，他完全说不通。他又被她搅迷糊了。

李柯哑口无言。

苏晴看他半天说不出话来，一扭头走了：“下回再问你别的问题，我先走了。”

又等下回？还要问？

李柯有些慌了，他追了几步：“晴儿……”

有什么话一次说清楚不行吗，吊着人多难受。

可是他越唤，苏晴跑得越快，转眼竟是没了人影。

李柯呆呆地站着，好一会儿才醒悟过来，他怎么可能跑不过她，他可是会轻功的！可是现在小姑娘已经走了，他也没了办法。

李柯越想这事越有些慌，这丫头片子是认真的吗？她当真欢喜他，想嫁给他吗？

可是，他俩不行啊，不合适。

他不能把这好姑娘耽误了。他是不是应该认真严肃地与她好好谈一回，让她死了心？可若是把话说重了，会不会让她伤心？他不愿让她伤心。

李柯越想越愁，没了办法。最后他心一横，既是一时半会解决不了，那就先躲躲。

李柯向龙二请命，抢了一趟需要出远门的差。他没跟苏晴打招呼，悄悄地走了。

这趟差办了一个月。李柯在刚出门的时候便想，把这小姑娘晾一晾，等她的心气凉了，也许就不会胡思乱想了。这段日子他不在，她那什么李家还是赵家嫂子的再给她介绍些好小伙，那她就一定能把他忘了。

不，不，不用把他忘了，就是不想着与他婚配不婚配的事就好。他还是她的师父，他还会与从前一样对她好，只是他是她的师父。

他想得挺好，觉得这样当是再好不过。可是过了大半个月，他的心痒得难受。

也不知那小姑娘如今怎么样了？她知道他是出来办差的吧？她不会生他的气吧？不会再与上回似的，待他回去了便不理他了吧？

他越想越乱，竟是每天都惦记着她。

那天他在客栈里，独自喝了点酒，想起了她说的那些话。

如果是讨厌一个人，不会在乎那人的身份，也不会在乎那人的年纪，可以随便讨厌，可是为何喜欢就不行呢？

他有些薄醉，竟然觉得她说得挺有道理。

为何喜欢就不行呢？

这趟差事李柯办得有些魂不守舍。所幸差事不难，他还是稳妥地给办好了。回程路上，李柯心里又惦记起了苏晴的问题。她说下回见面再问他别的，她还有什么问题想问呢？这下次见面，又会是什么时候？

李柯说不上心里头对这下次见面是期盼多些，还是惶然多些。反正他回龙府的时候小心翼翼，总觉得会碰上苏晴。

可是没有，苏晴根本没来龙府。

李柯闻讯有些丧气，但他又安慰自己，这样也挺好，说不定正如他希望的那样，小姑娘想通了，放弃他了。

过了数日，李柯依然没见着苏晴。虽然他听说苏晴来过龙府找二夫人相叙，但他并没有遇到她。偶遇这种事，好像忽然之间就不会发生了。

日子积累久了，李柯终于忍不住了。那丫头到底想明白没有，她说想问他的别的问题，到底是什么？

李柯装模作样地去了趟东大街。

他遇见了苏晴。

苏晴看到他，冲他一笑，可是那笑并不若过去那般欢欣活泼。李柯觉得好久不见，他家徒儿瘦了，看着也憔悴了些。

苏晴走近李柯，没待李柯与她说客套话，直接问了：“师父，这么些日子未见，你想念我吗？”

这问题又把李柯打蔫了。

他的脸有些臊，心有些虚。

他那样的惦记，是她问的那种想念吗？

他又不知该如何作答了。可这次苏晴没有扭头就走，她盯着他看，等着他回话。

李柯咳了咳，再咳了咳，最后道：“你是我徒儿，我自然会挂念你过得好不好。”他说话时，小心地看着苏晴的表情。

苏晴没流露出什么明显的情绪，她没皱眉没撇嘴，没哭没闹，只是静静地看着他，听着他说话。

可她这样，竟然让李柯有了些许难过的感觉。

李柯又咳了咳，说道：“对了，上次你说那什么家的嫂子要给你说亲，怎么样了？有没有中意的小伙？”

这回苏晴没拿话堵他，她答了：“是说亲了，是离我家不远的一户人家，打铁铺的，比我大三岁。家境算不得好，但也不愁温饱，与我家倒也算门当户对。我娘年纪大了，身子也不太好，她怕她走得早，看不到我的归宿，她想我早些嫁。”

“哦。”李柯听了也不知说些什么好，想了想问，“那你是如何考虑的？”

苏晴这回没回话，倒是又看了看李柯。然后她低了头，小声道：“待下回见了面，我再问师父一个问题。”

李柯的脸绿了。又来这招？

“你有什么想问的，现在就尽管问，等下回做甚？”

苏晴摇摇头：“我想再想想，待认真想好了再问。”她顿了一顿，又道，“也许是最后一回问了，我要再好好想想。”

李柯皱起了眉头，被苏晴这话说得心里有些难过。

“最后一回”是什么意思？

“我先走了。”苏晴不理李柯，低着头转了身。

没走两步，她又转过头来：“师父，如果你不是我师父，你还会惦记我吗？”

这是把下回的问题提前问了吗？李柯张了张嘴，“会惦记”这话却怎么都说不出口。苏晴看了他片刻，转身真的走了。

李柯认真地想了想，那话他说不出口，竟然是因为他不敢。

他为何不敢？答案呼之欲出。

他越想越慌，赶紧转身，一路逃回了龙府。

李柯觉得这件事必须要快刀斩乱麻，人家小姑娘糊涂不明世事，他不能跟着一起糊涂。他并非她的良配，他必须时刻提醒自己。

可是，那个什么打铁铺的小子便好吗？打铁铺呢，赚的钱银兴许还不如他这当护卫的挣的多。

不对不对，他不该这般想。这不是钱银的问题。

人家年纪也合适，又没挂着师父的名头惹外人碎嘴，确实比他更合适。

可是他家徒儿该得配个更好的啊。要不他想想，帮她张罗个更好的去？

李柯想啊想啊，突然，他察觉了一个很重要的问题，这下回见面再问问题，实在不像苏晴办事的做派。这小姑娘他太了解了，急性子、爽快，所以这磨磨蹭蹭地吊着人，该不是她想的。

李柯琢磨半天，觉得这必是二夫人给苏晴支的招。

所以她每次问的问题才像捅刀子，都把他磨得这般揪心。

李柯决定他也要求援。能对付二夫人的，只有二爷了。

其实这种事对主子爷说起，他实在是有些不好启齿。但苏晴的幕后人是二夫人，这让李柯不得不厚着脸皮硬着头皮找了龙二。

龙二听了这事，觉得别的都没甚意思，呆头鹅对小姑娘，能有什么意思？但他对破解他家沐儿使的招数有兴趣。

“你输就输在太被动。”龙二开始指点了。

李柯点点头，很受教地认真听。他是很被动，每次都被苏晴噎得说不出话来。

“二爷，那要如何主动应对才好？”

“像我这样便好。”

李柯心中顿起不祥的预感。

龙二道：“你看，我当初就说‘好，我娶你’。立时反被动为主动，局势转为由我操控了。”

李柯的脸绿了。

主子爷，你是在耍人吗？自己明明这么忠心耿耿又正直，主子爷怎么能这般对他？！

龙二看他那脸苦相就不乐意了，横了一眼过去：“怎么，看不上爷的手段？”

李柯把想说的话都憋在肚子里：爷啊，你那哪是手段，你明明是被夫人吃得死死的。夫人让他娶，他就乐颠颠地赶紧娶了，还说什么局势为他操控？

这到底是哪门子的手段？

李柯悔啊，他错了，他不该以为二爷斗得过夫人的，他讨教错了。他还是直接找夫人求教吧！

李柯去找了居沐儿。

这个决定是他几番挣扎犹豫后做下的。他想着，就算夫人与苏晴是好姐妹，不愿为他支招，那好歹他也得问问，苏晴究竟是个什么心思。或许跟苏晴说不出口的话，能与夫人好好相议，让夫人帮忙劝一劝她。

如此这般想，李柯去了。

虽是去了，但真见着了居沐儿，李柯反倒不知该怎么述说这事。比他在龙二面前，那可真是差了不少。

好在居沐儿对这事本就明白。

“你来找我，是为了晴儿，是吗？”

“对，对。”

“她都是如何跟你说的？”居沐儿问。

李柯微皱了眉头，他知道苏晴常来找夫人叙话，他想夫人应该全都知道他们的事，甚至那般对付他应该都是夫人指点的，这会儿夫人怎么问起苏晴是怎么说的了？

李柯没马上应话，居沐儿却是明白过来，她道：“晴儿每次过来，只与我说你如何如何，她说她问你话，你总说你是她师父，又说你年岁比她大，对她总是相拒。说来说去，都不过是这些，她伤心难过，我便安慰她。我问你这话，不过是想听听由你看来，晴儿说的那些是何表示。”

李柯挠头，脸有些臊，他把晴儿的问题说了一遍，道：“夫人，晴儿年岁小，家中只有老母亲相伴，许是身边少了父兄照顾，所以属下身为师长，对她平素有些关切，让她弄混了自己的心意。她脾气倔，属下嘴又笨，不知该怎么与她说才好。夫人与她交好，不知可否帮着属下劝她一劝？”

居沐儿点点头，李柯心里一喜，正要谢过，却听居沐儿问：“李护卫年岁不小了，为何还不考虑成家一事？”

李柯一愣，答道：“这个，属下无亲无故的，不着急。”

居沐儿却是道：“我虽是眼盲，但也常听旁人说李护卫相貌堂堂……”

她这后面的话还没说完，李柯已然迅速地扭头看了一眼门口窗外。夫人夸他相貌堂堂，虽是听人说的，但也不能叫二爷听到了，不然他的日子铁定会非常难过。

“李护卫可知为何之前不少丫头姑娘向李护卫示好，后来都不了了之了？”

“啊？”李柯又要挠头了，这种事夫人都知道？

“我听丫头们说，李护卫人不错，就是太木讷了些，叙话几回，总是说不到一块去。她们觉得自己不讨李护卫欢喜，便就罢了。”

李柯脸臊得很，不知该说什么好。夫人与他说这种事真是让他有些无措。

居沐儿又道：“所以晴儿来问我时，我便与她说了。让她将心里话明白地与你说，只是她性子急，怕自己说错了话，我便教她，一次只说一点，若是没把握，把余下的留待下回再说。”

没把握的便留待下回再说？

可这个下回是不是次数有点多，吊得他心里头太难受了。

难道，这表示她没把握的次数也很多？

李柯正思量，又听得居沐儿道："她与我道每次想说的话都很多，可又不知该从何说起。我便教她，那就从她觉得最紧要的事说起。"

最紧要的事？

李柯回想着苏晴每一次与他说的话，那些都是她心里觉得最紧要的事？

愿意娶她吗？

欢喜她吗？

会想念她吗？

为何最紧要的事，一次比一次卑微？

李柯没来由地觉得好心疼，一时竟然也说不出话来。

居沐儿等了半天，等不到回音，于是问："李护卫让我劝晴儿，为何李护卫不与晴儿明说呢？旁人百般劝，不如当事人一句明白话，这道理李护卫可知晓？"

李柯张了张嘴，却辩不得这话，他明白道理，可他对着苏晴说不出狠话来。可光是说师徒关系、年岁差距，苏晴又好像听不进去。

"李护卫，不如你也如晴儿那般，认真想想自己心里最紧要的事。"

最紧要的事？

"你觉得与晴儿不般配，那么于你最紧要的是什么？"

李柯愣了愣，虽还是有些茫然，但也不知还能怎么说下去，想了又想，他施礼退下了。

他刚走到门口，居沐儿忽叫住他："李护卫，你觉得我与二爷般配吗？"

"自然是般配。"虽然说不般配一定会被二爷报复到死，但李柯说般配却不是因为这个。他确实是打心底觉得这对夫妻是再般配不过了。

"如何般配呢？"居沐儿笑笑，"我是盲眼，二十未嫁，是个老姑娘。家中并无权势，无财无貌，与二爷如何相配？"

可般配哪是看这些外在之物的，李柯张嘴想驳，没等说话，居沐儿又说了："李护卫若有话对晴儿讲，也不必着急，等想好了再说吧。"

李柯终是一句话也没说。他垂头丧气地告退，觉得与夫人讨教完了似乎这事更乱了。他闷闷地回到了寝居，闷头倒在床上。

他把所有的事想了一遍又一遍。

他想着苏晴对他说的话，想着苏晴的表情，想着她看着他的眼神，想着她的眼泪。

她年纪真小，才十五，她娘怎么就这么着急让她嫁人呢？

他是她师父，就算不是师父，他也年长她十岁，确是太大了些。

李柯把这理由又对自己强调了一遍。

他还是没想出应对的办法，他似乎连自己都要说服不通了。原想干脆去对苏晴说清楚讲明白，哪怕说得硬气些，也总比这般拖着她伤她好。可他又硬不下这个心肠。是硬不下心还是他不想，他又有些糊涂。最后他决定先把这事放一放，正如夫人所说，别着急，等想好了再说。

可没等他想好，他又遇见了苏晴。

她瘦了些，眼睛似乎也不若从前有神采。她是来找他的，但她没进龙府大门，反倒在门外徘徊，有些怯，有些小心，有些犹豫。李柯顿觉一阵心疼。

离他们上次见面，又是半月有余了吧。

他没躲她，他走到她的面前。

她这次想说什么呢？她这次觉得最紧要的话是什么呢？

苏晴看到李柯走到跟前，想冲他笑笑，可她紧张得笑不出来，她试了一次，便不再笑了。她扭着手指，咬了咬唇，说道："师父，李家嫂子又来了。她想要个准话，看那事到底能不能成。我娘答应她了。我……"

她支吾了半天，红了眼眶，忽然一笑。这次她笑出来了，显得有了些精神，她冲李柯道："我是最后一次来见师父了。我就是想问问师父，以后再见不到了，师父不会忘了我吧？"

会不会忘了她？这便是她心里觉得最紧要的事吗？

能不能娶？他没应。

欢喜她吗？他没应。

会想念她吗？他还是没应。

李柯心里说不出的难受。

如今在她心里，对他的要求已经低到只要不忘就可以了吗？

"不会忘。你是我徒弟，我这辈子只收了你这么一个徒弟，怎么会忘？"

苏晴笑了。又是徒弟，不过好歹是唯一的。

她笑着，很灿烂，冲李柯点了点头，转身走了。

这次她没有回头，也没有再说什么"下次再问你别的问题"之类的话。她就这样走了，孤单单地走出了他的视线。

李柯忽然心里一阵难过，难过得他快要喘不上气。他脑子里全是苏晴的各式表情。

她辛苦劳作，操持家里，照顾母亲，她那么孝顺。但她从来没有对他说过一句抱怨埋怨生活辛苦的话。

她侠义心肠，勇敢无畏，路见不平，她会挺身而出。

她活泼可爱，聪明伶俐，有说不完的小笑话。虽然她总是会有小把戏戏弄他，可是她对他这般好，她总能让他笑。

李柯呆呆地看着苏晴离开的那个方向。日后若再不能见……真的不能见了吗？

李柯忽然觉得一切都不是真的。

他的可爱徒儿，就这样没了？再见不到？她要嫁给别人了，嫁作人妇，再不好见旁的男子了？连师父都不行？

李柯的脑子乱了，心也乱了。什么都不对劲了。

这最后几回见面，他好像没跟苏晴说过什么话。他错了，他怎么能让他们之间最后的记忆是这个呢？

他有好多话要与她说的，他不该这样。

李柯脑子一热，迈开大步就朝着苏晴家的方向急奔。

奔到城门口，他清醒了一些。他回转身，跑到龙府，遣了两名探子去打探。他在苏晴家里和左邻右里算是熟面孔了，不好亲自去。

苏晴家里给她定了亲，他这般鲁莽地跑去，话又说不清，万一坏了她的闺誉可怎么好？

所以还是稳妥些，先遣人探明白了，而他也想明白了，再将这事做打算。

李柯用井水将自己浇了个透，心下又清明了几分。井水很凉，若他这般被苏晴看到，又要碎碎念说他不爱惜身子了。

他真是蠢货，怎么会答不了她的问题呢？

他若是不欢喜她，又怎会惦记她？又怎会为她牵肠挂肚，为她满心欢喜满心愁绪？

他明明就是欢喜她的。

去他的什么师徒，那是二爷下令让他教的，他当初又没有正式答应。她又没行过拜师礼，又没给过拜师的钱银。

对，对，就得这样想。要学二爷，要拿出二爷耍无赖的精神来。

没给过钱银的，哪能作数？要学二爷，要拿出二爷锱铢必较的做派来。

差十岁其实也不能算差太多，二爷跟夫人还差了六岁呢。对，不管它，要学二爷，拿出二爷厚脸皮的风度来。

李柯走来转去，急得搓手，这事肯定还有斡旋的余地，他不能输给那个什么打铁铺的小子。

探子很快回来了，说是探清楚了。确实今日那李家嫂子把苏晴的亲事与苏家大娘说定了，且打铁铺那边已然拿到了回信，准备后日就去苏家下礼。

后日？怎么会这么快？

李柯跳了起来。

探子说那打铁铺的小子相中苏晴好一阵子了，老早就托了李家嫂子说亲，只是苏晴年纪小，他们便等了等，礼是老早就备好的。穷苦人家没那么多讲究，有儿子的都早早准备好礼说亲用。

李柯一听坐不住了，飞奔去了龙二的寝院求见夫人。

龙二正陪着居沐儿在院子里用点心，见得李柯来，他一挑眉毛："没记错的话，你好像是我的护卫，见我夫人做甚？"

李柯苦了脸，这紧急关头，二爷还要戏弄属下。

居沐儿却是笑："李护卫想到紧要的事是什么了？"

李柯急急施礼，大声道："属下求夫人做主。"

二爷撑着下巴看李柯："做什么主？"

李柯脸臊，一时语塞。他看向居沐儿，居沐儿却是不帮他解围，反而又问："李护卫意欲何为？"

李柯脸涨得通红，他都巴巴地过来求救了，还问他意欲何为，这两个主子，真是太爱戏耍人了些。

他憋了半天，终是一咬牙："属下想娶苏晴为妻，求二爷和夫人做主。"

龙二一脸不以为然："想娶就娶啊，爷又没拦你。"

居沐儿倒是知道事由，笑道："铁匠铺是打算后日下礼吧？"

"是的，是的。"李柯连连点头。果然苏晴的事，夫人都知道。

龙二继续不以为意："下礼怕什么，他家还敢跟我龙家人抢媳妇儿？"

李柯苦着脸，二爷这话说得。居沐儿却是抿嘴笑，她家二爷这护短之症怕是又要发作了。

"我龙家人，哪怕是个小仆，都容不得旁的人欺负。李柯，是哪家要抢你媳妇儿的？"龙二劲头十足。

李柯的脸更苦了，他能说是他想抢别人家的媳妇儿吗？

居沐儿这时终是笑够了，道："李护卫，明日我们便去下礼。他们有李家嫂子保媒，我们有龙府二爷撑腰，不怕的。"

李柯望向龙二。

此刻龙二爷正为"撑腰"二字心喜，为龙家人撑腰，这事他爱干。

但是……

"这下礼的钱银要从你的月钱里扣！"

苏晴和李柯最后还是成亲了。

提亲那日，小两口离了众人，悄悄跑到了林子里单独叙话。

李柯别别扭扭地解释："那什么，其实你都没正式拜过我，不算我徒弟。"

苏晴道："这有什么紧要的？"

李柯又解释："差十岁也不算差太多，二爷比夫人还长六岁呢。"

"这我也没往心里去。"

李柯咳了咳，在她目光下红了脸。

他脸一红，苏晴脸也红，两个人都低了头。苏晴用脚尖踢着泥地，小声道：“那，你总该跟我说些什么。”

“要说什么？”李柯的声音也很小。

苏晴咬唇：“哪有上门提亲了，却什么话都没与人家说的？”

“那铁匠铺的小子说了吗？”

“他跟师父又不一样。”

这话让李柯心里一甜：“哪儿不一样？”

苏晴脸红得要滴血，盯着李柯的大红脸看，一下子又来了气。她与他说了那么些回，他一句好话没给，最后却是抢在别人前头来下礼说亲，这会儿还连个话都没有。她要是有些骨气，就不能答应嫁他。

可她不敢说赌气话，万一嫁不成他，她又得哭死。她越想越是委屈，干脆一扭头，要走了。

李柯一急，伸手握住她的手。两人都似一烫，羞意上脸，却没放开。

“我……我要娶你的，我欢喜你的，我……我是惦记着你的。”

李柯磕磕巴巴，但还是一口气说完了。

苏晴半天没动，猛地一下冲到他怀里，哇哇大哭起来。

李柯怀里一下被塞得满满的，暖意甜意也涨满心头。

他张开臂，将这小姑娘拥在了怀里。

李苏二人成亲之日，龙二问居沐儿：“你说，你做了什么？”

“我吗？”居沐儿一脸无辜，“我什么都没做呀。抢亲的是二爷，娶媳妇儿的是李护卫，我能做什么呢？”她摇摇头，“我什么都没做。”

她只不过是与人聊聊天而已。

与苏晴聊一聊，与李柯聊一聊，与李家嫂子聊一聊，这样罢了。

只是如若李柯开窍再慢一点，她还得继续聊。

聊天也是很辛苦的。

居沐儿微笑，靠在龙二的身边，听着他与他那一群护卫们喝酒。“爷是千杯不倒。”她的爷又在夸口。

居沐儿继续微笑。

番外二 山贼

那村子叫赵家村。

倒不是全村的人都姓赵，只是当初赵姓一大家子流亡来了这儿，扎了根，安了家。后来陆续来了些外姓人，这才成了村。而赵姓人管了村子，掌了事，成了村长。

以后不知有意无意，每次选出来的村长都是赵姓人。赵家村的村名也就这样传了下来。

赵文富就是这村子里其中一个赵姓人。

文富这个名字是他爹给起的，希望他既有学问又有钱。

可赵文富不喜欢他的名字。打他懂事起，就没见过哪个读书人是有钱的。有钱的只知吃喝和女人，哪里懂学问?

所以赵文富觉得他爹太不谙世事了。

赵文富还有个小名，叫山子。这小名是他娘给起的。山子同样对这个名字很不满意，因为叫山子的太多了。他觉得站在山头上大叫一声“山子他娘”，附近几个村子少说也得有十户以上人家跑出来答应。

所以这么个俗气有余霸气不足的名字，是得不到山子欢心的。

山子有自己想叫的名字，他想叫山贼。

因为小时候全村穷得揭不开锅，只有旁边黑山里的山贼能喝上酒吃上肉。他们骑着大马呼喝而过，男女老少全得让路相避。他好奇地问大人，这些人叫什么？大人说，叫山贼。

那时山子就想，叫山贼的人真是威风。

他要求改名，被他爹狠抽了一顿。

后来再长大些，山子才知道山贼不是名字，而是身份。但这也没有影响他对山贼这个名字的向往，他想当山贼。

他把这个梦想说与他爹听。他爹劈头盖脸就是几个巴掌扇过来："让你做山贼，让你做山贼……"

从此山子自称山贼。

爹都同意他当山贼了，他要好好努力。他觉得他爹揍他是为他好，因为当山贼得经得起打，他爹是打小就磨炼他。

山贼从那时候起就知道了，会打架又能经得起揍，才是好山贼。

于是山贼从小就全村里找架打，后来村子里没人与他打了，孩子们见他就跑，于是他就跑到邻村去打。终于在十里八乡全打遍了之后，他爹受不了了，把他送到了三十里外的城里，找了家武馆让他当学徒杂工去了。

这下子山贼太满意了，一来这里管饭管住，二来可以随便打架。山贼觉得他爹是真的很疼他，不但疼他，还颇有些智慧。

山贼在武馆里待到了十八岁。

他长大了，他回到了村子里。

家里只剩下他家老爹一人，山贼还算孝顺，没打算弃老爹于不顾。但他也有着自己的坚持，他决定要实现他打小的愿望——成为一名合格的山贼。

山贼是一名会武艺的山贼，不但会武艺，而且武艺还不错，不只不错，简直有点高强。他收服了一些混混和村民做小弟，然后带着弟兄们到了那黑山上，把原来的山贼都打跑了。

把人打跑的原因只有一个——山不容二贼。

只有他，赵文富，山子，才能在这八方十里占山为贼。

从此后，赵家村的山贼队伍诞生了。

可光是占山为贼是吃不饱的。于是山贼领着兄弟们开荒山。

有弟兄问了："大哥，做山贼不是要打家劫舍吗？怎么我们在种地？"

山贼把他狠抽一顿。

"你去劫一个让我们一辈子不愁吃穿的看看？别说劫了，你能在这附近找这么一户人家出来，我就服气你！"山贼摆事实讲道理，"身为一名合格的山贼，要能把事情往远处看。这眼跟前劫点小财能解决什么问题？能吃多久？定是得勤劳耕作，才能每年收成，这道理有什么不明白的？"

另一个弟兄也嘀咕："可是耕作那是村里人干的事，我们是山贼，山贼的本分就是打劫。"

山贼又给他一顿狠揍。

“谁告诉你山贼的本分是打劫的？你把他叫出来与我理论理论。”山贼继续讲道理，“什么叫村里人干的？难道你不是村里人？你当自己是城里人？城里有你的房子吗？城里有你的家人吗？你不是村里人，你从山上地里头长出来的？作为一名合格的山贼，要有自知之明，要知道自己几斤几两，别把自己不当村里人看。”

总之拳头加道理，山贼把弟兄们都教育好了。于是赵家村第一支会开荒种地的山贼队伍诞生了。

日子过得飞快，山贼二十有四了。

这年纪的村里小伙都娶了妻，可山贼没有。

他拒绝承认是他名声不好造成了这个结果，他觉得是他对媳妇儿的要求颇高。他看不上她们。他觉得身为一名合格的山贼，对美丑的辨识能力还是要有的。

山贼打小就喜欢看漂亮姑娘。

山贼小时候喜欢过村里一个叫英子的小姑娘，他觉得那真是他见过的最美的姑娘了。后来进了城里武馆，他又喜欢上了一名叫莺儿的姑娘，那姑娘有时从武馆门前走过，他可以趴在那儿看很久。那个时候他才知道，原来英子算不得漂亮，莺儿才是真的生得美。

武馆里的人告诉山贼，莺儿是花魁。山贼那时候以为这是比花还漂亮的意思，他觉得这词真不错，确是形容得当。后来他终于知道花魁是什么，可他还是认为莺儿确是他见过最美的姑娘，无论身份如何，这确是事实。

山贼觉得作为一名合格的山贼，勇于承认事实的态度一定要有。

嗯，有点扯远了。

总之山贼就是觉得村里的姑娘都不美，他不欢喜。他不欢喜，便不愿强迫自己去娶。

就这样日子一直过去。山贼曾以为他会一直这样，打打架，种种田，打打猎，拦路打打劫，回家做做饭……

可原来这些都是会改变的。

那一天，他遇到了一位姑娘。那姑娘生得极美，她还有个很好听的名字，她叫丁妍珊。

“此路是我开，此树是我栽，要想从此过，留下买路钱！”

那日太阳就要西落，吃完晚饭闲着没事的山贼与弟兄们实在无聊，便想着趁天黑前到山下大路上耍耍。

山贼嘛，也得有点山贼的样子。

喊喊号子，摆摆架势，吓唬吓唬路人。

这乐子他们不少弄。刚开始时大家哭着喊着求饶命，时间久了，发现山贼他们废物得很，是怂贼，于是骂骂咧咧几句便走了。

真正打过几架的，是附近的那些土霸王。在路上遇着了，不打白不打。山贼遇上看不顺眼的人，钱银他也是要抢的。而他最看不顺眼的，就是那种长得丑还要横的、敢骂他的、呼喝他的。这种人，他见一次打一次，见一次抢一次，不光抢钱，还抢衣服裤子，让他们光着身子开光溜。

总之这日他们下山找乐子去了。

这么巧，还真有辆马车驶过来。兄弟们心里高兴，一窝蜂地全拥了出去，各自摆好架势，凶神恶煞地叫嚷开了。

那车夫和马儿全都被吓住了。车前面还坐了个男仆模样的汉子，也吓愣了。

他们的反应让山贼相当高兴，他猛地跳了出来，站在众人前面，大声叫嚷着："把钱留下，把姑娘留下，不想把命留下的，就快滚！"

车夫和男仆终于反应了过来，他们惊慌地大叫一声，跳下马车就要跑。那车夫跑了两步又转回来，把马卸了下来，男仆也反应过来，一人一骑，骑着马跑了。

这时马车上传来女子的尖叫，一个年轻的小姑娘惊慌失措地跳了下车，跟着那男仆车夫的方向跑掉了。

他们那副狼狈的样子让山贼和弟兄们哈哈大笑，直笑得气都快喘不上来。太痛快了，好久没有看到这么好的反应了。

山贼笑得正扭腰，马车的前门忽然砰的一下被用力推开了。

怎么车上还有人？

山贼往车上看过去，僵住了。

山贼敢用他的性命担保，那是他这辈子见过的最漂亮最漂亮的姑娘了。

美艳如花。

却，冷若冰霜。

山贼一下看呆了去，愣愣地盯着那姑娘，半点移不开目光。

他看着看着，终于发现那姑娘也在盯着他看，只是那目光含恨，视若仇敌。山贼一下心虚起来，他猛地站直了，却嘶地吸了一口气……

腰，扭到了。

可是美人当前，山贼还想维持形象，他忍着痛，把腰挺直了。

那美人冷冷地盯着他看，最后目光在所有人脸上扫了一圈，吐出了两个字："劫吗？"

"劫吗"是什么意思？

山贼没反应过来，他还盯着姑娘看。可身后的弟兄们已经喊了出来："没看我们是山贼吗？自然是要劫的！把财留下，把姑娘留下，不想把命留下的，就快滚。”

喊话的人被旁边的人猛敲脑袋：“人家就是姑娘。”

“哦哦。”那人抱着脑袋喊痛，转头问山贼：“老大，那这词要不要改改？”

老大暂时哑巴中，没回话。

因为这时候美人的眉头皱了起来，似乎很不解。山贼看着，心想原来姑娘长得漂亮，连皱眉都会好看的。

老大不说话，后面的弟兄们也不说话了。

车上那美人没了马，跑不掉，坐在那儿也不说话。

局面变成一群汉子与一位姑娘大眼瞪小眼对视着僵持不下。

这时候山贼的舌头终于能动了，他说道：“你的那些仆人丫头，不忠心啊。”他完全没纠结那些仆人丫头是被他吓跑的，他就是突然想到他们就这样把美人丢下了，还把马抢走了，这让美人怎么办？他真生气。

美人听得他的话，冷冷地回道：“不忠心有不忠心的好，起码能活命。”

山贼一愣，觉得这话有几分道理，可是……

“那你怎么办？”

美人冷笑，盯着山贼的眼神像是在看傻子。

要是这表情换在别人身上，山贼肯定要生气动手了。可是这美人在冷笑，他觉得这表情也是美的。

可他身后的一个弟兄看不过眼了，猛地冲了上来，对着美人喝：“喂，休得对我大哥不敬。你给我下来。”一边喊着一边要去拉美人下车。

山贼还没来得及喝阻他，那美人却是突然发难，唰的一下掏出把匕首朝着扑过去的汉子刺过去。

那汉子吓得哇的一声大叫，脚下一顿，猛转头朝山贼身后躲：“大哥，大哥，她有刀，她有刀。”

太丢脸了。

山贼真想给这弟兄几脚。

但这女子手持匕首也让山贼吓坏了，他顾不上踢人，先安抚眼前的美人要紧：“你拿匕首的姿势不对，会伤到自己的。我们是好人，不会伤你，你把匕首收起来，小心别割了自己。”

美人没有收起匕首，她拿着匕首对着他们。

山贼又道：“我叫山贼，不，我叫山子，不对，我叫赵文富，是前头那个赵家村的人。”

美人没说话。

山贼挠挠头，想了想问：“姑娘叫什么名字？”

美人依然没说话。

山贼又道："天马上就要黑了，你孤身一人，又没有马，走下去也没有落脚的地方，这样不安全。不如你先随我回赵家村安顿，我让弟兄们去找找你的仆人丫头，安排好了再走如何？"

美人还是不说话。

山贼挠头叹气，猛地回身一脚踹在他身后那个胆小汉子的屁股上："回村子去，把丁大娘赵家婶子还有二狗媳妇儿什么的都叫来，就说这儿有位姑娘落难了，让她们过来好说个话。"重点是证明证明他是个好人，他不坏！

汉子屁颠屁颠地跑了。山贼又往后挥了挥手："你们都散了吧，没有好玩的了，别都堵在这儿吓着姑娘，都回去。"

众汉子面面相觑，然后慢吞吞地走了。

山贼等人走光了，一屁股坐在泥地上："姑娘不用慌，他们都走了。村里的大娘媳妇儿一会儿就来。"

美人呼了口气，把举着匕首的手放回身侧，但仍握着匕首。

山贼冲她笑笑，不说话，只坐着陪她。

四周很安静，天黑了下来。

月亮爬上高空，皎洁的光散了下来。

远处一群人拿着火把灯笼往这边走，叽叽喳喳，听着像是一群妇人的声音。

这时候美人说话了："丁妍珊。"

"什么？"山贼正偷偷沉醉于美色，没听清楚。

"我的名字，叫丁妍珊。"

赵家村里鲜少来外人，更别提水灵灵美当当的富贵人家的小姐了。

于是丁妍珊的出现让全村炸了锅。

孩童们奔走相告，妇人家携手相约一同来看。大老爷们不方便挤过来，也远远蹲个点好奇地张望。

丁妍珊被带回了丁大娘家里。

因丁大娘是寡妇，只与女儿相伴，家里全是女眷，留宿女客比较方便。

有村民借出了自家的马把丁妍珊的马车拉了回来。丁大娘家没有多余的被褥，有一人家就送来了被子，另一人家送来了褥子。丁大娘也张罗着给丁妍珊做点吃食。

丁妍珊有些愣，她是第一次进村子，这种留宿一个客人还得几家才能凑齐居具的事让她觉得有些稀奇。对于大家的好奇和热心，她也不太适应。

村长亲自过来，问了问情况。丁妍珊话很少，她一身贵气，一看便知是大户人家出身，且还不是一般大户。所以眼下虽是落难，但村长对她也是客客气气的。

山贼的一弟兄说了丁妍珊独自到此的缘由，被村民们一通好揍。山贼的爹听闻此事，更是拎了老粗的一根棍棒过来，对趴在门口一直偷看丁妍珊的山贼狂追猛打。

村子里一堆人嚷嚷着说话，又是叫又是闹。丁妍珊看着听着，忽觉这僻壤土乡，竟是比当初丁府那样的豪门大宅更有人气。

贵客不说话，脸色也不太好看，村长自觉无趣，但也说了些客气话，又承诺明天就派人去寻那跑掉的仆从丫头，然后在丁妍珊道谢后，告辞离去。

村民们终于都各自散了。丁大娘和丁家姑娘试着与丁妍珊话家常，道自己家也是姓丁，这赶巧碰到自家人。她们很热情，但丁妍珊没心思。没多会儿，母女俩也觉没甚意思，也就嘱咐丁妍珊早点休息，回自己屋去了。

这晚，丁妍珊躺在硬邦邦的炕床上，盖着粗布被子，怎么也睡不着。匕首就放在枕边，她伸手摸了摸。她本以为今日得死在那被劫路上，却不料走进了一个她完全没料到的境地。今后怎么办，她居然没有想法，脑子里空空的，对什么都提不起劲。

夜很深，丁妍珊觉得很累，但睁着眼就是睡不着。她能听到周围的各种动静，外头不知是什么虫子的叫声，屋后不远似乎有条河，有水流的声响，还有蛙叫狗吠，一点都不安静。也不知从什么时候起，隔着面土墙，她听到了丁大娘的打鼾声。那声音很吵很有节奏，丁妍珊听着听着，居然慢慢地睡着了。

第二天，丁妍珊被一阵喧闹声吵醒。

似乎有孩子在屋后头的河里嬉闹。

丁妍珊清醒过来，很快意识到自己身在何处。她起身，梳了头，换了衣服，出得门来，丁大娘母女招呼她洗漱吃早饭。两人似乎都不介意丁妍珊的冷淡，倒是丁妍珊自己经过一夜的冷静，觉得不好意思起来。

吃过早饭，村长带着人来了，后头还跟着山贼与他爹。村长说已安排人去寻她的丫头仆人，问丁妍珊还有什么亲人在附近的，他们可以去帮她找来。

丁妍珊摇头。

村长又问她是否还有什么安排打算，他们可以帮忙。

丁妍珊又摇头。

村长讨了个没趣，脸色有些不好看。这富人家的小姐就是不讨喜，半点礼数不懂，连句感激的软话都没有。

山贼在一旁叫道："姑娘别着急，且在我们这儿安心住下。你的丫头仆人，定是能找回来的。实在不行，我也可以送你回去……"

山贼话未说完，又被赵老爹一通揍："你还敢说，就是你闯的祸。"

山贼抱头乱窜："我怎么知道她那些下人这么不经吓，我们场子还没完全摆开，他们就跑了。一般人都会对骂几句，要不就亮亮家伙对峙一下，等我们把词念完了，自然就会散了嘛。谁晓得他们跑这么快，还贼精贼精的，把马骑跑了。”

父子俩你追我跑，大家习以为常，见惯不怪，只有丁妍珊好奇地看着。山贼蹦跳中偷眼看了看她，却正好对上她的目光。他没来由地脸一热，忽觉得这般被老爹揍的狼狈样很是没面子，于是一扭头，跑了出去。

丁妍珊就这样暂时在赵家村住了下来。

其实她自己倒不在乎那几个仆人丫头，他们跟她的时间不长，走便走了，各人有各人的活路，她是无所谓。她也可以跟村里买下一匹马自己走，到了下一座城，再雇车夫丫头都不是难事。

但她不想走了，她累了。反正她也不知道要去哪里。

这村里的人对她不错，她能看得出来他们都是淳朴厚道的老实人家。虽然这地方穷点破点，但她懒得再走了。

她给了丁大娘一小块碎银和一支玉簪作为住宿的报酬和答谢。其实她身上有钱银，但她留了个心眼。所谓财不外露，她孤身一人宿在完全陌生的村落，这防人之心还是要有的。要是她拿了元宝出来，惹了村民觊觎就不好了。

金银首饰都招眼，玉的东西却是不好猜价，所以她拿了一小块碎银，又拿了玉簪。这让丁大娘觉得她身上没钱，还把大娘心疼得，推拒半天，最后只收下发簪，让丁妍珊留了那碎银日后在路上傍身。

丁妍珊笑笑，把碎银收了回来。其实那发簪的价值远超百两银，可大娘不识货，很随便地把发簪给女儿丁满妹戴上了。

很快村子里便传开了，那位落难千金身上无财，只得靠发簪来付留宿报酬。

可这位千金究竟是个什么来头，大家都说不清。毕竟她的言谈举止、举手投足，那可不是一般的贵气。众人胡乱猜测，议得津津有味。

山贼对丁妍珊的身份和钱银不感兴趣。他只对她这人感兴趣。

自见了丁妍珊，山贼心目中对美人的认识又更进了一步，从前那什么英子莺儿的原来都算不得美的，这丁家千金才是真美。

山贼爱美色，总跑去看丁妍珊。哎呀呀，那真是越看越入眼，美得让人心痒痒的。

但丁妍珊明显不爱搭理他，正眼都不给他一个。这让山贼很是堵心。

那日山贼陪着村里孩子在河里摸鱼，两条毛茸茸的粗腿露着。丁妍珊远远地走来，山贼兴高采烈地挥手招呼她来玩，丁妍珊应都不应，扭头走了。

山贼看着她的背影一阵落寞。

又一日，山贼帮着村里老人砍柴，洒汗如雨热火朝天，还露着半身腱子肉，见得丁妍珊与丁大娘路过，山贼露着大笑脸热情招呼，丁妍珊却是一扭脸，拐别处走去了。

山贼看着她的背影一阵心酸。

如此数次，山贼待不住了。他觉得很有必要扭转自己在丁妍珊心中的形象。他那日确是打劫她了，确是吓跑了她的丫头仆人，累得她如今孤身一人，被困在山野小村，但他不是故意的。

不是故意的意思，就是无心的，无心的便是没打算伤害她，没想到会有这样的结果。所以她如此斤斤计较，将他视若仇敌，那真是太不应该。

山贼决定要去与她讲讲道理。

丁妍珊正坐在丁大娘家门前乘凉。

“哎呀，今天天气真不错。”山贼蹭了过去，装模作样。

丁妍珊转头看了一眼，见是他来，又把头扭了回去，没说话。

“丁大娘家的鸡都长这么肥了？”山贼又没事找事地说。

丁妍珊还是不说话。

“也不知明日里会不会有雨呢？”

这次丁妍珊干脆站了起来准备进屋。

“哎哎……”山贼急了，大声道，“姑娘，你为何如此厌恶我？”

这话问得真直白。丁妍珊一愣，慢吞吞地转过身来，看着山贼。

山贼挺了挺胸，努力端正姿势，摆出一副好人样来。

“虽然姑娘流落至此是被我所累，可我每日都有出去帮姑娘打听找人，也是我叫人接了姑娘来村里安顿。这般算起来，功过相抵，也不能算我有错。这道理姑娘可明白？”

道理？丁妍珊有些想笑。先不管这理歪不歪，他跑来与她讲道理，这事才真是奇了。

山贼看她的表情，皱了皱眉，捏了捏大掌，忍着握拳的冲动。平素他讲道理都是配拳头一起用的，现在不好用拳头，他真是不习惯。

“姑娘远来是客，我是村里人，自然算是主人家。客人对主人家留几分客气，也算是道理，对不对？可姑娘总不给个好脸色，这便不在理了，对不对？”

“对。”丁妍珊点头，“可我也有一个理。”

“你说。”山贼有些高兴，这村里愿意与他好好讲理的人不多。大家都爱吵吵嚷嚷着动拳头，果然还是城里人斯文。

山贼咧嘴笑，等着丁妍珊的话。

丁妍珊没甚表情，只道：“对人生厌，哪用得着道理。你说对不对？”

山贼一愣，张大了嘴，很想点头，可又不愿点头。

这话确是有几分道理的，可一句话把他前面的话全否了，把他后面的话也都堵死了，那他还能怎么说？

丁妍珊进屋去了。

山贼挠头，城里来的姑娘就是厉害，他居然辩不过她。

可他不甘心。

第二日，他又去找了丁妍珊。

“姑娘，你说的话我仔细想过了。虽然你说得不算有错，可既然我是令你生厌的那个人，姑娘自然得说出个让我服气的理由来。昨日那话我不能服气。”

丁妍珊皱眉：“你不服气与我何干？”

一句话又让山贼哑口无言。

第三日，山贼又去找丁妍珊。

“姑娘，你那话我想过了。我不服气自然就堵心，我堵心自然就会找姑娘，我来找姑娘，自然就干姑娘的事了。”

丁妍珊看着他，山贼下意识地又挺了挺胸膛。

“你叫山贼是吗？”

“大名赵文富。”

丁妍珊点点头，道：“从前我家有位账房先生便叫赵文富，他在账本上动了手脚，污了钱银，后被我爹打出去了。”

山贼愣了一愣，居然这般巧。他忙道：“我小名叫山子，我爹就一直唤我山子的。”

丁妍珊又点点头：“叫山子的我知道得更多了。车夫、跑堂、担夫，都有叫山子的。在我们那儿曾经有桩案子，一个叫山子的小二为了劫财，杀了茶庄老板，还嫁祸给一盲女，后又欲杀人灭口。这桩案还颇有名气，不过离得远，你也许未曾听说。”

山贼张大了嘴，他是未曾听说。他只听说过隔壁村十八岁的山子踩了狗屎，又听说另一村六岁的山子被自家养的鸡追上了屋顶。

他呆了又呆，终是道：“只是同名而已，与我无关。姑娘若为了这些个把所有叫这名字的都厌了去，那可就是没道理了，对不对？”

“我从前被山贼劫持过，他们把我打晕后劫到山上。我逃了出来。但从此所有人都对我指指点点，我的闺誉毁了，嫁不出去，朋友也看我不起。再后来，那山贼头子又在路上劫了我，当着我的面，杀死了对我忠心耿耿的贴身丫头，又险些将我杀了。”她说到这里停了一停，看着山贼吃惊的表情，又道，“这下，你服气了吗？你带人劫我，我那时已做好死的准备。我对自己说过如若再遇劫匪，便让他们劫走我的尸体。这下，你服气了吗？”

山贼不服气，他生气！

那些个乌龟王八蛋，畜生不如的，怎么能对姑娘家做出这种事？美人居然受过这样的苦，遭过这样的罪！他用力喘气，觉得肺都快气炸了。

山贼扭头跑了。

他要找人打架去。

丁妍珊以为从此便能清静，岂料三天后，山贼又找来了。

那时丁妍珊正独自坐在山坡上发呆，大老远便听到山贼喊“姑娘”。

丁妍珊扭头看了他一眼，然后把头扭回来，继续发呆。

可山贼不懂看脸色，他巴巴地凑了过来问：“姑娘，那些欺负你的王八羔子，后来怎样了？”

“死了。”

这么干脆的回答让山贼愣了愣，哦了一声，不知该怎么接下去了。

这几日他左思右想，越想越是心疼，要是不把那些贼子狠揍一顿送官严办，他是怎么都安生不了，于是这才跑来想多问问情况。怎料这丁姑娘冷冷的一句“死了”，一点叙话的余地都没留给他。

山贼挠了挠头，想了想，而后道：“这些事，我绝不会对别人说的。我不会像姑娘家乡那些碎嘴的人一样乱说，毁姑娘清誉。”

这次丁妍珊又转了头看他：“你说不说都无妨，我既敢告诉你，就不怕事情露出去。我不会在此久留，这里的人说我什么又有何关系？”

也对。山贼叹气，她的话总是比他的有道理。

山贼一屁股坐在丁妍珊旁边。她如花似玉，他不敢离得太近，二人中间隔着两个人的距离。

“嗯，这个，不知姑娘是什么打算？”

丁妍珊没说话。

山贼继续道：“我的意思是，现在姑娘的仆从都没有找到，不知姑娘原本是要去何方，要是着急的，我可以护送姑娘。”

丁妍珊看他一眼。山贼赶紧摆着双手：“我不收钱银，我也没有坏心思。我就想着，万一找不到那几个不忠心的仆从，姑娘没人相护。”他挠挠头，“其实那几个仆从找回来也没用，我是觉得，真遇着事了，他们依然会丢下姑娘不理，跟废物一般。”

“我哪儿都不去。”

“啊？”山贼很惊讶，“那姑娘出门远行，是要做什么？”

“什么都不做，就到处走走。”

山贼完全不明白，哪儿都不去，到处走走，又有什么意思？

“可是，不知道要去哪里、不知道要做什么，那哪里会有达成愿望的喜悦？”山贼又想讲道理了。

达成愿望的喜悦？

丁妍珊愣了一愣。

“就像我这样，我有时候特别馋猪肉，好想能吃上满满一碗。最后终于能吃上的时候，高兴得差点没掉眼泪。可是如果我不想吃什么，就是吃到了也不觉得太欢喜。这说的便是这个道理，对不对？”

丁妍珊没说话。

山贼继续唠叨：“你若是不知道自己想去哪儿，走再远的路也到不了目的地，又怎会开心？”

丁妍珊转头看他。

山贼被她看得脸臊起来，咽了咽口水，声音小了，支吾道：“我……我就是说说，我的意思是，那什么，你可以给自己定个愿望。我就总是这样，有了愿望，达成的时候，就会很开心，这样你便会高兴一些。你现在这般不开怀，我……我……”

他话未说完，丁妍珊猛地站了起来，转身要走。

山贼看此情形，差点没抽自己嘴巴，说这么多，人家不爱听了。可他除了动拳头打架，最爱的就是跟人讲道理，他管不住自己的嘴巴，真欠抽，真欠抽。

他想着，真打了自己嘴巴一下。

这时正好丁妍珊转身回来，看个正着。山贼更想抽自己了，可美人正看他，他赶紧把手背到身后，抬头挺胸。

丁妍珊看他冒傻气的举止，似笑非笑，只道了一句：“我也有愿望的。可惜永远无法达成。”

“怎么会？”山贼一下来了精神，“只要有了愿望，终有一天能实现。就比如我吧，我想做山贼，最后终于做成了。我想在黑山上开垦出良田来，最后终于有收成了。我想把山上的泉水引到村子里，最后终于引过来了。我想……”

“我想所有那些事都没有发生过。我没被劫过，小芽也还活着，我还是那个刁蛮小姐，我爹还在家里，我姐姐也还与我有说有笑。”

山贼呆在那里，这些话他虽然有些不明白，但他能从她那淡淡的语气中感觉到强烈的悲伤。他张了张嘴，想劝劝她，安慰她，却说不出话来。丁妍珊也压根没打算等他说话，她扭头走了。

山贼呆立在原地，看着她的背影消失。就算不明其意他也知道，她所说的愿望，是不可能实现的。

山贼忽然觉得好心疼。她到底经历过什么？她爹爹怎么了？她姐姐怎么了？为何她要独自出门，没有目的地，没有想做的事，只是随便走走？

山贼的心很乱，他觉得有许多话要对丁妍珊说，可又不知道该说些什么好。抬头一看天色，他哎呀一声叫了出来，扭头赶紧往家跑。

路过孤单单地走着路的丁妍珊身边时，他大声叫着："姑娘，我先走一步，是时候该给我爹做饭了，若是让他饿了肚子，他会骂人的。"他一边喊一边跑，转眼便跑没了踪影。

做饭？被爹骂？

丁妍珊愣了愣，看着山贼风风火火地狂奔而去，不禁有些想笑了。

这怕是她见过的最没气势的山贼了吧。

可很快她就发现，这山贼不但没气势，还有些呆。因为几天之后，她收到了山贼送她的礼物——用破瓦盆装着的带泥的草。

那破瓦盆放在她的窗台上，他没留字，所以丁妍珊发现那盆草的时候着实愣了半天。后是丁大娘告诉她："是山子送来的，他说你会明白的。"

一盆草，她还会明白？

莫名其妙。

丁妍珊盯着那绿油油的草，心里思索着山贼到底能不能分清草和花的区别。

"满妹去县里送山货，李家大叔也要送一车柴火过去。山子见着了，便帮着他们一道送了。待他回来了，你再问问他。"丁大娘看丁妍珊对这盆破草一头雾水的样子，便与她道。

丁妍珊点点头。不过她没打算问，她打算直接把那盆草丢回给那呆山贼。

可直到入了夜，那去县城的三个人都没有回来。

丁大娘开始忧心。每次满妹去送货都是下午便能归家，这回还有李家大叔和山贼一起护着，怎么天都黑了还没见人？

丁妍珊不知该如何安慰，只得陪着她站在村口眺望。村里各家得了消息，也匆忙拿了火把聚在了村口，大家七嘴八舌地揣测着，有的说也许是路上马车坏了，有的说也许是李大叔在城里遇着了熟人多聊了几句。但随着时间越来越晚，大家最后都不再说什么了。

村长带了人过来，嘱咐了几个年轻壮汉，让他们赶到县城里看一看，又说让他们沿途留心，不定是山子他们半道上遭了什么意外阻了脚程。

汉子们应了，准备好水囊拿上火把就要出发。这时有人大喊了一句："他们回来了，马车回来了。"

众人精神一振，转头望去，一辆马车正飞奔回来，车前面坐了一个人，正是李家大叔。

众人顿时松了口气，可等马车驶近了，却是看清了李家大叔的表情，那是一脸的焦急。车板上蜷坐着丁满妹，衣裳破了，一身又是泥又是土的，甚是狼狈。

丁大娘吓得差点没站住。她扑上前去，一把抱住了女儿。

丁满妹原是一直在哭，见得娘亲，更是扑到娘亲怀里呜呜大哭起来。

村民们全都围了过来，李家大叔忙道："我去送柴火，山子帮着我去卸货，满妹去送山货，我们说好了完事后去接她。可没料到满妹等着我们时，碰上了县老爷的公子。那畜生喝醉了酒，正满大街调戏大闺女。待满妹发现时，想跑已是来不及，被那畜生手下人围住了，满妹挣扎呼救时我和山子正赶到。山子气不过，便与他们打了起来。可他们人多，竟是呼啦啦冲上来十多个人。山子让我别管他，快带满妹跑。我一看当时情形不对，周围人也没个帮手，大家皆是惧了县老爷，全跑没影了。我没了法，就先带着满妹坐上车跑了。可他们竟然还有人追，我们绕了好几个圈，这才敢回到村子。"

"这还有王法吗？"

"畜生！"

"山子现在何处？"

"哥几个快抄家伙，我们去救山子哥。"

大家七嘴八舌地嚷嚷，村长一挥手，大家伙儿安静下来，村长道："丁大娘，快把闺女带回去好好休息，今日里是闺女受委屈了，但也别慌，咱村就是一家子，绝不会再让外人来欺负的。李叔你也回去，这段时日就莫再去县城，有什么事乡里乡亲会帮衬着。"

一旁的村民用力点头。

"二狗，你们几个弟兄平素与山子最亲近。这时候得冷静，莫带家伙去县城闹，怕别人不知道是咱村惹了县老爷不成？你们先到山上去，看看山子是不是回来了，若没有，回来报个信。我与山子他爹去县城寻人，其他人都各自回去，把家伙准备好，各家闺女媳妇这段日子都别出门，男人们注意着点，若有陌生人在村子附近逛的，就都报个信。"

那叫二狗的年轻人带了几个小伙赶紧往山上跑。他们做山贼，在黑山上有个据点，其实也是当初那伙真山贼的老巢。当初山子把山贼打跑了，便把那里当成第二个家，时不时窝在那儿住一住。如今惹上了县老爷，为不给村里带来麻烦，他若能脱身，想来也是会躲到那山里去。

村民们都觉得村长说得在理，都大声应了，各自回家准备。

丁大娘拉着丁满妹也往家去，路过山子他爹身边，连声道谢。老爹面露担忧，但也宽慰她们母女道："闺女没事就好。我家那兔崽子皮糙肉厚，没关系的。"

丁妍珊跟着丁大娘她们回去了。于她而言，县官不过是个不入眼的小官，所以与村民们如临大敌不同，她倒是更关心受了委屈的满妹，还有至今不知踪影的山贼。

回到了屋里，满妹又哭了一会儿，终是平静下来。她如今回到了家，心里也没那么慌了。丁妍珊陪着她坐着，不太会说安慰话，只能是陪着。

过了好一会儿，一村民来丁家报信，说二狗他们在山上找着山子了。他打倒了那些县老爷的狗爪子，逃了回来。只是这事惹得大，他不方便回村子。那村民就是来告之丁大娘一声，让她们别担心。

丁大娘谢过，又赶紧从家里拿了鸡蛋和鸡，要带着满妹到山子家跟老爹道谢。母女俩走了，丁妍珊舒了口气，坐在屋里发呆。

当初她出事的时候，若是身边也有像赵家村里人这般真心实意的人多好。只可惜，纵使金银满屋，也换不来温情脉脉。

丁妍珊想着想着有些伤感，正看着窗台上那盆青草愣神，忽听得窗外有人轻声唤“姑娘”。

丁妍珊心里一动，走到窗边，看见山贼正猫着腰躲在她的窗外头。他一脸的伤，身上的状况在屋外阴影中看不清，倒是那张咧着嘴露着白牙的笑脸分外清楚。

“满妹没事，跟丁大娘去你家了。”丁妍珊以为他要问这个。

“我知道，二狗他们告诉我大叔和满妹都安全回来了。我就是想着来看看你，今天早晨给你送草的时候你不在，我也不知你最后明白了没，怕你挂心，所以过来与你说一声。”

说一声，说他那盆青草？

丁妍珊有些傻眼，这二呆山贼是被人打傻了吗？

“我想了好几日终是想明白了这道理，我想讲给你听。”

丁妍珊抿紧嘴，不听行吗？

“虽然我不该回村子来，可如若没把道理讲给你听，我今晚肯定睡不安生。姑娘，你可知，这些草便是长在那黑山上的。如今绿油油的，生得多好。可到了冬天，它们就全都枯死了。但实际上它们没有死，等春暖花开之时，它们又会再长出来，长得跟从前一样好。姑娘，你说你希望事情没有发生过，就好像这些草希望不会有冬天一样，可这是不可能的。但冬天过去了，它们还能重新成长。姑娘，事情过去了，你也一样会与从前一般的。”

丁妍珊僵在那里，说不出话来。

山贼咧着嘴继续笑：“姑娘，你说，我这话在不在理？”

丁妍珊不说话，只盯着山贼看。这时候外边有人声脚步声，山贼一缩脖子：“哎呀，有人来了。我不能让人发现我回村子了，不然我爹会揍死我的。我先走了，这几日我都躲在山上，姑娘别为我担心。”

他说完，也不待丁妍珊答复，一溜烟地跑掉了。

丁妍珊怔怔地看着黑乎乎的屋外，脑子里不停地转着山贼的话，有些想哭又有些想笑。人如贱草，难道才是道理？他敢以一敌十多人，却怕他爹的拳头。还有，她怎么可能会担心他？

这一夜，山贼纵使是满身的伤，躲在山上却是睡得香。

丁妍珊却是辗转反侧很久才睡着。她睡着了，还做了许多梦，她梦见了爹爹，梦见了姐姐、姐夫，还有龙二、居沐儿和苏晴。梦境很乱，她甚至完全记不得梦里说了什么。

她只是突然惊醒了。

她转头一看，天亮了。外头有人敲门轻喊，说村里有县里的衙差闯入，让丁大娘和满妹莫要出门。

听起来事情似乎有些糟。

丁妍珊一惊，赶紧起身着衣。出到堂屋，她看到丁大娘和满妹一脸紧张地互相握着手坐着。一个邻居大婶正在与她们说话，说是来了许多官差，气势汹汹，扬言昨日里，赵家村的一姑娘和两个男人把县老爷的公子及属下打伤了，官差现在要来拿人。

正说着，丁妍珊等人已然能听到官差们的呼喝声。

他们开始砸东西，并喝骂着："官差办案，你们这些贱民，竟敢抗命不从。快些把人交出来，不然你们整个村子都得完蛋。"

一旁有孩子哭了出来，然后似有大人将孩子抱走。丁妍珊听到村长道："官老爷，这一定是误会，草民这村子里全是安安分分的老实人，哪儿来的胆子敢对县老爷的公子不敬。我们种庄稼干农活的，哪里会武啊？"

随着"啪"的一声脆响，村长顿时没了声音。一个小伙子大声喊："你们怎么能打人？"

官差骂着："打人？少废话。打的就是你们这些刁民。还敢说不会武？十里八乡的人都知道，你们赵家村可是有队山贼出没的，平素横行霸道，抢粮夺财，坏事做尽。还敢说不会武？老子告诉你，这次不但要把打人的人犯抓着，还要将你们村里的这队山贼全都关牢里去。弟兄们，给我挨家挨户搜，年轻汉子都逮起来。"

"欺人太甚。"几个年轻人与官差们争斗了起来。村长和村里几个老人在一旁忙劝着架。动静越闹越大。

一个十来岁的小子急急拍门闯了进来，喘着气道："大娘，满妹姐姐，村长说事情闹大了，让我们通知各家，姑娘和幼儿都往山上躲躲。他们现在打起来了，先拦着官差们，大家趁这会儿从村后往山上跑。"

丁大娘和满妹吓得脸色发白，那陪在一旁的邻家大婶也急着要归家看看自家儿子和他爹的状况。丁大娘火速收了几件衣服，又嚷着让丁妍珊也快准备。

“姑娘如花似玉，若是叫那县老爷的公子瞧着了，说不得起了歪心思。姑娘快准备，我们带你一起走。”

这种危急时刻，她们自身难保，却还想着她的安危，要带她一起逃。丁妍珊心头一热，说道：“能逃到哪里去，走得了一时，躲不了一世，老少壮丁还在村里，难道妇孺孩童便能安生？”

“昨夜里村长说了，只能躲起来，他们找不到人，日子久了就没事了。”

“村长是没见过恶官吧？”丁妍珊淡淡地道。

丁大娘一愣，“啊”了一声。他们全村安安分分地过日子，按时交税纳费，小小村子与世无争，确是没遇到过什么大的恶事。

丁妍珊道：“这村里汉子与官差打斗，他们只要立个名目，想把他们关多久就能关多久。前有县老爷公子的事，后有剿匪灭贼的由头，再加上全村汉子与他们过不去，你们跑了又有何用？他们若是想，便能叫这村子完了。”

丁大娘吃惊地张大了嘴，于她单纯的心思是绝未想过能有这样的恶果。她结结巴巴地道：“那……那……我们……我们也只能听村长的。不逃，还能怎样？”

这时候外头传来哭喊声和一阵吵嚷，那报信的小子机灵地钻出去看了，然后飞快地回来：“他们绑了村长家的媳妇儿和孙子。外头打开了。李家大叔出来认罪任绑，可官差们不依不饶，还在抓人，说是要把村里的山匪全捕回去。他们人多，大娘姐姐们快逃啊。”

满妹哭了出来。昨日便是李家大叔一路护着她回村的，如今为了村人，他出来认了罪，却是让她快逃，可她怎么逃？她害怕，非常害怕。

丁妍珊深吸一口气，道：“我在这儿住了这么些时日，多得大娘和妹妹照顾，我还没有报答过。”

丁大娘也快哭了：“姑娘，这会儿了说这些做什么？现在这事态，怕是会连累你了，别的都不说了，姑娘快与我们逃吧。”

“不逃。他们抓了村里人，就是要把你们全逼出来。你们现在就算能逃到山上，过不久他们也会去搜山的，不把此事了结，你们这儿将永无宁日。”丁妍珊很冷静，她道，“妹妹，我给你的那个簪子呢？”

“在呢，在呢，我舍不得戴，包起来了。”

“去换身好衣服，把那簪子戴上。”

“啊？”满妹傻眼了，完全没明白。

这时候外头打斗的声音更是响，山贼那洪亮的大嗓门清楚地传来：“昨日里那群王八羔子是老子打的，与其他人无关，把他们都放了，老子跟你们回去。”

丁妍珊心一颤，他居然从山上跑下来了？

她顾不得其他，对丁满妹又说了一声：“把发簪戴上。”然后自己转回屋里去了。

丁妍珊进了屋，洗漱打理好自己，然后打开了她的箱子，挑了最华丽的衣裳，摆出小镜子，梳了发式，点了妆容，不一会儿便成了一名华美贵气的千金小姐。

丁妍珊走出屋门，丁大娘和丁满妹目瞪口呆地看着她。丁妍珊冲她们点点头：“我出去了。”

丁家母女已然无法反应，完全不明白她打扮成这样出去做什么。那些混蛋连满妹这样没甚姿色的都要下手欺负，看到丁妍珊仙子一般的人物，还不得掳了回去？

丁妍珊没管丁家母女想什么，她很镇静地打开了大门，朝着声音最嘈杂闹得最凶的地方走了过去。

她所到之处，周围忽然静了下来。

山贼正以一敌十，与那些不肯罢休到处抓人的官差打成一团。忽然眼前的官差猛地盯着他后方看，两眼发直。他一愣，转头过去，看见了那个他心里最美的姑娘正走过来。

她更美了。

山贼直勾勾地看着，看傻了去。

丁妍珊皱着眉看他一身伤，这样还敢跟官差们往死里拼？有伤便罢了，他那眼神是什么意思？

丁妍珊白了他一眼。这一眼让山贼的心扑通扑通地乱跳。美人给他白眼的样子也这般美。

丁妍珊站住了。所有人不由自主地全停了手。

丁妍珊对着那群官差问：“谁是管事的？”

她声音不算大，但清清楚楚，竟是带着威严。那些个官差面面相觑，他们是绝没有想到，村子里居然有个镶金似的贵家小姐。

一官差回过神来，大声叫道：“你们这些刁民，快快束手就擒……”

“闭嘴。”丁妍珊扭头冲他一喝，又问其他人，“谁是管事的？”

那官差被个娘们喝了，顿觉脸上无光，几个大步迈过来就要去拿丁妍珊，嘴里骂道：“大胆刁民，敢对本爷不敬！”

山贼见此情景，冲到丁妍珊身边就要相护。怎料丁妍珊眼都不眨，扬手一个耳光就打了过去。

“啪”的一声脆响，那冲过来的官差被丁妍珊一个耳光打歪了脸。没等他反应过来，丁妍珊冷笑着斥道：“刁民？本小姐使唤过的奴才都比你见过的人多。不长眼的狗东西，在我面前吠！”

那人一下竟被打蔫了。丁妍珊这一巴掌扇得甚有气势，且动作麻利熟练，显然不是第一次给人耳光子。加上她那身打扮、谈吐和说话口音，那人及其他官差再傻也知道这姑娘绝不是普通人家出身，所以纵使看得出她是个弱女子，竟也不敢再妄动了。

“谁是管事的？”丁妍珊微眯着眼，气势凌人地再问。

几名官差互相撞了撞胳膊，两人扭头找人去了。

赵家村的村民们全都聚了过来，围了个半圈，将丁妍珊护在圈中。

山贼心里吃惊，他知道丁妍珊定是出身富贵，但没想到竟是这么大的架势。她说过她想做回刁蛮小姐，他听了没往心里去，但看方才她扇人耳光那动静，怕真是个厉害的千金。

如今这位千金在给他们村子撑腰，山贼心里有些担忧。他们这僻壤乡下，便是上一级大官来了，也未必能斗得过这地头蛇县老爷。她只是个富家小姐，气势震得住一时，怕是也难渡此劫。

山贼往丁妍珊身边一站，心里打定了主意，无论如何，他就是拼了这条命也要护她周全。

不一会儿，一个衣着光鲜、师爷模样的人，抱着两个木箱子，领着好几个官差急匆匆跑了过来。人未到，声先喝：“何人如此大胆，敢在官老爷面前嚣张？”

村民中有一人喊道：“那是我家的箱子，他们劫了我家。”

转眼那师爷跑到跟前，横眼一扫那喊话的村民，正想斥他，却看到了丁妍珊。

师爷在县城里办差多年，但何曾见过这般贵气貌美的女子，一时间呆了去。

山贼皱起眉头，往前迈了一步，要挡在丁妍珊身前。丁妍珊却是手一拨就把他拨开。山贼不敢与她比力气，很怂地被她拨一边去了。

然后丁妍珊的目光直视上了那个瘦小的师爷。

“你姓甚名谁？在县衙当的什么差事？”丁妍珊问了。

她的声音清脆有力，让那师爷皱了眉头。他见识多些，看出来丁妍珊不一般。

“我便是在县老爷身边当差的陈师爷。”

“只是个县衙师爷。”丁妍珊冷笑，语气里的不屑让陈师爷脸色一变。

“你是何人？”

丁妍珊看着他，继续笑：“我姓丁，来自京城。你不过是个小小县衙的师爷，本没有资格与我说话，不过眼跟前的事我们得解决。我先问问你们。”她扫了一眼众衙役官差，朗声道，“你们谁人有家有口需要照看赡养的，站到这边来。”她一边说，一边用手往左边空地一摆。

没有人动，众衙役官差面面相觑。

“很好，看来你们都是孑然一身，无牵无挂的。如此甚好。这样你们被判罪定刑时就不会哭爹喊娘地说什么上有老下有小，全家指着你一个过活的话，恳求轻判了。”

陈师爷急了：“你这泼娘们放狗屁。判罪定刑？你眼招子也放亮些，我们才是官，你们区区贱民，竟敢口出狂言。”

“口出狂言的是你。”丁妍珊不急不躁，慢慢说话，“我告诉你了，我姓丁，来自京城。京城姓丁的人家不少，但像我家那般权势名望的却是没有。我这般说，你还不知道我是谁，那你这什么狗屁师爷真是白干了。”

陈师爷眼珠子转着，最后似是想到了什么，脸色一白。

丁妍珊看都不看他，继续道：“我爹虽入了狱，但部属人脉仍有许多在朝中为官，如今新任的刑部尚书也要叫我一声二小姐。我外公、舅公、舅舅、伯伯等等，近的远的一堆亲戚皆在朝为官。你们自己数数，方才一口一个贱民，骂了我多少句？”

陈师爷脸色惨白，手一抖，抱着的那两个箱子摔在了地上。

其他人不知道，他却是明白的。上任刑部尚书丁盛，这个名字他记得。县城虽远虽小，但一样要收受朝中文书，一样要向上报事。他身为师爷，管的便是文书差事，自然亲眼见过刑部尚书丁盛之名在文书中出现多次。这女子气势凌人，一直强调自己姓丁，又说得头头是道，他虽是不太敢信丁家小姐会来这穷乡僻壤，但他一个小小师爷，确实是不敢招惹京城大户。

其他小衙役官差不明所以，赵家村村民也不明所以，但那句“如今新任的刑部尚书也要叫我一声二小姐”他们听懂了，“一堆亲戚皆在朝为官”他们也听懂了，大家心里惊异，都朝着丁妍珊看。

陈师爷这会儿脑子正在转，他在想这事该怎么办。他想了又想，终是道：“不知贵客驾临，倒是失了礼数，姑娘莫怪。姑娘身边护卫丫头何在，不如一道到县老爷府上稍住，让我们也尽尽地主之谊。”

丁妍珊笑笑：“你不必试探我，我自然知道山高路远，强龙不敌地头蛇的道理。我敢独自站在这儿，便是不怕你们使什么低劣手段。我府上知道我在这村里探亲做客，不多日我的护卫就会来接我回京。你有本事，便将我与这些村民都杀干净了，把村子烧尽，莫要留下任何线索。对了，还要顺便把十里八乡的各个村都杀干净了。你知道的，各村之间常来常往的，若我们整个村被灭了，其他村子自然会留得些风声。你若不能把所有人的嘴都堵上，待我府上护卫到来，知道发生了何事，莫说你们的项上人头，怕是你们家里族中、县太爷官老爷的，全都得赔上性命。”

陈师爷及众人听得目瞪口呆，他们没想到一个姑娘家，竟是把狠话说得这般溜。

“陈师爷，你也莫想着我心狠。我自小跟着爹爹，看他办事审案，什么场面没见过，什么手段没听过？京城里都是些什么人，我府上都是些什么人？若我少了半根头发，你信我，那后果你绝对想不到。”

陈师爷咽了口唾沫，心知若她真是那丁府千金，那她所说之事确有可能发生。他能逞一时之威，但绝对掩不住后面的祸事。

他不敢惹。

他咳了咳，说道：“瞧姑娘说得，我们拿朝廷俸禄，为百姓办事，岂能干出姑娘所说之事，姑娘真是会开玩笑。今日来，我们也是秉公办案。昨日这赵家村的两男一女在县城里当众打了县老爷的公子和随从，当然，不论打的是谁，这都是违了我大萧律例，县老爷将惩恶之人拘捕归案，也是正事。”

这时旁边一名胳膊上包着伤的衙役指着山贼和李家大叔，嚷道：“昨日里就是这二人动的手，还有那泼娘们，一定也是这村里的。”

陈师爷点点头，装模作样地对丁妍珊道：“姑娘，你也看到了，这事可不是我们无中生有。姑娘来自京城，自然是知礼知法的，这恶事若不能严惩，我大萧律法必被践踏，百姓如何安生？”

村里人待要嚷嚷，丁妍珊却是一摆手，道了句：“叫满妹过来。”

村长推推身边人，那人待要去唤，却见丁大娘带着满妹从人群中走了出来。

丁妍珊看着满妹按她嘱咐的戴了那发簪，满意地点头。她招招手，让满妹走到身边。

陈师爷身边那衙役忙道：“就是这娘们。”

丁妍珊冷眼一扫他，那人往师爷身后缩了缩。丁妍珊拉过满妹的手，对她道：“妹妹莫怕，你与陈师爷说说，你姓什么？”

“姓丁。”

“大声些才好。”

“我姓丁。”

丁妍珊点点头，对陈师爷道：“你听清了吗？我妹妹姓丁。我来探亲，便是住在她家里。”

姓丁？陈师爷的脸有些抽。

这丁满妹一看就是乡下姑娘，难道跟那京城丁府也有关系？

丁妍珊不理他，继续问满妹：“妹妹你说，昨日里在县城，是不是那县老爷的什么公子对你无理了？”

丁满妹咬咬唇，想着昨日的险境，还有些怕，但她点了点头。

“他动手了吗？推搡你打你？”丁妍珊有心护她闺誉，拣选着措辞说话。

满妹投给她感激的一眼，又点了头。

“一面之词。”陈师爷叫道，“是非曲直，待到县衙堂上，老爷自会好好审理。”

丁妍珊冷冷一笑："我怕你家老爷不敢审。看到我妹妹头上的发簪了吗？那是太后亲手所赠的御品！皇室之物，谁敢亵渎？昨日我妹妹头戴发簪，那县老爷的公子无视皇威，竟敢对她动手推搡，我妹妹自然全力保护簪子。方才你家奴才所指证的山子和李大叔也是拼了命地维护皇室尊威。谁错谁过，还用相议吗？"

这下所有人都被吓到了。丁满妹更是腿一软差点摔了，幸得旁边丁大娘和邻家大婶扶着。

满妹的心怦怦直跳，她居然戴着太后赠的簪子！

陈师爷目瞪口呆，饶是他想得再多，也绝想不到会有这么一出。

他用律法压人，这丁家小姐居然能抬出皇威来。

陈师爷僵立在那儿，不知如何是好。

村民与官差两边僵立许久，陈师爷终于发了话。

他不敢硬来，但他也不敢什么都不做就回去回话。被打的毕竟是县老爷的公子，他要是被这个姑娘的几句话就吓退了，回去不好交代。

于是陈师爷说了说"既是皇室之物，定要好好保管"之类的场面话，借这由头让官差守着村子，然后道自己要回去向县老爷禀报，带着人走了。

临走，他回头看了丁妍珊一眼。

丁妍珊立在那儿，冷冷地迎上他的目光。

闹了这一场，官差们也不敢乱拿村民的东西了，只按师爷的嘱咐将出村的各路口守个严实。

村里一片狼藉，各家物品散了一地。村长见此情景，让村民们赶紧各回各家，收拾清理。

丁妍珊一声不响，默默地回了丁大娘家。

山贼也不吭气，跟在她后头也去了丁大娘家。

丁妍珊一点没与他客气，回到了屋里就使唤他去借笔墨纸砚。山贼屁颠屁颠地赶紧跑村里赵夫子家中借去了。

待村长打理完事务，赶到丁大娘家时，丁妍珊已经写完了一封信。

村长问："姑娘，这接下来如何办？他们守了村子各路口，摆明了后头还得再与我们计较。姑娘眼下虽是唬住了他们，但怕是那师爷招来了县老爷或是什么别的人，要与姑娘纠缠，要辨那簪子的真伪，届时又安罪名下来，可如何是好？"

丁妍珊反问："那村长是如何打算的？"

村长语塞，想了半天道："祸端是由我村村民而起，与姑娘无关。姑娘此次仗义相救，我们整个村子自是感激在心。那县老爷不是个好对付的，姑娘还是暂避为好。"

"避哪儿去？"

“这个……”村长想了想，又说，“黑山上有山子他们常去玩的木屋，也算隐蔽，姑娘可暂住那处。若是姑娘附近有朋友亲戚可以依靠的，我们也可将姑娘护送过去。官差们虽封了出村的大路，可我们还有隐蔽小路可以出去。”

“对，对。”山贼赶紧表态，“我可以护送姑娘。”

丁妍珊白他一眼，山贼立时闭嘴，乖乖站着不说话了。村长也忍不住多看山贼两眼，这小子平日里最是闹腾，叽叽喳喳非让人听他说理，这会儿倒是稳重了。

丁妍珊道：“我若走了，你们怕是麻烦更大。村长既是对我有相护之心，我自当为这村子出一分力。那县老爷来了我是不怕，我爹确是前任刑部尚书，我家确是有许多远近亲戚在朝为官，那簪子确是太后所赠。除非他横了胆要生事，不然不敢对我如何。”

“可这口说无凭……”村长就是怕县太爷来横的。

“村长放心。我看今日那师爷的德行，想来那县官也是个一样的货色。他若是这般，就算心中有疑虑也断不敢直接对我们下毒手。我们还能安好一段时日。”

“一段时日？”村长皱眉。

丁妍珊点点头：“这事里只有一点会有差错。”

“是什么？”众人异口同声地问。

“我的家人，并不知晓我在此处。没有人会来接我。”丁妍珊环视一圈，说道，“我说我家护卫过不几日就会来接我是唬他们的。那师爷回去禀报后，那县官或许会再来查探，我旁的不惧，就是他们若是守得时日久了，发现并无人来接我，心下一横使了毒手，那怕是就要糟了。”

“那……那……”丁大娘急得不知如何是好。

“若是我们速去京城报信呢？”一人嚷嚷。

“路途太远，这往返回来，怕是村子早遭殃了。”另一人不待丁妍珊说话便驳了那话。

丁妍珊点头。她看信上墨迹已干，就将信折好，放进信封里。而后又进了屋里，拿了只手镯出来。她把手镯压在信封上，说道：“不用回京报信，那确是太远了。你们派个靠得住的，拿着我这信和镯子，去保凤城请刘平威刘巡抚来。这知县归属他的辖区，官大五级，处置这小小县官不成问题。”

村长呆了一呆：“可巡抚大人岂是我们想见便能见的？”

“若说是丁二小姐请他救命，他定会见的。”丁妍珊把信和镯子往前一推，“刘叔是我爹旧时部属，由我爹一手提拔，与我家交情颇深。他是看着我长大的，一直对我家不错。这手镯便是他送我的生辰礼物，他认得的。此去保凤城只需三日，如若顺利，往来六日即可，可比上京城快许多。请得刘叔来，将那县官处置了，你们村里，日后也才有好日子过。如若不然，就算眼下难关过去，我回了京城也保你们不住。”

众人点头，皆知事态确是如她所言。山贼将大掌一伸，便去拿那信封：“我去，我就是拼了性命，也必会将这信送到。”

“你不能去。”没等山贼的气势使完，丁妍珊便一盆冷水泼了过去，“村里涉事的三人都被官差认了出来，所以不能没了踪影。若是让他们发现村里有人不见，反而坏事。”

山贼被斥了，很乖地赶忙把信封放了回去。

众人一商量，最后决定还是派二狗去。二狗会武，人也机灵，今日护着老人孩子往山上躲了，没让官差们混个脸熟。

如此这般，村民借出了一匹快马，二狗娘和其他村妇做了干粮备了水。等到了天黑，二狗带上了丁妍珊的那封信和信物，骑着马，从村后的一条小道偷摸着溜出去了。

村长趁着夜，挨家挨户地上门亲口嘱咐安排，家里有老有小的先偷偷安顿到别处去，其他没处依靠的这几日莫要擅自走出村子，各家相互照应，共渡难关。

第二日中午，县官李原广来了。他带着大批人马，说是听说赵家村里来了贵客，他来见见。话是场面话，但摆出的架势是来拿贼的派头。

丁妍珊一早打扮妥当就等着他，她那副官家小姐的派头比他这县官还有气势。李原广昨日听得师爷一番话将信将疑，今日带人来就是想着若这女子不若师爷所言，便先将她抓回去。可待得他见了丁妍珊，却是真不敢动她。

宁可被骗一时，也不能招惹了不该惹的人啊。

但李原广也有疑虑，他问了许多京城的事，又说了几个官宦名字试探，丁妍珊说得头头是道，反讥了他一番。

山贼从始至终都站在丁妍珊身后，一心想护着她，看着倒像是她的护卫属下。李原广一时也闹不清这个把他儿子揍了的山村小子到底是个什么来头。他想了又想，终是问起了那支发簪。

丁妍珊让满妹把发簪拿来：“当日太后六十寿辰，我爹带我和姐姐去赴宴，太后恩泽，送了我们姐妹一对发簪，我的那支便是这个。”丁妍珊大方地将发簪递给李原广看，“那日太后准备了许多礼物，上面皆有皇室徽记，若是大人识货，该是能认出来。”

李原广仔细看着，那上头确是刻着徽记。他一声不吭，将簪子还了回去。

村长在一旁松了口气。丁妍珊却是笑道：“大人可是看清楚了？贵公子若是再莽撞些，将这簪子损毁，我就不知大人要如何交代了。”

李原广脸色难看，后又说不得几句，终是告辞离去。

李原广走了，但官差们还是留了不少守着村口。危机还未过去，但这次交手的胜利让赵家村村民都相当振奋。

山贼却是开始担心了。

“如今那知县要整治的目标，是姑娘了吧？有姑娘在，这村子他不敢动，但他无论如何是咽不下这口气的。”

“在他确认我是否有威胁之前，咽不下也得咽。”

“可他会不会想出什么毒计来？二狗去请巡抚大人，也不知顺不顺利，若是没赶上，姑娘的安危可怎么好？不如姑娘还是先到山上躲躲。那知县来过一回，没讨着好，若是再来怕就是出了对策的。届时他没找着姑娘，我们便说姑娘家人来了，带着姑娘去拜访旧友。那知县定是会猜疑拜访的是谁，这样也不敢对我们如何。如此拖得几日，说不定救兵就能到。”山贼说到这里，突然灵光一现，“对了，我干脆护着姑娘去找巡抚大人。一来姑娘安全可保，二来姑娘亲自去，巡抚大人想来更容易请，就算他没在请不到，姑娘也可脱了这里的凶险，平安回家去。”

丁妍珊盯着他看，看得他脸有些臊。丁妍珊问：“你护着我走了，家人怎么办？村里人怎么办？”

“我会把我爹安顿好，让他藏到别的村子去。村里人家还有村长他们照看着。我把你送走之后，会很快回来，到时我任绑服罪，不拖累别人。”

丁妍珊仍是盯着他看，山贼脸一热心一暖，说道：“姑娘，你是个好姑娘，可你是被无辜牵连的，我不想让你涉险。我们村子虽小，可大家都似一家人，我们相互照应着，会没事的。”

“一家人？”

“对。别看我们平日里总是吵闹，也为些小事干过架，可真出了什么麻烦，大伙儿都是齐心协力应对的。姑娘莫担心。如今那县老爷来过，这几日该是不会再来，姑娘趁这会儿去寻巡抚大人吧。早日有巡抚护着姑娘，我也放心些。待姑娘找着了救兵，再来救我们村子。”

“待我找着了救兵回来救你们？”

“对，所以姑娘安心离开吧。”

丁妍珊忽然笑了，笑得山贼心里有些不安，他说错什么了？

丁妍珊越笑越厉害，后头竟笑得眼泪都出来了。山贼挠头：“姑娘，你笑什么？”

“我笑这世间事真是古怪。”

“如何古怪了？”

丁妍珊侧头看了看山贼，说道：“我告诉过你，我从前被山匪劫过。”

山贼点点头：“姑娘不必再想从前的伤心事了。”

丁妍珊不理他的劝慰，继续道："那个时候，有个盲眼姑娘和一个卖花姑娘与我一起，那盲眼姑娘让卖花姑娘带着我逃，因为她记下了路。那时盲眼姑娘说的便是'你们逃出去了，再带人来救我'。"

"她没一起走？"

"她说她盲眼，逃不快，会拖累我们。"

山贼点头，道了句"原来如此"，又问："后来姑娘是逃出来了，那盲眼姑娘呢？"

"她也被救下了。说起来，那姑娘甚是聪明，若她在此，说不定就有什么好办法能帮我们脱困。"

山贼嘿嘿笑了声，讨好地道："姑娘的朋友，也定是如姑娘这般伶俐的。"

可惜马屁拍到了马腿上。

"谁说她是我朋友？我最讨厌她了。"

山贼一下被噎着。

丁妍珊又道："这个不是重点。重点是，让山匪掳我的幕后之人，是我的姐姐，亲姐姐。"

山贼张大了嘴，呆住了。

"我爹知道是谁干的，却不追究。"

山贼惊讶得闭上了嘴。

"我姐姐与我姐夫联手，把我爹整进了大牢。"

山贼又张大了嘴。

"那盲女和她相公联手，把我姐姐、姐夫整进了大牢，判了死罪。"

山贼开始揉脸，这下他不知该怎么反应才好了。

丁妍珊看着山贼，被他的表情逗笑了。

山贼觉得自己打心底里佩服她，发生了这么多事，她居然还能笑得出来。他忽然明白她为何没有家人陪护独自漂泊了。

"那是一年前的事了，那时候我并不似现在这般。"丁妍珊似是知道他在想什么，说道，"那时家里一团乱，什么事都要打点。爹爹忽然被关进了大牢，朝廷上人人自危，姐姐、姐夫跟着出事，我那时候才明白过来一切。我没了办法，硬着头皮在家里掌起了各项事务，我学会了许多。若没有那段日子，我怕是也应付不了这回的麻烦。"

"那姑娘为何会来此？"

丁妍珊把话说开了，觉得谈兴正浓，于是道："我被劫之后，坏了闺誉，婚事上便无人问津。后有位周公子频频向我示好，我对他说不上欢喜，也说不上不欢喜。只是他不介意我的名声，也不在意我爹爹与姐姐、姐夫入狱后家里的权势衰败，他说他会真心实意地对我。我已经二十了，是老姑娘了，而我名声如此、家中状况如此，那周公子于我而言，自然是个好归宿。我心里欢喜，想着所有不好的事都该过去了，于是我答应了他。”

山贼耳里一跳，嗡嗡作响，美人居然许了人了！虽然他没想过自己能与她如何，但听得她许了人家，他没来由地心里一阵难过。

“可没想到，他家里听了消息，却是大闹了一场，甚至当着我的面，说了许多难听话。这时候周公子退缩了，他不敢违背家里的意思，我们的婚事就此黄了。不但没了婚事，从此竟也形同陌路，偶然见到，他扭过头去似未看见。”

“他……他……他……”山贼想骂这男人乌龟王八蛋，可一想这话有些糙，又怕招了丁妍珊不高兴，于是支吾了半天，终是什么话也没说出来。

丁妍珊苦笑：“我消沉了好一阵，我知道所有以前发生过的事都不会消失，它们会伴我左右，在我身上打下烙印。家里已经上了正轨，我娘也缓过劲来掌了家里大局，天天与姨娘们斗，想着如何把她们撵出去。甚至她开始张罗着借我再攀门权贵，好帮衬着娘家，为了这个，她甚至说让我做小做妾都没关系。我心灰意冷，于是想着干脆到处走走，走到哪儿便算哪儿。”

山贼听得好心疼，很想劝慰，却不知该怎么说。

“只是我没想到，走到这儿，我又遇到山匪拦路。”丁妍珊说着，又看了看山贼。

山贼涨红了脸：“那是我们弟兄们逗乐子的，真不是成心劫人。”

丁妍珊点点头。

山贼忽然醒悟过来，话题被丁妍珊带偏了，他赶紧转回来，问：“那姑娘打算听我的吗？先逃了出去，待寻到了救兵，姑娘再来救我们村子。”

丁妍珊摇头：“当日你与我说，冬天过去，草儿会再长出来，与从前一般生得绿油油。我却也有一道理要与你说。”

“姑娘你说。”

“过了冬天，再长出来的草，就算生得与从前一般，但它也不是从前的那些草了。那是另外一个生命，完全不同的、脱胎换骨的生命。”

山贼张大嘴，无法反驳，他忽然明白了她的意思。

“我不逃。你们既是亲如一家，又都顾念着我的安危，我若不在此为你们撑腰解难，我又如何能心安？从前我家里发生了许多事，却没一件能有家人团结起来齐心赴难，我在你们这里，却是看到了。我会陪你们撑到最后一刻。有我在，那小小县官才会有所顾忌。”

山贼心里有说不出的滋味，他觉得这位姑娘不但美，还是世上最勇敢最有情义的姑娘。他的心被某种说不清的情绪涨得满满的。

山贼的心乱了。无论白天黑夜，他脑子里全塞满了丁妍珊——她淡然地说着往事的表情、她微笑的样子、她站在那里与官差们对峙的威风八面、她反驳他道理时说的话……

想到她的容貌、她的声音，甚至她扭头不理他的举动，还有她瞪他、给他白眼的样子，他的心就怦怦跳得厉害。

可是山贼也知道，若丁妍珊是那绽放在高山上的鲜花，那他不过是山脚下的泥。他只能仰望，却没资格将她环抱。

山贼心里清楚，待那巡抚大人来了，便是丁妍珊要离开的时候。也许这辈子，他便没有机会再见到她。于是他抓紧了一切时间与丁妍珊相叙。他告诉她其实他没有那么坏，他也做过许多的好事。他告诉她他为何想做山贼，他还告诉她在城里武馆的那段日子是他最开心的。

丁妍珊也与他说了许多话，她说起了苏晴，说起了居沐儿和龙二，还有她的爹爹、姐姐和云青贤。

越是相叙，山贼就越是发现二人之间存在的差距。

他们村里人只烦恼吃饱穿暖，干活赚钱。他们混京城的，却是成天得计较利害关系，尔虞我诈。山贼想通了这一点，心里头更是对丁妍珊感到心疼。

只不过山脚的泥与山顶的花儿，距离确是远了些，太远了些。

这一连数日，县衙那边都没有再来找麻烦。这让山贼稍松口气，也让他得以有时间与丁妍珊相聚。但到了第五天，知县李原广又来了。

这回他仍是带来了大批人马，甚至备了一辆华丽的马车。

丁妍珊见状，心里咯噔一下。

“丁姑娘千金贵体，实不宜在这僻壤穷乡久留。姑娘说家中护卫会来接，本官却是担心在他们到来之前姑娘会在这蛮荒之地出什么意外。若是未能保护好姑娘，便是本官的失职，届时该如何向姑娘府上交代？”

山贼听得心里大惊，他看了眼丁妍珊，见她的脸色同样不好看，想来与自己猜测的一般。

这知县整治不成，便想用这场面话的由头将丁妍珊软禁与村子分隔开？

“本官定是要对姑娘相护，于是特遣了县里最好的马车来接姑娘。姑娘可在县城里安住，会有丫头小厮伺候，若有兴致，也可到各处游玩，待到家中护卫到来，本官亲自送你们出城。”

“大人还真是会说场面话。你是想把我支走了，再慢慢出这口恶气？”丁妍珊把事情挑明了。

李原广笑道：“姑娘多心了。实在是乡下地方，不宜姑娘常住。我这儿来了贵客，我若不好好招呼款待，又如何与府上交代？”

"若我不愿走呢？"

"姑娘说的是哪里话，我诚心诚意地来请，姑娘哪有推拒之理？"

丁妍珊盯着李原广的笑脸，心知这下有麻烦了。她自己是没事，李原广如今不敢动她。但他要将她与村子隔离开，如果对村子做些什么，她就真是无能为力了。可如若她不走，两边必起冲突，李原广用的接人由头似是挑不出什么来，但村民与他们大干一架，怕是又留下了罪证把柄，日后清算起来，这村子麻烦更大。

丁妍珊不说话，她盯着李原广，脑子里飞快地转着。

这个时候山贼忽然从丁妍珊身边站了出来，转身对丁妍珊施礼道："小姐，巡抚大人让小姐在此处等他，小姐没打招呼便四处游玩，似是不妥。"

丁妍珊一愣，眨了眨眼睛。

这边李原广微眯了眼问道："你是何人？"

"小的赵文富，是小姐的护卫随从。"山贼一改往日鲁莽汉的做派，低眉顺眼地装出一副仆役的模样。

"撒谎。"陈师爷在一旁喝道，"你分明是赵家村人，怎的变护卫了？"

"赵家村人便不能当护卫了吗？"山贼问，"师爷这说的是哪一条律法律令？"

陈师爷一愣，还未及说话，山贼又道："小姐花了银子雇我，我便是小姐的护卫了。既是小姐护卫，自然要保护小姐安危。大人要请小姐去做客，不知行程是如何安排的？居所打算定在哪里？这些都要商议好了，小姐方能启程。另外，所有行踪地点我们都得报给京城府里知晓。还有，刘巡抚也捎信说要来人接小姐过去做客。今日小姐若是与你们走了，那巡抚那头来了人，却是不好交代了。所以按理，还得与刘巡抚那头相议好了，才能动身。"

丁妍珊听了山贼的话，忍不住笑了。

他想了这办法，是想护她呢。他成了她的护卫，无论她是不是会被带走，他都有理由在她身边护着她。

丁妍珊忽然觉得她明白他的心思，虽然他没有说，但她懂。

她禁不住心头一热，有多久了呢？有多久没人像他这般诚心护她了？

李原广是不知丁妍珊在想什么，他冲着山贼冷笑："你倒是多虑了，即便你是护卫，也管不得主子家的行事。本官请小姐到府上做客，正是为小姐的安危及住行舒适考虑。待京城那边来人，本官也会一并请到府上，难不成你以为你们这僻壤穷乡还真能留住贵客？说到巡抚大人，本官倒是知晓他近来公务繁忙，也不知是何时给小姐捎的信让小姐去做客？若真有此事，本官也可以代劳，将小姐送到保凤城。"

山贼一噎，想不到什么好办法，转头看向丁妍珊。

丁妍珊也正望着他，对他微微一笑。那笑容极美，山贼被笑得大脸一热，却舍不得移开目光。

“大人。”丁妍珊道，“刘巡抚确是邀我去保凤城做客，不过不是这两日。我们明人不说暗话，你家儿子犯了事，你咽不下这口气，想拿这村子杀杀威，又被我挡了道，你更咽不下这口气。你想带我走，无论是请我做客还是想将我囚了，我都不会依你的意思。我告诉你，虽说你不认得我，但我确是你惹不起的。那日我与你的师爷说得明白，你动村子，我必会报复回来，你动了我，我家里必会报复回来。要把我们全整治干净，不留一丝线索，让我家人找不到把柄，你没这个本事。所以，我诚心劝你一句，与其苦苦相逼，不如见好就收，趁事情还没闹到不可开交，你我权当没发生过什么，相安无事，岂不是好？”

李原广脸色铁青，心头火起。事情全叫这丫头揭了，还是当着村民和他属下的面，这次事情若是这般过去了，日后他在他们面前还有何脸面、有何威严？

李原广一咬牙，无论如何，他今日带了人来，总不能再空着手回去。若这丫头说的是真话，他放过他们，日后也会遭殃，倒不如现在就铤而走险。

这般一想，李原广对丁妍珊道：“本官一片好心，姑娘眼下不明白没关系，待得本官接姑娘回去好生照顾直到你家人来接，姑娘慢慢自会明白本官的苦心。”他言罢一挥手，几个官差一拥而上，欲拉丁妍珊上马车。

山贼挥臂推掌，顿时打倒两个。他挡在丁妍珊面前，大喝一声：“谁敢妄动？！”

李原广见此情景，心中更气，喝道：“你好大的胆子！”

“你才好大的胆子！”丁妍珊呵斥，架势比他还大，“我不愿走，你还敢强掳了人不成？”

此时丁妍珊心里有些悔，她低估了这小地方的势力，她以为她把话说成那样便能镇得住，但她忘了，这里毕竟不是京城。这官小不识人，胆大豁出去。她犯了错，她把小人的恶胆激出来了。

果然李原广是要豁出去了，他大声呼喝着，官差们拿着刀就冲上来了。

村民们见此情景，老幼妇孺纷纷躲闪，年轻壮汉们也操起了家伙，跟着山贼一起要与官差们拼了。

大家打成了一团，丁妍珊大喝一声：“住手，都住手！”她想帮他们，可事情好像越来越糟。她果然是无用的吗？她连一个善良的小村子都保不住吗？

没有人听她的，官差不住手，村民们自然也不能束手就擒。丁妍珊没了法子，她走向李原广，求道：“大人，万事好商量，你让他们先住手。”

李原广得意扬扬：“姑娘这会儿是想明白了？”

丁妍珊点点头，挨近了他，又道：“大人快让他们住手。”

李原广笑着，正想讥她几句，忽见她一扭身，接着他手腕一痛，竟是右臂被扼制在了身后，一把明晃晃的匕首架在了他的脖子上。

下一刻，李原广听得丁妍珊恶狠狠地道："让他们住手！"

李原广哪料到会有这等事，吓得差点没了魂，惊声大叫："住手，都住手！"

所有人都停了手，被眼前这一幕吓呆了。

"我对你客客气气，你便当我好欺负？"丁妍珊压了压匕首，吓得李原广腿软，"让你的那些官差全都退出去。"

李原广连声叫唤，官差们听令往后退。

丁妍珊又道："刘巡抚虽然不是这两天邀我做客，我却是这两天差了人去邀他了。本想等他来了我们好好处置这事，可你非逼着把场面弄成这样。"

"我们……我们如今也能等他来。"李原广的声音都抖了。

"是要等他来，只不过得委屈大人了。"丁妍珊咬牙，"在他来之前，我得让大人在这儿做做客。"

众人大吃一惊。

官差不敢动，村民也不敢动。抵御外侵是一回事，劫持朝廷命官又是另一回事。

但山贼动了。他一个箭步冲了过去，将李原广的两只胳膊都扭到了身后，紧紧扭住。其实丁妍珊没甚力气，若李原广用力挣动必能脱困，只是他胆小怕死，被吓到了，没反应过来，不敢动，这便让山贼有了机会。

山贼一出手，李原广这下就真的是没办法挣脱了。

可丁妍珊不满意："这是我做的事，与村民们没关系。"

"是与他们没关系，只与我有关。"山贼应着，很认真。

她的事，便与他有关。

他的眼神清澈、真挚，丁妍珊沉在他的目光中，呆了去。

"你们……你们这是劫持朝廷命官，是要砍头的。"李原广现在反应过来了，他一边哆嗦一边嚷着。

丁妍珊不理他，她看着山贼。

山贼也不理他，他看着丁妍珊。

李原广扭动挣扎，却是挣不动，他嚷嚷着："你们若不快些放了我，这后头可没有好果子吃。"

丁妍珊回过神来，正待说话，却见几匹骏马飞驰而来，马上锦服侍卫模样的人大声叫着："巡抚大人驾到，此处发生何事？"

大家皆是一呆，直到看到了大批锦服官差骑马拥着一辆马车而来，这才有了真实感。

救星终于到了！

后头的事就简单许多。

顺利完成任务的二狗受到了村民们的热烈欢迎。

巡抚刘平威一下马车便朝丁妍珊走来。李原广原以为是冲他来，岂料这巡抚大人开口第一句竟是唤了声："二小姐。"

李原广心头一颤，便知自己要糟。

他果然是糟了。刘平威大刀阔斧，查了他的罪，搜了他的案证，村子县城一溜查，翻出好几桩他犯下的事，又顺着他把他上面的贪官揭了底，一派关系全被揪了出来。

赵家村人心振奋，喜气洋洋。山贼却是欢喜不起来，因为他知道，丁妍珊该走了。

果然刘平威要派人将丁妍珊送回京城，丁妍珊自然不能推辞。

那一日村里人大包小包地准备礼物，惜别这位贵人。丁大娘拉着丁妍珊的手哭了一路。

大伙儿直把丁妍珊送到了山路那头才依依不舍地回来。

山贼没有送她，他跑到了黑山上头，远远地看着京城的方向。那里太远了，比山脚到山顶的距离还要远得多。

山贼在山上发呆，他忽然想起了什么，一路狂奔，跑到了丁大娘家。他在屋外看向丁妍珊原来住的小屋，那窗台上，已经没有了那盆青草的踪影。

山贼的心狂跳，然后，难过塞满了心头——丁妍珊走了。

山贼觉得心底空荡荡的，似乎有些什么东西，跟着她一起走了。

赵家村恢复了平静。

村民们跟往日一般，日出而作，日落而息，日子再普通没有了。

不多久，新的县官上任，还特意来了一趟赵家村探视。虽然丁妍珊走了，虽然刘平威没再来过，但新任县官也当这村子与别的不一般，以为这定是有后台关照之地。

赵家村的日子越来越好过了，而山贼却是越来越沉默。他不再去玩拦路打劫的把戏，也不再带着弟兄们前呼后拥地满山跑，他沉稳了许多。

他常自己蹲在山脚看着那一片绿油油的青草地，他常仰望着山顶，看着山顶上盛开的小野花，他常在想美人姑娘此刻不知在做什么。

他想念她，就像鱼儿想念水一般。

山贼的老爹也看出了山贼的不对劲，他把山贼痛揍了一顿："你这傻娃崽子，也不看看自己的斤两，人家姑娘那是什么人，你是什么人，少想些没用的，赶紧成个家，让我抱抱孙子。"

山贼不想成家，但他知道自己确实年纪不小了。他想过随便找个，可大娘大婶们帮忙说的亲，他真的没甚劲头。

那些姑娘都没有丁妍珊漂亮，都没有她聪明，都没有她那般贵气干练。

最重要的是，都没有让他的心怦怦乱跳。

几门亲都没有说成，山贼老爹又把山贼揍了。听了山贼拒婚的理由后，他更是狠揍了山贼一顿："你这小王八羔子，去哪儿学的这些个乱七八糟的。啥叫没让你的心怦怦跳，老子打得你心跳行不行？让你娶媳妇，又不是让你充军上战场，你心跳什么跳？老子跟你娘成亲的时候，面都没见过，还不是过得好好的？哪有你这般挑三拣四的，你当你是王孙贵族，姑娘们还能排一溜任你挑呢？"

山贼被打得卧床三日。

这三日他好好地反省了一下自己。他到底是怎么了？

他是喜欢看漂亮姑娘，可现如今他觉得就算是比丁妍珊更美的姑娘放在他面前，他也不会欢喜。

不，不，怎么会有比她更美的姑娘呢？在他心里，她就是最美最美的。

再者说，过去就算是看到漂亮姑娘，他心里乐一乐便算了，可如今这般牵肠挂肚，往后的日子可怎么过？

山贼伤好了，跑到黑山脚下草地里蹲了三天。他终于悟出了一个道理。他喜笑颜开，回家收拾了行李，借了乡亲一匹马，在自家老爹的骂声中，策马奔出了村子，直奔京城而去。

山贼日夜赶路，沿途做些苦力换宿换食，百般节省千般辛劳，终是来到了京城。

京城比山贼想象的还要气派，却也比山贼想象的还要不招人喜欢。

他一身布衣土气，来京城没两日就已见识过不少白眼。更让他生气的是，他还听到不少说丁妍珊坏话的。

说她丁家没一个好人，说她自小就娇纵刁蛮，说她家坏事做尽了才会遭报应。说她喜欢一个叫龙二爷的男人，为了他拖到十八都未嫁，结果人家不要她，娶了个盲女。又说她被劫匪劫过，早就不清白了。还有说她遭了这么多事还不知廉耻，居然妄想嫁入周家，可惜那周家老夫人是个厉害人物，那丁妍珊的如意算盘打错了云云。

山贼那时正蹲在墙角吃面，一边吃一边听这群妇人在面馆里碎嘴。她们说着各家的不好，说着哪家闺女不讨喜，又说谁家要娶妾，说着说着，便扯到了丁妍珊。总之最后的结论是，这丁妍珊如今要是能嫁人，就是做个偏房也是她的造化。

山贼心里很生气，但他还是把那碗面吃完了。吃完了面，他走到后厨房放了碗，然后帮面馆老伯劈完了柴，搬完了板车上的几袋米面，又把水缸挑满。干完了活，他跟老伯招呼了一声，便出去了。

他在外头等了一会儿，那几个扯人闲话的妇人才散了，山贼悄悄地跟了最碎嘴的那两人，跟到了她们的住处。然后他悄悄潜了进去，在她们的米缸里各撒了两把沙子，又拿了她家的油，倒进了她家的水缸里。

做完这些，山贼的心情好多了。他哼着小曲，晃晃悠悠地溜到城外看风景。远处有山，却不是他的家乡。那山郁郁葱葱，定是也有青草遍地，定是也繁花似锦，定是也满是山泥。

山贼看着山色，摸了摸自己的衣裳，一低头，看到了脚上的粗布鞋。

他是个乡下人，他是山脚的泥，他这副模样上门去找丁妍珊，说不定又会损了她的闺誉。山贼盘着腿叼了根草，认真地想着该怎么办。

他要见到她，他有个道理想讲给她听。

第二日，山贼跟面馆老伯打听，问这京城里有一个很有名气的盲女，听说她聪颖过人，有个妹妹是卖花姑娘。

老板马上知道他问的是何人："那是龙府二夫人，那妹妹也不卖花了，嫁给了龙府的一个护卫，连同老母亲一起搬进龙府里过好日子去了。"

"哦，哦。"山贼应着。其实他对那什么夫人和妹妹都没兴趣，他只想问那龙府在哪儿。

面馆老伯对这年轻人倒是喜欢，干活卖力，又不要工钱，就是管他三餐面，借个柴房让他睡，算是白捡了个壮劳力。如今听得他问这些，倒也告诉他了。

于是山贼去了龙府，求见龙二夫人。

山贼见到龙二夫人的过程并不顺利。先是门房问他是谁，见夫人做什么。他说了对面馆老伯的说辞，说他是龙二夫人一个友人的旧友，想找龙二夫人帮个忙。

那门房问是哪位友人，山贼留了心眼，说是事关重大，见到了夫人才能说。那门房想了一会儿，终是进去报了。

山贼等了又等，门房回来了，领来了一位老人，门房称他"铁总管"。

铁总管问了山贼同样的问题——你是谁，见夫人做什么。山贼把话又说了一遍。铁总管又问那友人是谁。山贼不说。只道那人说了，这事只能找龙二夫人。

铁总管皱了眉，让他等着，转身回了府里。

山贼长这么大，还没有敲过这般大户的门，竟也不知原来求见个人，都得经过好几道关卡。

龙府前的大路宽敞，行人如织。山贼想起他悄悄去看的丁府的大门，那条街也如这边一般，热闹、气派，只是他知道那门的背后，却是冷漠和算计。

山贼深吸了一口气，给自己鼓了鼓劲——他一定能见到她的，他要把他的道理讲给她听。

山贼等了好一会儿，铁总管终于又出现了。他领着他到了一间堂屋，里面没有别人，他只交代让他等着。

山贼点了头，深呼吸几口。他没敢坐，只站着等。他有些紧张又有些兴奋，他觉得他离丁妍珊近了一大步。

屋外传来脚步声，山贼猛地站直了。他望向门口，却惊讶地发现进来的是一个年轻男子。

年轻男子朗眉星目，薄唇轻抿，相貌堂堂，贵气严肃。山贼一愣，这时一旁的小仆道："这是我家二爷。"

山贼又是一愣。龙二爷？是他，那个丁妍珊曾经想嫁的男人。

"你找我夫人何事？你说是她朋友相托，是哪位朋友？"

龙二一句废话都没有，问的问题虽是与门房及总管一样，但给人的压力完全不同。山贼被问得一噎，磕磕巴巴地道："我……我见了夫人才能说。"

"不说？"龙二上下对着山贼一打量，飞快地道，"送客。"

山贼傻眼了，没想到让他进来了，却是这么干脆地就要打发他走。他见那龙二爷转头要走，急忙喊道："二爷，二爷，我确是有要事要见夫人的。"

"何事？"

"我……我想见个人。"

"见谁？"

"丁二小姐。"山贼被压得问一句答一句，说到丁妍珊的名字，他不禁脸一热，低了头小声道，"丁妍珊丁姑娘。"

"要见丁妍珊？"龙二奇了，"你要见她，来找我夫人做什么？去敲她家大门去。"

"我……"山贼张了张嘴，却不知如何解释，最后憋出一句，"我确是需要夫人帮个忙。"

龙二皱了眉头，完全不明白这乡下小子是什么意思，于是问："你说让你来这儿的那个朋友，是谁？"

山贼咬了咬牙，支吾着说了："是丁……丁二小姐。"

这回换龙二愣了："丁妍珊让你找沐儿帮忙，好让你见她？"

"不，不……"山贼连连摆手，脸臊得通红。

龙二却是有了兴趣，这乡下小子一副含情带羞的样，对象居然是丁妍珊？

"这事挺有意思。"龙二转身，吩咐门口的小仆，"去请二夫人来。"

山贼张大了嘴，这……这就能见了？

山贼原以为龙二夫人是个厉害的角色，却没想到竟是柔柔弱弱、儒雅和气的人。她半分架子没有，说话又是柔声细气，这让山贼顿失防备，话不觉多了些。

待他回过神来，却是已将怎么与丁妍珊相识、丁妍珊怎么救了他们村子说了个七七八八。而后他看见龙二夫人的微笑，又看到龙二爷坐在一旁听得津津有味的模样，顿然警醒——自己是不是说得太多了？丁妍珊会不会不想让别人知道她的这些事？

其实，他就是想过来求龙二夫人帮他约一约丁妍珊，让他们能见上一面就好。怎知与龙二夫人多聊了几句，他就把事情都说了。

山贼正懊恼，居沐儿却是问了："赵家村离京城很远吧？"

"是挺远的。我走了一个月。"

居沐儿微笑："赵兄弟不远万里来此，要见丁姑娘，所为何事？"

"我……我代表村里乡亲来谢谢她。"

"哼。"龙二在一旁轻哼，显然不信，"怎么你们村里是这么个讲究，人在的时候没好好谢，非得隔了这许久才派个人来道谢？"

山贼语塞，涨红了脸，不知该怎么答。

"你又怎知我家夫人能帮你去找丁妍珊？"

"这个，丁姑娘当日在村子里，与我说过夫人的事。她说夫人救过她，又说了她家人与夫人之间交怨，还有……"他瞄了一眼龙二，决定不说龙二的事，"总之，我知道夫人与丁姑娘颇有交情，我在京城也没别的人可找，于是就斗胆来了。"

龙二搓搓下巴："你们聊得还挺多的呀。"

山贼满脸通红，真想拔腿就走。可他太想见到丁妍珊，于是脚不听使唤，生了根似的动不了。

好在居沐儿没与龙二一般调侃他，她只道："我可以去问问丁姑娘的意思，可她愿不愿见你，可不是我能作保的。"

山贼喜出望外，一个劲儿地谢："多谢夫人。若是丁姑娘不愿见，也没关系，我知道她过得好不好便成。"

居沐儿点点头，又问："赵兄弟如今居在何处？"

山贼把面馆的地址报了。居沐儿与他约好，待她问了丁妍珊的意思便遣人与他报信。

居沐儿当日便去丁府找了丁妍珊。丁妍珊听得山贼来找她，有些吃惊，吃惊完了，却不说话。

她站起来摸了摸桌上那盆青草，好半天才问："他自己来的？"

"应该是。"

丁妍珊微笑，又问："他看上去如何？好不好？"

"那我可不知道。"居沐儿也笑，"我看不见，你忘了？"

丁妍珊坐回桌前，问居沐儿：“这事你怎么看？”

居沐儿忍不住又笑了。看来那叫赵文富的，也不是白头瞎脑地白跑一趟。

居沐儿道：“我想，他大概无法适应京城吧。”

“我也不适应。”

丁妍珊这回答让居沐儿又笑。居沐儿问：“他是做什么营生的？”

“自己种地，有时还做些杂活，日子不算好。”

“那你如何适应？”

丁妍珊脸一红，嚷道：“我可没说要跟他过。我跟他什么关系都没有。”

“哦。”居沐儿抿嘴笑，点点头。

丁妍珊推她一把，娇嗔道：“你越来越讨厌了。”

居沐儿又点头，喝了口茶。

好半天丁妍珊忽然道：“沐儿，你帮我回他，就说我不见。”

“不见？”

“对。”丁妍珊红着脸，却是清清楚楚地道，“我想知道，若我不见他，他会怎样？”

“好。”居沐儿应了，临走时却是问，“若他没有来，你打算怎么办？”她知道丁夫人最近对丁妍珊的婚事逼得很紧。

丁妍珊愣了愣：“我不知道。”

若他没有出现，她便是真的不知道会如何。

逃是不会再逃了，她懒得逃。

可能是会抵死不从，抑或是心灰意冷任人摆布，她也不知道自己能撑多久。

可是他来了！

他居然会来！

虽然丁妍珊还是不知道会发生什么，但她知道，他来了！

足矣。

居沐儿向山贼转达了丁妍珊不愿见他的意思。

山贼愣了半天，有些惊讶，又有些难过：“她不愿见我？”

“是的。”

山贼呆了半天，问：“那，她过得好吗？”

“不算好。”居沐儿实话实说，“衣食无忧，却郁郁寡欢。她娘给她寻了门亲。”

“哦，原来是这样。”山贼低了头，“难怪她不愿见我了。”

居沐儿不说话。

山贼过了好半天才道：“那也没关系，既是家里安排了亲，她不见我也是对的。我听说大户人家规矩多，我没有直接上门找她，也是怕损了她的闺誉。”

居沐儿点点头，暗想这毛头小伙倒也心细。

山贼又道：“我明日便回去了。我想再托夫人一件事。”

“何事？”

“我想托夫人帮我带句话。”

“请说。”

“山脚下的泥，与山顶上的泥，都是一样的。”

居沐儿愣住了：“就这句？”

“对。”山贼笑了笑，“请夫人转告她，我们村子很好，丁大娘她们也很好，我也很好，让她莫要惦记。”

居沐儿点点头，心里有些着急，怎么听起来这赵文富像是打算一走了之，再无牵挂了？

可山贼接下去又说：“我回去后，会好好营生。我别的本事没有，只有力气，也会些武艺，我打算去城里找些活，日后有机会，也收些徒弟弄家武馆接些活计。待我安顿好了，有时间我再来探望丁姑娘。到时候，恐怕还得麻烦夫人。”

居沐儿一愣：“你还要来？”

山贼挠挠头，不好意思地笑笑：“总归得来看看才好放心。到时丁姑娘嫁了人，也不知夫家对她好不好、她的日子是不是如意。我不会打扰她的，就想知道她好不好。”山贼说着说着，有些脸红了。

他顿了顿，又道：“这些个夫人就不必与丁姑娘说了，她不愿见我，莫要扰了她。就请夫人与她说，不管是黑山还是京城外的青山，草儿都是绿油油的。山脚下的泥与山顶上的泥，都是一样的。我来这儿，就是想与她说这个。”

这天晚上，山贼正帮着面馆老伯劈最后一次柴，忽听得老伯唤，说有人找。

山贼出去一看，是个小厮模样的。他自称来自龙府，是二夫人遣他来传个话。

“夫人说了，你明日要走，请在巳时动身，走南城门，下竹林道，那路旁有个竹亭，有人在竹亭等你。”

山贼丈二和尚摸不着头脑，但还是答应了，反正他的归家路确是要走这一条道的。

第二日，山贼骑着他的小瘦马上路了。他按着居沐儿交代的时辰出发，出了城门没多会儿便看到了那个竹亭。

亭上立着一个人，是名女子。女子身穿桃红色的衣裙，远远看着，在一片翠绿色中很是亮眼。

山贼的心忽地怦怦乱跳起来。他一夹马肚子，快跑了几步，离得近了，终是将那女子看清了，竟真是丁妍珊。

山贼又惊又喜，差点说不出话来。

“你……你……”他结巴了半天，终是把话说完整了，“你怎会在此？”

“我为何不能在此？”

山贼张了张嘴，竟是不知该怎么答，最后憋了一句：“我心里真欢喜。”

丁妍珊脸一热，却被他的傻模样逗笑了。

她一笑，他也跟着笑。

两个人笑着，却是没说话。最后是丁妍珊让山贼把马拴在亭子边，拉着他坐在亭里说说话。

山贼听话照办，却有些不放心：“这里在路边，人来人往的，看见我们了可怎么办？”

“我不怕，你呢？”

“我有点怕。”

“怕什么？”

“我走了，他们说什么难听的都与我不相关，可你还在这城里生活，你被人说闲话，我心里很不舒服。”

丁妍珊又笑了：“说我闲话的太多了，不差你这一条的。”

山贼想想也是，遂点点头。她没有受那些碎语影响，能过得开心些，如此也好。

“沐儿说你还要来。来做什么？”

山贼的脸腾的一下红了，这龙二夫人居然把他的话说了。可是既说了他还要来，必是也说了别的，但既然说了，她怎么还问？

她……

山贼顶着个大红脸，硬着头皮小声道：“来看看你。”

“看我做什么？”

“看你过得好不好。”

“哦。”丁妍珊点头，一边笑一边盯着他看。

山贼被她看得颇不自在，赶紧找话：“你不是说不见我吗，怎会在这儿？”

“我到底是要看看为何我等了大半年你才来？”丁妍珊不答反问。

山贼张大了嘴，脸更红了：“我……我……”

“为何没给我写过信？”

山贼嘴张得更大了，愣了半天，小声道：“我不太识字的。”

丁妍珊仍是笑，笑着看他。

山贼咬咬牙，道：“可我别的挺好的，字也是可以学的。”

丁妍珊的笑容更大了，山贼的脸更红。

他脑子里乱七八糟的，完全不知道自己与她在聊些什么。

这时丁妍珊又问："你来之前，有没有想过万一我已经嫁了呢？"

"没想过。"山贼老实巴交地答，答完了，又抢着道，"就算嫁了，我也能来看看你好不好啊。"

"若我过得不好呢？"

"那……"山贼顶着张又红又黑的大脸，梗着脖子道，"那我就带你走，绝不让别人欺负你。"

"那你定走不出京城便被人打死了。"

"我自然不会这般鲁莽，定是会想好办法再行事。"

"那你想好了来寻我之后该怎么办吗？"丁妍珊眨巴着眼睛看他。

山贼有些心虚，怕被她笑话，但还是说了："我不可能在京城里让你过上好日子，这里的人还碎嘴，你过得不开心，我也不会欢喜。村子里确是太穷了些，什么都没有，你也不能久住在那里。所以我想就在我学武的城里找份活干，那武馆我很熟的，我去当当教头，存些钱银，日后也开门收徒，开家小武馆。到时，到时你若还过得不好，我便来接你去。"山贼说到最后，声音小了，脸又涨得通红。他这话说得，好像人家姑娘愿意跟他走似的。

可话都说出来了，他又不愿退缩，于是硬着头皮说下去："我是个粗人，可是我发誓我一定会好好对你的，我会努力挣钱，绝不让你吃苦。在村子里，我便欢喜你了，可是我不敢有什么念头。但你走了，我总是心里惦记。后来我想通了个道理，我虽然像是那山脚的泥，姑娘你像是那山顶上盛开的花，可是山脚的泥与山顶的泥是一样的。只要有心细栽，它一样能让花儿开得好。我想了这个，便来了。我就想亲口与你说，无论如何，只要你愿意，我一定会护着你，我一定会对你好的。让我做什么我都愿意。"

山贼一口气说完，把头压得低低的，不好意思看她。可他等了半天，那丁妍珊却是半句话也没有给他。山贼心里有些慌，抬头一看，丁妍珊也正看着他。她的眼睛润润的，亮得出奇，这般模样，在他眼里，真是再美也没有了。

"你问我为何会在这儿？"丁妍珊忽然开口说话。

山贼傻傻地点头。她当初说不愿见他，他难过得一晚上没睡着。

"因为你说你还要来。"丁妍珊笑笑，脸也红了，"赶不走的，我才要见。"

他们之间的差距如此大，虽然他不远万里而来已是心诚，但若是轻易退缩，只怕将来也难与她维系。

山贼一听，喜出望外，赶紧顺杆子往上爬："我不但赶不走，我还打不还手、骂不还口的，我还想好了日后的营生要怎么办，我不是一时冲动，我是考虑好了才来的。我不会让你受苦，我一定对你好。"

他噼里啪啦一通说，说着说着，看丁妍珊一边笑一边脸红，他的脸也红了，终是说不下去，只好挠挠头陪她一起傻笑。

“你要开武馆？”

“对，对。”

“你会记账吗？”

“我学。”

“你不识字，怎么写账本？”

“我学。”

“开武馆要多少银子？”

山贼说了一个数，又道：“那是几年前我还在城里的时候听他们算的，也不知现在是什么行情，我回去了便要去打听的。”

“那这么些，你得存多久？”

山贼张大嘴，赶紧道：“我不止做一份活的，城里的机会多，我多拼命，一定尽快存上。我这次来京，也没花多少钱银，我很省的。”

他还待再说，丁妍珊却是不想听了：“等你存好了银钱，我怕是都老了。”

“那……那……”山贼慌了，这是不要他的意思吗？

“我……”他还待说什么，却被丁妍珊抢了话，她道：“我送你一样东西。”

山贼赶紧应好。现在她说什么都是好的，只要她别不要他。

丁妍珊从怀里掏出一个袋子，递给了山贼。山贼接过打开一看，却是大吃一惊，里头竟是银两和首饰。

“这是我的私房钱。我存着，原本是想如若要远走高飞，就用这钱度日的。如今便给了你，你去开武馆吧。”

“这……这，我不能要。”山贼觉得那钱袋烫手。

“你不要，便是不知何年何月才能来接我。我告诉你，京城里的人都不是好惹的，我娘要逼我嫁的，定是位高权重的大户。届时我若是过得不好，受欺负，凭你是无论如何都不可能把我接走的。你不怕死，我却是不想没了依靠。”

山贼盯着那钱袋，眼眶一热，他咬紧牙关，心里直恨自己没用。

“这钱银是我借你的，你早日安顿好，早日来接我，钱银以后要还给我的。”

山贼僵立在那儿，想了半天，心里明白她说的是实情。他突然抬手，狠狠地给了自己一个耳光，哑着声音道：“是我没用。”

“你说这些，我不爱听。还是那些什么山脚山顶的泥有道理。”

山贼用力地点头：“你等着我，我一定尽快来接你。”

“你要给我写信。”

“好。”山贼又用力点点头，眼泪涌出眼眶，他臊得用力用袖子擦去，再点头道，“我回去就好好学字，你等我。”

丁妍珊笑，轻声道：“我等你，你要快来。”

山贼猛地将她拥进怀里，紧紧地抱住了她。

三年过去。

丁妍珊二十有三，是京城里有名的老姑娘和泼辣货。

为了不嫁人这桩事，她闹了好几场，且都是真刀真枪真拼命的闹法。最后她娘亲没了办法，也不再有人家愿意娶她，就是做妾室也没人家敢再要她了。

京城里风言风语，丁妍珊却不急不恼。

她每个月都能从居沐儿那里收到好几封信。信来自遥远的地方。信上的字很丑，但情意真切。写信的那个汉子事无巨细地向她禀告着自己的生活起居营生状况。信里没有忧伤和挫折，全是令人开心的事。但丁妍珊知道，他吃了很多苦。

丁妍珊也给他写信，她的信很简单，因为她的生活很简单。

她在等他。

日子就这样一天一天过去。终于有一天，他在信上写着，这是最后一封信，因为他要来了，他来接她。

他信守诺言，他来了。

他没有鲁莽行事，他找了龙二夫人帮忙。当然，龙二夫人又使唤了龙二爷帮忙。于是，嫁不出去的丁二小姐要嫁人了。

嫁的是龙家的一个远房亲戚，远得绕了好几圈都说不清辈分关系的亲戚。这亲戚不但住得远，而且还穷，据说聘礼寒酸得只有三个箱子。

但出乎所有人意料的是，丁二小姐答应了。

这头有龙二爷压着，那头有丁二小姐闹着，丁家没了办法，也或许丁夫人早对这个女儿没了心思，于是这桩婚事成了。

那日，一辆装点一新的红绸布马车，接走了京城里的话题人物丁妍珊。从此，这个人留在京城的消息便是嫁不出去的老姑娘，刁蛮任性，最后无奈之下嫁了个乡下人。

可是无论坊间怎么传，丁妍珊却是知道，她从此过上了幸福的日子。

番外三 婚后

龙二娶了居沐儿三回。

按说这娶的次数委实有些多，该算得上老夫老妻了。但龙二三回娶妻，越娶越是珍惜。这一回比一回难，可千万别再有下回了。

龙二将这话与居沐儿说了，当然他的说辞是，让居沐儿乖顺听话，切莫再生事端，娶回妻太累人，他不愿再这般折腾了。

居沐儿只笑笑：“我也是最后一回嫁人了。再有一回，也收不到比龙凤合鸣更好的聘礼了，其他的我也瞧不上。”

龙二后头的话全被噎着了。听听，听听他家龙居氏的口气。

可不是再收不到比“龙凤合鸣”更好的聘礼了嘛，那可是八万八千两金！

龙二自从在仙音谷弹琴求亲，被人称颂有之，被人耻笑更多。龙二装得脸皮再厚，也觉得有些臊。他只得每每用八万八千两金自我安慰，安慰多了，便坦然了。

但龙二为这琴也有许多高兴的时候，便是居沐儿抚上这琴时的表情笑容，再亮眼不过，就连他听不懂的琴声，都悦耳了几分。

居沐儿非常喜爱这琴，宝贝似的，久久才舍得弹一回。闲着无事时，摸它一摸，也会露出笑容。

龙二索性为她在院子里收拾出了一间琴室。

居沐儿之前收藏的琴都被烧没了，于是除了这台“龙凤合鸣”，龙二又为居沐儿买了两台琴，再加上居沐儿当初与他斗气时送他那一台琴，摆在屋里，凑了个数。

“琴不在多，有心便好。”为免居沐儿得意，又恐她迷琴花钱，龙二把丑话说在了前头。那意思，四台琴怎么都是够了，可不能再买。

居沐儿没提买琴的事，她每日都会去琴房，但呆得不久。有时抚上几曲，有时就只是坐坐。

龙二在府里时，她陪在龙二身边多些。龙二若不在府里，她便会去府里各处走走，也没什么固定地方，走到哪儿停上一停，有时能坐好一会儿，有时只是驻足片刻。

龙二每日都会问丫头，夫人今日做了什么。听了一段日子后，他懂了。

再喜琴，总是独自弹奏也会无趣。

当初师伯音弹琴，只弹给知音人听，要的不过就是雅音共赏之趣。龙府里全是琴盲，居沐儿身为已婚之妇，也不好出去找什么琴师旧友。从前她用这般的丑事骗了休书，如今她安心做龙家妇，自然不会再犯。而丫头们可以陪她说笑解闷，宝儿和凤舞可以陪她嬉笑游戏，但无人识她雅趣，所以她的琴音，她的天赋，便要慢慢被这大宅埋没了。

龙二悄悄跟在居沐儿身后大半日。看她路过洗衣院子门口，驻足听了听，又进院子坐了坐。那院子里有丫头们打水洗衣的声响，晾晒拍打衣被的动静。居沐儿听了一会儿，满足地走了。

龙二跟着她继续走，看到她进了花园。有仆役正挖土移盆种花，居沐儿便在那处站住了。龙二离她不远，他闻到了泥土的气味，听到了铲土的声响，花盆磕碰时的轻音……

龙二跟踪自家夫人还不让丫头役仆言声的古怪举动惊动了余嬷嬷。老人家被整怕了，哪有人家娶三回妻的，且回回娶回来的还是同一个。如今二爷这番举止，该不会又要闹出什么事吧。

余嬷嬷找了个机会与龙二试探，问龙二这是何意。

龙二刚见完几个工匠，准备了几张图纸，正待叫人来嘱咐安排，听得余嬷嬷问，便笑道：“嬷嬷莫要提防，我也没甚旁的意思，就是想看看沐儿平素做些什么。我是有些忙碌，疏忽她了。”

余嬷嬷松了口气，忙道：“二爷是怕二夫人闷了？要不还是找个大夫给夫人好好调理调理，有了孩子陪伴，夫人有事忙，便不会闷了。”

龙二摇头：“沐儿身子不好，当初韩笑诊过，子嗣之事，不宜强求。她健康安乐便好，何苦又拿药灌她。这般没病都要养出病来。”

龙二把手上的图纸递给余嬷嬷：“正巧嬷嬷来了，这些事便劳烦嬷嬷安排吧。”

余嬷嬷接过一看，竟是龙府宅子的改建计划。哪处屋廊如何整改，哪处园子重植什么花树都一一标明，有些地方还画了图。

这些花树植被并不以颜色花型为主，大多是枝叶为主的品种，什么大叶芭蕉、水松、梧桐、枫树等。余嬷嬷想着，兴许是龙二厌了园子里花草的景致，想要些大气些的树林园貌。

余嬷嬷差人去办了。

这一番改园子的动静很大，整日敲敲打打，铲土筑栏，居沐儿笑容多了，坐在一旁听个声趣便能坐一整日。她还跟丫头们猜谜，这处大概是要种什么，那处又是如何。

这连着一段日子，居沐儿日日有地方去，有探不完的新鲜工地。余嬷嬷忽然有些明了龙二的意思了，这是借着拆园子给二夫人找乐子？

再大的工程也有完工的一日。数月之后，整个龙府改建完了。

游廊围着园林，一直通往园中央的观景亭。不仅遮雨避阳，还可坐饮闲聊。高树、矮枝、鲜花，每一处皆是不同气味，皆有不同的声响。

转眼便是春天。

春雨绵绵，滴滴答答落个不停。居沐儿最喜欢坐在廊边长椅上听雨声，雨点打在叶子上，浸入泥里，都有不同的声响和香气。

居沐儿不必人领着，也不必人说，光凭着声响和气味就知道自己所在何处。

龙二建得此园甚是欢喜，宅中处处细节，他也精心察看，哪处不满意便改。从前他在书楼看账本是最舒心的时候，此后他带着居沐儿在家中玩耍游园，却是比在书楼的时光更惬意。

待到秋天时，园中草树花枝又更高了许多，秋风拂来，沙沙作响。秋雨打在芭蕉叶上的叮咚声，似琴音那般美。

那日落雨，雨声叮咚，龙二极有兴致地带居沐儿听雨。

听着听着，他开始与居沐儿算账，种一棵这样的大叶芭蕉得花多少银子。搬的土得多少，花的人工得多少，养园丁施肥浇水，花的心力又是多少。

居沐儿听得直笑。

她让丫头去搬了她那台“龙凤合鸣”过来，认真为龙二弹了一曲。

龙二不会弹琴，便戳她额头：“爷与你数银子，你又要笑话爷不懂琴音是不是？”

“不是。”居沐儿咯咯笑着躲他。

“那是提醒爷得了这琴，占了多大好处，笑话爷贪财是不是？”

居沐儿还是笑：“不是。”

龙二坐在她身旁，将她搂在怀里。

居沐儿牵了他的手，按在琴弦上。

“二爷与我数银子，不是在心疼钱银，二爷是想告诉我，二爷有多喜欢我，但二爷不好意思直说。”

“哼。”龙二脸臊，但嘴硬得直哼。

居沐儿只是笑。

龙二默了一会儿，还是说了：“爷是真心心疼银子，也是真心喜欢你。”

龙二这话像是打出一道光，映得居沐儿脸上的笑更灿烂了些。

“我弹这琴也不是笑话爷。我是真心喜欢琴，也是真心喜欢二爷。就算不抚琴时，我心里也有琴音，也会想起二爷的声音。这园子费了多少钱银，若无二爷的心意，便不会有。这琴无论多名贵，若无二爷的心意，也不会有。我为二爷弹琴，也是如此。”

二爷细细一想，居沐儿弹这台琴时，似乎都是他在一旁时。他笑着抚捏她的手指，那上面有长年弹琴的薄茧。

所以，他娘子也是脸皮薄，借琴诉情?

龙二用脸贴了贴居沐儿的脸，她的脸确是羞得有些烫，像他心里的温度。

龙二觉得再幸福没有，只盼这一刻永留。

“待明年春天我得了闲，便带你到外头游山玩水去。想听什么听什么，你不是说哪处有位琴师，甚有名望，我带着你，去拜会拜会，你与他切磋切磋，解解琴瘾。”

“好呀！”居沐儿眼睛发亮。

龙二见她欢喜，心中也甚欢喜。

龙二努力工作，希望到春天时能挤出时间来，莫要对他的龙居氏言而无信才好。

近年关时节，龙二最忙碌的时候，居沐儿病倒了。

居沐儿体弱，平素总有些小毛病，但这回风寒来得凶，她数日卧床，竟丝毫不见好转。

眼看着居沐儿迅速瘦了下去，人也迷迷糊糊，虚弱无力，状况越来越差。为她瞧病的大夫愁眉不展，从一开始的好好服药休养，到后头的支支吾吾，开方子都无甚把握。

龙二焦虑、暴躁，做什么都没心思，年底那些重要的应酬都推了，掌柜们的报账报事也听不下去。后来他日日守在居沐儿的床边，茶饭不思。

众人都来苦劝，说他瘦得比夫人还多，莫要待夫人好了，他却病倒了。

“二爷，夫人没你不行，你定要好好保重自己。”余嬷嬷落了泪。

龙二见了她的眼泪，忽然也无法控制，红了眼眶，将自己的脸埋在居沐儿的掌心里："我也没你不行，真的，没你不行。我们说好春天出去远游，待夏天回来，家中种的果子也该熟了。你说要与我一起摘果子，你说要我陪你一道摘的。"

一屋子人低泣，不敢言声。

居沐儿沉沉卧着，气息微弱，并无回应。她闭着双眼，也不知道能不能听到。

龙二伏在她身边良久，又坐直了看她，看了良久，而后忽地跃起，拂袖大步离开。众人不敢拦，却见他一路疾步，竟是赶到了马棚，拉上了一匹马儿，话也不说，径自出了门。

李柯等人忙纵马追上。

龙二一路无话，快马加鞭赶到福灵寺。此时落日昏黄，香客们早已离去。福灵寺内众僧正准备做晚课。龙二下了马，望了望天际。天边只挂着最后一道光彩，龙二眼眸一暗，他踏着初降的暗色迈进寺里。

主持听得人来报，赶紧出来迎。听得龙二来意，为他破例，将他带到了大殿上。

"龙某内子当日曾在寺前落难，但大难不死。如今她重病，龙某用尽办法，未见她醒转，便想起佛祖。当日若是佛祖见得内子有眼缘，愿保她平安，今日可否也发发慈悲，让她恢复康健。我愿以我之寿，换她相伴。佛祖慈悲，辨我真心，我愿为佛祖塑金身筑金座，求佛祖让她回来。"

龙二伏身佛前，久久不起。

龙二跪了佛祖一夜。

第二日，他回到府里，计算了府中现银，又调了各个铺子的钱银，一大箱一大箱往福灵寺送。

龙二夫人病倒，龙二爷要塑金佛为龙二夫人祈福。这消息很快在城中散开，各家议论纷纷，皆是惊讶。

那可是最贪财最小气的龙二爷呀。

听说当初龙二爷为了不花银子得到那把绝世好琴"龙凤合鸣"，硬是能不顾脸面在众琴师面前弹琴。

抠门到这般境地，如今竟要为居沐儿散财筑佛。

于是乎大家纷纷到福灵寺上个香祈个福，沾沾福报。

也不知是龙家照顾得好，大夫的药方子起了效，还是龙二的诚意和金子打动了佛祖，居沐儿的病拖了大半个月，竟然慢慢好转起来。

春天过去，她恢复了往日的康健。

远游是去不成了，但她陪龙二在园中摘了果子。两个人忙碌了一日，摘下了两大筐。然后居沐儿与龙二带着这两筐果子，还有“龙凤合鸣”去了福灵寺。

果子在寺里分给了众香客，而居沐儿带着琴，去了大殿。

殿中是新筑好的金佛，听说请了最好的工匠，修筑技艺超群。新立的佛像面容威严，透着慈爱。

居沐儿看不见佛祖，但她与龙二手牵手，诚心诚意给佛祖磕头还愿。

然后她便在佛前坐下，抚琴弹奏起来。龙二坐在她身旁，为她抚平裙摆，摆正琴身。

大殿外头站了许多香客，还有更多闻讯跑来看热闹的人家。甚至有琴师听说居沐儿带了“龙凤合鸣”，也赶来欲听听琴音。

居沐儿在大殿里弹奏了起来。

琴声潺潺，悦耳动听。

一开始似春日里发出的新芽，又似夏日里清凉的流水。再往下，琴声从清新转为醇香，像秋天丰收了的香甜果实，麦香稻谷和丰盛的美味。这甜蜜里透着快活，层层相递，像冬日里的温暖。

日出日落，四季交替，平平无常，白头到老。

大殿外挤着满满的人群，却无一丝喧闹。

这是首情曲啊。

新的情曲。

懂琴的人拊掌赞赏，众琴师听得痴醉。

这曲子弹得，不只是技艺过人，这里头的情意将琴音变得灵动，似在人心里歌唱。

居沐儿将曲子弹了一遍又一遍，后来所有听过这首琴曲的人说起当时之情形，皆道殿外大树枝头鸟儿雀跃，殿中的神佛似有微笑。

居沐儿再度成了京城百姓茶余饭后的谈资。大家相议居沐儿的琴艺和绑住龙二爷的手段。除了琴艺，她似乎再无长项，但偏偏就让龙二爷动了真心。

居沐儿在殿上弹奏的曲子，是她为龙二所做。她没有起名，因为她没想好。总有人来相问，她也认真思虑过，但就是觉得没有合适的名字。

曲子名字被问到龙二那里，龙二一听有人谈这曲子便觉得意。那时在应酬，喝得薄醉，便随口道：“曲名啊，哎呀，便叫《龙居氏》。”

众人表示十分无语。

这事传到居沐儿耳朵里，居沐儿只是笑。

后来她问龙二为何是这名字，龙二道：“当时你弹琴时，我一直在与佛祖说话。”

“说的什么？”

“我说佛祖，你看，这便是我的龙居氏。佛祖你听听，我家龙居氏弹琴多好听。”

居沐儿大笑，扑进龙二怀里将他紧紧抱住。

后来，这首曲子名字，便真的叫《龙居氏》。

许多人来龙府请教这首琴曲，居沐儿没有私藏，她把曲子教给大家，也愿意让他们记录琴谱。

龙二见得居沐儿忙碌欢喜，又有机会与人弹琴说笑，且还有不少姑娘想学琴的，他忽地想起了当初居沐儿说的自己因为女儿身学琴而遭到的冷遇阻碍、遇到的冷脸冷语。龙二便打了主意，要为居沐儿开家琴馆。

“既是喜欢，便还是继续弹琴吧。你挑的好琴，肯定有人愿买。你还可以教导些小姑娘弹琴，让她们如你一般，将来一手技艺，将那些男琴师比下去。”

龙二的最后一句话让居沐儿心动。

开琴馆的事就这么定下了。

两个月后，琴馆开张，地址便在那东大街上。

果然许多人慕名而来，订的琴都排到了两个月后。还有一堆想学琴的，男的女的，人数能列一个册子。

龙二看着账本，喜滋滋。哎呀，他家龙居氏要开始挣钱了。但一看人名册子，不高兴。

“男的通通划掉，沐音琴馆只收女徒弟。”龙二与琴馆掌柜这般交代。

两个月后，琴馆掌柜来找龙二，一脸为难。

“这是怎么了？”账本上的数字很不好看，有许多退货的。

“夫人选的琴不好？”

“不是。”掌柜的赶紧澄清，“夫人选的琴特别好，大家都夸赞。但是夫人选了好琴，自己舍不得，便不想卖了。”

龙二：“行吧……”

“报名学琴的，确是有许多人，琴馆里头总是满满当当的客人。但夫人没选上几个，课也没怎么上。”

龙二无言以对。

龙二去巡他家夫人的铺子去了。

铺子前头是琴馆，后头是教琴的琴室。琴馆里确有好几台琴摆着，但八成都写着非卖品。龙二看着那些琴，又摸了摸，还真是挺好摸的。算了算了，他家龙居氏喜欢，就留着吧。

龙二进了后头琴室，听到里头叽叽喳喳的说话声。龙二驻足听了一会儿，转头走了。

这哪是来学琴的呀，就是瞎聊。一个问自己遇到的这家公子如何，一个说自己邻家大哥如何，这些是来求姻缘的吧？

虽然这琴馆买卖做得不好，教琴师傅也不认真，但沐音琴馆还是一直经营下去了。

后来，居沐儿还真教出了两名出色的弟子，成了举国知名的女琴师。她们也各自找到了如意郎君，也成了一段佳话。

龙二年纪稍大时，便不爱管家里的买卖生意了。那时候居沐儿眼睛能看到一些模糊事物，龙二便带她到处玩耍。

待回到龙府，他最爱向龙家小辈讲述外头的见闻，再说一说当年。他说："当年啊，你们二爷爷我，翩翩公子，风度出众，你们二奶奶见了我便欢喜。"

孩子们笑闹："二爷爷，外头的人可不是这么说的。"

"外头的人说得不对，自然是以我说的为准。"龙二道。

"外头还有二爷爷和二奶奶的故事话本呢。"

"那些都是瞎编的。"龙二道，"事实就是，你们二奶奶见了我，心生欢喜，想了好多法子来引起我的注意。又是为我写琴曲，又是送我礼物的。不信你们问问二奶奶。"

居沐儿坐在一旁，握着龙二的手只是笑。

外头廊下的占风铎叮咚作响，那确是她送给龙二的。

声音真是好听。

听到白头也不厌。

图书在版编目（CIP）数据

三惹君心：全2册 / 明月听风著．— 南京：江苏
凤凰文艺出版社，2020.10
ISBN 978-7-5594-5155-2

Ⅰ．①三… Ⅱ．①明… Ⅲ．①长篇小说－中国－当代
Ⅳ．① I247.5

中国版本图书馆 CIP 数据核字 (2020) 第 167033 号

三惹君心：全2册

明月听风 著

策　　划	北京记忆坊文化
特约策划	才　曰
特约编辑	才　曰 赵　钥
责任编辑	白　涵
封面设计	80 零 · 小贾
封面绘图	容　境
版式设计	天　缈
发行平台	有容书邦
出版发行	江苏凤凰文艺出版社 南京市中央路 165 号，邮编：210009
网　　址	http://www.jswenyi.com
印　　刷	三河市国新印装有限公司
开　　本	670 毫米 ×970 毫米 1/16
印　　张	34
字　　数	671 千字
版　　次	2020 年 10 月第 1 版
印　　次	2020 年 10 月第 1 次印刷
书　　号	ISBN 978-7-5594-5155-2
定　　价	78.00 元（全二册）

江苏凤凰文艺版图书凡印刷、装订错误，可向出版社调换，联系电话 025-83280257

MEMORY
HOUSE